근대 기행 담론 자료 4

1920~1930년대 기행문의 변화 3

: 『동아일보』(1920~1940)

이 자료집은 2014년 정부(교육부)의 재원으로 한국연구재단의 지원을 받아 수행된 연구임 (NRF-2014S1A6A4026474)

엮은이 김경남

건국대학교를 졸업하고 동 대학원에서 문학박사학위를 받았다. 현재 대학에서 글쓰기 강의를 하고 있으며, 글쓰기 이론에 관심이 많다.
「일제 강점기의 작문론과 기행문 쓰기의 발달 과정」, 「1910년대 기행 담론과 기행문의 성격」 등 다수의 논문이 있으며, 『일제강점기 글쓰기론 자료』(도서출판 경진) 등을 엮어 냈다. 그 밖에 한·중 지식 교류에 관한 연구를 활발히 진행중이다.

근대 기행 담론 자료 4

1920~1930년대 기행문의 변화 3
: 『동아일보』(1920~1940)

1판 1쇄 인쇄_2017년 12월 05일
1판 1쇄 발행_2017년 12월 10일

엮은이_김경남
펴낸이_양정섭

펴낸곳_도서출판 경진
등록_제2010-000004호
블로그_http://kyungjinmunhwa.tistory.com
이메일_mykorea01@naver.com

공급처_(주)글로벌콘텐츠출판그룹
대표_홍정표 편집디자인_김미미 노경민
주소_서울특별시 강동구 천중로 196 정일빌딩 401호
전화_02) 488-3280 팩스_02) 488-3281
홈페이지_http://www.gcbook.co.kr

값 27,000원

ISBN 978-89-5996-557-1 94800
ISBN 978-89-5996-553-3 94800(세트)

근대 기행 담론 자료 4

1920~1930년대 기행문의 변화 3

: 『동아일보』(1920~1940)

김경남 엮음

경진출판

머리말

사전적인 의미에서 기행문은 "여행하면서 보고, 듣고, 느끼고, 겪은 것을 적은 글"을 의미한다. 『표준국어대사전』에서는 기행문의 의미를 풀이하면서, "대체로 일기체, 편지 형식, 수필, 보고 형식 따위로 쓴다." 라고 덧붙였다. 이는 기행문이 '기행', 곧 '여행'과 밀접한 관련이 있음을 의미하며, 기행의 체험이 여행이 이루어지는 시간과 장소와 불가분의 관계를 맺고 있음을 의미한다.

전통적으로 여행의 체험을 기록한 글은 '기(記)'라는 제목을 달고 있는 경우가 많다. 중국 당나라 현장법사의 '대당서역기(大唐西域記)', 연암 박지원의 '열하일기(熱河日記)' 등은 '기' 또는 '일기'라는 명칭의 대표적인 기행문이다. 전통적인 글쓰기에서 여행 체험과 관련된 글은 서사를 위주로 하는 '기(記)'의 형식으로 기록되었으며, 오늘날과 같이 '기행문(紀行文)'이라는 문체가 존재한 것은 아니었다. '기행문'이라는 용어가 언제부터 사용되었는지를 확증할 수는 없으나, 1909년 9월 『소년』 제2권 제8호에 발표된 최남선의 '교남홍조(嶠南鴻爪)'에서는 "以下 記錄하난 바는 往返 三十二日 동안 보고 드른 것을 소의 춤갓치 질질 흘녀 논 것이라 쓸ㅅ대 업시 冗長한 紀行文의 上乘일지니라."라고 하여, '기행문'이라는 용어를 사용하고 있음을 확인할 수 있다.

이처럼 전근대적 문장 체제론에서는 등장하지 않던 '기행문'이 『소년』 발행 이후 본격화된 것은, 근대 이후 여행 체험을 바탕으로 한 글쓰기에서도 문장의 형식이나 내용 면에서 큰 변화가 일어났기 때문으로 보인다. 특히 '유기(遊記)', '견문기(見聞記)', '답사기(踏査記)', '시찰기(視

察記)' 등의 '기(記)'에서 '여정(旅程)'과 '감회(感懷)'를 중시하는 '기행(紀行)'의 글쓰기가 정착되어 가는 과정은 근대적 글쓰기가 형성되어 가는 과정과 비슷하다.

지난 3년간 근대적 의미의 기행 담론 형성 과정과 기행문의 발달 과정을 살피는 데 많은 노력을 기울였다. 특히 한국 근대 담론이 유력(游歷)과 정형(情形) 견문에서 비롯되고 있음은 수많은 자료를 통해 확인할 수 있다. 연구 제목을 붙일 때 '시대의 창'이라는 말을 쓰고자 했던 것은 기행문이나 기행 담론을 통해 그 시대를 읽어낼 수 있다는 믿음 때문이었다. 그럼에도 연구가 거듭될수록 자료에서 헤어나지 못하는 나를 발견할 수 있었다.

처음 계획할 때는 근현대 기행 담론을 제1기 근대의 기행 담론과 기행문 형성(개항부터 1900년대 초반까지), 제2기 관광 담론의 형성과 계몽적 기행 체험(1900년대 후반), 제3기 식민지적 계몽성과 재현 의식의 성장(1910년대), 제4기 기행 담론의 다변화와 국토 순례 기행(1920~1930년대), 제5기 국토 순례 기행의 쇠퇴와 식민 지배의 강화(1930~1945) 등으로 나누고, 각 시대별 기행문을 전수 조사하여 모두 입력하고자 하였다. 그러나 이러한 계획은 기행문의 양적인 면이나 선행 연구에서 정리한 자료 등을 고려할 때, 수정하는 것이 효과적이라는 판단을 하게 되었다. 이에 따라 본 연구를 진행해 가면서, 기행 담론에 대한 전수 조사의 성과를 요약하면서도 꼭 필요한 자료만을 정리하는 과제를 해결하지 않으면 안 된다는 생각을 하게 되었다.

연구 진행 과정에서 얻은 자료는 제1기 『한성주보』를 비롯한 학회보 및 신문 소재 5편, 제2기 『황성신문』, 『대한매일신보』, 기타 학회보(잡지) 소재 61편, 제3기 『매일신보』, 『청춘』 35편, 제4기~제5기 『개벽』, 『동광』, 『동아일보』, 『삼천리』 등의 286편으로 정리한 쪽수만도 A4 용지 1400장에 이르는 방대한 양이 되었다. 이처럼 양이 많은 까닭은 연재한 기행문이 많기 때문이다. 그렇기 때문에 일부 기행문은 연재물 전체를 입력하지 않고, 주요 내용만을 간추려 입력하는 방식을 취하기도 하였다. 특히 육당의 『심춘순례』, 『백두산근참기』나 안재홍의 『백두산등척기』 등은 국토 순례 기행문으로 널리 알려진 작품이나, 그 전문을 입력하는 작업은 이미 선행 연구에서 진행된 바 있으므로, 이 자료집을 편집할 때에는 고려하지 않았다. 이외에도 형태의 자료집 가운데는 최상익의 『조선유람록』(1917), 이순탁의 『세계 일주기』(1933) 등과 같은 기행문도 있으나, 자료 정리 과정에서 고려하지 않았는데, 그 이유는 기행문 자료의 양적 분포상 이들 단행본을 높이 평가할 기준을 찾기 어려웠기 때문이다. 또한 1920년대~1930년대 각종 신문과 잡지에 분포하는 기행 담론을 모두 정리하는 일은 양적인 면이나 연구 기간 및 출판계 사정 등을 고려할 때 순차적으로 진행해야 할 일이라고 판단하여, 이번 연구에서는 1880년대~1910년대에 해당하는 자료집과 1920년대 『개벽』, 『동광』, 『동아일보』 관련 자료만을 편집하여 출간하기로 하였다.

연구를 시작할 때 출판사와 두 권의 자료집과 1권의 연구서를 발행하기로 약속했었는데, 실제 정리한 것은 계획한 자료집의 두 배에 달한다. 최근 출판계 사정이 몹시 열악하여, 총 1400쪽에 이르는 책의 발행을 요구하는 것은 몹시 염치없는 일일 수밖에 없다. 연구서나 자료집이 팔리지 않는 시대가 되었음에도 지난 3년간의 약속을 지켜 자료집을 출간해 주기로 한 도서출판 경진 양정섭 대표님께 감사의 말씀을 올린다. 아울러 본 연구가 진행되도록 도움을 준 한국연구재단 저술 프로젝트 관계자, 연구 계획서를 심사하고 중간 보고서를 살펴주신 익명의 심사위원님들께도 감사의 말씀을 올린다.

2017년 11월

연구책임자 김경남

[일러두기]

이 자료집은 1880년대부터 1945년까지 기행 담론과 관련한 주요 자료를 엮은 것이다. 자료 선별 범위 및 정리 기준은 다음과 같다.

1. 대상 자료는 여행 관련 담론, 기행문, 여행 관련 규정 등을 포함하였다.
2. 기행문의 경우 신문·잡지에 연재된 것을 중심으로 하였으며, 연재물 가운데 단행본으로 출간되어 연구자들이 비교적 활발하게 연구한 기행문은 연재한 원문만을 일부 제시하였다. 특히 장편 연재물의 경우 연재 사실을 정리하고, 꼭 필요한 자료만 입력하는 방법을 택하였다.
3. 신문·잡지의 종류가 매우 다양하여, 이 자료집에서는 연구 가치가 높은 것만을 선별하였다.
4. 원문 입력은 띄어쓰기를 제외하면 가급적 원문에 가깝게 입력하고자 하였다.
5. 연재물의 경우 신문과 잡지의 호수가 달라지더라도 하나의 제목 아래 묶었으며, 제목 아래 날짜와 호수를 표시하였다.
6. 일부 자료는 해당 자료의 성격을 간략히 밝히고자 하였다.
7. 권1에서는 1880년대부터 1910년대까지의 자료를 대상으로 하였으며, 권2~권4에서는 1920~30년대의 자료를 대상으로 하였다.
8. 자료의 양이 많기 때문에 균형감을 고려하여 분책하기로 하였다.

목차

머리말 ____ 4

일러두기 ____ 7

03. 『동아일보』(1920~1940)

[01] 『동아일보』 1920.4.20~21. 車中有怨 ····· 15
[02] 『동아일보』 1920.5.3~5.5. 一記者, 釜山에서 ····· 18
[03] 『동아일보』 1920.5.27. 頌兒, 上海雜信 ····· 24
[04] 『동아일보』 1920.6.8~6.9.
스코필드, 사랑하는 張兄이여, 누가 도을고? ····· 30
[05] 『동아일보』 1920.6.5. 三民生, 西鮮에서 도라와 ····· 30
[06] 『동아일보』 1920.6.12. 公民, 釋王寺에서(一) ····· 39
[07] 『동아일보』 1920.6.18. 柳光烈, 大邱行 ····· 43
[08] 『동아일보』 1920.6.23. 공민, 滿洲 가는 길에 ····· 45
[09] 『동아일보』 1920.7.11. 석호 權泰用, 中國 旅行記 ····· 60
[10] 『동아일보』 1920.8.4. 千里駒(譯述), 籠鳥 ····· 61
[11] 『동아일보』 1920.8.9. 千里駒, 元山까지 ····· 67
[12] 『동아일보』 1920.8.27. 盧子泳, 千里의 夏路 ····· 68
[13] 『동아일보』 1921.5.2. 晩悟生, 旅行의 餘感 ····· 76
[14] 『동아일보』 1921.5.6.
春風 李壽衡(이수형), 吉林에서 北京에 (견문기, 기고문) ····· 78
[15] 『동아일보』 1921.5.20.
논설, 近來 日本 觀光: 그 目的이 무엇, 無識見의 弊端 ····· 91
[16] 『동아일보』 1921.6.8. 生命의 朝鮮, 조선 인상기, 프레드릭 스타 ····· 92
[17] 『동아일보』 1921.8.21. 北靑에서 閔泰瑗, 白頭山行 ····· 93
[18] 『동아일보』 1921.10.3~10.8. (6회),
권덕규, 백두산기행이 씃나고 납량회를 맞추힘 ····· 130
[19] 『동아일보』 1921.11.21. 金東成, 布哇行 ····· 135

[20] 『동아일보』 1921.12.15. 金俊淵, 獨逸 가는 길에 ······ 136
[21] 『동아일보』 1921.12.21.
산호성(오천석), 태평양 건느는 길=橫濱에서 布港까지 ······ 136
[22] 『동아일보』 1922.1.19. 공민, 露領 見聞記 ······ 146
[23] 『동아일보』 1922.1.26. 만오생, 釜山에서 ······ 151
[24] 『동아일보』 1922.1.30. 김준연, 독일 가는 길에 ······ 151
[25] 『동아일보』 1922.2.6. 김동성, 기자대회에서 화성돈 회의에 ······ 152
[26] 『동아일보』 1922.6.6.
양해청(梁海淸) 기서, 북경에서－중국 유학 안내 ······ 152
[27] 『동아일보』 1923.6.10. 유광열, 중국행 ······ 162
[28] 『동아일보』 1925.9.11. 高永翰, 초추의 고향 (평양기행) ······ 171
[29] 『동아일보』 1925.9.24. 송아, 남경 가는 길에 (기행 연재) ······ 178
[30] 『동아일보』 1925.10.28~11.3.
삼도시 순람기평－평양시찰단 기행 (7회) ······ 181
[31] 『동아일보』 1926.7.28. 최남선, 백두산 근참 ······ 182
[32] 『동아일보』 1927.4.3.
신천 일기자, 蘆月紀行=문제 만흔 小作爭議地 ······ 194
[33] 『동아일보』 1928.5.23. 가람 이병기, 남위례성을 차즈며 ······ 198
[34] 『동아일보』 1928.7.15. 김동환, 초하의 관북 기행 ······ 202
[35] 『동아일보』 1928.6.8~6.24.
金賢準, 현대의 독일－구라파 여행감상기 중 (17회) ······ 211
[36] 『동아일보』 1928.11.23. 이병기, 泗沘城(사자성)을 찾는 길에 ······ 214
[37] 『동아일보』 1928.10.23. 白羊寺, 부여기행 (1)=기행시임 ······ 219
[38] 『동아일보』 1930.9.2. 도유호, 구주행 ······ 219
[39] 『동아일보』 1930.9.12. 이은상, 금강행 (이은상의 기행 시) ······ 227
[40] 『동아일보』 1930.12.5. 배재5년 김종근, 만주기행 (연재) ······ 229
[41] 『동아일보』 1931.6.11. 이은상, 향산유기(香山遊記) ······ 234
[42] 『동아일보』 1931.10.28. 安城, 崔永秀, 스케취 기행－송도를 차저서 ···· 257
[43] 『동아일보』 1932.3.11. 梁基炳, 지하금강 동룡굴 기행 ······ 259
[44] 『동아일보』 1932.11.18.
최일송, 화성 녯터를 차자서 〈스케취 紀行〉 (3회 연재) ······ 270
[45] 『동아일보』 1933.5.8. 이은상, 춘천기행 ······ 271
[46] 『동아일보』 1935.3.1~3.30.
이중철, 호주 기행－연재 (총17회)/석간 3면 ······ 276

[47] 『동아일보』 1935.7.31.
이무영, 수국기행 〈석간〉 제주도행 太西丸 갑판상에서 이무영 ………… 288
[48] 『동아일보』 1935.8.2. 「정찰기」 旅行과 紀行 ………… 297
[49] 『동아일보』 1935.8.1~8.14. 신기석, 유만잡기(遊滿雜記) 총9회 연재 ………… 298
[50] 『동아일보』 1936.8.18. 혜산 지국 梁一泉, 수국 기행 ………… 299
[51] 『동아일보』 1937.10.31~11.14. 신남철, 금강기행 (12회) ………… 307
[52] 『동아일보』 1938.6.4.
봉화 일기자, 청량산 탐승 기행 (1), 연재 (2회) ………… 318
[53] 『동아일보』 1938.7.27.
이무영, 비경탐승(1): 기행 호서의 비경 단양유기 ………… 319
[54] 『동아일보』 1938.4.24.
대련에서 姜鷺鄕, 강남기행-제일신-선야 여숙 향수 ………… 323
[55] 『동아일보』 1939.10.17. 월탄, 懷月의 戰線紀行 (신간평) ………… 328
[56] 『동아일보』 1939.8.4. 韓雪野, 기행-부전 고원행 ………… 330
[57] 『동아일보』 1938.8.9. 徐恒錫, 비경탐승 「기2」 장수산행 ………… 335
[58] 『동아일보』 1938.10.25. 민촌생, 金剛 秘境行 ………… 343
[59] 『동아일보』 1938.10.30.
김도태 선생, 지상수학여행 (1940년 5월 26일까지 71회) ………… 350
[60] 『동아일보』 1939.9.8. 丁來東, 기행잡서-화산용주사 ………… 353

03.

『동아일보』(1920~1940)

작　가: 태허?
기행지: 상해에서 일본
특　징: 부제가 있음
내　용: 필자가 상해에서 일본 나가사키에 노동 직업을 구하기 위해 일본을 기행한 경험과 노동자들의 생활상 기록 = 이 시기 일본에서의 조선인의 모습을 파악할 수 있음

[01]『동아일보』 1920.04.20~21. 車中有怨 (호남선, 2회)
[02]『동아일보』 1920.05.03~05. 一記者, 釜山에서 (부산, 부산, 3회)
[03]『동아일보』 1920.05.27~06.18. 頌兒, 上海雜信 (상해, 5회)
[04]『동아일보』 1920.06.08~09.
스코필드, 사랑하는 張兄이여, 누가 도을고? (서신, 2회)
[05]『동아일보』 1920.06.05~16. 三民生, 西鮮에서 도라와 (서선, 5회)
[06]『동아일보』 1920.06.12~14. 公民, 釋王寺에서 (석왕사, 2회)
[07]『동아일보』 1920.06.18~22. 柳光烈, 大邱行 (대구, 5회)
[08]『동아일보』 1920.06.23~07.09. 공민, 滿洲 가는 길에 (만주, 12회)
[09]『동아일보』 1920.07.11~12. 석호 權泰用, 中國 旅行記 (중국, 2회)
[10]『동아일보』 1920.08.04~20. 千里駒(譯述), 籠鳥 (소설, 10회)
[11]『동아일보』 1920.08.09~10. 千里駒, 元山ᄭᅡ지 (원산, 2회)
[12]『동아일보』 1920.08.27~09.06. 盧子泳, 千里의 夏路 (개성·진남포, 9회)
[13]『동아일보』 1921.05.02~06. 晩悟生, 旅行의 餘感 (논설, 2회)
[14]『동아일보』 1921.05.06~08.11. 春風 李壽衡(이수형),
吉林에서 北京에 (중국, 61회)
[15]『동아일보』 1921.05.20.
논설, 近來 日本 觀光: 그 目的이 무엇, 無識見의 弊端 (논설, 1회)
[16]『동아일보』 1921.06.08. 生命의 朝鮮, 조선 인상기, 프레드릭 스타 (기타, 1회)
[17]『동아일보』 1921.08.21. 北靑에서 閔泰瑗, 白頭山行 (백두산, 17회)
[18]『동아일보』 1921.10.03~08. 권덕규,
백두산기행이 긋나고 납량회를 맞추힘 (기타, 6회)
[19]『동아일보』 1921.11.21~25. 金東成, 布哇行 (포규, 5회)
[20]『동아일보』 1921.12.15~17. 金俊淵, 獨逸 가는 길에 (독일, 4회)
[21]『동아일보』 1921.12.21~31. 산호성(오천석),
태평양 건느는 길 = 橫濱에서 布港ᄭᅡ지 (미국, 10회)

[22]『동아일보』 1922.01.19~24. 공민, 露領 見聞記 (러시아, 6회)
[23]『동아일보』 1922.01.26~28. 만오생, 釜山에서 (부산, 2회, 입력 안 함)
[24]『동아일보』 1922.01.30~02.05. 김준연, 독일 가는 길에 (독일, 7회, 입력 안 함)
[25]『동아일보』 1922.02.06~17. 김동성, 기자대회에서 화성돈 회의에 (미국, 11회)
[26]『동아일보』 1922.06.06~13. 양해청(梁海淸) 기서, 북경에서-중국 유학 안내 (중국, 8회)
[27]『동아일보』 1923.06.10~07.08. 유광열, 중국행 (중국, 5회)
[28]『동아일보』 1925.09.11~23. 高永翰, 초추의 고향 (평양, 11회)
[29]『동아일보』 1925.09.24~10.08. 송아, 남경 가는 길에 (중국, 8회, 부분 입력)
[30]『동아일보』 1925.10.28~11.03. 삼도시 순람기평-평양시찰단 기행 (평양, 7회, 부분 입력)
[31]『동아일보』 1926.07.28~1927.01.23. 최남선, 백두산 근참 (백두산, 89회, 부분 입력)
[32]『동아일보』 1927.04.03~08. 신천 일기자, 蘆月紀行=문제 만흔 小作爭議地 (삼남, 8회)
[33]『동아일보』 1928.05.23~26. 가람 이병기, 남위례성을 차즈며 (서울, 4회)
[34]『동아일보』 1928.07.15~26. 김동환, 초하의 관북 기행 (관북, 8회)
[35]『동아일보』 1928.06.08~24. 金賢準, 현대의 독일-구라파 여행감상기 중 (유럽, 17회)
[36]『동아일보』 1928.11.23~27. 이병기, 泗沘城(사자성)을 찾는 길에 (부여, 5회)
[37]『동아일보』 1928.10.23~25. 白羊寺, 부여기행 (기행시, 부여, 5회)
[38]『동아일보』 1930.09.02~10.05. 도유호, 구주행(유럽, 23회)
[39]『동아일보』 1930.09.12~19. 이은상, 금강행 (기행시, 금강, 7회)
[40]『동아일보』 1930.12.05~09. 배재5년 김종근, 만주기행 (만주, 4회)
[41]『동아일보』 1931.06.11~08.07. 이은상, 향산유기(香山遊記) (묘향산, 35회)
[42]『동아일보』 1931.10.28~11.06. 安城, 崔永秀, 스케취 기행-송도를 차저서 (개성, 7회)
[43]『동아일보』 1932.03.11~30. 梁基炳, 지하금강 동룡굴 기행 (동룡굴, 12회)
[44]『동아일보』 1932.11.18~12.19. 최일송, 화성 녯터를 차자서 (수원, 3회)
[45]『동아일보』 1933.05.08~18. 이은상, 춘천기행 (춘천, 5회)
[46]『동아일보』 1935.03.01~30. 이중철, 호주 기행 (호주, 17회)

[47]『동아일보』 1935.07.31~08.08. 이무영, 수국기행 (제주도, 5회)
[48]『동아일보』 1935.08.02. 「정찰기」 旅行과 紀行 (논설, 1회)
[49]『동아일보』 1935.08.01~14. 신기석, 유만잡기(遊滿雜記) (만주, 9회)
[50]『동아일보』 1936.08.18~21. 혜산 지국 梁一泉, 수국기행 (압록강, 4회)
[51]『동아일보』 1937.10.31~11.14. 신남철, 금강기행 (금강산, 12회)
[52]『동아일보』 1938.06.04~05. 봉화 일기자, 청량산 탐승 기행 (청량산, 2회)
[53]『동아일보』 1938.07.27~08.03. 이무영,
비경탐승: 기행 호서의 비경 단양유기 (단양, 7회)
[54]『동아일보』 1938.04.24~06.24. 대련에서 姜鷺鄕, 강남기행 (중국, 3회)
[55]『동아일보』 1939.10.17. 월탄, 懷月의 戰線紀行 (신간평)
[56]『동아일보』 1939.08.04~10. 韓雪野, 기행-부전 고원행 (부전, 4회)
[57]『동아일보』 1938.08.09~31. 徐恒錫, 비경탐승: 황해금강 장수산행
(장수산, 12회)
[58]『동아일보』 1938.10.25~11.06. 민촌생, 金剛 祕境行 (금강산, 8회)
[59]『동아일보』 1938.10.30~1940.05.26. 김도태, 지상 수학여행
(경부선, 71회)
[60]『동아일보』 1939.09.08~16. 丁來東, 기행잡서-화산용주사
(수원·금강산, 7회)

[01] 『동아일보』 1920.4.20~21. 車中有怨

이 기사는 기행문은 아니지만, 이 시기 기차 안의 풍경을 그려낸 기사문임

▲ 4월 20일, 경원션, 호남션 긱챠도 불결하고 승긱의게 불친절

요사이 조선 철도에서는 경부션과 경의선에는 렬거에 매우 개량을 하고 속력도 빠르도록 힘써서 려긱의 편의를 도모하는 일이 만흐나 경부선과 경의션의 다음으로 뎨일 연당이 길고 승긱이 만흔 경원션과 호남션의 렬거 운젼에 대하야 불완젼한 일도 만코 친절치 못한 일도 만한 려긱 편의 불평이 비상한 즁에도 경의선과 경부선은 외국인과 일본인이 만히 타는 고로 개량도 하고 친절하게도 하지은 경원선과 호남선은 거의 조선 사람만 타닛가 개량도 아니하고 친절하게도 하야 쥬지 아니한다고 조선 사람의 텰도에 대한 불평이 점점 볍하가는 모양인대 무론 경부선과 경의선은 조선 텰도의 쥬장되는 줄기요, 외국과 교통하는 텰도선인 고로 지선보다는 범빅을 낫게 하는 것이 당연하지만은 근일 텰도에서 하는 일을 보면 아모리 지선이라도 경원선과 경의선에 대하야는 학대가 비상하야 쏙 갓흔 긔차삭을 내이는대 엇지하면 텰로길이 다르다고 이와 가치 칭절을 하는가 하는 싱각이 자연히 승긱의 마음에 일어난다. 쳣재 매일 렬거를 운젼하는 회수로 말할지라도 승긱의 수효에 비하야 매우 적은대, 렬거를 운젼하는 회수가 적을 것 갓흐면 승긱 렬거에는 아모조록 화물차를 달지 말고, 긱차을 만히 다는 것이 조치 아니한가. 승긱이 긱차의 좌석 수효에 비하야 만흠으로 려긱이 불편을 밧는 것은 경부선 경의선도 역시 맛찬가지이지만은 경원선과 호남선의 나려가는 편은 특별히 심한 것이 사실이오, 또 그쑨 아니라 승긱이 경히 만하서 중간에서 삼등 객차를 올나 새로히 달더라도 좌석이 업는 사람에게 자세히 알려주지 아니함으로 부인 데가(빈 곳) 잇는 줄도 모

르고 렬거가 뎡거할 째에 뎡거장 입구에서 아주 갓가히 보이는 차로만 사람이 들어 몰려서 비상히 분잡한 취재를 매양 보는 것은 심히 유쾌지 못한 일이라.

또 긱차로 말하야도 이삼들을 물론하고 경부선 경의선에서 실토록 쓰고 나마지 헐고 구식인 것만 돌녀서 변소와 세면소에 문장식하나 자세히 맛지 아는 것은 말도 말고, 젼톄에 부정하기가 한량업스며, 또 경원선 호남선에 운젼하는 긱차에는 일년에 몃번식이나 류리창을 닥는지, 이등 객차의 두겹 류리창은 몬지와 째가 덕고덕거서 더러웁기가 짝이 업는 것이 열에 팔구는 되는 것이 사실이오, 또 이등 차로 말하야도 변소에서 나올 째에 매화틀(분뇨통)을 씨서 나리는 물은 거의 젼에 넛치 아니하며 경부선 경의선에는 의례히 준비하는 조희도 구경할 수 업스며 세면소에 드러가 보아도 손씨슬 물을 도모지 놋치 아니하며 간혹 양텰통에 다마노흔 것이 잇서도 드러워서 차마 쓸 수가 업고 쥰비하는 수건도 한 개 아니면 간신히 두 개밧게 안 되는 괴상한 일이오, 삼등 변소에 부처 잇는 손씨슬 그릇에도 열차이면 하홉 차에는 몬지가 폴삭폴삭 나는 것이 의례이라. (계속)

▲ 4월 21일

경원선과 호남선은 경부선과 경의선에 비하야 개통된 지가 아직 오릐지 못함으로 자연히 그 근처에서 긔챠를 타는 사람도 긔챠에 서투른 일이 만흔 고로 긔챠에서 승강할 째에 아모조록 챠장이나 역부가 졍다웁게 가르처 주는 것이 당연한 일이오, 또 긱을 대접하는 도리로 말하야도 의례히 그리지 아니치 못할 일이어늘, 경원선과 호남선에서는 뎡거쟝에서 사람이 탈 째에 조금도 가르치거나 일러주는 일이 업시, 가만히 버려 두엇다가 혹시 삼등긱이 잘못 이등챠를 드러왓슬 째에는 도야지 째 몰 듯이 함부로 모라내는 이며, 또 그뿐 아니라 삼등객에게 대하야는 일체로 대우가 좃치 못하야 털도 종업원 중에도 가장 하급되는 소위 역부들이 삼등ᄀᆡᆨ의게 대하야는 의례히 반말이 아니면 욕설을 하야 하대가 비상한 것은 보기에 심히 불쾌한 일이라. 그리하고 이등실에도 '샛이-' 하나를 두지 아니하야 긔차 중에서 뎐보 한 장을 노흐랴도 련숙지 못한 역부를 식히기에 심히 불편하며 출발 도착하는 시각이 뎡한대로 시행되는 것이 도리혀 희한한, 조선 텰도에셔는 시각을 가지고 말하는 것이 도리혀 우순 일이라 하겟스나 경원선과 호남선에는 급힝렬거가 업시 뎡거장마다 뎡거를 하고, 진힝 중에도 속력이 더듸여 승ᄀᆡᆨ이 심히 지루하거든 거긔다가 또 시각이 힝용 느저지는 것은 매오 견듸기 어려운 일이라. 이상에 말한 것은 대개 몃가지 전례에 지나지 못하는 것이오, 전례로 말하야 경부션이나 경의선에 비하야 경원선이나 호남선의 승ᄀᆡᆨ 대우가 현저히 좃치 못함은 분명한 사실이라. 텰도 당국쟈의게 말하랴면 경원선이나 호남선에는 아직 승ᄀᆡᆨ의 수효도 적고 또 텰도의 디위도 다를 뿐 아니라 경비와 준비의 관계로 급격히 개선하기가 어려웁다고 말하겟지만은 금젼이 만히 드는 것과 준비하기에 오ᄅᆡ인 세월이 걸리는 것은 졸디에 엇더케 할 수가 업는 일이라 할지라도, 그러치 안코 금젼도 조곰 들고 준비도 속히 되며, 텰도 당국에서 진실한 성의만 잇스면 넉넉히 개량할 일도 개량치 아니한다 할진대 이는 ᄎᆡᆨ망치 아니치 못할 일이오, 도로혀 경부선이나 경의선과 가튼 차삭을 밧는 것이 불공평하다는 ᄉᆡᆼ각이 려ᄀᆡᆨ의 마음에 이러난다 할지라도 무리가 아니라고 다년 긔차를 집으로 삼다 십히 하고 빈번히 려힝하는 모 실업가는 말하더라.

[02] 『동아일보』 1920.5.3~5.5. 一記者, 釜山에서

기자가 어떤 문제로 부산, 초량, 동래 등지에서 취재하며 기록한 취재기. 기행문으로 보기는 어렵지만 이 시기 여행 담론의 글쓰기 형식(감상적 글쓰기, 여정 표현)을 드러내고 있음

▲ 5월 3일, 釜山에서(一)

(남대문역 - 영등포 - 부산: 기차 안의 모습)

四月 二十五日 夕陽에 黑雲이 天空에 싸이고 陰風이 庭園에 凄凄하야 爛漫하얏던 桃李花가 胸中에 愁心이 가득한 美人의 形狀과 갓치 보는 사람으로 하야금 哀然한 感情을 惹起할 섇이다. 花發多風雨라 하는 古人의 詩를 가만히 聯想하면서 忽忽한 行色으로 南大門驛에 當하얏다. 人山人海로 삼대갓치 모혀선 群衆들이 左眄右顧하야 奔走 奔忙한 貌樣들은 實로 人事의 促忙함을 表明한다. 七時 二十分 車가 汽笛을 鳴하고 東南으로 走하야 永登浦에 停車하니 銀鈴과 갓흔 드문 비방울이 잇다금 잇다금 써러지는대 '배'도 新聞 仁丹하는 외로운 소리에 밧븐 音調는 一等間 肥大한 紳士들의 鼓膜을 치지 못하고 한갓 凄凉할 섇이다.

食堂으로 向하는 高粱軍들을 보고 또다시 陰冷한 露地에서 陰風과 凄雨를 무릅시고 '베-도 벤도' 하는 露商의 哀怨聲을 드를 째에 또 한번 人生의 不自然 不公平을 感하면서 가만히 車壁을 依支하고 잠을 일윗다. 그런대 잠은 時間의 盜賊이라 쉬는지 가는지 모르고 자다가 釜山 하는 소리에 잠을 째고 보니 翌朝 六時頃이라. 精神을 새로 收拾하고 毛布를 손에 들고 車에서 나려 同行한 東渡하는 親故[1]를 作別하고 또 同行한 親故와 갓치 旅閣을 차자 草梁으로 向하는대 늘 보던 地勢이지

1) 동행한 동도하는 친고: 일본 유학을 떠나는 친구.

만은 東北으로 走下한 山脈이 東海岸을 둘러싸고 東海를 등지어서 西南으로 展開된 形狀은 또 한번 굿은 信仰과 깃븐 興味를 준다. 草梁 엇던 旅館에 投泊하고 卽時 釜山으로 向하야 所看의 人士를 尋訪한즉 二人은 翌日 光州로 出發하고 一人만 滯留하얏다. 二人의 出發에 對하야는 多少 悵然한 情緖가 有하얏스나 그러나 一人이라도 滯在함은 多幸이라고 생각하고 親故와 그 間 隔*된 情緖를 서로 懇切히 말한 後 所看의 問題의 經過를 問하얏다. (이 問題는 매우 複雜함으로 後日 別노히 論하고자 하노라) 그리고 이 問題에 主要한 關係가 有한 某日人을 往訪하야 不得 要領한 議論을 만히 듯고 旅館으로 도라오는대 釜山港의 繁昌을 보고 매우 늣겻섯다. 비록 엇던 사람의 力과 智로 되얏던지 間에 우리 半島에서는 唯一의 良港이오 또 有數한 都市이라. 英國 사람이 '만제즈다'[2]를 사랑하고 美國 사람이 紐育[3]을 사랑하고 日本 사람이 大阪을 사랑함과 갓치 날로 하야금 釜山을 사랑하게 한다. 그리하고 本町을 지나면서 兩側을 도라보니 즐비한 商鋪에 모다 조선인의 名牌가 걸리엿다. 數年前 그 街路를 通行할 쌔 다만 數間의 朝鮮人 荒貨店에는 모다 눈에 익지 안이한 명패만 보던 眼目으로, 變한 새 現象을 볼 쌔에 스사로 隔世感을 禁치 못하는 동시에 또 諸般 新經營이 만히 잇다는 말을 듯고 매우 깁벗다. 그러나 나는 그 商鋪들의 내용에 대하야는 疑心이 업지 못하야 모 實業家의게 疑心이 잇는 바를 말하얏다. 只今 金融이 만히 回縮되고 財界가 매우 恐慌함으로 각지에셔 破産者 停業者가 속출한다 하는대 釜山 조선인 실업계에는 如何한가고 問한즉, 그 실업가의 말이 現下와 如한 恐慌 程度로는 파산은 물론이오 정업자도 一人이 無할 것을 保證하야 말한다. 과연 事實일는지 알지 못하나 그 지방 실업가의게 이와 갓흔 自信이 잇는 것은 그 지방을 爲하야 또 그 지방에서 활동하는 실업가에게 대하야 祝賀하고 敬愛함을 마지 아니하며, 싸

2) 만제즈다: 맨체스터.

3) 뉴육(紐育): 뉴욕.

라서 우리의 **을 우리의 '만제스다'를 만들기를 그 地方 實業家에게 대하야 企待하얏다. 그러나 나는 釜山을 사랑하고 또 釜山에서 活動하는 실업가 諸氏를 敬愛하는 情으로, 실업가 諸氏씌 一言 忠告를 進하려 한다. 貧弱한 우리 社會에 各種 事業을 不日로 成就하야 充實한 社會를 組成함도 急務이지마는 우리의 事業은 限이 업고 우리의 能力은 限이 잇스니 유한한 力으로 무한한 事를 行하는 것은 危險한 가온대 第一 危險한 事이라. 勿論 현명한 諸氏지만은 元來 人은 事業을 好하는 性癖이 잇고 또 그 局에 當하면 遠慮에 缺하는 弊가 업지 아니하니, 障碍와 難關이 만흔 우리는 항상 事를 謀할 째에 몬저 力과 勢를 顧치 아니치 못할 것이며, 또 日曜日에 休業하는 것은 文明式인 동시에 六日間 苦惱하다가 一日을 休息하면 煩苦를 慰安하고 銳氣를 回復하야 事務上 能率이 增進하는 利益도 업지 아니하며 各銀行이 모다 休息함으로 商品去來도 감소하야 그리 事務도 만치 아니하겟스니 贊成할 일이다. 그러나 商業은 性質上 競爭을 피치 못하는 것이니 남은 休業지 아니하는대 나는 七日에 一日을 休業하면 그 競爭에 多少 影響이 업지 아늘 것이오, 비록 銀行은 休業할지라도 競爭하는 商人은 休業치 아니하니 이럼으로 日曜日이라도 商業 去來가 업지 아니할 것이오, **가 勿論 煩雜하야 業務家의 苦惱가 심하겟지만은 苦腦를 당분간 피할 수 업는 것은 우리의 當한 現象이오 또 苦腦의 程度도 競爭하는 달은 商人보다 大差가 업슬 것이라.

▲ 5월 4일, 釜山에서(二)

그럼으로 文明式인 쌔문에 日曜日을 休業한다 함은 우리가 서로 首肯치 못할 事實이며 實業家들이 日曜日을 休業하야 自働車로 溫井 出入을 間間이 行함으로 이것이 一種 流行이 되야 맛참내 帶妓蕩子의 良心을 痲痺하게 되얏스니 일로 볼지라도 日曜 休業은 文明式이라고 그리 模倣할 것이 아니로 안다. 이런 생각 저런 생각을 혼자 하며 旅館으로 도라갓다.

當日은 日曜日이다. 知舊를 尋訪하얏스나 大槪 商會치 못하얏다. 日曜日임으로 靜養하러 갓섯기 때문이다. 여관에서 故鄕 親故 2人하고 時間이 가는 줄 알지 못하고 閑談하노라니 下午 五時쯤 되야 數人의 知己가 來訪한다. 그리하고 親切한 態度와 사상스러운 말삼으로 散步를 誘引하야 또 溫井으로 向한다. 그런대 釜山에서 東萊지의 距離는 三十里라 한다. 夕陽때 가부여운 바람에 東萊 野原을 지나는대 한 분 紳士가 그 지방의 地形을 말삼하며 恨歎한다. 이 平原이 數萬 斗落이 되지만은 大旱이 아니면 水漲으로 農事가 되지 아니하며 排水의 設計를 하랴하되 이곳 지형이 水平線보다 低陷한 陰地인 故로 排水器를 裝置하면 도리혀 海水가 流入할 形勢이라 한다. 이 말을 들을 때에 和蘭의 排水法과 堤防術을 朝鮮人도 學하얏스면 이 平原의 無窮한 寶貨를 헛되게 死藏치 아니하얏겟다고 싱각하얏다. 그리하고 오후 6시쯤 되야 鳴戶館에 投하니, 日曜 靜養派는 大槪 回來하고, 比較的 孤寂한 모양이라 하는대, 그리하야도 自動車 소리와 長鼓 소리는 끗이지 아니하고, 高粱의 臭에 綾羅의 色이 서투른 사람으로 하야금 異感을 生케 한다. 一夜를 勝友와 갓치 優遊하고 翌日 步行하야 東萊邑內로 向할새 잠간 主人과 俾女의 行動을 살펴보니 不快한 心事가 沸然히 난다. 그러나 그들에게는 또한 그러하겟다는 싱각도 업지 아니하다. 京城 料理집에서도 흔히 잇는 事實이니, 風律 王治 遊公들이 花郞을 帶同하고 '梁山桃(양산도)'에 魂迷하야 人生이 무엇인지 都是 不問에 附하고 歷史的 遺物로 父兄의 遺産을 하염업시 一擲에 百金하고 一席에 千金하야 浪費 蕩盡하는 어룬들을 만나서 수나던 자들이닛가 그럼으로 그러한 令*들이 가면 매우 歡迎하고 그러치 아니한 사람이 가면 冷待함은 그 社會의 一種 道德으로 볼 수 잇다. 우리를 호시관(여관명)에서 그와 갓치 待接하는 것이 그곳과 그 때를 싱각하면 아무 怪異할 것이 업다. 오즉 社會 組織이 料理집만 아니라 一般으로 이와 갓치 腐敗하게 된 것을 개탄할 샌이다. 斜陽을 니마로 밧고 그 여관을 出發하니 灼灼한 白紅이며 旭旭한 翠綠은 大自然의 大神祕를 사양업시 자랑하는 것 갓다.

▲ 5월 5일, 釜山에서(三)

高丘에 佇立하니 長堤에 가득한 芳草는 夕陽이 나리 쏘이는 光線을 밧아 一面으로 누럿는대 洋洋한 東南風이 衣服을 가만이 날리니 大氣의 化한 맛을 나혼자 밧는 것 갓다. 塵埃가 가득한 工場 안에서 勞働하든 兄弟들과 陰鬱이 充滿한 *窓下에서 呻吟하는 親故들이 自然의 이 和氣를 夢中에서 게우 맛볼 것을 가만히 생각하고 또 다시 哀然하얏다. 東萊 邑內에 至하야 東萊 銀行을 往訪하니 그 은행의 支配人은 今 朝 溫井에서 作別한 金東圭 氏이다. 忠直하고 高潔한 態度는 言辭間에 나타난다. 同氏의 引導로 東明學校(동명학교)를 往訪하니 同校는 同氏가 십년 以上 心血을 注하야 經營한 바이라 한다. 隆起한 丘陵下에 西向한 青灰色 木造 洋屋은 掃灑하고 淸雅함이 經營者의 性格을 表示하는 듯하다. 龍躍虎搏으로 活氣가 등등한 학생들이 '후도뽈'[4]을 차는 것은 우리의 새 생명을 자랑하는 것 갓다. 事務室로 드러가서 日本 先生에 修學旅行의 認可를 要함은 너무 관료식이라 하는 不平의 말을 잠간 듯고, 다시 銀行으로 도라오면서 周圍에 羅列한 십팔세기식 工場을 觀察하얏다.

이 공장은 煙管을 製造하는 곳인대 매년 産額이 7~80만원 以上이라 한다. 비록 18세기식 공장이지만은 一郡內의 生産으로 6~70만원의 額出은 朝鮮에는 실로 贊揚하고 또 자랑할 만한 일이라고 싱각하얏다. 은행에 回來하야 곳 釜山으로 發程하얏다. 그런대 동명학교를 一層 擴張하야 완전한 財團法人을 企成할 計畫으로 그 경영자가 수십 頁의 創立議案을 製作하고 忘食의 勞를 注하야 祝賀하고 敬愛할 쌘이다. 釜山

---

4) 후도뽈: 풋볼. 축구.

에 回來하야 旅館으로 向하는대 釜山 實業家들이 育英會를 組織하고 海外로 留學生을 派遣하는 送別宴이 잇다는 말을 드럿다. 동행한 어룬 가온대 그 會의 評議員이 되시는 趙東玉(조동옥) 씨가 게섯다. 동씨에게 동회의 내용과 方針을 무른즉 동씨는 원래 親切한 態度로서 叮嚀한 說明을 한다. 매년에 10인씩 수재를 선발하야 海外로 留學케 할 터인대 그 費用은 발서 2만원 이상이 募集이 되얏스니 그리 念慮될 것이 업스나 금년도 留學生은 先發하얏던 學生 가운데 여럿이 시간 문제로 關連하야 留學치 못하게 되얏슴으로 其間 留學을 보닌 학생은 2인 밧게 되지 못하얏는대, 금번 다시 數人을 이여 보내게 되니 매우 깃분 일이라고 한다. 勿論 깃불 것이다. 실로 육영회의 事業은 神聖하다. 더구나 우리 會社에 잇서서 必要 緊急은 또 말할 것이 업고 참 새 紀元이오 새 創作이다. 釜山 實業家의 公德心 公益心은 이 事實로만 하야도 넉넉히 알 수 잇다. 그리고 이와 갓흔 經營은 결코 虛榮에서 일을 수 업다. 그 내용이 充實할 쑨만 아니라 그 회원들이 서로 和悅하고 親睦한다 하니 그 親睦하고 화열함을 볼지라도 알 것이다. 그러나 問題는 提出에 잇지 아니하고 解決에 잇스며, 事業은 始作에 잇지 아니하고 結果에 잇다. 더구나 傷弓의 鳥와 如한 우리가 그 定하고 續하는대 疑가 無치 못할 것이다. 그러나 信하노라. 육영회의 사업은 물론이오, 釜山으로 米國의 紐育을, 英國의 '만저스다'를, 日本의 '大阪'을 만들 것은 釜山의 實業家 諸氏에게 信하노라. (以上)

[03] 『동아일보』 1920.5.27. 頌兒, 上海雜信

주요한이 상해의 중국 학생 운동과 영일동맹의 의미 등을 견문한 기록

▲ 5월 27일, 송아, 상해 잡신

사월 19~20 양일의 本報 제17~18호 참고. 但其後 一回 原稿는 中途에 故障이 生한 模樣.

'五一', '五四' 兩 運動

기자의 前稿에 '5.1', '5.4', '5.5'. '5.7', '5.9'의 5개 句를 連記하엿소. 이 다섯 가지 紀念日 중에 중국의 新文化運動이 다 包含되엇스니 이것이 靑年 中國의 表象이라 하여도 無妨하다 하오.

五一運動이란 무엇인가오[5]. '五月 一日'은 즉 세계 勞働者의 榮光스러운 紀念日이니 이 날에 萬國 勞働者가 業을 쉬이어 이 날을 賀하고 이 날에 示威運動을 하는 것이오. 中國에서 이 偉大한 世界的 紀念日이 紀念되기는 今年이 처음이엇소. 中國의 民衆 運動이 世界的 色彩를 씌기도 今年 오월 일일이 처음이엇소, 上海에 在한 勞工界 總示威運動의 計劃은 軍警에게 阻止되어 失敗되얏소. 그러나 군경의 嚴嚴한 戒嚴과 一般의 緊張한 態度가 市民의게 一種 닛지 못할 깁흔 印象을 씻쳣습니다. 쉼 소에 잇는 中國 民衆에게 世界 思潮의 一流가 汎濫하야 드러옴이다. 各 勞動團體가 宣言한 바와 갓치 "驚異가 잇슨 後에 懷疑하고 회의가 잇슨 後에 認識하고 인식이 잇슨 後에 決心하고 결심이 잇슨 後에 奮鬪"하는 것인즉 표면적 示威運動은 失敗되엿지마는 勞動階級과 一般

5) 무엇인가오: 여기서 '오'는 '요'의 전신으로 볼 수 있음. '무엇인가요?'

市民의게 捺印된 이 날의 人相은 결코 無價値한 것이 아니라 하겟소.

5.1운동의 意義는 어듸 잇는가. 먼저 그것은 世界的이오. 그는 일국일 지방에 限한 政爭도 아니오, 一民族이나 一國民에 한한 愛國運動도 아니오, 沈息을 極하던 腐敗를 極하던 中國 民衆이 世界的으로 覺醒하는 第一聲이외다. 둘직 이 5.1운동은 文化的이오. 이는 一二 野心家의 權勢 다툼과도 다르고, 排日 排貨의 敵愾心과도 다른 純然한 文化的 運動이오, 國民의 自覺과 向上을 目的하는 文化運動이오. 세재는 社會的 運動이오. 이 文化運動은 通常의 文化運動이 아니고 資本主義에 대한 警告이오 社會制度上에 絶對의 正義를 主張하는 第四階級의 覺醒의 소리외다. 戴天仇가 말한 바와 갓치, "今年의 오일운동은 去年 오사운동의 結果라 하리로다. 去年의 오사운동이 업섯던들 今年의 오일운동이 生치 못하엿스리라. 今年의 오일운동이 업섯던들 今後 社會運動의 方向을 定치 못하엿스리라. 오사운동의 標榜하는 바는 文化이엇다. 오일운동의 標榜하는 바는 勞工 神聖이다. … 勞動運動은 卽 文化運動의 一種이라."

5.4운동이란 무엇인가오. 昨年 5월 4일 北京大學生이 義憤을 니르킨 날, 全國 學生이 이에 響應한 날, 新文化가 舊勢力에 대하야 蹶起한 날, 民主主義가 官僚主義에 反抗하야 起한 날, 民族自決主義가 侵略主義와 宣傳한 날, 그런 귀중한 紀念日이외다. 이 날에 中國 靑年은 許多의 犧牲을 하엿소. 이 날노 始하야 新時代 出産의 苦悶이 發程하얏소. 이 날은 中國 文化史上에 닛지 못할 偉大한 날이외다.

한번 쒸기 始作한 駿馬는 머믈 줄을 모르오. 文化運動의 旗幟下에 勇躍을 始한 中國 靑年은 마침내 世界的 潮流인 社會革新의 氣運에 물결가치 밀녀나가게 되엇소. 오사운동의 意義는 偉大하오. 그 犧牲은 만헛소. 그러나 오사는 임의 記憶帳으로 너머간 날이외다. 中國 靑年은 임의 오사에서 一步 進하야 오일운동을 起하엿소. 작년에는 오일운동이란 그림자도 업섯소, 今年에는 그 일홈을 民衆이 처음으로 드럿소. 그러면

明年에는….

오칠, 오구는 무엇인가. 이것은 오사보다도 한거름 먼저 過去帳 속에 드러간 文字이오. 지금은 다만 紀念하는 意外에는 아모 쯧이 업는 자이오. 前에는 排日 表語이오. 중국 靑年의 피를 끄리던 이 두 자가 昨年만 하여도 旅館색이까지 옷깃에 그리고 단니던 이 날이 지금은 단지 一個의 紀念이 될 샏이오. 日本이 21개 조를 强締하던 날 軍事協定을 密約하던 날, 國恥紀念日 今年 이 날에도 중국 학생은 到處에서 示威運動을 計劃하고 至於 東京 잇는 中國 靑年들도 國耻記念大會를 모혓다는 報道가 잇소. 그러나 全國 學生이 이 날에 '오일'만치 '오사'만치 興奮치 아니함은 무슨 연고인가. 그들은 벌서 日本을 니즌 것이 아니오, 그들은 日本보다 더 무서운 것이 잇는 것을 안 짜닭이오. 오칠 오구가 그들에게 重大치 아님은 아니되 오일 오사는 그보다 더 重大하다 함이 그들의 切實한 自覺으로 나아왓소, 인제 그들에게는 北京 政府도 업고 日本 軍閥도 업소. 그들의 눈압에 大海가치 움즈기는 民衆이 잇슬 샏이오. 이것이 오일, 오사가 오칠, 오구에 比하야 더 意味 잇고 더 偉大한 所以외다.

오오라 함은 社會主義의 祖인 맑스의 誕辰인 五月 五日을 가르킴이니 排日－文化－社會革新－ 이런 順序도 急變하는 思想界와 비교하야 보며 맑스의 誕辰日이 紀念됨은 意味 깁흔 일이라 하겟습니다.

以上에 記者는 中國의 民衆運動의 일부를 紹介하얏소. 民衆운동의 中心이 學生인 것도 略說하얏소. 그리하고 그들의 熱烈한 精神이 혹은 愛國, 혹은 文化, 혹은 勞動 等의 各種 運動에 表現될 쌔에 野心만흔 階級, 야심 만흔 國家가 이를 가르켜 妄動이라 愚蠢이라 함니다. 或者는 이를 냉소하고 罵倒하며 혹자는 이를 壓制하고 逼迫하오. 과연 이 민중 운동이 日本人의 말하는 바와 가치 愚蠢輩의 妄動에 不過할가요. 諸君由 判斷에 맛김니다. 그러나 그가튼 辱說과 逼迫 下에서라도 그 運動의

精神과 活動은 날로 旺盛하여감은 피치 못할 事實임을 記憶하시오.

(이 稿를 草하는 중에 佛國 官憲이 중국 정부의 依賴에 의하야 當地 不租界에 在한 중국 각계 연합회, 전국 학생 연합회, 上海 학생 연합회, 商界 聯合會의 四團을 봉쇄하얏다는 報道가 잇더니 連하야 各 聯合會의 宣言이 發表되엇다. 차차로 戰爭은 眞正으로 드러가나 보다. 누가 이긔나 보자! 赤手空拳이냐. 金權 兵權의 官僚냐!)

▲ 5월 28일, 송아, 상해 잡신

일영동맹의 문제

日英 同盟의 期限이 明年 七月까지외다. 이에 관하야 支那人, 英人 등이 盛히 廢止論을 主張합니다. 更訂된다 하더라도 根本的 刷新이 必要하다 합니다. 支那人은 正義 人道로서 이를 主唱하고, 英國人은 在支 權利 衝突로써 이를 大呼합니다. 日英同盟은 과거에도 그릿고 只今도 그런 것 갓치 日本의 '大野心'을 길러 장차 第二 獨逸을 東洋에 만들어 世界 平和의 大禍가 잇다 하야 廢棄를 主唱하는 支那人의 心理도 一步 더 드러가 解釋하면, 즉 일영동맹이 잇기 째문에 支那가 日本에게 밧는 壓迫이 더하다는 것과, 日本의 世界的 孤立을 祈願하는 데서 나왓겟지오. 마는 國際聯盟을 쓰러오고 世界平和를 드는 그 論法은 正正堂堂하되다. 北京 天津 타임쓰(英人所有)의 廢棄論은 日本 新聞紙에 譯載된 일도 잇섯는대 其 要旨인즉 일영동맹은 과거에도 日本에게 過大한 利益을 주엇슬 쑨이지 英人에게는 아모 利益도 업섯고, 도리혀 該同盟으로 인하야 在支 英人은 種種의 束縛을 受하얏슨즉 지금에 이를 更訂할 必要가 업다 하며, 該 同盟 廢棄 後에는 국제연맹회(만일 성립된다 하면) 上에서 일본의 야심과 無理를 訴訟할 수 잇다 함이외다. 이를 보아도 과거 십년간 英人의 苦痛이 如何하엿는가를 알겟습니다. 北支데일

니 뉴쓰, 먼저 이 論에 和하고 만흔 讀者의 投書가 다 폐기론의 찬성설임은 더욱 注意할 만하외다. 이에 대하야 일본은 "일영동맹은 支那만 爲하야 잇지 안타." 하고, 강변을 합니다. 그러나 如何間 日本의 政治的 孤立의 形勢가 차차로 구체화하야 가는 것을 보겟습니다.

미함래호(米艦來滬)

라이잘 號를 旗艦으로 한 米國 驅逐艦隊 8隻이 亞細亞 艦隊 演習에 참가하기 위하야 芝*로 가는 길에 上海에 들엿습니다. 이 함대는 미국 아세아함대의 新威力으로 3월 25일에 桑港(샌프란시스코)를 發하야 布哇(호놀룰루) 呂宋(여송, 필리핀 루손)을 지나 5월 18일에 上海에 도착된 것이외다. 태평양을 횡단하는 遠航路에 故障이 生한 배는 다만 일척 밧게(하트 호) 업섯다 합니다. 금년 夏期間 米國 함대는 支那海 附近에서 大實習을 계속한다 합니다. 뜻이 잇서 함인지 뜻이 업서 함인지 모르거니와 比律賓 駐屯 군대의 激增과 아울너 주목의 價値가 잇다 합니다.

중법대학(中法大學)

支那大學을 佛蘭西에 세우자는 해외 대학안이 싱긴 지 임의 오릐외다. 그 주장하는 자의 所論은 支那社會의 분위기에서 보다 신선한 佛國社會의 雰圍氣 내에서 공부함이 학생에게 막대한 利益을 주리라 함인대 임의 支那 內에서 多數의 贊成者를 어더 佛蘭西 정부와 교섭 중이엇소. 최근의 佛國 通信에 의하면 彼地에서도 각계의 큰 환영을 바다 里昴(리앙, 리옹)에다가 位置를 設하기로 구체적 진행을 하는 중이라 하는데 문부와 육군부의 許諾으로 리앙시 구포대를 이용한다 합니다. (…중략…)

▲ 6월 16일, 송아, 상해 잡신

혼인제도 문제

금번에는 중국 靑年間에 論難되는 婚姻問題에 관한 니애기를 드리고저 합니다. 문제는 두 가지로 分間할 수가 잇는데 즉 하나은 '自由結婚'의 문제, 하나은 '婚制廢止'의 문제외다. 양자가 다 從來의 가정과 결혼제도를 否認함에서 發足함은 마찬가지나 其結論에 至하야는 일은 혼인제를 시인하고, 일은 부인하는 正反對의 結果를 보입니다. 혼인문제는 朝鮮 靑年에게도 死活을 制하는 중대 문제인 바, 年來로 더욱 近者 文化運動의 싹ㅇ 보이기 始作하면서 만히 論難됨을 봅니다. 그러나 아직 여긔 대한 철저한 理論과 明確한 解決을 提供하는 자가 업섯다 합니다. 중국 청년이 如何한 의견을 품은가를 一顧함은 煩悶을 가진 조선 청년에게 無意味가 아닌가 합니다. (…중략…)

▲ 6월 17일, 송아, 상해잡신

(혼인제도 연속)

▲ 6월 18일, 송아, 상해잡신

(혼인제도 연속)

[04] 『동아일보』 1920.6.8~6.9. 스코필드, 사랑하는 張兄이여, 누가 도을고?

*캐나다에 도착한 스코필드가 동아일보 장?에게 보내는 편지

*누가 도을고? 이 시기 재일 유학생 실상을 보여주는 편지 등

(재일 유학생 유영준)

[05] 『동아일보』 1920.6.5. 三民生, 西鮮에서 도라와

삼민생이라는 필명의 기자가 재령, 해주, 평양, 진남포, 강서, 선천, 신구 의주 등지를 돌아보고 5회에 걸쳐 연재한 기행문. 당시 식민 수탈 상황과 망국민의 비애를 서술한 점이 특징임

▲ 6월 5일

일즉이 西鮮 地方을 視察코자 하는 뜻이 잇던 바 맛치 二三의 同行이 일을 機會삼아 ** 載寧, 海州, 平壤, 鎭南浦, 江西, 宣川, 新舊義州 等地를 巡廻하야 왓소이다.

今般의 旅行은 엇더한 特殊한 事件에 關하야 調査하거나 或은 硏究하랴 함이 아니요, 단지 그 地方에 關한 印象을 *得하면 足함이엿슨즉 別로 特異한 材料도 업스나 要컨대 보는 바 듯는 바가 모다 우리의 心神을 不快케 하는 바 썬임은 實로 遺憾으로 싱각하나이다.

載寧과 海州間에 通하는 自動車 會社가 三個所가 잇스나 日本人의 經營하는 바 宮本, 織居의 兩會社와 朝鮮人의 所有에 屬한 海西自働車

部가 곳 이것이외다. 三 會社가 共히 沙里院驛으로부터 稍遠한 곳에 잇서 旅客의 不便을 感함이 不少함으로 자연 列車 時間에 마주어 역전에 出迎치 아니하면 아니될 形便인 바 비록 회사와 회사간의 競爭하는 關係도 잇겟스나 특히 조선 사람의 自動車는 驛前에 出迎함을 금한다 하니 실로 不公平한 일이 아니오닛가. 仔細한 事由를 듯건대 최초에는 단순히 朝鮮人의 것이라 하야 偏僻된 所見으로 역전에 出迎함을 금하다가 其後에 조선인측의 抗議로 인하야 共通히 出入케 되엿더니, 그것을 오히려 猜忌하야 또다시 手續의 疏漏로 트집잡아 이와 갓흔 不公平한 措置를 한다 하니, 要건대 이 점이올시다. 口頭로써 平等과 公正을 論議키는 어렵지 아니하나 과연 衷心으로서 公하고 平하고 明하고 正함을 可期할지 疑問이라 하나이다.

載寧의 宣敎師는 山上에 一村을 作하고 多數히 集住함을 보겟나이다. 그런 중 그의 內部 生活은 到底히 窺知키 어려우나 外部에 나타나는 生活狀態를 볼진대 그의 住宅은 거의 다 朝鮮瓦를 입힌 朝鮮式 建築物이올시다. 이것을 볼 때 이것이 비록 些少한 事에 不過하나, 그러나 그 중에 깁흔 뜻이 잇슴을 깨닷겟소이다. 다른 사람으로 하야금 나에게 接近케 하랴면 몬저 자기가 그에게 接近치 아니치 못할 것이외다. 個人과 個人의 關係에나, 國家와 國家의 관계 혹은 民族과 民族의 관계나, 모다 그러할 것이외다. 비록 입으로는 동화나 融和를 主張하나 事實로는 自我를 閉鎖하고 他를 排斥하는 사람과 비교하면 假使 그 宣敎師의 行動과 生活形式이 깃버 衷心으로부터 우러러 나오는 바가 아니라 한다 할지라도, 그의 手段과 方法만에라도 실로 雲泥의 差가 잇다 하나이다.

▲ 6월 6일, 삼민생, 서선에서 도라와(二)

載寧에서 이러한 事實이 잇섯다 함을 드럿소이다. 昨年 萬歲事件으로 因하야 收監되엿던 사람들이 放免되야 海州 監獄으로부터 도라오매 그의 親戚과 求友들은 그를 爲하야 冷麪을 待接하랴 하다가 許可 업시 無斷히 會食하랴 한다는 罪名下에 一同은 警察署 拘留場에서 數時間을 經過한 後 **를 밧고 放送되얏다 하나이다. 이 말을 드를 째 나는 하도 氣가 막혀서 *해 말할 거리도 생각나지 안습니다. 그러나 이것을 ○○民의 悲哀라고나 할는지요.

그러나 이 怨哀이 苦痛을 거그에 긋치면 우리는 絶望에 陷할 싸름이외다. 怨哀로부터 快樂을 索出하고 苦痛으로부터 힘과 光明을 發見치 아니하면 結局 우리는 個人上 社會上으로 滅亡이 잇슬 싸름이외다. 或은 服前에는 이 苦痛과 悲哀에서 벗어날 만한 手段과 方法이 업슬지라도 다만 우리가 '살리라'는 堅固하고 徹底한 情念과 意氣만 가진다 하면 그 中에 自然히 方法과 手段은 織出(?)될 것이외다. 絶望은 우리로 하야금 死로 引導하는 惡魔라 하나이다.

海州에 가는 자는 누구던지 首陽山의 聳出하얏슴을 보는 同時에 百世 淸風의 石碑가 잇서 中國의 伯夷叔弟를 思慕하는 뜻이 自然과 共히 該地方 人士의 腦髓에 깁히 印象된 바를 깨다를 것이외다. 그러나 나는 그의 畵神에 對하야 無限한 敬意를 表하는 同時에 一方으로 이것을 死守치 말고 活用하지 아니하면 아니되리라 생각하나이다. 卑俗한 例이나 金剛石이라도 琢磨하야 비로소 光彩를 발휘하는 것이라. 탁마치 아니하고 巖塊에 싸힌 寶石이 何等의 價値가 잇사올잇가. 모든 것은 琢磨하고 活用함으로 인하야 妙味가 잇고 價値가 잇나니, 夷齊의 精神을 敬慕하는 동시에 此를 琢磨하고 活用하야 써 그의 光彩를 더욱 發揮하기를 海州 人士에게 바라는 바이외다.

海州에는 海州靑年會와 首陽俱樂部 二個 團體가 잇다 하나이다. 近者에 各地方에 靑年 團體의 簇出(족출)됨은 실로 그 形勢가 燎原의 火와 如하야 실로 우리의 '살겟다' 하는 불과 갓흔 欲望을 表現함이니 有爲한 靑年이 酒肆와 靑樓의 墮落한 空殼에서 脫出되야 意味 잇는 新社會를

創造코저 하는 그 精神은 우리의 함씌 隨喜의 淚를 禁치 못하는 바이나, 우리는 쏘다시 新社會의 발전과 장래를 考慮치 아니치 못할 것이외다.

우리의 과거 歷史를 回顧할진대 우리는 合함으로써 발전됨이 업섯고 分함으로 인하야 衰縮하얏슬 섄이외다. 海州와 갓흔 比較的 狹小한 地方에서 동일한 靑年이 同一한 理想과 目的下에 모임에 2개의 團體의 必要가 어데 잇나잇가. 該地方의 인사 중 此에 대하야 憂慮하는 자도 不少한 듯할 섄 아니라 실로 해주 청년의 羞恥라 싱각하나니 諸氏의 猛省을 促하는 바이외다.

▲ 6월 7일, 삼민생, 서선에서 돌아와(三)

*경창문 외의 비참한 상태, 신사 건축을 위해 경찰의 힘으로 가옥을 파괴한 것 등과 관련하여

平壤은 朝鮮의 第三 都會요 風景의 第一 名勝地라. 牧丹峯, 乙密臺와 浮碧樓, 送客亭이 살람으로 하야금 快感을 이리키지 아니할 者 업스나 尤中에 綾羅島를 겻헤 씌고 牧丹臺를 멀니 바라보면서 孤舟를 저어 草綠 江水를 遡上함은 實로 仙境의 仙人 노름이라 할 外에 다시 適當한 形容이 업나이다. 그러하나 美가 잇스면 醜가 잇고, 깃붐이 잇슨 後에 슬품이 잇슴은 녜로부터 原則이라 하니 景昌門 外의 悲慘한 狀態? 이 事實은 我報에도 임의 揭載된 바이나 神社를 建築하기 위하야 아니, 그의 莊嚴을 保持하기 위하야 警察의 힘으로 家屋의 破壞를 當하고 路頭에 彷徨하는 可憐한 一群의 貧民이 景昌門 外 山비탈에 土窟과 彷佛한 避身處를지어, 겨우 그의 露命을 이어가는 그의 慘狀은 실로 目不忍見이외다.

神이 重하고 嚴함은 지금 다시 論議할 필요도 업거니와 神이 人을 救함으로써 중하고 엄함이오, 결코 人의 生活權을 剝奪함으로써 壯嚴

함이 아니어날 … 이와 갓치 自己의 생활권을 犧牲으로 밧친 자는 以後에 如何한 幸福을 누리게 하올는지, 또 이와 갓치 他人의 生活權을 剝奪하야써 신에게 供養한 자에게 대하야는 신이 그를 嘉尙타 하야 과연 幾何의 賞祿을 주올는지.

平壤 市民의 利害問題로 아즉 숙제가 되야 잇는 것이 잇스니 이 亦 本報에 揭載된 橋梁問題외다. 大同江을 橫斷하야 對岸에 通하는 大橋梁을 架設하랴 함은 임의 決定되야 近近 着手할 바인바 그 교량의 位置를 定함에 當局者의 計劃은 평양 전체의 중심을 標榜하야 日本人 市街의 중심지에 架設코저 하나, 現在 全市街의 發展된 形勢로 보면 그는 전 시가의 中心地가 아니요, 特히 日本人에 便宜가 잇슬 섚임으로 조선인 측에서는 極히 公平한 態度로 朝鮮人 市街와 日本人 市街의 境界線되는 處에 架設하도록 提議하얏스나 결국 當局의 意向은 조금도 變更이 업는 模樣이외다. 이것에 관하야 말할지라도 당국의 主張은 將來 발전을 標準으로 한다 하나, 평양 시가의 발전에조차 此後에 一橋를 加說할지라도 別로 奇怪한 일이 아니어날 구태히 現在의 모든 것을 犧牲케 할 必要가 어대 잇나잇가. 歷史上으로 볼진대 新羅時代에는 大同江을 橫斷하야 靑 黃 白龍의 三橋가 架設되얏던 事實도 잇스니, 교량과 鐵路와 갓흔 것은 그 地方 發展에 應하야 增設 修築하기 可한 것이라 양자 시가의 境界線의 取하야 架設코자 하는 공평한 朝鮮人側의 主張을 一蹴不顧하고 自我의 計劃만 貫徹코저 하는 當局者의 態度가 너무 頑冥하지 아니한가.

江西의 古墳이라 함은 朝鮮의 자랑이요 世界 藝術界의 珍寶이라. 千有餘年을 經過한 古墳 內의 壁畵는 조금도 變함이 업고 그 鮮明한 色彩와 靈妙한 筆致가 實로 보는 者로 하야금 恍惚의 感을 禁치 못하게 하니 月前에 佛國 有名한 藝術家가 이 暗濕한 墳屈 內에 안저 盡日 硏究하얏스나 到底히 全部를 解得치 못하겟다 歎息하고 도라갓다 하나이다. 이

藝術品을 保管하기 爲하야 道長官의 正式 許可가 업스면 無斷히 參觀함을 不許한다 함은 우리도 이를 贊成하는 바이나 그러한 古代의 藝術品을 保管함에 俗惡卑劣한 修繕을 加하얏슴은 日本人의 藝術眼이 低劣함을 標榜하는 同時에 實로 사람으로 하야금 不快의 感을 지나 憤慨의 情을 生케 하나이다. 이 俗惡한 修繕에 對하야 同行의 一人이 "西洋의 藝術家가 이것을 보면 實로 放聲痛哭할 것이다." 하고 長歎不已함도 決코 過言이 아니외다.

나는 이와 갓치 자랑할 만한 藝術과 光輝 잇는 歷史를 보고 생각할 때 實로 無限한 感想이 이러나나이다. 累百年 累十年 前에 朝鮮 사람의 손으로써 作成된 바가 오히려 于今에 世界의 珍寶가 되고 자랑이 되거날 數千年을 經過하야 智識과 技術이 發達된 오날 우리의 손으로써 創造한 바 그 무엇이 잇나잇가. 歷史를 자랑함은 나의 現在가 이갓치 特秀할 섄 아니라 나의 過去도 그갓치 남보다 優越하얏다 함을 자랑함이것만 現在 우리의 狀態는 우리의 光輝 잇는 歷史를 남에게 알리매 우리는 우리의 不肖子不肖孫됨을 부끄러 하지 안니치 못하겟나이다. 이러한 意味에 나는 우리의 歷史는 他人에게 자랑할 材料가 아니요 몬저 自己를 奮起케 하는 原動力이 되지 아니치 못하리라 하나이다. (完)

▲ 6월 15일, 삼민생, 서선에서 도라와(四)

*앞에 完이 있었지만 더 연재가 되었음

開港地라 하면 普通 散漫 不統一한 氣分이 가득함을 想像하나이다. 그러나 鎭南浦에 와서 特히 늣기는 바는 第一 印象이 自然과 사람과 共히 沈着하고 調和된 것이외다. 假使三和公園에 올라 市街를 鳥瞰할지라도 家屋의 構造와 排列이 開港場의 氣分을 脫하야 果然 調合하고 緊張하얏슴을 늣길 것이외다. 또 信用 잇는 人士의 말을 듯건대 當地는

比較的 風氣가 整頓되야 自己의 業務 以外에 遊蕩과 安逸로써 生活을 삼는 사람이 적으니 만약 그러한 자가 잇스면 同志間에서 서로 排斥을 當하야 자기의 處地가 떠러진다 함은 실로 美風이라 하겟나이다.

南浦 在來 朝鮮人의 社會制度를 듯건대 全社會가 二部로 大別되야 一은 相當한 財産을 有한 實力家로써 組織된 縉商組合이오 一은 現今에 流行語되는 筋肉勞動者로 成立된 勞動團이니 양자의 관계가 密接하고 秩序가 整然하야 相助相扶하야써 他에 對抗한다 하나이다. 그 일례를 드러 말한진대 南浦에는 在來로부터 館을 閉한다 하는 熟語가 잇스니 館은 外國人 居留地를 가라침으로 관을 폐한다 함은 外國 及 商人과 去來를 停止하야 全然 關係를 단절하는 것이외다. 그리하야 그 方法을 듯건대 만약 외국인이 朝鮮 사람에게 대하야 개인상 혹 상업상으로 不法의 行爲가 잇슬 때에는 노동단은 몬저 同盟廢業으로써 第一彈을 投하고 連하야 진상조합에서는 去來 停止로써 第二彈을 投하야 相對者를 굴복케 함애 其間의 노동단의 생활비는 전부를 진상조합에서 負擔함으로 양자는 완전히 合心되야 어대까지 初志를 貫徹하고야 비로소 긋치니 비록 外國人이 不法한 行爲를 하고저 할지라도 이 閉館을 두려워하야 감히 行치 못할지오, 좃차 朝鮮사람은 남에게 無法한 耻辱을 밧지 아니하게 된다 하나이다.

果然 내가 남의 無法을 責하랴 하면 나의 正當한 權利를 主張하랴 하면, 모람직이 自己가 團合되여야 할 것이오, 또 自己의 실력이 잇서야 할 것이라 싱각하나이다. 現今 우리의 狀態를 볼진대 우리가 남의 不法을 怒하고 憤히 싱각함은 다른 사람에 比하야 一層 더하다 할 것이외다. 그러나 우리는 결코 분하고 노함에 긋치지 말 것이오, 엇지하여야 그 不法을 當치 아니할까 그 無理에서 脫却될까 스사로 方針을 硏究할 것이라 하나이다.

그러한데 南浦의 진상조합은 商業會議所가 組織된 後로 解放이 되고 조차 勞動團도 업서지매 閉館이라 함은 단지 남포의 古語가 되어 잇서, 그 지방 少年들은 그 意味도 모른다 하나이다.

宣川의 第一 功勳者요 또 名望家가 누구냐 할 때에 아모던지 반다시 마룸 尹山溫 牧師를 꼽을 것이외다. 지방의 面積과 인구의 수로써 보건대 宣川이 결코 都會라 할 수 업나이다. 그러하나 윤 목사는 십유여년 熱心으로 基督敎를 宣布하고 靑年敎育에 從事하야 德化로써 人民을 指導할제 지방 면적의 狹少와 인구의 稀少가 問題가 아니라 오즉 朝鮮 靑年에게 몬저 中等敎育을 施하야 하겟다 하야, 信聖中學校(신성중학교)를 設立하야 同校로부터 매년 다수의 英材를 做出하얏스니 공평하고 冷靜히 싱각하면 과연 우리가 그의 功勳을 稱訟치 아니치 못할 바이외다. 이와 반대로 宣川에 虱 先生(슬 선생)이라 尊稱을 밧는 日本 사람이 잇스니 이는 本是 雙手空拳으로 이 지방에 와 朝鮮 사람의 厚意로 적은 상업을 경영하게 되야 다소 成功한 자인대 그에 대한 逸話가 잇스니, 그의 衣服에 虱이 붓허슴을 朝鮮 사람이 세여준즉 그의 말이 虱이란 日本에 업는 動物인데 내가 조선에 나와 지금 비로소 보는 바라 하고, 奇妙한 듯이 이리 보고 저리 보앗다 하야 此 地方 人士는 그를 虱 先生이라 稱한다 하나이다. 또 그 자가 昨年 만세사건이 突發되얏슬 때 棍棒(곤봉) 等物로 亂打하얏는 고로 조선 사람의 그 자에 대한 感情은 실로 深刻하나이다. 그런대 내가 결코 故意로 일방을 稱揚하고 일방을 毁謗코저 하야 이러한 예를 들미 아니라 사실 어느 地方에서던지 이러한 예가 만습니다. 조선을 旅行하는 자는 반다시 볼 것이외다. 어느 지방을 勿論하고 西洋 사람 사는 곳에는 宏大한 학교와 병원이 잇고, 日本 사람 사는 곳에는 단지 일이 戶가 居住하야도 반다시 一寸一盃의 賣酒賣肉屋(매주매육옥)이 잇슴을.

▲ 6월 16일, 삼민생, 서선에서 도라와(五)

此에 대한 조선 사람의 感情이 과연 엇더하겟나잇가. 一方에서는 자기의 財力과 勞力을 다하야 조선의 敎化를 向上케 하랴 努力하고, 일방에서는 事理에 버서나게 朝鮮 사람을 欺瞞하야 自己의 私腹만 充滿할 뿐 아니라 自己의 恩人에게 도로혀 敵棒을 向하며 또 그 古來의 美風을 破壞하고 墮落케 할 뿐이니, 此를 서로 比較할 때 과연 雲壤(운양)의 差가 有함을 가히 볼 수 잇나이다.

車輦館(거연관)을 지나 義州 地方에 가면 第一로 人相을 주는 것이 戰時 氣分이 膨脹한 것이외다. 擔銃한 巡査와 憲兵과 軍隊가 怒氣를 帶하고 充血된 眼光으로 來往의 行人을 睨視(예시)함은 실로 戰慄의 感을 금치 못하나이다. 그뿐 아니라 二日隔 三日隔으로 路上에서 行人의 身體를 搜索함은 此 地方 人民의 至重至大한 苦痛이라 하나이다. 또 신체를 수색한다 함에도 涇渭(경위, 사리 분간)와 體面이 잇겟는대, 기자도 일차 그 禍를 當할 뻔 하얏거니와 그 倨慢하고 無禮한 巡査 等의 行動은 실로 사람을 사람으로서 待接함이 아니니 엇지 聖人과 君子인들 憤怒치 아니하겟나잇가.

그러한 가온대 他地方에서 온 소위 應援隊의 行動이 尤甚한 모양이외다. 路上에서 如此한 非法의 行動을 하야 結局 어든 바가 무엇인지, 소위 不逞鮮人을 幾名이나 檢束하얏는지 기자는 當局에 뭇고저 하는 바외다. 당국자의 處地로 안저 易地而思한다 하면 取調한다 함도 取締한다 함도 결코 무리라고는 아니하겟스나, 事에 順序가 잇고 物에 本末이 잇는 것이라 手段과 方法을 일으면 結局은 失敗에 歸할 것은 定則이니 現今의 方法은 泉源의 一鰌(일추)를 捕하기 위하야 下流에 毒藥을 投함과 갓흔 것이라, 이 毒藥으로 인하야 결코 泉源에 잇는 일추가 죽을 理 萬無한 동시에 하류에 잇는 無事한 다수의 魚鼈은 慘酷한 境에 陷할 것이외다. (…하략…)

(完)

[06] 『동아일보』 1920.6.12. 公民, 釋王寺에서(一)

6월 12일, 14일 2일간 게재한 공민의 석왕사 기행문. 다채로운 묘사가 등장하나, '-리다', '-더이다', '-한다' 등의 문체가 뒤섞인 점은 필자의 감정과 정서 전달이 혼란스러움을 의미한다.

▲ 6월 12일, 공민, 석왕사에서(一)

洗浦는 京元線의 '샢헤미아'라고 하고 십다. 나는 '샢헤미아'를 본 적이 업소. 그러나 우리로 하야금 '샢헤미아'를 뵈이면 반다시 洗浦를 聯想케 하오리다.

汽車가 鐵原에서 劍拂浪을 지나올 때에 한 便 '톤네르'에서 소리가 싹지기 前에 머리가 또 다른 '톤네르'를 차저 드러가서 한 골을 지내면 다음 골로 漸漸 더 깁고 한 山을 재내면 다른 山은 漸漸 더 덥퍼진다. 瞬間의 暗黑에서 刹那의 明界를 通過할 때에 나의 意識은 더욱 明敏하더이다. 深谷에서 千古의 不平을 숨한 流水는 層岩에서 쒸어 내리고 礫石(역석)에 바닷처 으서지며 쌔지면서 自由의 大海로 疾走하고 沈默과 寂廖를 生命삼어 우뚝우뚝 허울 조케 이러슨 綠樹는 바람을 만낫슬 때마다 怒號하고 叱咤하야 空氣의 流動하는 暴力을 對抗하니 自然과 自然의 無意識한 戰鬪는 永遠에 亘하야 平等을 要求하는 것이라.

汽車가 '톤네르'를 다 지내놋코 식식 헐덕헐덕 하면서 傾斜地를 拳上하는 것이 마치 여름 曝陽에 무거운 짐 시른 黃소 貌樣이라. 나의 眼前에는 別世界가 展開되얏다. 兩便을 도라보니 지질번번한 쌍이 山으로는 너머 얏고 언덕으로는 너머 宏大한 것이라, 別로 넙지도 아니하고 地勢上 얏지도 아니한 平平한 山이 半空에 浮出하얏는대 큰 나무는 하나도 볼 수가 업고 쌀막쌀막한 나무와 풀이 齊一하게 덥퍼 잇는대 저진 안개가 무겁게 山中腹에 銀色으로 씨엿고 萬壑千峰의 山을 흉내닌 구름은 허리를 굽펴 나직히 너머다 본다. 午後의 日光은 훨씬 疲困하얏는데 찬바람이 선들선들하더이다. 高原地方 안에 興致와 氣分에 서 잇는 동안에 洗浦驛에 다다럿다. 이로좃처 汽車는 元氣를 恢復하야 흑흑 다라나는 것이 氷上에 鐵球를 굴리는 것 갓더이다. 나로 하야금 섄헤미야 高原을 聯想케 한 것이 無理가 아닌 줄 아라 주시오.

車中에서 露西亞 사람을 하나 맛나서 아까부터 무슨 말을 하야보랴 하얏스나 다음 語句의 對答이 딱 믹힐 뜻하야 怯내고 잇다가 高原에 興趣에 무저진 나는 大膽히 開口하얏다.

"웃덧소."

不得已한 沈黙을 固守하고 눈만 썸적썸적하든 作者가 별안간 벌썩 이러스면서 두 손을 썩 버리고 感動이 激切한 表情으로,

"참 좃소."

그 뒤의 語句는 슬라부의 特獨한 豊富한 形容詞로 胸中에 停滯하얏든 感想을 陳述하는 貌樣이나 새끄리만한 나의 露語는 此를 理解하기에 너머 低級이엿다. 卒地에 語學力의 不足한 것을 恨嘆하나 할 수 업는 일. 已往 無識이 暴露되기는 一般이라, 닷는 대로 나가는 대로 姓名도 좃코 "왜 왓나냐?", "어대로 가나냐?" 한즉 自己는 元來 反過激派로 哈爾濱에 잇는 세묘나부 殿下의 將校로 海蔘威 過激派를 討伐하러 갓다가 戰敗한 後 露艦을 타고 도망하야 元山에 上陸하야 京城 露國 領事館에 잇다가 只今 다시 本國으로 간다 하더이다. 그 말을 드를 동안에 나는 몃 번이나 露語辭典을 폇는지 數가 업섯소. 그리하는 동안에 釋王寺驛에 到着하얏소. 그대로 元山까지 갓다가 翌朝에 다시 釋王寺에 내렷소.

째는 午后 두 點쯤 되얏소. 大地에 질번히 내려둔 길은 正面으로 曝陽을 받아 反射하는 白沙에 눈이 부시고 길 兩便에서 수부러저 드러온 솔나무와 낫낫치 느러진 버들 아릭에 드러스니 별안간 싼 世上에 온듯 합데다. 논바닭이 썩썩 갈나진 쑥에 한 農夫가 서서 다 말나가는 쏘랑물을 들여다보고 잇는 것은 山中의 活悲劇이데. 그럭저럭 旅館에 到着

하얏소. 두 時間이 가지 아니하야 三人의 親舊가 싱겻소. 都市 生活의 成習이 된 사람은 무슨 慾心을 充滿할 만한 사람의 弱點을 發見할 째에만 必要 以上의 慇懃한 態度를 뵈이랴 하지만은 우리 사람들이 여긔 와서는 浩大한 自然에 俗塵의 惡德을 消去하야 바리고 暫時라도 一部分이라도 利害를 쒸여나서 天然한 本性에 도라가는 貌様인가 보데. 서로 美妙한 情緒가 --

▲ 6월 14일, 공민, 釋王寺에서(二)

*송(병준?) 화족 자작이 약수를 방매하는 시설을 만든 것을 비판함

이 나루가 李朝 五百年을 가릿처 말하는 듯 속속 드러 썩엇소. 斷俗門을 通過하야 水仙橋를 근너서 藥水에 다다르니 日本式 喜妻小屋에 째무든 중 한 놈이 喪巾을 쓰고 안젓소. 무엇인고 하얏더니 드러본즉 新華族 宋子爵이 이 藥水를 修築하고 쏘 淸潔을 保存하기 爲하야 水貰를 每人에게 一錢式 밧는다 하오. 사람이 創造하지 못한 人工을 가하지 아니한 自然의 斷片, 天然水의 一盃를 一錢에 放賣함을 命令한 자이 그 누구뇨. 前 大韓國 농상공부대신 新華族 子爵 大監(신화족 자작 대감, 친일의 대가로 작위를 받은 사람들)이 곳 그 작자라. 무한히 發散하는 炭酸瓦斯(탄산와사)를 密閉하게 煉瓦, 세켄트로 콩크릿트를 박어 外氣를 遮斷하는 衛生學은 누가 發見하얏나냐. 日本 吾妻屋(일본 오처옥)에 朝鮮 중놈을 아처서 自然과 工藝와 人物의 對照를 억지로 不調和하게 하는 藝術을 누가 創作하얏나냐. 天然에 任하야 涌出하는 藥水에서 自然人을 拒絶하고, 일전에 방매하는 經濟學 누의 學說이 基礎된 것인가. 回路에 甘泉亭(감천정)이란 浴場에 드러스니 산밋헤 언덕 어귀에 日本式 建築이 사오개 잇소. 일본식 草屋에 女關, 雨戶, 다다미, 硝子窓으로 들여다보니 家具와 飮食 諸具까지 다 玄海灘 근너온 것인데 그 家屋 그 家具 一襲을 가지고는 貞敬夫人이나 大監 마마는 살님할 수 업고

故 妓生組合長 趙子爵의 右夫人이라야 썩 드러 맛겟는데(친일파 첩), 그 사오개의 建築이 新 華族 모모의 別庄이라 하니 더욱 戰慄함을 금치 못하얏소, 그 抱負와 그 經綸과 그 趣味를 가지고 國政을 處理하야 必竟은 그 **를 墮落케 하더니 다시 今日 우리 目前에 橫暴와 그 殘忍과 그 無識을 遺憾업시 展開하야 自然의 神聖한 風致를 또 破壞하얏소.

旅館에 歸하야 夕飯을 畢하고 黃昏에 선선한 바람에 쐬여서 散步하노라니 近處에서 들니는 것은 물소리, 形容할 수 업시 와각와각 하는 것은 ㄱ구리 소리요, 空中에서 무겁게 멀리 쏴— 하는 것은 밤바람에 춤추는 나무닙 소리인 듯. 詩人으로 하야금 이것을 듯게 하면 自然의 音樂이 美妙하다 하겟스나 許多한 譟音(조음)은 결코 우리의 快感을 携起치 아니한다. 人類의 科學과 音樂이 더욱 眞境에 入하면 이 許多한 不調和한 音을 調和하도록 物體나 生物을 配置하고 또는 自然의 音聲을 가미하야 苦唱과 間音으로 充分히 調和한 一大 音律을 사람의 聽覺이 잇는 곳마다 裝置할 時期가 잇겟소. 이런 것을 夢想하면서 就寢하얏소.

아침에 이러나는 길로 또 藥水에 갓소. 일전이 과연 不快 莫甚합데다. 그러나 한번 두 번 일전을 주어본즉 그것도 習慣이 되야 배속에 小不平으로 싸어서 둘 섄 약수는 別로 神通한 맛이 업소. 김 빠진 싸이다에 생선을 씻드린 듯 하오. 그러나 相當한 效力은 잇는 모양이오. 早飯을 잔뜩 먹고 물 한번 먹고나면 쑥 내려가서 즉시 空腹이 되니 나갓치 십여년 胃病으로 辛苦하는 자에게는 貴族的 熟語로 轉地療養(전지요양)에도 필요하거니와 확실히 消化가 增進되오. (…하략…)

[07] 『동아일보』 1920.6.18. 柳光烈, 大邱行

▲ 6월 18일, 유광렬, 대구행(一)

夕陽 빗기인 漢江鐵橋와 덧업시 흘너가는 타임의 勢力!

編輯局長에게 大邱에 나려가서 愛國婦人團의 公判을 듯고 오라는 말슴을 듯기는 六日 午後 여름 해발이 서으로 기우러질 째이엿섯다. 나는 이 째에 오릐 憧憬하든 그드의 面影을 보겟다 하는 깃븜과 엇더케 하면 熱誠으로 읽어주시는 百萬 讀者들에게 遺憾업시 迅速하게 보게 할싸 하는 근심도 적지 아니하엿다.

二等室 琉璃窓에 고요히 빗취는 대 나는 釜山行 列車 乘客 中 한사람이 되얏다.

(남대문, 용산에서 노량진 정거장까지 가는 모습)

▲ 6월 19일, 유광렬, 대구행(二)

****한 悠閑한 鄕村, 野原에 해는 지고 牧歌만 凄凉하다

紅塵 萬丈인 서울 안에서 世務에 精神을 못차리든 나는 새로운 부름을 자랑하는 綠陰 아래에 쑤염쑤염 잇는 山村의 農家가 한업시 정다워 보인다. 나는 이째 우리 故鄕집 근처의 景致도 이러하려니 하얏다. 보리밧헤는 갈보리 이삭이 누릇누릇하게 익어가고 그 사이에 쏠지게를 지고 해지는 줄도 모르고 凄凉한 牧歌를 부르는 그 兒孩들의 生涯가 부러웟다. 勿論 그 境遇가 되면 그 境遇의 不平이 싸로 잇겟지만은 世上 사람의 是非榮辱과 轢軋(역알) 嫉妬 만흔 社會를 써나서 저들과 쎄를 지음이 엇더할싸. 나의 머릿속에는 모든 散亂한 情緖가 秩序업시 徘徊하

야 憮然히 하염업는 寒心을 吐할 섇이엿다. 이 때에 이믜 해는 지고 車室 안에는 電燈불이 눈이 부시게 켜지엇다. 팔쑥에 붉은 안내의 腕章을 두른 車掌이 드러와 表를 調査하고 나간 후에 나는 다시 無聊히 안자 잇다.

面上의 刀痕은 平生의 榮光?
祖國을 위하여 피를 흘녀 世上일은 그럭야 할 것!

이 때에 언 듯 나의 안즌 건너편 椅子에 안진 一名의 日本人을 보앗다, 년긔가 四十은 너머 보히고 흉상스럽게 싱기어 한번 보면 무서운 感想이 날 만한 사람이다. 그의 한편 썀에는 긴 칼 痕迹이 나마 잇다. 나는 그의 칼 痕迹의 由來를 想像하야 보앗다.

(일본인의 뺨에 남은 칼 흔적을 보면서 애국부인회의 열정을 상상함)

▲ 6월 20일, 유광렬, 대구행(三)

森嚴한 法廷도 涙의 海!

(대구에 도착하여 법정 참관)

남자 피고: 안재홍, 김태규, 이호승, 나대화
여자 피고: 이정숙, 장선희, 김영순, 유인경
속기록 열람: 황애스터, 신의경, 이혜경, 백신영, 김마리아

▲ 6월 21일, 유광렬, 대구행(四)

저들의 罪名은 果然 무엇?

(법정 참관)

風磨雨洗의 觀風樓!
너로 하야금 마음이 잇스면 靑年을 위하야 울어 주려나

▲ 6월 22일, 유광렬, 대구행(五)

峨嵋山 머리에 半月만 걸렷는대

大邱市야 너 잘 잇거라 나는 간다

(긋)

[08] 『동아일보』 1920.6.23. 공민, 滿洲 가는 길에

6월 23일~7월 9일까지 나공민의 만주 기행 총 12회

▲ 6월 23일, 공민, 만주 가는 길에(一)

京城을 出發할 때에 아모도 作別을 못하얏소. 사람들이 "어대로 무엇하러 가나냐?" 하면 한동안 對答을 做出치 아니하면 할 말이 업섯겟소, 이것이 맛치 "사람이 왜 사나냐?" 하는 深酷한 質問에 對하야 "나는 우리 마누라가 보고 십허." 하는 問東答西가 될 念慮가 읍지 아니하얏섯소. 車를 타고 안저서 한 시간을 生覺하야 비로소 "할 일이 업서 滿洲로 바람 삼으러 간다."고 自答하얏소. 車는 空然히 忽忙하게 疾走하오.

半開한 琉璃窓으로 부러드는 바람에 얏튼 잠이 들라말라 할 때에 덜

써덕덜써덕 하는 單調한 雜音이 卒地에 쏴-하는 소리로 變한 것은 橋梁을 經過하는 듯합데다. 그 瞬間에 나는 이런 것을 生覺하야 보앗소. 萬一 鐵道 經營者가 사람에게 親切한 設備를 하기에 躊躇치 아는다 하면 모든 雜音을 調和하기에 自動 피아노를 裝置하야 汽車 速度의 加減함으로 奇妙한 奏樂을 할 수 잇겟고

(사리원, 황주, 평양까지)

▲ 6월 24일, 공민, 만주 가는 길에(二)

平壤 市街를 空然히 도라다니다가 徒步로 停車場에 來到하니 鎭南浦 發車 時間의 五分前입데다. 入場하야 객차로 드러가노란즉 나를 殊常시럽게 熟視하는 자가 잇소. 마음에 "쏘 맛나구나"하면서 시침을 뚝 쎄고 멀찍이 가서 橫臥하얏섯소, 삼분을 참지 못하고 豫想대로 내 압흐로 한 사람이 왓소. 한번 보고 곳 그의 職業을 알겟소, 통통하고 싹 바리진 몸을 和服에 휩싸 가지고 고심돗치 가튼 赤脚을 휠썩 내놋코 뭇는 말이, "어대로 가시오?" "그것은 왜 뭇소." 여긔에 대답함을 躊躇하는 모양임으로 나는 다시 "네 老兄이 刑事인가 보오?"

그 대답은 할 생각도 하지 아니하고 "名銜을 한 장"하기에 주엇더니, 名啣에 視線을 붓친 채, "어대로 가시오?"

"鎭南浦로"

"무엇하러?"

"우리 親舊 맛나보러."

"親舊가 누구요."

"○○○"

"아아, 그는 昨日에 내가 맛낫소, 平壤서 南浦로 어제 갓소. 그가 엇던 사람이요?"

"한골 가는 誤入장이요"

츠음으로 破顔大笑하면서 제가 昨年까지 憲兵으로 잇다가 刑事가 된 일, 鎭南浦 妓生이 美人이 만타는 것, 近日에 汽車마다 刑事가 常乘하고 去來人을 取調한다는 雜談을 하는 中에 암흑계를 돌진하든 汽車는 남포역에 다다럿소. 모군을 尋訪하얏더니 出入하얏다고 두 시간을 길에서 彷徨하다가 다시 가서 본즉 또 업소. 밤 十二時가 되얏는 고로, 旅館으로 가랴고 골목에 나섯더니 모군이 또 한 사람과 갓치 얼근히 醉하야 도라오는 고로 조히 맛나 오릐 幄手를 한 후에 君의 房으로 드러갓다가 남포 미인을 구경식히마 하기에 못 익이는 체하고 따라가서 二三處를 訪問하고 도라와서 就寢하얏나이다.

翌朝에 南浦의 青年이 사오인 來訪하옵데다. 모다 東京에서 熟面이든 친구쌘이요, 情답게 자미 잇게 雜談하다가 主人은 그들과 갓치 玉突場에 가고 나는 집에 잇서 '汽車에 宣傳'이란 論文을 한 이십 페지 쓰고, 午後 九時에 南浦를 出發하야 다시 平壤에 왓나이다. (…중략…)

▲ 6월 25일, 공민, 만주 가는 길에(三)

安東縣에서: (연송업 의신공사 주인 최준성, 성당설서원 원장 이창욱을 만남=이창욱 일본 도시바 의학사)

*중국 지역 기차 여행 모습

豫定과 갓치 午前 十一時에 안동현에 到着하야 手帒의 세관 검사를 畢하고 爲先 역전 運送業 義信公司 주인 崔俊晟(최준성) 씨를 訪問하고 즉시 養誠堂 醫院 院長 李昌郁(이창욱) 군을 往訪하얏나이다. 최씨는 선천 資産家로 십여년 奉天 以南 各地에서 事業에 從事하는 중이고, 이씨는 千葉醫學士로 재작년에 此地에 率眷 移住하야 居留 同胞의 信賴하는 治療 機關으로 醫院을 設置하얏는데 日本 租界에서 영업하는 中國

娼妓 檢梅의 委托을 受하야 매월 이차식 검사한다는대 今日이 맛침 검사일인 故로 吳姬越女(오희월녀)의 纏足美人의 一群이 診察 待合室에 가득하오. 중국인 시가 중에 잇는 東聚棧(동취잔)이란 客主는 義州人 金澤俊(김택준) 씨의 所營인데 此地에 잇는 우리 동포의 客主 元祖로 基礎가 鞏固하고 信用이 多大하다 하오. 其中 제일 반가운 소식은 대부분 朝鮮人의 出資로 成立된 銀行이외다. 名稱은 協成銀行(협성은행)이라 하고, 금년 오월에 開業하얏는데 資金 백만원 중 삼분의 이는 조선사람의 擔當이요, 기여 삼분의 일은 日本人과 中國人의 資本이요, 專務取締役 張熙鳳(장희봉) 씨는 靑年 實業家로 內外에 信望이 잇다 하오. 朝鮮人이 海外 各地에 移住한 수가 수백만이로되 外地에서 朝鮮人의 勢力으로 성립된 金融機關은 이것이 始初가 되는 것이외다.

此地도 金融 逼迫으로 조선인은 막대한 困難을 當하는 중, 더구나 작년 삼월 以來로 前例가 업든 旅行券 制度(여행권 제도)가 施行되야 往來가 極히 不便함으로 諸般 事業에 불소한 妨害가 된다 하옵나이다. 金銀 取引所는 매일 전후 場에 백만량 이상의 賣買가 잇는대 평북지방에서 와서 此에 종사하는 사람도 不少한데 銀 오백량 賣買하는데 保證金은 金貨로 백오십원이랍데다. 商業으로 별로 성공한 朝鮮人은 업고 農事도 現在에는 大經營者가 업겟고 朝鮮人 組合이란 일종 居留民會가 잇는대 名稱부터 怪常하거니와 무엇을 하는 것인지 알 수 업소.

조선인 戶數는 大約 사백 호 되겟는대 常住하는 사람이 이천명 가량이고 無時로 往來하면서 商農業에 종사하는 사람이 許多함으로 항상 삼천에 不下하다 하오.

(…중략…)

▲ 6월 26일, 공민, 만주 가는 길에(四)

*중국 지역 기차 여행 모습/중국인 노동자를 구타하는 일본인 역부와 유학생의 싸움 모습 (염상섭 소설에 등장하는 모습과 동일함)

奉天에서

安東縣서 급히 北行을 決定하기는 實狀 말삼하면 虎列刺 流行이 今年에는 安東에서 始作되야 발서 이삼인 患者가 낫다 함으로 밤에 逃亡한 것이외다. 安東縣 近傍에서만 朝鮮 사람의 손으로 秋收하는 正租가 3만석 이상인데 鴨綠江 下流에 가서 安東市로서 限 30리되는 占梨樹(점리수)란 곳에 더욱 우리 農民이 密集되얏다 합니다.

하오 10시에 奉天行 急行列車를 타서 즉시 잠드럿섯소. 大喝一聲에 혼이 나서 이러나 본즉 洋裝한 中國 靑年이 日本人 驛夫를 향하야 쐑기 빠진 日本말로 "日本 사람 中國 사람 한가지 때려무슨 일"하는 것으로 判斷하면 東京 明治나 早稻田의 講義錄과 억찌로 싸음을 하다가 暑中休暇에 歸國하는 學生인 듯하오. 그 엽헤는 험씬 어더마진 苦力[6]을 爺한 분이 입 싹 버리고 섯소. 자세히 事件의 顚末을 드러보니 中國 苦力이 중국인 3등차로 가랴고 2등차를 통과하는 것을 滿洲에서 暴惡과 驕慢으로 成習된 驛夫가 그 苦力을 亂打함으로 젊은 愛國者의 피를 끌케 한 모양입듸다. 만일 地理學에 精通한 學者가 地圖만 보고 日支 親善論을 脫稿하는 날, 이 光景을 보왓스면 그 원고는 영구히 埋葬할 것이외다. 餘忿이 써지지 아니한 그 中國 靑年은 自己 자리에 着席하야 同行하는 다른 중국 청년 2인을 보고 苦笑하더이다. 나는 그 틈을 타고 드러가서,

"山東問題는 엇지 生覺하시오."

---

6) 고력(苦力): 쿠리. 중노동에 종사하는 중국이나 인도의 하층 노동자.

"日本이 東洋의 禍根이요, 中國을 亡하야 주는 것은 日本이리다."
"그러지 말고 日本과 開戰하야 青島뿐 아니라 南北 滿洲도 恢復하고 日本의 九州나 四國을 占領하야 보는 것도 좃치 안소."

두 青年은 마음에 洽足하야 또 무슨 말을 하랴고 하는데, 엿태까지 沈默하든 青年이 極히 冷靜하고도 嚴肅한 態度로 流暢한 日本語로
"人間 社會에 國家의 存在를 肯定하는 날까지 모든 國家는 侵略 政策을 抛棄하지 못하오리다. 國家의 根本的 基礎와 意識的 動作이 侵略 그 物件뿐이요, 日本에게 特別한 例外의 國家의 意義를 求하랴 함은 支那人의 誤謬 생각이오." 합데다. 무슨 말인지 알 수 옵소. 華製올소, 또 이의 無抵抗主義인지 맑스 流行병이 드럿는지 그의 姓名을 아자하니 웃고 대답이 업소, 그리하는 동안에 奉天驛에 到達하얏소, 맛침 日曜日이라 사람 訪問할 수 업는 故로 奉天의 名物인 軌道 馬車를 타고 小便邊文 前 終點에 下車하야 純全한 中國 市街인 城內로 入하얏나이다.

一輪車의 찌걱찌걱하는 소리 채측질 쩔걱하는 대로 말방울 들릉들릉하는 새이로 집어다 내버린 듯한 苦力떼가 우물우물하오. 찌는 듯 확확 더운 曝陽이 내립 쐬는데 무엇이든지 짱에 닷는 대로 먼지가 펄석펄석 나서 大氣 중에 탁 응기고 그 속으로 시큼하고 노릿한 惡臭가 觸鼻하오. 不潔로 徹底하고 我利에 權化된 苦力 先生들이 여긔 한 모덤, 저긔 한 모덤 集合된 곳에서 古衣弊服을 한 개식 곳처 가면서 들고 무엇이라고 신이 나서 曲調를 맛처 가면서 노릐쪼로 說明하다가, 긋헤는 반다시 '량야' 하오. 썩어도 준치라고 헤러도 吳綾蜀帛(오릉촉백)이란 뜻인 듯 해석하야 두려 하오. 사탐질 고만 두기를 勸告하고 십소, 다시 그 軌道 馬車로 停車場에 와서 大連行 列車內의 사람이 되얏나이다. 밤새도록 북으로 북으로만 오든 火車가 이 낫에는 남으로 남으로 향하야 疾走하오.

오전 11시쯤 되야 遼陽驛에 到着하얏소. 此地는 支那 唐虞時代에 禹

貢 靑州의 城이라고 하얏다가 其後 高麗의 版圖가 되야 지금 高麗城이란 規模 宏大한 城廓이 琉璃窓으로 宛然이 뵈이오. 國家主義를 無視하고 國家의 統治者 되얏든 李朝는 遼東 7백리벌을 廢履와 가치 抛棄하얏소. 그리하야 淸太祖가 此地를 最初 發祥地로 明國을 征服한 後에 奉天으로 還都한 것이외다.

지금은 우리 貧弱한 農夫가 좀 그 쌍을 만조 보자기만 하야도 당당한 中華民國 政府는 號令을 하오. 지금도 人家가 櫛比하고 商業이 旺盛한 一大 都市외다. 小驛을 이삼개 지내고 鞍山驛에 到達하얏소. 先年에 此地에서 鐵鑛을 發見하야 지금은 滿鐵 經營으로 대규모로 採掘과 熔煉에 착수하얏는대 갓까운 장래에 인구 40만을 居住케 할 만한 市街地의 計劃을 하야 南滿 일대의 大工場을 作한다 하는데 그 鑛山上에는 高麗人 무덤이 잇서 土着인이 此를 高麗塚이라 하나이다.

海城이란 驛에 停車하니 때는 午後 1時외다. 此地는 遼時代의 海州라 稱하든 遼陽의 故地로 其後 高句麗의 領土가 되얏섯슴으로 古墳舊蹟이 四圍에 許多하외다. 愆心(건심)나는 것보다도 슬품이 懇切하오.

▲ 6월 27일, 공민, 만주 가는 길에(五)

大連에서

金州驛에서 기차가 십분간 停車하게 되얏소. 불랫트폼에 내려서 본즉 날은 발서 夕陽이 되얏소, 滿洲의 夕陽은 變으로 紅色을 帶하오. 日本 俗謠에 "滿洲의 불근 저녁 볏"이란 것이 이것을 形容한 것인 듯하오. 한이 업시 널푸러진 바다 가튼 平原 廣野에 汽車가 죽은 듯히 아모 소리 업시 서서 잇소. 地平線 外로 남상히 너머다 뵈이는 적은 山은 안개에 눌녀 熹迷하고 쎄엄쎄엄 이러슨 나무 새이로 大地에 착까러 안진 집이 여긔 하나 저긔 하나 뇌얏소. 우리 光武時代의 懲役軍갓치 靑바지저고리에도 릭즉은 삿갓을 쓴 苦力이 아즉 한자도 되지 못하는 高粱을 드려다 보면서 마른 흑덩이를 힘업시 쌔트릴 쌔마다 먼지가 풀썩풀썩 하오. 나는 그 農夫의 광이자루를 탁 붓잡고 “너와 나와 몃 寸이나 되나냐? 저 밧 가운데 잇는 古塚은 唐太宗의 軍兵의 戰死한 것이 아닌가?” 무러보고 십소. 우리 査頓의 祖上의 칠팔촌이나 되는지 우리의 갓튼 血族됨이 分明하외다. 이 쌍은 原來 三韓의 一되는 辰韓의 領土로 其後 高句麗의 版圖가 되얏슬 쌔에 唐太宗이 三代를 이어 海陸 精兵을 大擧하야 侵掠하얏스나 교전할 쌔마다 大敗하야 당시의 激戰하얏든 形跡이 到處에 散在하고 高句麗 後에도 渤海의 領土이든 것이 歷然하니 우리 조상의 功績을 破壞하기 전에 우리 古人의 遺跡을 掩蔽하기 전에 우리 青年 歷史家는 한거름에 쒸여 오시오. 우리 과거의 歸重한 글과 將來의 豐富한 밥이 이 쌍 저 산 머리에 잇소.

金州를 出發한 지 한 시간이 되지 못하야 大連 終點에 到着하얏소, 마차로 電氣 일류미네숀의 純日本式 市街에 入하야 湊町鎮西舘이란 旅館의 客이 되얏나이다. 13時間의 기차여행이 나를 말도 못하게 疲困케 하얏소. 惡夢의 陰襲을 당하얏든 記憶이 翌朝에 朦朧하더이다. 천하에 安價되는 苦力의 東洋車(人力車)를 타고 滿鐵 本社에 가서 李範昇 군을 차진즉 작일에 休職하얏다 하오. 滿鐵의 십만 사원 중 본사 調査課의 唯一 朝鮮사람인 이군은 금번 90명 減員하는 속에 한 사람이 된 모양이요. 그 길로 즉시 〈泰東日報(태동일보)〉 사장 金子씨를 大陸青年團 本部라는 곳에 訪問하얏소. 씨는 日本의 浪人 豪傑로 십수년 중국 대륙에 跋涉하든 老人인데 지금은 태동일보라는 純漢字新聞을 中國 讀者를 위하야 經營하고, 大陸青年團이란 것은 日本 青年을 武士道式으로 養成하는 곳이라 하오. 노인은 人道主義를 標榜하얏다는데 그의 中國 時局觀은 매우 자미 잇소.

“現今 中國은 南北이 相持하야 서로 和合치 아니함이 中國에는 큰 幸福이요, 列國에는 큰 不幸이다. 各省 督軍은 人心을 收拾하기 위하야

租稅를 輕減하고 그 대신에 富者에게 유리한 사업을 獨營케 하고 不少한 稅金과 賂物을 바다 各省은 無事히 經過하고 中央政府는 外國에서 불리한 要求를 하든지 하면 그것은 南北이 統一된 후에 하자든지 혹은 南方의 民黨이 反對하겟다 하야 慢慢的으로 遷延함으로 列國은 무슨 交涉을 하면 北坊에서는 南方을 핑계하고 南方에서는 北方을 핑계함으로 列國은 엇다 대고 할는지 彷徨하는 동안에 阿片도 먹고 官職도 슬슬 파라먹으면서 消日할 샢이라."

하고 老人의 書生의 指導함을 짜라 이범승 군을 다시 市外 王家屯에 往訪하야 반가히 맛낫소. 滿洲에 農民 救濟機關 缺乏한 것과 京城에 圖書館 設立의 必要를 말삼하더이다. 오후에는 시가 구경을 나섯소. 이 市街는 露國이 大連 旅順에 勢力을 가젓슬 쌔 卽 日露戰爭 前 露國의 설계를 襲用하야 市 中央에 大廣場이란 圓形의 小公園을 設하고 사방으로 街路가 蜘蛛線갓치 되얏소. 콘크릿트 人道와 만카담식(?) 車道에 上下水道가 完備하야 시의 美觀이 南北 滿洲의 第一이 되겟나이다. 大連 民政署長을 방문하얏더니 병으로 欠勤(흠근)하얏다 함으로 庶務課長이 酬應하는데 朝鮮人數는 약 4백 가량되고 직업의 구별은 자세히 알 수 업다 하면서 意味잇게 苦笑합데다.

즉시 電車로 조선인 集中된 小岡子라는 곳에 가서 보고 그의 苦笑하든 意味를 아랏소. 별 것 아니라 日本에서 模倣한 娘子軍과 露領에서 成習된 禁物商샢이 朝鮮 사람이고, 其外에는 鐵工場에 남공 칠팔인과 印刷工場에 여공 삼사인과 鐵道運送의 職員 일명이외다. 旅順이 咫尺에 잇서 곳 가면 日露戰役의 形跡을 보겟스나 已往에 한번 보기로 하얏고 쏘 길이 忽忙하야 중지하얏나이다. 오후 10시 반에 차를 타고 다시 奉天을 向하나이다.

▲ 6월 28일, 공민, 만주 가는 길에(六)

다시 奉川에서

(만주 농민 기근 문제, 농민 참상 등)

오후 10시 반에 탄 차가 遼陽에 到着하니 날이 새엿소, 또 다시 한번 高麗城을 보랴고 차밧게 나섯스니 안개가 쟈옥하야 섭섭히 보지 못하고 도러섯나이다. 이 等地에는 一種 怪常한 風俗이 잇소. 村落의 家屋을 보면 옥상에 蓋瓦를 使用하지 아니하고 龜背(귀배)와 갓치 半弓形體로 된 지붕을 石灰를 塗하든지 혹은 細土를 색려 두엇소. 그 집 周圍를 四方形의 土墻(토장)으로 包圍한 것이 平坦하고 廣濶한 自然과 잘 調和되야 섯틀 두지 아니하외다. 또 우리와 갓치 埋葬하는 風俗이나 墳墓는 大概 밧 가운데에 잇는데 圓錐形으로 作하고 그 錐峯에는 小石을 한 개 노와 두엇소.

봉천역에 하차하야 조선인 經營의 天一旅館에 入하얏다가 즉시 小邊門 外에 잇는 朝鮮人協會를 訪問하얏소. 작년 三月까지는 小西邊門 外에 朝鮮人會란 것이 잇섯더니 領事館에서 解散을 命하고 朝鮮人協會를 組織하야 日本人 居留民團과 동일한 事務所에서 事務를 處理하되 조선인협회의 會長은 日本人 居留民團의 부단장이 되는 법이고, 조선입협회의 書記長은 日本人 居留民團의 理事 노릇하게 한다 하더이다.

그것이 朝鮮人 取締의 妙案을 新發明한 심이얏다 그러나 會員은 別로 會集지 아니한다 하더이다.

그럼으로 朝鮮人口의 통계가 確實치 못함이 그 會의 特色이외다. 旱災로 飢饉에 陷한 농민 중 最甚한 곳은 京奉線 沿路 新民府 白旗堡(신민

부 백기보)의 약 2백명과 本灘湖縣 上達貝溝에 오백명이요 기타 인근 촌락에 수백명의 農民이 播種도 하지 못하고 去就를 判斷치 못하야 現今 應急 救濟를 要할 호수가 약 천 호 되는데 關東 民政署 滿鐵會社 혹은 朝鮮總督府 등이 구제비로 3만원 지출하얏다 함은 白板 虛言이요, 다만 今番 入京한 赤塚 奉天 總領事가 조선총독부에서 北鮮地方 구조하기 위하야 만주 小米 準備한 중 일부분을 만주 窮民에게 轉用하자는 提議를 할 터이라는데 아즉 아모 消息이 업고, 조선인협회에서 일전에 新民府 農民 2백호에 6백원을 貸付한 것쌘이라 하오. 萬歲에만 눈이 벌건 官僚들은 世上에 滿洲 農民 飢饉을 傳한지 數月에 아즉도 아모 確定된 방법이 업고, 또 設或 今後 作定된다 하야도 官廳式의 복잡한 절차와 煩劇한 書式을 經하고야 되겟스니, 此 所謂 死後淸心元이 되겟소. 봉천 水利局이란 것은 중국의 半官營이라 하나 張作霖(장작림)의 영리기관으로 全然히 朝鮮人의 水田 經營에 대하야 水貰를 徵收하기 위하야 渾河라는 江水를 貯溜하얏다가 수전에 灌漑하야 주고 每日耕에 매년 8원식을 水貰로 徵收하는 것인대, 水量이 饒足한 시에는 삼천일耕 灌水할 能力이 잇스나 금년갓치 旱魃(한발)이 심한 쌔는 水平線이 地底로 陷하야 灌水치 못하는 不完全한 것임으로 수리국과 우리 농민의 衝突이 잇섯다 함은 虛言이외다. 오후에는 또 차를 타고 撫順炭鑛(무순탄광)에 갓섯나이다.

▲ 6월 29일, 공민, 만주 가는 길에(七)

다시 奉川에서 續

(탄광, 조선인 노동자) = 봉천에서 大橋 領事館補를 만나 담화 = 일본 사람을 욕함, 그래도 자신을 排日黨(일본 숭배당)이라고 함

이 탄광은 30년 전에 發見되야 中國人의 私營이던 것을 其後 中露

양국인의 合瓣으로 經營하다가 露國 滿洲 經營 時代에 露國 半官營으로 變하얏고 日露戰役 후 滿鐵會社의 經營에 속하게 되얏는데, 戰勝 將軍의 記念으로 *大山坑이니 舆鄕坑이니 命名하얏나이다. 나는 技手의 先導로 승강기의 목판을 타고 잇섯더니 瞬息間에 地下 일천이백 尺되는 炭獄 속에 入하얏나이다. 이 세상이 別天地이옵데다. 鐘路 四街里 갓튼 길에 십자로 軌道가 뇌앗는데 支那 苦力이 數十臺石 炭을 담은 드럭(미는 차)을 연속 不絶 複線 軌道로 往來하야 밀고 가는 엽헤는 양편으로 人道가 잇소. 큰 거리 양편으론 무수한 골목이 잇서 그 距離가 혹 십리도 되고 오리도 되는데 食堂 玉突場 發電所까지 設置되얏소. 이 시가는 하날도 石炭, 짱도 석탄, 食堂 玉突場의 전후 상하가 다 石炭이오. 그 規模의 宏大한 것은 想像하야 주시오. 나는 한 5리 되는 골목을 安全燈을 가지고 씃까지 가서 보왓나이다. 호흡이 점점 窒息하게 되는데 惡鬼가튼 苦力 수십인이 곳 광이를 들고 千古의 寶庫를 파서 내리오. 回路에 한 골목을 드려다 보니 광대한 년못에 한 편으로 瀑布가 써러지고 한 편에서는 噴水가 되오. 이것은 各處의 生水를 此池에 合水하야 지상으로 폼푸로 吸上排出함이오, 또 炭層에서 發生하는 炭氣와 惡臭를 除去키 위하야 일분간에 이천만 立方 呎의 空氣를 鑛內에 吹送하야 환기한다 하더이다. 이러한 炭鑛이 9개가 되는데 매일 채굴 炭量은 7천 噸이오 總 炭量은 8억 噸의 豫測이라 하니 採掘키 가능한 분량을 삼분의 일로만 가정하야도 年以上은 繼續 採掘하겟나이다.

잠시 석탄 말삼을 하게 하야 주시오. 炭鑛에서 나는 石炭은 다 씨는 것이 아니오 우리가 사용키 適當치 못한 화력은 약하고, 연기만 宏壯히 나는 粗惡炭이라 命名하는 것도 잇싸금 一炭層이 되야 産出하나이다. 撫順서도 이 조악탄이 巨量으로 나서 그 處置에 大段 苦心하얏나이다. 已往에는 일천이백 척 지하에서 採掘하야 기차로 시러서 抛棄하얏더니 그 근방의 中國 農民들이 農作物에 妨害가 된다 하야 무수한 詰難을 하얏섯는데 近者에는 此 조악탄을 烝하야 瓦斯를 製造하야 그 와사를 燃料로 삼아 전기를 發電하야 利用함으로 電量 일천 왓트에 마이너스

구리이라 하오. 이것이 무슨 意味냐 하면 已往에는 조악탄을 채굴하고 또 운반하야 포기하기까지에 莫大한 費用이 드럿는데 지금은 此로써 發電함으로 그 전기를 代價 업시 消費하야 주어도 일천 왓트에 대하야 구리식 이익이 되겟다 함이외다. 그토록 安價로 原動力을 획득할 수 잇는 고로, 東洋拓殖株式會社에서 몬드 瓦斯를 제조하야 경성의 공업 原動力을 供給한다 함은 撫順 조악탄을 수입하야 발전한다 함이고, 차를 몬드 씨가 硏究한 것임으로 몬드 와사라 통칭 하나이다. (…중략…)

▲ 6월 30일, 공민, 만주 가는 길에(八)

長春에서

(장춘의 지리 역사 설명)

금일이 6월 23일인 듯하외다. 날자도 아지 못하고 此處까지 왓소, 長春은 인구가 7만 諸穀 産額이 일백오십만 석 되는 北滿의 일대 시장이고, 淸朝 乾隆때까지 蒙古의 屬地엿섯고, 중국의 吉長鐵道의 起點이요 南滿株式鐵道의 最終点이고 겸하야 露國의 經營인 --

▲ 7월 1일, 공민, 만주 가는 길에(九)

汽車에 宣戰

(기차를 타고 가는 과정의 기차에 대한 상념=기차 타는 것의 불쾌한 감정)

나는 기차를 타는 때마다 이런 생각을 함나이다. "또, 몃 시간을 부쾌한 動搖 중에서 經過하겟구나." 不得已한 일이 아니면 기차 타는 것을 避함이 가한 줄 암나이다. 現今 科學의 應用이 너머 功利的이며 너머

實用的임으로 時間的으로 人生에게 厚用되는 것이나 空間的으론 人生의 幸福의 일부분을 滅殺함나이다. 그 滅殺하얏든 부분을 回甦(회소)케 함이 금후 우리의 生活이여야 되겟나이다. 人類生活의 慾求는 善과 美와 眞이여야 하겟는 고로, 우리의 不快와 惡感을 供給하는 作用과 原因을 제거함이 무어시 **이외다.

(…중략…)

▲7월 2일, 공민, 만주 가는 길에(十)

哈爾濱 가는 車中에서

(하얼빈으로 가는 과정에서 만난 사람= 유이민의 한 장면을 잘 나타냄)

오후 11시에 써난다 하든 차가 12시를 지나도 運動치 아니하오, 已往에는 그런 일이 업섯는데 革命 以後에 秩序가 紊亂하야 車掌의 술 깨는 시간이 써나는 시간임으로 정한 時間을 지내치는 일은 별로 怪常한 것이 아니외다. 日露戰爭 전에는 말할 것도 업고 그 후에도 長春 停車場에 드러스면 무장한 車掌, 직립 不動體를 취하는 싸삭兵, 活氣騰騰한 巡檢 이것들이 露帝國의 無道한 專制의 氣分을 構成하얏더니 지금을 싸삭병이 다 過激派로 변하야 가 바리고 차장은 幣帽破服(폐모파복)에 그 襤褸한 꼴은 形容할 수 업고 순검은 지나 순경의 帽子票를 붓첫소. 作亂조와하는 朝鮮 사람 하나이 그 露國 순검을 보고,

"네의 身世가 엇지 이리 慘酷하게 되야 支那帽子標를 달게 되얏나." 한즉, 우수면서

"近者에는 이런 것이 流行한다."고 하얏다 하오. 차가 마지 못하야 써나는 것 갓치 運轉되야 寬城子驛에 到達하얏슬 째에 40이 훨씬된 露人이 하나 내 압헤 와서 안젓소. 그의 行動과 人品으로 判斷하건대 교육

잇는 사람일 뜻하기로 露語의 아지 못하든 句節을 이삼절 무른즉 親切히 가르처 주오. 나의 귀 써러진 露語가 나왓소.

"어대로 가오?"

"할빈까지."

"무엇하러."

"알 수 업서 ……昨年까지는 哈爾濱 鐵道廳에서 月給을 먹엇더니 其後에는 職業이 업서 이대로 왓다갓다 할 샏."

"過激派나 아닌가?"

"……日本 사람들은 돈이 만치?"

"아니 네가 過激派가 아닌가?"

그 대답을 **히 하지 아니하오.

내가 日本 密探이나 하는 줄 아는 모양인 고로,

"나는 朝鮮 阿片장사인즉 아모 말이나 하라." 한즉

"참, 그런가. 아편장사 하면 돈이 만켓구나."

"만히 잇섯스나 써 버렷다."

"나도 아편 장사를 하야 보왓스면 조켓다. 너 朝鮮 사람이라 하니 李大臣을 아는가?"

"李大臣이 여러 개가 잇섯는데."

"우리나라의 세묘노푸란 놈이 너의 이대신과 쏙 갓다."

"네 말을 알 수 업는대."

"네가 아마 日本사람이지, 네 모양이 석 日本 사람 갓다. 그렇치?"

이대신, 아편장사, 日本사람, 過激派 이 聯絡업는 會話가 조흔 露語 선생을 이러바리게 하얏소, 한 잠을 자고나서 본즉 어대로 갓는지 形跡도 업서젓소. (…중략…)

▲ 7월 3일, 공민, 만주 가는 길에(十一)

哈爾濱에서

*<북만일보>의 강학천 씨를 방문/ 아편장사를 하는 모습과 아편 장사에 대한 사람들의 반응

*이 글은 여기에서 그침

▲ 7월 9일, 공민, 哈爾濱에서 海蔘威까지

[09] 『동아일보』 1920.7.11. 석호 權泰用, 中國 旅行記

이 글은 독자 기서 형태로 게재된 중국 青島의 조선인 생활상 기록임

▲ 7월 11일 청도 조선인 생활과 상황

원래 나는 財力도 不足하고 學識도 抱負도 업는 나의 건방진 思想으로 어리석고 古言에 百聞이 不如一見이라는 어구를 如何히 해석하얏던지, 무엇하야 본다는 希望으로 고토를 써나 귀중한 삼사 星霜을 海外에서 苦勞를 밥다 不幸히 健康하든 나의 身體에 지금은 最히 우리의 人生에 대한 생명을 쌧는 重病을 어더 歸國하얏삽니다. 엇던 의사의 충고를 바다 인천 海水浴에서 精神을 수양할 차로 월미도까지 와 留하든 중 다힝이 나 親友인 인천 지국 기자 李汎鎭 군을 맛나 나 日記를 貴報에 託하야 건방진 말로 우리 반도의 실업 제씨에 만분지일이라도 참고가 될가 하나이다. (…하략…)

▲ 7월 12일 제남 방면 조선인 상황

(입력하지 않음)

▲ 7월 13일 哈爾濱, 滿蒙 등지

(입력하지 않음)

[10] 『동아일보』 1920.8.4. 千里駒(譯述), 籠鳥

이 작품은 필자가 부산서 서울로 오는 과정에서 서양인으로부터 오스트리아 황태자 암살 사건에 대한 이야기를 듣고, 번역하여 기록한 기행적 서사문임. 순수 기행문이라고 할 수는 없으나 기차 속에서 들은 이야기를 기록한 형태라는 점에서 고찰 대상에 포함함.

2차 대전이 벌레를 잡고자 하는 새를 가브릴로라는 학생이 총을 쏴 죽이고자 하다가, 황태자를 죽이게 되어 발생한 것이라는 이야기를 기차 안에서 주고받는 장면을 그려낸 일종의 가십임

▲ 8월 4일

서양 사람 서너 사람과 나는 부산서 급힝 열차를 타고 서울을 올나오게 되엿는데 한 시간이나 지난 후에야 서로 말 시작이 되얏다. 서로 모르는 사람이지마는 기차 안에서는 가치 안즌 사람과는 말을 아니할 수 업는 것이다.

창밋헤 신문을 들고 보든 이는 우리를 바라다 보면서,

"자미 잇는 긔사가 여기 잇습니다. 구주 전쟁을 니르키든 써비아[7]

학생 말슴이오. 오지리 황태자를 사라에보라는 싸헤서 죽인 죄로 잡혓든 그 자가 나는 그동안 사형을 밧은 줄로 알엇더니 이 신문에는 그 사람이 폐결해로 죽엇다 하엿습니다."

나의 엽헤 안젓든 서양인은,

"나히가 어려서 사형에 처하지 아니하엿지요. '오지리' 국법에는 이십 세가 못된 사람은 죽이지 못하는 법인대 그 소년은 그 때 겨오 열아홉이엿지요." 하고 대답을 하엿다.

신문 보든 이는,

"참으로 이상한 법도 잇습니다."

나의 엽헤 안즌 사람,

"네 그러함니다. 그 신문을 잠간 빌녀 주시기를 바랍니다."

처음 신문 보든 이는 손가락으로 그 긔사를 가라치며 신문을 빌녀 주엇다.

나를 뎡면하고 안젓든 사람은 그 때야 입을 열어 말 시작한다.

"그 청년을 내가 깜박 이젓섯군. 전쟁이 혹독한 서슬에 우리의 정신이 어지러워젓고 또 암살 사건이 발서 몃해 전 일이닛가 싸마케 이즈엿스나 력사가들은 전쟁의 시초와 리유를 깁히 뚜려내여 그 썰비아 청년들의 총소리까지라도 자세히 알어내일 터이지요."

처음 신문 보든 이 "그리허고 말고가 잇습닛가. 신문에서들은 썰비아에서 낫든 그 총소리를 력사적이라고 써드지 안습니까."

내 겻헤 안즌 이는 신문을 손에 들고, "그리하길릭 공중이 오해를 하지요. 그 총소리가 '썰비아'에서 이러난 것이 아니오 '오지리' 짜에서 낫스며 초 노흔 자는 '썰비아' 빅셩이 아니고 '오지리' 국민이올시다."

력사적 이야기를 말하드니 "그러케 생각하지마는 그러할 리치는 업습니다. 만일 '오지리' 국민이 '오지리'에서 총질을 하엿스면 '오지리'에서 엇더케 핑계를 삼고 썰비아를 첫겟습니가."

---

7) 써비야: 세르비아.

말 시작하든 이는 류리창으로 물그러미 내여다보다가 대답을 하엿다.

"핑게가 되엿습니가. 그러하기로 전제정치는 다 업서저야 사람이 편안히 살 터이지요, 내가 그해 오지리에 며칠 잇서서 그 내용을 대강 짐작하지요. 그 암살 사건의 내막이 다 잇지마는 내가 공연히 그런 말을 할 필요가 업습지요."

하고 입을 썩 다무는대 왼만하여서는 다시 열지 아니할 것 갓치 입술 썩 다무럿다. 태도가 점잔키도 하고 쌕쌕하기도 하나 참으로 신사의 태도를 가저서 무엇이던지 맛기기만 하면 실수 업슬 만한 사람이엇섯다. 나는 그 이야기를 더 드르랴고 청하기까지 하엿는데 다른 서양 사람들도 나와 갓치 그의 말을 더 듯고자 하야 나의 청구에 응원을 하엿다. 그이는 마지못하야 이야기 시작을 하는대 "전쟁 나기 몃해 전부터 나는 미국 엇던 석유회사 출장원으로 남방 구라파를 가서 크게 거릭를 하고 잇섯는대 나의 중앙 사무소는 오지리 서울 비엔나에 잇섯습니다. 그런데 나의 려힝하든 각 디방은 '썰' 인종이 만히 거주하든 곳임으로 썰인의 방언을 불가불 배호게 되엿습지요. 그 말을 배혼 것이 나의 실업상 편리도 되엇고, 개인으로는 토인들과 사괴임을 어더 조와지닛지요. 그 나라 말과 인정 풍토를 말고 내가 려힝할 쌔 의레히 썰인들이 영업하는 조고마한 려관에 류하고 각국인이 류하는 큰 호텔애는 드러가지를 아니하엿습니다. 엇던 쌔에 이러한 조고마한 려관이 정결치 못하면 어염집에도 드러가 보앗지요. 샏스니아 주에는 내가 가장 조와하여 다니든 조고마한 읍이 하나 잇는데 세상 사람이 몃만에 하나도 그 일홈은 모르옵니다. 샏스니아 주에 잇는 오지리 총독은 이곳에 총독부를 설치하엿지요. 인구는 삼사만 명밧게 아니 됩니다. 그 중 한가지가 뎨일노 나에게 조흔 인상을 주든 것은 이곳 인민과 건축이 샏스니아 력사와 쪽가튼 거시올시다. 조금 밥술이나 먹는다는 사람들은 보통 구라파 사람과 의복이 가트되, 머리의 붉은 벙거지는 토이기 사람가치 제마다 다쓰고, 나지막하게 어엿분 집들은 개와가 아니면 돌상으로 덥헛습니다. 이왕 토이기의 통할 아릭 잇슬 쌔부터 나려오든 회회교도도 조금 남아 잇고 토이기 건축물도 아즉 서 잇습니다. 그러하고는 오지리 사람들이지요."

▲ 8월 5일, 籠島(二)

총독과 군대와 하급 관리들이 아니 보이는 곳이 업습니다. 오지리의 문화로 신건축물과 공원과 큰 길이 잇습니다. 오지리는 1878년에 빅림됴약에 의지하야 쌘스니아를 뎜령하고 외인의 비평을 막기 위하야 그 나라 경셩을 화려히 만드러 류람긱과 토인에게 조흔 인상을 주려고 오지리의 새셩지 밋에서 그러케 발뎐이 되엿다고들 하는 공론이 잇지요. 그러니 썰인종은 공원이던지 사람 다니는 엽길이던지 공창제도이던지 왕에 이 나라 저 나라에 속박되엿슬 째보다는 자유를 어든 모양이지요.

우리 세 사람은 그이의 입살만 바라다 보고잇다가 한 사람이 가로차서 뭇는다.

"그러면 이 구라파 전징 나기 젼에 썰인종이 썰비아를 가지지 못하엿든가요?"

(…중략…)

▲ 8월 7일, 籠島(三)

나는 그런 칭찬은 듯기 조화하는 모양으로 손을 흔들며 그러치만 '가브릴로'로 정신 차리게 혁명당에 버므리는 것은 자네 신상에 무엇보다도 위태스러운 일은 업네.

아니올시다. 썰이 되어서 자유를 구하는 대 일비지력도 아니드는 것은 도뎌히 사람다운 일이 아니올시다.

혁명은 공효가 업는 것일세.

언제부터 그럿습니가? 가령 말하면 법국 혁명이 잇지 아니하얏서요. 공효가 업섯습니가. 토이기를 거항하논 설비아의 혁명도 잇섯는대 모다 공효를 봅니다.

(…중략…)

▲ 8월 9일, 籠鳥(四)

▲ 8월 11일, 籠鳥(五)

▲ 8월 13일, 籠鳥(六)

▲ 8월 15일, 籠鳥(七)

▲ 8월 17일, 籠鳥(八)

▲ 8월 19일, 籠鳥(九)

(…중략…)

▲ 8월 21일, 籠鳥(十)

할 일 업시 나는 려관으로 돌아와서 내 방에 들어올락말락하여 나팔소릐와 말굽소리가 창밧게서 요란히 들리엇서요. 참으로 얼는 가서 내다 본즉 오지리 금위군이 말을 모라 길모퉁이를 도라스고 그 뒤에는 긔병사 행렬 사이에 덥게 업는 마차가 만히 가는데 그 우헤는 (…중략…)

한참동안 우리가 너무 오릐동안 슴직한 이야기를 들은 고로 아모 말도 못하고 범범히 안젓섯다. 그 사람 이야기 것흐로 그 썰로싱은 무서운 ** 살자 상상하든 것과는 좀 다른 것 갓하엿다.

긔차 창 밋헤 안젓든 사람이

그러면 황태자 죽인 사람이 당신의 지금까지 이야기하시든 그 학싱이란 말슴이요.

네 그 사람이 사라제보에 사는 가브릴로 프린십이올시다.

나의 겻헤 안젓든 사람은,

아이고 조고만 아희가 그 큰 전징을 시작하엿구나.

그 이야기하든 나는 계속하여 말하기를

처음 우리 이야기하든 말과 가치 력사가들은 전징의 시초를 가브릴로의 총소리까지 뒤를 킈여 보겟지요. 오지리는 이 총 핑계를 삼어 황태자 암살 음모가 썰비아에서 숨여내엇다 한 것은 사실 업는 소리올시다. 오지리 샏스니와 헐스쏘비나를 합병함과 가치 무슨 핑계만 기다리는 줄을 썰비아는 알고 오지리를 겁내여 어모조록 무사히만 지내려는 것이지요. 하고 한숨 쉬더니 가련한 가브릴로 총 말 자유를 엇는 것이 잘되는지! 마라의 새와 갓치 그 청년은 구속밧고는 오릐 사지 못할 *이야 아마 내가 그 청년을 조화하엿스니까 구라파 대전징이 그 총 두 방으로 시작이 되엿다고 싱각하는지 모르겟스나 나 알기에는 마라가 그날로 염이나기 까닭에 가브릴로가 약조를 내바리고 그런 엉둥한 마음을 먹엇는 것인지도 모르지요. 그러면 마라의 성내인 일인은 그 새 한머리 죽은 대 잇섯는데 그 새 죽은 원인은 새 뜻은 벌네에 잇섯습니다.

창 밋헤 아젓는 사람

당신은 구라파 대전징의 원인을 그러케 사소한 새의 죽엄에까지 미러 보십니다.

녜 그 새보다 더 적은 버레까지 궁구하여 말하지요. 츄유톤 민족의 뎨국주의자들은 언제던지 설명이니 사회이니 핑계이니 선젼서이니 평화뎨출이니 하는 대에 성사를 삼고 이런 일로만 슝샹하는 듯하옵듸다.

나는 이야기를 너무 오래 드러 몸에 부지중 들엇다가 영둥포라고 외이는 역부의 써드는 소리에 깜작 놀라 선반 우헤 가방을 끄러 나리어 동힝하든 서양 사람들과 작별하고 나니까 긔차는 발서 남대문 정거장에 드러왓섯다.

[11] 『동아일보』 1920.8.9. 千里駒, 元山까지

원산행 취재기와 귀환 과정

▲ 8월 9일

鐵道會社에서 每年 夏節을 當하면 京元線에 所謂 納凉 臨時 列車를 運轉하는 터이다. 去三十一日 夜 九時 半쯤 되야 行裝을 들고 南大門驛에 나갓더니 好事多魔라는 듯키 元山에 大雨가 降한다는 理由로 第一回 納凉列車를 中止한다고 큰 廣告板을 내여 거럿다. 할 일업시 歸還하얏다가 翌日 早朝 急行列車를 乘하고 元山을 向하얏다. 南大門을 出發할 時부터 비는 쏘다지기를 始作하더니 高山 停車場에 到着한 後로는 그곳부터 元山까지 씨슨 듯한 靑天에 白日이 煌煌하야 언제 비가 왓드냐 하는 것 갓하섯다. 全日에는 陸路로 五日 以上을 費하든 元山을 한나절이 겨워서 到着하엿다. 이번이 旅行도 아니고 또 新着한 西洋雜誌 二冊을 手中에 들엇는 고로 窓밧글 내여다 볼 사이도 업시 元山驛에 다다라 나리매 元山의 名物인 북어 내음새가 鼻를 觸하는 듯하얏다. (…중략…)

(원산의 인력거꾼, 상점)

▲ 8월 10일, 천리구, 元山까지(二)

푸른 海水를 바라만 보고 月曜日 아참에 섭섭히 元山을 作別하얏다. 그러나 나의 元山을 電別한 理由는 海風에 厭症이 생겨서 그런 것이 아니라 휴가도 못 얻은 나의 몸은 또다시 人類의 拘俗된 곳으로 還歸치 아니면 아니됨으로써ㅣ라. 元山津과 元山港의 으름을 타고 잇는 元山停車場으로 가서 京城行 乘車券을 사려 하엿더니 동두천 附近에 約 四十間의 鐵路가 暴雨에 破壞되얏다 한다.

(안변, 석왕사역을 거쳐=조선 태조 관련 회고, 개성으로 귀환)

[12] 『동아일보』 1920.8.27. 盧子泳, 千里의 夏路

노자영이 개성, 신계, 평양, 진남포 등을 기행한 순수 기행문. 감정적 묘사문이 많은 점이 특징임. 느낌표 사용이 과다하며, 러시아 문인 관련 연상도 매우 많이 등장하는 점이 특징이다.

▲ 8월 27일, 노자영, 천리의 夏路(一)

띠끌 만흔 서울! 奔走히 써드는 서울! 드러운 넘새 만흔 서울! <u>南大門에서</u> 汽笛 한 소리로 이 서울을 作別하고 北向 車에 한 사람이 되엿다. 오릭 동안 이러한 서울의 空氣를 마시며 이러한 서울의 물을 먹으며 이러한 서울의 싸를 밟으면서 띠끌 속에 써드는 소리 속에 검운 넘새 아릭 뒤글고 헤매며 골치 알튼 나는 어늬 監獄을 버서나 自由로운 몸으로 두 날개를 버리고 푸른 하날 우흐로 둥실둥실 나아가는 듯한 늣김이 가득해진다. m 社長의 정해주는 자리에 안저 車內를 안번 둘너 보앗다.

日本人 朝鮮人 等이 쇄 만히 올낫다. 그들의 이마에는 眞珠 가튼 쌈이 방울방울 어리워 잇다. 더위에 안타짜운 듯이 帽子로 부체로 手巾으로 얼골을 붓치며 "에－더어 에 더워! 더워!" 하는 말이 입에서 써나지 아니한다. m 사장과 서로 얼골을 바라보며 暫間 이야기에 沒頭하엿다. 社會는 不公平하다는 말과 朝鮮의 將來는 有望하다는 것이엿다. 汽車가 於焉間 龍山驛을 通過할 쌔에는 m 社長은 下車하엿다. 그의 村托하는 두 어린애는 鎭南浦까지 다리고 가기로 하엿다. 그리하야 두 아해는 내가 監督하고 내가 保護하게 되엿다. 한 兒孩는 十三歲의 少年이오 한 兒孩는 十二歲의 少女엿다. 모다 天眞이 爛漫한! 곳 塵世의 罪惡에 물들지 아니한 天使갓흔 兒孩들이다. 白晝갓흔 흰 마음! 비닭이 갓흔 柔順한 생각! 사랑과 우슴과 노릐와 讚美밧게 모르는 입술! 남에게 惡感情을 주지 아니하는 구슬 갓흔 파란 눈! 봄바람에 겨우 입술 버리는 쏫송이 갓흔 쌤! 아! 이것을 所有한 그네들은 --

▲ 8월 29일, 노자영, 천리의 하로(二)

*자연 예찬=톨스토이, 루소, 타고르 등 연상

참말 오릐간만이다. 즐거온 새소리! 푸른 빗 벌판! 쉼갓치 부드러운 나무 그늘! 아! 이러한 自然의 품을 멀니 써나 사람의 냄새－ 기와와 벽돌의 무거움! 自動車와 人力車의 몬자 바람 電車 汽車의 목멘 소리! 巡査 兵丁의 발간 눈동자! 妓生 浮浪子의 흐리고 시써먼 술 氣運! 싸구려 말구려의 뒤 써드는 아우성! 이 가운데에서 精神이 멍멍하야 아모 즐거움과 서늘함과 가벼움과 씌긋함을 맛보지 못하든 나는 엇재썬 이 곳이 그립고 반갑게 싱각난다. 엇지면 世上萬事를 모도 쉼으로 바꾸고 이러한 自然 가운데에 드러가 쌍을 파 農事나 하며 이슬 아참과 흰빗 달밤에 詩나 읽고 散步나 하며 지내엿스면 …… 하는 마음이 불연듯시 이러난다. 더구나 톨스토이가 아스나이보리야나에서 自己의 愛人인 나

카려니와 갓치 발갈며 大自然의 生命과 함씌 살고저 하든 그것을 생각하고는 말할 수 없시 自然이 그리워진다. 그리하고 自然으로 도라가가! 하는 룻소의 말과 錦繡峰을 背景삼고 넓은 벌판을 압헤 둔 타구르의 自然學園을 생각하고는 自然에 對한 憧憬이 絶頂에 達한다.

그리하야 聯想에 聯想이 이러나고 ---

(봉산 은파교회의 초청을 받아 강연하러 가는 길임)

어나듯 車는 開城驛에 到着하얏다. 李君과 함씌 下車하야 洗水場에서 손을 싯고 다시 車에 올낫다. 그러나 李군은 二等임으로 도로 自己車室로 가고 나는 三等室로 온 것이다. 車가 얼마 동안 遲滯한다. 나는 開城의 外觀을 바라보며 好壽敦 高等女學校에 잇든 金君을 생각하고 퍽 그리움을 이긔지 못하엿다. 그는 나의 얼골도 아지 못하고 사랑의 情을 吐하야 외롭고 쓸쓸한 斷野에 슬품이 잇슬 쌔 함씌 울고 깃붐이 잇슬 쌔 갓치 웃자고 하엿다. 나는 그의 片紙를 생각 쏘 다시 싱각하고 곳 호수돈학교를 訪問하고 십분 싱각이 懇切해진다. 그러나 그도 放學하고 元山 明沙十里인가 어대로 歸去하엿슬 터인데 그도 할 수 업다고 생각하고는 섭섭한 싱각이 가슴에 차진다. 그가 開城 써나기 前 五六日 前에 내게 片紙한 것을 나는 무삼 事故에 奔走하야 回書도 못하엿는대 그는 나를 차자보겟다고 하고도 그만 집으로 훽 다라나 버렷는데 그의 住所도 몰나 片紙도 못하고 참말 사랑하는 愛友에게 對하야 未安한 마음이 弱한 내가슴을 情업시 누른다.

▲ 8월 30일, 노자영, 천리의 하로(삼)

車가 써나기 始作한다. 日後 開城의 古蹟도 求景하고 愛友도 訪問할 兼 한번 期於히 와 보리라 하엿다. 이 쌔 나는 펜을 들고 변변치 못한 詩 一節을 '메뫼리' 帳에 記錄하얏다.

그리운 開城이여!!
우리 愛友가 네 품에 잠자고
우리 祖上이 네 가삼에 잉겻섯지!!

(…중략…)

▲ 8월 31일, 노자영, 천리의 하로(사)

*2등실 이군에게 가서 일본 여류 문단의 중진 一葉 여사와 만남 〈다게구라베〉 라는 작품을 쓴????

몃 分 동안 椅子에 가만히 안저 滋味잇게 보앗다. 亞米利加 넓은 曠野 大自然 속에서 사랑에 목메인 두 戀人의 헤매는 것이 아름아름 눈에 비외는 듯하다.

엽헤 잇든 어늬 日本 女學生이 "그 무삼 冊이야요." 한다. 나는 빙긋 우스면서 "이거! 女學生이 보면 썩 살맛 갓흔 冊이야요. 佛國 文豪 샹-ㅅ트부티안이 지은 〈少女의 盟誓〉라는 冊이올시다." 하고 조금 皮肉的으로 말하엿다, 그 女學生은 이 小說을 손에 들고 가만히 몃 페지 읽어본다. 나는 그

(여류 문학, 일본 여류 문학 ???)

▲ 9월 1일, 노자영, 천리의 하로(오)

=일본 여성론/현모양처론의 입장에서 일본 여성 예찬

나는 女史에게 "朝鮮 女子界를 爲하야 만히 노력하시오! 더구나 女流文壇에 만히 貢獻하시기를 바람니다." 하엿다. 一時間餘나 리야기하다

가 車가 新溪 停車場에 멈칠 째에 다시 자리로 도라왓다.

앗가 보든 女學生은 신계에서 下車한다. 잠간 그의 말을 듯건대 그는 日本 神戶(고베) 高等女學校를 작년에 졸업하고 개성 고등보통학교에 勤務하는 자기 아바지를 쌀아 왓스며, 지금은 신계 자기 親戚 집에 가는 길이라 한다. 나는 그를 보내고 가만히 우리 朝鮮 女學生들과 비교하여 보앗다. 어나 점으로 보던지 우리 女學生보다는 아름다운 점이 만히 보인다. 溫順하고 親切하며 謙讓하는 태도는 그것이 보통 日本女子의 特色이라고 하지마는 엇지하엿든지 溫柔謙讓하야 항상 春風가튼 態度로 사람을 대하는 것에는 感服지 아니할 수가 업다. 물론 내가 이러케 말할지라도 일본 여자를 어대까지던지 辯護하는 것이 아니오, 또는 절대 讚揚하는 것이 아니다. 엇더한 이는 내 말을 誤解하고 '日本놈 다 된 놈'이라고 論駁하는지도 아지 못하며, 더구나 女學生들은 自己는 攻擊하고 일본 여학생에게만 찬미하니까? '저 싸위 논 까닭에…' 하고 욕할는지도 아지 못하겟다. 그러나 나는 누구에게던지 배울 만한 것은 어대싀지던지 배우고 바릴 만한 것은 기어히 바리라는 것이다. 世界 여자 중에 가장 理想的 女性다운 여성을 가진 이는 일본 여자이라고 한다. 이것은 언제 한번 여러 知人들과 討論한 바도 잇스며, 日本 留學生間에서도 이를 긍정하는 이가 만히 잇다. 더구나 米國 New Lady라는 잡지에 도마쓰오엘이라고 하는 사람은 '세계 가운데 가장 女性의 特點을 잘 갓초운 이는 일본 여자이다. 여자라는 것은 엇재썬 家庭의 和樂을 保護하고 남편의 마음을 즐겁게 함에 잇스며 온순 겸애하야 사람의 마음의 愛的 공기를 너허줌에 잇다. 그런데 나는 작년 4월에 일본에 漫遊하야 이것을 일본 여자에게서 보앗노라.' 이러케 말하엿다. 과연 그러하다. (…하략…)

▲ 9월 2일, 노자영, 천리의 하로(육)

넓은 벌판으로 흘너가는 은빗 시내물! 산 빗탈로 소 쓸고 가는 목동, 煙氣 속에 잠긴 듯한 저 편으로 멀니 뵈는 村落, 村落 압헤 鬱蒼한 나무 그늘! 이러한 것을 바라보며 여러 가지 싱각을 하는 동안에 어늬덧 차는 大同江을 건너간다. 사람마다 창을 열고 大同江 大同江 한다. 그러나 그들은 무삼 意味로 대동강을 찾는지! 하기는 손톱만치라도 무삼 늣김은 잇는 모양이다. (…중략…)

아 大同江! 우리 사람의 자랑이다. 이것은 우리가 祖上의 얼골이 이 물결 우에 만히 빗최엿고 우리의 文明이 이 물결에서 만히 發達되엿다. 아 그리운 大同江이여!

언제 한번 서울에 잇는 岸曙 군이 '저번 佛蘭西의 어나 親舊가 란인 시내를 그린 에하가씨를 보내며 나종말에 천하의 제일 강산은 란인 시내입니다 한번 구경 오서요 하엿기에 나는 여보 동양에도 란인이 잇습니다. 朝鮮의 大同江! 아 이 강이 란인보다 더 좃치오. 아 그리시지 마시고 이 조선에 잇는 東洋 란인을 한번 구경하라 오시오 하엿다'고 한다. 과연일다. 우리 대동강이야말로 천하 제일 강산이다. 이러한 강산 속에 사는 우리 사람은 참말 幸福이며 이러한 강산에서 出生한 우리는 참말 偉大한 民族이다.

(평양역 도착, 인력거 군, 바이런의 시 삽입 등)

▲ 9월 3일, 노자영, 천리의 하로(칠)

여러 가지 쓸데업는 空想을 한참 하다가 다시 주인 집으로 도라가 조반을 맛치고 내의 學友로 가장 親切한 K군을 차저갓다. 그의 가저온 水蜜桃에 香露酒를 기우리면서 한참 리야기의 꼿이 피엿다.

지금 생활의 感想으로부터 社會 개인 세계! 막되는 대로 건방지게 論評도 하고 稱讚도 하면서 참새 여울 건너도 시두리 맛방치를 내엿다. 그 중에 이러한 리야기도 잇섯다.

(케이 군과 나누는 이야기)

도스토예프스키-카라마조푸 갓늘 대작품을 세상에 펼치지 못하엿스리라는 메레지우코푸스키의 평론 등 --

▲ 9월 4일, 노자영, 천리의 하로(칠)

그릐 平壤 왓다가 牧丹峯이나 浮碧樓를 한번 가 보지 아니하고 마는 것은 엇재썬 마음에 未安히 싱각난다. 大同門을 나서 大同江에서 슬슬 이러나는 맑은 바람으로 쌈에 저진 얼골을 씨스며 浮碧樓를 향하여 간다. 항상 푸루고 변치 안는 대동강은 녯적이나 오날이나 한결 갓것마는 우리 사람의 변言은 웨 이다지 激甚한고? 뎌 大同江에 빗최엿든 우리 녯날의 번영은 아! 오날날 모다 어대로 갓노? 불상하고 가련한 우리 지금 處地를 大同江아 너는 비웃지 아니하너냐?

이갓흔 空想 아릐 浮碧樓에 當到하엿다. 여러번 구경하고 만히 탐유한 곳이매 별로히 感想을 주지 아니한다. 그러나 乙密臺 아릐 창창히 드러선 나무그늘 - 그 속에서 우러나오는 바람의 노릐! 그 숨 갓흔 그늘 속으로 來往하는 遊客의 그림자! 저녁 해빗이 綾羅島 압물결에 紫色繡를 노흔 광경!

(…중략…)

▲ 9월 5일, 노자영, 천리의 하로(팔)

차표를 사 가지고 뚜ㅡ 하는 긴 소릐와 함께 鎭南浦로 향한다. 평양이 얼신얼신 그림갓치 사라지기 始作한다. 더구나 노악산 모퉁이로 지나갈 째에는 朦朧한 숩숙에 안기인 숭덕학교 지붕이 바늘 씃갓치 뵈일 뿐이고 그 밧게는 넓은 실안개 갓흔 하날 빗뿐이엿다. 나는 이곳을 지날 째 엇재썬 덜 조코 섭섭한 생각이 만히 난다.

黃海道 어나 짜에서 어머니와 세월을 보내다가 장래라는 것을 싱각하고 평양에 와서 공부하엿다. 그러나 運命의 지독한 희롱으로 어머니의 別世하엿다는 訃告를 듯고 눈물을 흘니며 오륙년 전에 이곳을 지내본 싱각이 난다. 그 째는 참말 가삼이 압푸고 정신이 멍멍하엿다.

(…중략…)

▲ 9월 6일, 노자영, 천리의 하로(구)

於焉間 車는 鎭南浦에 到着하얏다. 虎疫 檢査에 흰 테 두른 巡査들이 야든을 친다. 더구나 朝鮮 사람에게는 普通 말도 號令 비슷이 하며 平말을 턱턱 내여부친다. 나는 洋服 입은 덕인지 多幸히 당신이라는 尊稱을 밧드면서 겨우 無事히 나왓다. 京城에 잇다는 教師되시는 분은 무삼 싸닭인지 巡査들에게 성화를 밧는 모양이다. 나는 길이 밧바서 곳 선창으로 나아갓다.

(씃)

[13]『동아일보』 1921.5.2. 晩悟生, 旅行의 餘感

*농촌 소작생활 견문기

▲ 5월 2일

余는 今次 黃海道 西部地方에 旅行할 機會를 엇어 海州, 長淵 송화, 은율 등 지방을 일회하얏는대 여는 원래 정신이 緻密치 못하고 감정이 단순하야 싸라셔 듯는 바도 보는 바도 모다 徹底치 못하며 그러한 중에도 충분한 시간이 업서 細密히 본 것도 드른 것도 업고 다만 所感된 바의 이삼을 들어 말하고저 함이다. 沙里院에서 서방으로 멀니 구월산이 雲山갓히 희미하게 보이고 기간에 在한 망만연한 평원광야는 조선에 유수한 재령평원이라. 郡界를 分하야 말하면 봉산, 재령, 신천, 안악 4군을 포함하고 면적을 算하면 대략 동서가 칠팔십리 양*이고 오육십리 가량이나 되는 광야이며 그곳에 거주하는 인구는 약 10만에 근하며 산업은 물론 농업이며 (…중략…)

해가 갈수록 일방의 세는 가하고 기반면에는 소작난 생활난에 泣하는 자가 그와 정비례로 증가되야 간다. 그쁜만 아니라 移民이 점유하는 토지는 맛침내 移民의 所有地가 되고 만다. 당업자는 말한다. 조선은 토지가 廣濶한대 농업자 수는 少하야 싸라서 농작 방법도 粗劣하고 생산율도 감소하야짐으로 모범으로 일본 농민을 이주케 하야 조선 농업의 개량을 기도코자 함이라 한다. 이것을 일리가 잇다고 하겟다.

▲ 5월 3일, 만오생, 여행의 여감(下)

그러나 地 원주민 되는 자가 연년히 자기의 사랑하는 고향을 버리고 流離하는 자가 한갓 증가할 쌘이니 此현상은 과연 무슨 이유인가. 其내용의 대부분되는 원인은 물론 移民에게 소작지를 被奪하고 소작할 토지가 無한 所以이오 其次에도 또 一因이 有하니 其土地를 소유한 자와 토지를 所管하는 農監 등의 專橫이 이것이다.

現에 봉산에 엇더한 農監은 기백 두락이 되는 대면적을 소작하는 자도 有하다 한다. 아, 저 비참한 경우에 陷하고 잇는 소농자여. 그대의 운명을 누가 개척하야 줄가. 나는 실로 동정의 淚를 禁치 못하노라. 그대들은 일년 12월을 한서불고하고 쌔가 부서지도록 노동하야 근근히 엇은 미소한 農穀은 소작료로 반분에 近한 수를 지주에게 給하고 其外에도 農監의 專橫을 恐하야 農監되는 자에게 給賂치 안이면 자기의 위치를 보장키 난한 경우에 處하야 이중삼중의 부담을 변치 못하나니 그네들은 엇지하야 자기의 자녀를 養하며 敎할가. 또 何日에나 생활의 安全을 엇을가. 이에 나는 다만 소작인들이 스스로 그 운명을 개척하겟다는 자각으로 일층 노력함을 望할 뿐이다.

(…하략…)

[14] 『동아일보』 1921.5.6.
春風 李壽衡(이수형), 吉林에서 北京에 (견문기, 기고문)

길림에서 북경까지의 여정에 따라 생활 탐승한 기록 - 기고문. 8월 11일까지 61회에 걸쳐 연재되었음. 여정과 풍속 기록은 의미가 있으나, 문체는 고문투에 가까움. 한시 삽입이 많고, 중국인에 대한 편견도 심하게 나타남.

*이수형이라는 인물이 어떤 인물인지 확인할 수 없으며, 여행 목적도 확인되지 않음

▲ 5월 6일

天然! 自然!

噫라 天造의 自然이 巨하면 산악과 河海이며 細히면 恒沙와 微塵이니 其巨細가 不一하며 形容이 無定한지라. 그러함으로 雲이 山川에 起하거든 定形이 無함으로 秦의 行人과 周의 輪과 宋의 車와 魯의 馬와 魏의 鼠와 齊의 縫衣와 衛의 犬과 韓의 布와 趙의 牛와 蜀의 倉困이 無心한 중에 像하며 水가 壑에 趨하거든 (…중략…)

▲ 5월 7일. (2)

吉林의 省城

城은 背山臨流한 都會地니 其山은 북산이라 칭하며, 其流는 松花江水이다. 산이 高치 아니하나 雅하며 水가 深치 아니하나 淡하야 一見에 山水의 樂이 업지 못하며 일거에 熱鬧(열뇨)한 厭이 또한 심상치 아니하니 진실로 사위 松竹에 一朶敗(일타패) 牡丹이 부지럽시 부귀를 자랑함과 如한 感이 잇다. 그 소위 번화한 市街라 할 자는 성내에 北大街,

糧米街, 河南街, 通天街, 尙儀街 등이오 城外의 德勝街와 성중에 熙春里는 이상 諸街에 비하야 적막타 할지나 또한 열뇨한 곳이더라.

명승고적을 말할지면 西關 外에 小白山과 江東에 龍澤山과 德勝門外에 北山과 북극문외에 元天嶺과 玄天峯 등이 有하나 最中에 용택산과 소백산이 가장 可觀할 자ㅣ 有하며 其餘는 殘山敗壑에 樹林이 희소하고 雨勢風斜에 雲路를 막을 섄이로다. (…중략…)

天主敎堂은 송화강을 沿한 回水灣子에 在하며 耶蘇敎堂은 新開門外 朝陽街에 在하면 조선인 교회로는 우마행 북두에 南監理敎會가 有하나 아즉 초창임으로 십분 영락함을 면치 못함은 고연한 事勢이라. 수십명의 교인이 서로 掖手할 섄이로다.

(명승지, 교회당, 요리점, 여관 등 소개)

(…중략…)

▲ 5월 10일. (3)=4월 3일 晴

柳는 暗하고 花는 明하야 春事가 임의 깁흔지라. 평사방초에 江城이 如夢하니 萬樹紅花는 진즛 去年의 痕迹을 머무른 듯하다. 遊絲는 上下하고 異禽은 往來하매 天邊一路에 자최를 멈친 자 유유한 鄕思는 천만 단속함을 마지 아니한다. 鬱悒한 심사도 억제키 어렵고, 다시 생각하니 此城中에 逗留한 지 오릐되 隆寒의 嚴威를 박하야 一半步의 出入이 엇섯습애 北山이 我를 厭함도 아니오, 我가 北山을 厭함도 아니언만은 일차의 회견한 바ㅣ 업섯다. 금일에 비로소 我와 北山 사리에 서로 好를 做코자 하야 怪魔瓶에 팔량주를 너어 억개에 매이고 약간의 건포를 사서 면포자 코키트 속에 감추엇다. 이 수종의 物은 長者로 自處하야 당돌히 이춘풍 선생으로 하야금 內謁키를 기다리든 북산 노사에게 집세

할 禮物이라. 이에 허공군(李山九)으로 더부러 작반하야 마뇨우발의 악취가 觸鼻하는 열뇨한 시가를 지나 北으로 향하야 덕승문을 出하니 어시호 북산의 半服을 望見하겟더라. (…중략…)

*북산 등산=북산의 경치

▲ 1921.5.11. (4)

곳 나와서 허공 군을 만나 원조정을 지나 후문으로 出하니 관왕 일묘는 어시호 玩覽하엿다. 묘후 수백보 許에 일좌 小屋이 잇서 심히 僻靜蕭灑함애 가히 塵*를 돈망하겟더라. 이에 그곳으로 향하야 門楣에 당도하니 門上에 감리궁이라는 삼자를 題하엿고 正閣의 현판에는 仰光普照라 書하엿다. 곳 전내에 입하니 동서 양벽에는 白雲을 乘하고 帝鄕에 至하는 畫圖가 有하며 正位에 二像이 立하얏스니 일남일녀라. (…중략…)

*삼신위, 행랑, 나무길상왕 보살 마하살–일실(옥황각)

▲ 1921.5.12=北山 吉林(5)

허공 군이 이곳저곳을 가라치며 이 묘지는 청룡이 엇더하고 백호가 엇더하다는 일장 설화를 긴긴히 하다가 다시 탄식하야 曰 내가 부모에게 得罪함이 非輕하도다. 내 양친이 구몰하신 지 20여년이라. 엇지하야 福地를 擇하야 緬禮를 해볼까 하얏더니 이제는 이시사괴에 外域에 漂迫한 몸이 되야 좌우에 상심하니 부모 백골을 습지에 葬한지라 감연한 감상이 없지 못하다 하며, 심히 처창한 기색을 顯出한다. 내가 일견함애 비감한 회포가 업지 못하야 허공 군에게 향하야 일언을 告하얏다. 대개 청림의 술법이 일망에 불과한지라. 자고 성인의 取치 아니한 바라

그러함을 周禮에 하엿스되 천부의 묘에 음양을 不相한다 하엿스며 단궁에 云하되 공자ㅣ 文於郷曼父之母 卽合葬於防이라 하엿고, 오계의 묘가 약수의 齧한 배 되얏스나 주실기운에 상한 배 無하엿스니 이로 볼진대. (…중략…)

한시 일절을 作하여 曰

松花江水北山花 一片掛圖夕照斜
塵裏畫工閑不了 無心投必露繁華

(…중략…)

*이 날짜의 기행에는 한시 2편이 등장함(필자 저작)

▲ 1921.5.13. (6)

玄天峯

5월 4일 상오에 濃雲이 密布하고 雨意가 미산터니 하오 남풍에 운소장공하고 약무미약하나 昨夜 동래 최화우에 道路가 泥濘되야 통행이 不便하더라.
이날 상호에 역시 허공 군으로 더부러 작반하야 덕승문을 出하야 城廓을 挾하고 수리를 행하니 일좌 道院에 단청이 영롱하고 屋頭瓦甃이 운중에 소슨지라. (…중략…)

중전전 좌방에 日道의 사적비가 有하다. 大綱 曰 (사적비 소개)

▲ 1921.5.14. (7)=현천봉(속)

今에 길림현이 즉 발해 동주지라. 차를 위함이로다.

곳 이것이 원천 嶺上의 노자묘라 칭하는 길림 명지의 一이다. (…중략…)

龍潭山

余의 성질이 괴이하야 好江山이라 하면 당면한 자어든 一處라도 錯過치 아니하나니 길림에 逗留함으로부터 용담산의 성화를 드른 지 오리나 이에 至하기까지는 풍동우주하고 (…하략…)

▲ 1921.5.15. (8)=용담산

今也에는 그 소위 城址라 하는 것이 십붐 모호는 하지마는 엇지하든지 昔日의 거대한 설비는 삭고하야 추상할 만하다. (…중략…)

비감을 불승하야 曰

노천불산홍망사 산유청산수자류
석소고성방초로 열래풍월기천추

(…중략…)

오호라 우리 배발 族이여

용담산반강운부 발해풍연일망수
만리행장귀거후 유수기득아생유

(…중략…)

내 생각하니 조선 사람은 이를터이면 동서남북의 浮萍 身世라 할 수 밧게 도리가 업다. 조선에 잇서서는 朝鮮옷을 입지마는 日本에 가면 일본 옷, 중국에 오면 중국 옷, 西洋에 가면 서양 옷 가위 自存이라는 것은 끈어지다 십히 하엿다.

▲ 1921.5.16. (9)=용담산(속)

*실업 강조

이것도 역시 자존하려는 마음이 업서서 그리됨인가. 내가 동아일보 신문지상에서 '스타' 박사의 조선복 입은 사진을 특별히 오히려 회중에 품고 사랑하엿노라. 이 박사의 은근한 위로야 엇지 다 감사함을 말하리오. 나는 일본인도 아니오 조선인도 아니오 중국인도 아니오 俄國人도 아니라. 세상의 자연히 일신 사대물을 지어 出世함으로부터 모국가 모국가라는 觀念이 업스니까 이 세상을 한 번 구경하려는 터이니까 아모 시비에도 參與치 아니하니까 그 분별한 마임이 업거니와 만일 사람이라는 觀念이 잇는 자라 할지면 氣絶까지로 될 일이다. 아모조록 日後는 갓흔 일을 당치 아니하려 할진대 粉骨碎身하기까지 實業에 從事를 하며, 종사하거든 근간하게 하야 보편적으로 他族에게 재정의 壓迫을 밧지 말며 인격의 수모를 당치 말고 實地를 研究하여야 할지니 부지럽시 기타 관념에만 주의할 것이 아니로다.

(…중략…)

我 一詩를 咏하여 왈

용담산상용담수 풍불래시역불파
일야용음풍기과 천산뇌락시운하

(…중략…)

전랴영감홍망수 홍즉발아망즉고
초목유능분우로 인생감결망국우

(…중략…)

▲ 1921.5.17. (10) 소백산

작일 용담산으로부터 도라오는 노상에 水田 公司 일행으로 더부로 소백산에 登하기를 約한지라. 금일 조반 필에 작일과 如히 행장을 준비하고 우마행에 잇는 공사로 往하야 일동으로 더부러 곳 發程하야 영은문(서문)을 出하야 십수리를 행하니 관마산에 발원된 大川이 橫流하야 송화강에 注할식 기폭이 수십간이라. (…중략…)

써나서 원행할 일자도 곳 내일이 수일 이래로 산수에 奔忙한 몸을 수이기도 할 겸 여러 친고에게 작별도 고할 겸 한가를 取하얏다.

(…중략…)

▲ 1921.5.22. (11) 發吉林城

엇지하엿스나 왕래간이라도 정들고 사랑하는 송화강아 북산아 소백산아 용담산아 잘 잇거라 중래고유기라 하는 일어를 畢하고서는 항우가 배수진을 싸우려고 침선파부정하고 단지 三日糧하듯이 입엇든 면포

자 팔고 구쓰 팔고 정든 친고까지 작별하고 성을 써나 나올새 伊華田 선생이 송행시 일절을 이춘풍행대라 하는 피봉 안에 너어 전한다. 기시왈

(…중략…)

▲ 1921.5.24. (12) 발 길림성(속)

=안중근에 대한 중국인의 태도와 필자가 그것을 비웃는 장면

허씨는 그러케 말은 하여 노코 금전이 아까와서 그리함일넌지 다시 말을 곳처 왈 그려면 객점으로 갈 것이 없스니 事務室에서 一夜를 留하라 한다. 여는 쏘한 무한히 감사함을 말하얏다. 이 쌔나 석반을 갓다줄가 저 쌔나 갓다줄가 하야 기다리고 바리고 안젓더니 날이 어둡기에 급하야 수완의 강냥죽을 붓두막에 노아주며 소위 반찬이라 하는 것은 蔥幾根쁜이다. 그 무례함은 심하지마는 심히 시장한 터이오 외국 무지한에게 그 무례함을 責할 여지가 업서 그냥저냥 요기를 하고 나니 다시 살 듯하다. 웃지하얏스니 일숙을 許함은 그 은혜가 不輕함을 아랏노라. 석반을 맛치고 문에 나와 배회하자니까 소위 許 教師라 하는 자가 무엇을 서서 뵈인다. 바다보니

안중근 貴國 天下 英雄이라 하얏다. 여ㅣ 보고 일소하얏다. 여왈 여하시영웅고 하얏다. 피왈 일개 참가필부능살득의영웅 시불감운왈 군능시호피왈능시시 (…중략…)

5월 9일 앗참에 조반도 먹지 아니하고 곳 허 선생을 작별하고 써나 나오니 어제 불든 바람도 업서지고 일광이 매우 쌋듯한대 여행의 흥미가 심상치 아니하얏다. 희미한 길을 갈 쌔에 모처를 어대로 가는야고

뭇지 아니할 수 업고 무른즉 小國人이라는 소릐에 두통이 날 지경이다. 소국인이라는 소릐를 드를 때마다 우리의 조상이 엇지하여서 서북으로 흑룡 태원, 남으로 용석을 버리여 有치 아니하고 자손으로 하야금 이와 갓치 소국인이라는 소릐를 듯게 하는가 하며, 원한을 마지 아니하얏다. 이 수십리 되는 압길은 광야과 無하고 비산비야한 곳이다. (…중략…)

▲ 1921.5.25. (13) 발 길림성(속)

=중국인에 대한 편견이 그대로 드러남

중국인이라 하면 금전에는 청렴한 자 無하야 전 일백 량을 汝에게 給할 터이니 汝의 父를 구타하라 할지라도 오히려 우스면서 감행하는 그 무리들이라. 야비의 심사를 持치 안인 자 별무하거든 저 주인된 자는 엇지하야서 저러한가를 한 번 생각하엿노라. 저 주인되는 자ㅣ 朝鮮語를 略解하는 것을 보면 반다시 조선인과 상종이 만히 잇슴은 무의한 사실이라. 반다시 은연 중 조선인의 겸양하는 덕화를 밧엇슴이 분명하다. 조선인이라 하면 모다 인자하고 고마운 일을 만히하는 종족이기 때문에 저와 갓치 몰염몰례한 자에까지 덕화가 파급됨을 보면 마음이 엇더타 할지 그러한 인자한 樂地에서 써나 이갓치 악한 곳에 객을 作하야 고초를 당하는 것을 생각하면 엇지나 처창함을 다 말할 수 잇슬까. (…중략…)

*조선 부인을 만남/성세형 군

▲ 1921.5.26. (14) 발 길림성

만일 가족이 無하고 일개 身으로 농부가 농사를 경영코저 할진대 외방청이나 혹 이방청법이 有하니 외방청은 토지 매향에 대하야 소미 5

두 식염 10두 5근과 기외 일년 3절 일(3월 3일, 5월 5일, 8월 추석)에는 백주 1근 저육 1근의 給하는 배 有하며 (…중략…)

*길림 지역의 토지 경작-농업 계약/이 당시 용어 다수 등장

*지동 = 지주

*재동 = 자본주

*오납황지(烏拉荒地) = 중국어로 울나황듸

▲ 1921.5.27. (15)=발 길림성(속)

5월 11일은 조반 후에 성세형을 작별하고 홀홀히 써나 수리를 행하니 昨夜의 광품이 오히려 긋치니 아니하야 행로가 심히 곤란하얏스나 우화이등선할 만한 취미는 업지 못하얏다. 행하는 연로는 곳 산다야협한 곳이라 좌우에 비록 良田이 有하다 하나 십분 흥미가 업서 권보로 행하야 20리되는 장강령을 到하니 日이 이믜 정오이라. 산령에 등하야 일로를 望見하니 첩첩천산에 운무가 회명할 뿐이라. 월전에 엇더한 감정으로 作하엿든 일정 구를 다시 영하야 왈

(한시) (…중략…)

5월 12일 조반에는 추천일 듯함으로 행역을 쉬이려 하얏스나 천공이 나로 하여곰 일일의 休도 가하야 곳 일천이 개성하고 욱일이 동승함으로 쉬이려 하든 행장을 차리여 지고 대답보로 거름하야 신청산습의 음음한 풍미를 완상하야 가며 (…하략…)

▲ 1921.5.28. (16)=발 길림성

길로 삼사리를 행하니 곳 소리하라는 곳이엿다. 다리도 압흐로 기운

이 맥맥하야 일보도 행하기가 역역함으로 잠시 갈각이나 할 곳을 索하고 (…중략…)

▲ 1921.5.29. (17) 발 길림성

5월 13일 (…중략…)

*중국인과 의사소통 과정에서 筆談이 등장함

▲ 1921.5.30. (18) 발 길림성(속)

5월 14일은 작일에 부든 바람이 우를 송하야 차일 조조부터 注함과 如히 下한다. (…중략…)

▲ 1921.5.31. (19) 발 길림성(속)

5월 15일: 한시 1편 등장

▲ 1921.6.1. (20) 발 길림성

저 사람을 보니 哥五里가 저와 가치 건정할 수 잇스랴. 반다시 韓國人이라 하며 가오리가 추하다는 훼언을 하여가며 한국, 가오리, 조선 이동설이 기단되야 서로 구타까지 이러낫다. 異라고 하는 편은 다수요, 동이라고 하는 편은 소수이기로 동이라 하는 편이 대패를 당하야 경말에는 백기를 현하게 되얏더라. 팔적의 음식을 매끽하고 일우에 숙하니라.

(한시)

▲ 1921.6.2. (21) 발 길림성(속)

5월 18일 (한시 2수)

▲ 1921.6.3. (22) 발 길림성

5월 19일 (…중략…)

서상에서 우를 피하고 각을 알코저 드러가니 불외에 此 西廂은 아방인의 거주하는 處 이라. 심히 喜하야 주인과 초견례를 행하니 주인의 성명은 최직희라 하며 경남 김해군이라. 선히 此地에 초래할 시는 봉천성 서안현에 주거하야 曾히 此 서안현 보민회에 부회장의 의자를 점한 유지인이며 性이 심히 활발하야 言語가 峻削하며 일본어를 통하는 외에 중국어를 略通하며 연기는 40세 좌우이라. 여를 견하고 심희하야 논리를 부절하더라.

(…중략…) －모루히네 (아편)

▲ 1921.6.4. (23)

대저 중국의 아편 일사가 기만년의 문명 역사를 恥에 함하게 하며 사만만 동무의 지위를 저락케 하도다.

(…중략…)

5월 20일 (…중략…)

*도적이라 함은 만주의 일종 소산물이니 이는 유민 계급의 사업이라. 대히 별

하야 이종이 유하니 대소가 시라. 대한 자는 50명 이상의 徒衆으로부터 言함 이니 백십의 소취되야 隊를 작하야 녹림심처에 근거를 정하고 규모가 유한 자는 구체의 조련을 행하야 전투간좌작진퇴가 정련한 관군에 관한 자 다하며

▲ 1921.6.6. (24) 발 길림성(속)

(도적에 관한 설명 이어짐)

소다아를 작별하고 십여리 되는 화서령자에서 소시를 歇脚(헐각)하고 다시 서진하야 십여리를 행하니

—영액두참에 이름

▲ 1921.6.7. (25) 발 길림성

5월 21일—영액두참을 떠남

(한시 1편)

강기형 노 선생 작별

▲ 1921.6.8. (26) 발 길림성

정태규 씨 방문=고용 상황 언급

▲ 1921.6.9. (27) 발 길림성

5월 22일=주인과 이다수 군(정씨의 가정교사)

5월 23일=이공수 군

▲ 1921.6.10. (28) 발 길림성

5월 24일

(이하 8월 11일까지 내용을 입력하지 않음=문학성, 기행 과정 등에서 가치가 높지 않음)

▲ 1921.8.11. (61)=발 야계타

*중국인의 곤궁한 모습 등

[15] 『동아일보』 1921.5.20.
논설, 近來 日本 觀光: 그 目的이 무엇, 無識見의 弊端

*이 시기 일본 관광이 유행함=오락성

근래 경향을 물론하고 혹은 道 주최 혹은 郡 주최의 실업가 혹은 소위 유지 신사의 일본 내지관광단이 유행하는도다.

관광은 원래 조흔 것이라 개인적 一興業으로 논지할지라도 일난풍화할 때에 혹은 녹음방초 자유로 생명을 창달할 때에 輕裝하야 異域의 아름다운 山川을 대하며 기이한 사회 文物에 접하는 것이 好男兒의 한 趣味가 아닌 것이 아니며, 사회적 가치로 논지하면 진보 發達이 他民族 社會와 접촉하는 가운데 生하는지라, 自我의 문화만 善하다 하야 자만하지 아니하고 넓히 이역의 모든 풍속과 생활양식을 觀察하야 取長補短하는 것이 가하지 아니한 것이 아니니, 오인은 근래에 유행하는 각종의 日本 觀光團이 과연 의의 잇는 運動이 되기를 충심으로 희망하거니와 實地에 잇서서는 간혹 無意味에 終하는 폐단이 업지 아니하니 그럼으로 吾人은 자에 一言을 발하야서 參考의 일부분을 作하고자 하노라.

不少한 경비를 投하고 불소한 시간을 費하야 일본 내지를 관광한 그 결과가 무의미에 歸하는 폐단이 어듸 잇나뇨. 惟컨대 일본 관광단을 조직하는 本意가 결코 일개인의 興樂을 取하기 위하는 것이 아니라 必히 그 간에 무슨 사회적 가치를 발견하기 위함일지니, 예를 거하야 상론하면 실업가는 일본의 실업 발달의 현상을 상세히 관찰하야 自家 所營의 (…중략…)

明治 初年에 岩倉 大使의 일행이 구미 각국을 시찰한 결과 일본 정치와 사회생활에 如何한 影響을 及하얏는가. 피등이 泰西洋 문화에 接하야 장한데 놀내인 것이 사실이며 일종 공포의 念까지를 抱한 것이 분명하나 그러나 조선인의 일본 내지 관광단과 갓치 그 장대함을 보고 놀내며 탄식하는 데 止하지 아니하고 그 長所를 取하야써 일본의 短所를 각반 改革을 斷行하얏도다. 西鄕을 중심으로 한 무단 일파의 침략주의를 단호 배척하고 내정쇄신에 전력을 가하는 근본 방책을 정한 것은 순연히 同大使 일행의 구미 시찰의 결과가 아니며, 일본 금일의 융성이 同根本 方策에 負하는 바 절대한 것이 분명한 사실이 아닌가. (…하략…)

[16] 『동아일보』 1921.6.8. 生命의 朝鮮, 조선 인상기, 프레드릭 스타

*외국인의 조선 인상기: 동경에서 프레드릭 스타가 기고한 글

*이상재, 육정수, 신흥우 등과 교류한 인물임

(입력하지 않음)

[17] 『동아일보』 1921.8.21. 北靑에서 閔泰瑗, 白頭山行

함경남도 도청과 동아일보사에서 주최한 백두산 탐승단의 일원으로 민태원이 쓴 백두산 기행문. 백두산 기행과 관련하여 최초의 국토 기행으로 평가할 수 있음. 9월 8일까지 18회 연재되었음. 사진반의 방결은 '산고방결(山高方潔)'이라는 일본인으로 추정됨.

▲ 8월 21일, 白頭山行

所願의 一事

咸南 道廳의 主催로 白頭의 거룩한 품 안에 안기여 보기를 願하고 며여든 사람 二十名은 豫定대로 八月 八日에 惠山鎭을 向하야 咸興을 出發하게 되얏다. 中에는 白頭山의 거룩한 소문을 傳하야 듯고 一生의 經營으로 그 雄偉 英靈의 氣에 接코자 하야 參加한 이도 잇고 또는 自己의 본 것 들은 것을 다만 自己의 抱負됨에 그치게 하지 안코 넓히 江湖에 나누어 그 질거움을 갓치 하랴는 操觚者流(조고자류)도 五六人이나 參加하얏다.

나는 붓을 실코 白頭山을 向하야 出發한다! 안이 諸君은 부지럽시 웃지를 마라. 如椽大筆을 실으나 一枝禿筆을 실으나 싯는 點에 잇서서는 다 一般이다. 그럼으로 文筆에 拙하기 나와 갓튼 者로 거침 업시 붓을 싯고 云云도 쓸 勇氣가 난다. 古語에 仁者는 樂山이라 한다. 나도 山을 질긴다. 그러나 내가 仁者라고 말함은 안이다. 英雄은 好色도 하지만은 好色漢이 英雄 안인 것과 갓치 仁者는 樂水하지만은 山을 질긴다고 다 仁者될 것은 안임으로이다. 그러나 只今까지에는 天生으로 질기는 山을 한번도 구경하야 본 例는 업다. 잇다고 하면 京城에서 머지 아니한 北漢山의 奇峰쯤이나 보앗고 汽車旅行을 할 때에 車窓으로 바라본 일이 잇슬 섇이라, 뎡말 한번도 山을 보기 爲하야 登山을 한 때에는 업섯다.

우리 朝鮮에는 金剛山이라는 天下絶勝의 자랑거리가 잇다. 그러나 나는 只今까지 구경한 일이 업다. 그러나 그것은 다만 機會가 업서서 그런 것도 안이요, 겨를이 업서서 그리한 것도 안이다. 機會를 만들고자 하면 그만한 機會는 얼마든지 잇섯슬 것이요 餘暇로 말하면 一週日이나 二週日의 틈이 업서서 金剛山을 구경치 못하도록 밧분 몸도 아니다.

옷을 들고자 하면 깃을 들어야 바로 들닐 것이요, 물을 말하고자 하면 먼저 그 根源을 알어야 될 것이다. 그와 가치 朝鮮의 山水를 보고자 하면 먼저 白頭山을 보고 다음 金剛山을 보아야 될 것이다. 白頭山은 朝鮮 山岳의 朝宗이며 頭腦요 金剛山은 脊椎일다. 그럼으로 나는 될 수 잇스면 金剛山을 보기 前에 白頭山을 보고자 願한 것이다. 오늘날에 나의 宿願은 成就할 날이 들어온 것이다.

斥候的 先發隊

그러나 宿願을 成就하기 그러케 容易하지 안코 名山에 登臨하기 亦是 平凡하지 안타. 咸興을 出發함에 當하야 第一의 難關은 爲先 日前에 當하얏다. 當日 午前 八時에 集會하야 自働車 四臺에 分乘하고 一瀉千里의 形勢로 馳騙(치편)코자 하던 우리의 豫定은 第一着으로 自動車 不通에 齟齬되얏다. 日來의 豪雨는 咸興 洪原間의 道路를 破壞하야 回還中의 自働車의 集合이 半數밧게 못되얏스며 짤어서 이날의 旅行도 逆逐을 免할 與否는 保證할 수 업는 形便이엿다.

그러나 元氣旺盛한 一行은 그만한 故障에 躊躇하지 안코 一便으로는 다른 方便을 講究하는 同時에 一便으로는 斥候的 先發隊를 組織하야 二臺에 分乘하고 出發하게 되니 時는 午前 十一時頃이엿다. 予는 寫眞班 芳潔 君과 가치 先發隊에 參加하얏다.

市街를 써난 自働車는 아가시야의 綠陰이 한창 무르녹은 坦坦한 大

路를 疾驅하여 나간다. 그러나 沿路의 泥濘(이녕)은 市街를 벗어나면서 부터 더욱더욱 甚하게 되야 有時乎 運轉이 困難하며 路上의 橫流하는 雨餘의 野水는 車體의 半部를 浸하는 일이 種種하야 乘客은 옷을 벗고 空車는 檀溪를 超過力을 다하야 超過하는 光景은 마치 一幅의 活動寫眞 보는 奇觀을 呈하엿다.

이와 가튼 冒險的 前進은 不安中에 繼續되얏스나 略三十里程을 突破한 째에는 多幸히 前途의 消息을 듯게 되얏다. 昨日에 洪原으로 回還하얏던 自働車가 危難을 不願하고 早朝에 發程하야 咸興에 來會코자 하다가 泥濘中에 膠着되야 헤어나지 못하고 救濟策 中이엿다. 우리 一行은 곳 總動員을 行하야 半時間의 時間과 勞力을 虛費하얏스나 그 賃金으로는 前途의 消息을 안 것만 깃거하면서 다시 行進을 繼續하얏다.

〈참고〉 1921.8.21. 白頭靈峰에 感激한 登山隊=靑於藍 靜於鏡한 聖地의 秘境/일행은 작일 혜산진에 도착

開闢 後 처음, 天池 奧境을 實寫=本社 特派員의 冒險 活動

▲ 8월 22일, 북청에서 민태원, 백두산행

咸關領의 難關

一行은 晝中의 路를 疾驅하야 洪原으로 向할새 道路에 감겨 흘으는 溪流는 中間에서 路面을 橫斷하야 左로부터 右側에 出하나니 雨後의 水勢는 자못 走騰하나 淸冽한 石溪의 물은 底部의 沙粒을 可히 세일 만한지라. 空車의 超過는 前例에 依하야 應當 無事할 줄로 밋엇더니 不幸 半渡에 故障을 生하니 車體는 半部 以上이 水에 잇고 쌀어서 兩側에 搭載한 各人의 行裝도 亦是 水浸의 危를 免치 못하엿다. 中에서도 余及 本社 寫眞班 芳濨 君의 行裝은 全部가 水中에 沒入하엿스며 乘客

總動員의 活動으로 路上에 引出한 째는 略二十分 後이라 路上에 御하고 檢査한즉 추렁크와 箱子 안에는 물이 가득히 담겨 잇다. 이는 實로 非常한 打擊이다. 엇더한 意味로는 可謂 致命傷이라 할 것이다. 衣類와 雜品은 비록 汚損될지라도 曝晒(폭쇄)의 勞만 앗기지 아니하면 오히려 使用키 足하려니와 全然히 救濟할 길 업슴은 十餘種의 應急 藥品과 數十打의 寫眞種板이다.

余는 原來 蒲柳(포류)의 質이며 더욱이 病餘(병여)의 몸이라. 近 十夜의 露營生活 中에는 健强을 害할 念慮가 不無함으로 應急藥品에 對하야는 實로 周到한 準備가 잇섯다. 그 種類만 하야도 醫師 金溶埰 君으로 하야금 金溶埰 內科病院 白頭山 出張所라는 嘲弄을 發케 하도록 多數하얏다. 그것이 只今은 二三의 水藥을 除한 以外에는 全部 水泡로 들어갓다.

그러나 그보다도 爲先 目前의 狼狽는 寫眞種板이다. 種板은 本來의 性質上 如干 濕氣만 차도 作用을 일는 것이며 또 濕氣를 除하기 爲하야 日光에 曝晒도 不許하는 것이라 全然 救濟의 策이 업스며 또 種板의 全部가 無用케 되면 寫眞班 亦是 無用의 物이 되는 것이다. 우리는 出發之初에 實로 多大한 犧牲을 내엿다. 그러나 이만한 犧牲에 屈服할 수는 업다. 우리는 다시 旅行을 繼續하얏다.

南男北女(上)

水難을 遭한 一行은 다시 行進을 繼續하야 洪原을 當到하니 俗談에 오는 날이 장날이라고 이 날은 마침 市日이엿다. 이 洪原은 咸興 以北으로 有數한 市長이며 一市의 去來는 四五千圓에 達한다고 한다. 그러나 저자에 모인 사람은 略八割이나 女子일다. 그네는 살님에 能하고 勞動에 勤하다. 路上에서 만나는 그네들은 頭上에 數十斤의 重荷를 이거나 手中에 駄馬 黃牛의 곱비를 잡은 일이 種種하다. 그네의 軀幹(구간)은 碩大(석대)하며 그네의 身體는 强健하고 그네의 氣像은 凜凜하다. 元來

北韓의 風俗은 一家의 生活을 維持하는 責任이 婦人에게 잇고 이 以上 貯蓄의 責任은 男子에게 잇다고 한다. 그네는 事實上으로 外父內治의 當事者이며 經濟生活의 主人公이다. 딸어서 그네의 시골에는 새삼스러히 婦人 職業問題도 일어나지 안이할지오, 男女平等 問題도 일어날 리가 업다. 그는 決코 男子의 附屬物이 아니오 一個 獨立한 人格者일다. 비록 法律이야 엇더케 制定되얏거나 形式이야 엇더하거나 그러한 것은 실상 問題가 안일다. 또 그네는 貞操觀念이 堅固하야 비록 娼妓 賤妾이라도 現在 相對者가 잇는 以上에는 決코 他人에게 몸을 許하지 아니한다고 한다. 勿論 그 中에도 幾許의 例外는 잇슬지나 例外는 例外로 하고 나는 北鮮의 偉大한 女子에 對한 讚辭를 안이 들일 수 업스며 또 이러한 것으로 <u>近來에 소리 놉흔 所謂 婦人問題를 解決하기에 가장 有力한 參考</u>가 될 것이다.

▲ 8월 23일, 북청에서 민태원, 白頭山行(3)

南男北女(下)

나는 이것을 볼 째에 所謂 先進國人 男女에 對하야 이와 가티 말하고 십다. 兄님네여. 女子에게도 職業과 責任을 맛기여 보오, 그러면 그네들도 兄님네만큼은 活動을 하리다. 또 부지럽시 女子를 가르처 軟弱하다 하지 마오, 그네도 活動만 하면 健强하야지리다. 또 누님네여, 그대는 男女平等을 바라는가. 萬一 그러하거든 몸을 앗기지 말지어다. 虛榮心을 바릴지어다. 依賴心을 바릴지어다. 팔을 부르거두고 이마에 쌈을 흘닐지어다 하고, 또 內外癖(내외벽) 잇는 여러 어른들에게도 한 말을 告하고 십다. 당신의 要求하는 貞操는 內外로만 保障됨이 아니외다 하고. 아무러튼지 所謂 南男北女의 出處는 世間에서 일으는 바와 가치 그 容貌의 端整함과 皮膚의 潤澤함만 그리침이 안인 것은 分明하다 하겟다.

北魚의 名産地

洪原邑을 出發한 自働車는 여울 부듸치는 물결소리를 들으면서 海岸을 끼고 돌아 北靑으로 向하여 간다. 오인便(왼편)으로 南山을 바라다보고 발은便(바른편)으로 滄波를 굽어보면서 불어오는 海風에 가슴을 헤치고 화살가치 달녀감도 亦是 一興이어니와 島嶼는 멀니 갓가히 느러잇고 孤帆은 水天의 즈음을 出沒하며 물결은 亂礁(난초)에 부듸치여 눈가치 일어낫다. 玉가치 부서지는 海岸의 美도 조코 그러한 海岸에 들니여 兩三家 或은 六七家式 모혀 잇는 漁村의 生活도 그림 속인가 십흐다.

우리는 午後가 활작 겨워서 新浦를 當到하얏다. 이곳은 明太의 産地로 有名한 곳이며 大阪 商船과 朝鮮 郵船의 寄港地일다. 數百戶의 人家가 灣頭에 列立하엿스며 海邊 一帶에는 北魚를 乾燥하는 魚架의 기둥들이 帆檣(범장)을 석거 林立한 것도 亦是 壯觀이며 漁期를 當하야 鮮魚(선어)가 滿架하고 船舶이 輻輳(폭주)하며 漁夫 船賈와 娼婦酒婆(창부주파)가 來集할 째에는 그 殷盛을 可히 想像하겟더라.

牧童 帶歸夕陽

新浦를 써나 略一時間을 前進한 째로부터 道路는 海岸을 써나 北으로 向하야 滿目垂垂한 黎明의 물결을 헤치며 山間을 들어가니 째는 夕陽이라. 七八名의 村兒들은 마침 소를 몰고 집으로 돌아가는 길이엇다. 或은 압세우고 或은 경마들고 或은 허리에 타고 或은 궁둥이에 거러안저 외나무다리 제처노코 시내가로 건너갈 제 등걸이 짐방이에 종아리 내여 노은 茂釗 압서고 唐紅적삼 돌앙치마에 더벙머리 납팔거리는 입분이 다음가고 쇠보 吉順이 뒤짤어서 閑暇하게 돌어가다가 우리를 바라보고 웨 그러케 밧부냐 하는 듯이 싱글벙글 웃고 간다.

참 畵境이엇다. 萬事 具備에 只次 東南風이란 格으로 한갓 不足한 것은 草琴이나 笛대소리뿐이엇다. 그러나 自働車의 뿡뿡으로는 代用할 수 업는 일이라 그대로 지나칠 수밧게 업섯다. 그러나 이 地方을 旅行하는 이는 누구나 흔이 만나는 일이다.

덤베 北靑

第一日의 行程은 沿路의 水難으로 因하야 밤 열시에야 비로소 豫定地 北靑에 到着하엿다. 海拔 二三千尺의 壯山이 重重疊疊한 中에 이 골에 兩三家 저 골에 四五家式 分布되여 잇다. 그러나 이 山中에서 生長한 北靑人은 進取性에 富하고 活動力이 만타. 그럼으로 他郡에서는 北靑人을 '덤베 北靑'이라고 嘲弄한다. 京城의 물장수가 全部 北靑人임 것과 京城 東京의 遊學生 中에서도 苦學生이 第一 多數한 것도 亦是 그 進取性의 發露이다.

▲ 8월 24일, 惠山鎭에서 민태원, 백두산행(4)

一大 境界線

第二日(九日)의 旅行은 午前 九時에 北靑을 出發하게 되얏다. 今日의 行程은 처음부터 山谷間의 溪流를 쌀어 上流로 上流로 올너가게 된다.

이 北靑邑은 地理上으로 南北의 한 境界線이 되얏스며 쌀어서 農作家屋 等의 人事의 變遷도 어지간히 顯著하다. 第一 山川으로 보건대 咸興의 山勢는 秀麗하야 露骨치 아니하고 童濯(동탁)치 아니하며 압흐로 平野를 拱하야 耕地가 充足함으로 火田이나 山耕 等의 人爲的 毁損도 업다.

咸關嶺 以北 洪原의 山川은 咸興에 比較하면 多少 險峻한 곳도 잇스나 亦是 明媚한 態를 일치 안이하며 石質도 大槪 長石으로 搆成되얏스나 北靑의 半部 以北으로부터는 山勢가 峻截(준절)하며 筋骨이 繼峻(?)

하고 石質도 亦是 花崗石으로 變하얏다. 짤어서 農作物도 洪原 境內에서는 黍 粟 高粱 等을 耕作하나 北靑의 北半部로부터는 거의 全部가 燕麥이며 其他로는 大麥, 蕎麥, 馬鈴薯 等이 잇슬 샘이다. 또 北靑으로부터는 家屋의 建築도 多少 달으다. 制度는 大槪 五樑은 七樑의 홋집이며 規模는 北進할수록 漸漸 高大하게 되야 少不下 八間은 된다. 그리고 第一 行客의 注意를 끄는 것은 草家가 全無한 것과 屋上에 磧礫(적력)을 滿載한 것이다. 이는 松枝 或은 樺皮로써 집을 덥는 故로 風鎭을 삼아놋는 것이라 한다.

夏로부터 春에

北靑으로부터 百餘里 厚峙嶺 下에서 自働車를 바리고 徒步로 登攀(등반)하니 厚峙嶺은 海拔 四千餘尺의 峻嶺이며 山勢가 峭急하다. 車馬의 通行路는 逶迤(위이) 屈曲하야 自働車의 速度로도 오히려 時間을 費한다 함으로 地理에 嫻熱(한열)한 山下의 居人을 先導삼아 山樵의 間道를 從하야 略 一時餘에 嶺上에 達하니 脚下에 白雲이 일고 雨袖에 冷風이 習習한데 일홈도 몰으는 琪花瑤草들은 只今이 한창이라 滿山紅白의 奇觀은 實로 高山地帶의 特色을 發揮하얏고 嶺上에는 四五의 人家가 잇는대 그네들은 아직도 봄옷을 고치지 아니하야 여름으로부터 봄철에 돌아온 感이 잇더라.

天下 第一部

厚峙嶺上으로부터는 新設郡 豊山의 管內이며 高原地帶의 始初이라. 이로부터는 山野의 光景이 一變한다. 植物에는 樺, 白樺, 落葉松 等이 잇고 田野에는 麥穗(맥수)가 靑色을 不免하야 南鮮의 四月 氣候러라. 元來 厚峙嶺은 南으로서 보면 數千尺의 峻嶺이나 北에서 보면 不過 一個 平凡한 坂路이라. 豊山은 一群의 全體가 高原地帶에 잇서 夏日에도

오히려 袷衣(겹의)를 입게 된다고 한다. 그럼으로 일으기를 '하늘 아릐 첫재 골'이라고 한다.

白頭山이 보인다

一行은 豊山에서 一泊한 後 翌日 午前 八時發 惠山을 向하니 今日의 行程은 道路가 坦坦하야 比較的 安穩하엿다. 午後 六時頃에 惠山 附近을 當到하니 團員 中 一人은 멀니 雲間을 指點하며 저것이 白頭이라고 한다. 半分이나 雲間에 들어 잇서 仔細히는 보이지 아니하나 오히려 雄偉한 氣像이 보인다.

다시 行程을 催促하야 一小崗을 넘어간즉 江流를 沿하야 數百戶의 撲地(박지) 閭閻이 잇스니 이것이 곳 惠山이라 하며 그 江流가 卽 國境을 지은 鴨綠의 물이라 한다. 저기가 民國嶺인가. 山川의 景色도 一般이며 江水의 境界라는 것도 正말 一蓋 帶水에 不過하다. 다만 이 數十間의 江流를 隔하야 人情 風俗이 逈殊(형수)한가 하며 歷史의 威力이 얼마나 한가 새삼스러이 늣긴다. 惠山에서는 官民의 出迎이 잇섯스며 또 盛大한 歡迎宴이 잇서 主客間의 歡을 盡하엿다. 이곳에서 泊하고 明日은 普天堡에.

▲ 8월 26일, 惠山鎭에서 閔泰瑗, 白頭山行(5)

早發 惠山鎭

今日(11일)부터는 정말 徒步 登山이 開始되는 날이라, 團圓과 밋 경바대원의 全部가 來會하고 駄馬의 準備가 完了되니 人員이 六十이요 馬匹이 十九라. 午前 八時에 惠山鎭을 出發하야 普天堡를 向하니, 連山의 峯巒(봉만)에는 宿雲이 未捲하고 對岸의 閭閻(여염)에는 朝煙(조연)이 依稀라. 駄馬의 鴛鴦鳴은 江流의 嗚咽聲(오인성)과 相和하야 一行을

前導하니 重疊한 白雲間을 向하는 우리의 前程은 자못 塵世를 써난 感이 잇다.

靈氣가 비취는 곳

우리는 靈山 探勝의 첫거름을 惠山鎭에서 發하얏스니 그것만 하여도 이 惠山鎭은 우리의 記念할 곳이 되려니와 元來부터도 이 惠山鎭은 白山의 靈氣가 來照 하는 곳이라 하야 曾往에 甲山 府使가 白山에 致祭할 時에는 이 惠山 後麓에 壇을 築하고 望祭를 行하얏다 한다. 其外에도 白山과 照應이 잇다고 傳하는 山은 長津과 蓮花峯이 잇스니, 이 蓮花峯은 白山과 兄弟이라 하며, 白山 上에 무엇이던지 變化가 有할 時는 蓮花峯에도 그와 同一한 變化가 잇다고 傳한다.

아모러턴지 우리 發程이 이러한 傳說地에서 써나게 된 것은 滋味 잇는 일이다.

大陸的 氣分

北靑 以北으로부터 高大 險峻의 態를 보이는 山岳은 國境 附近으로부터 形態가 一變하야 磅礴雄大(방박웅대)의 勢를 나타내게 되니 山이 놉흐되 險峻치 안이하며 薄峭(박초)치 아니하고 쌀어서 連山의 眺望가튼 것도 鉅齒(거치)와 가치 暐屼(위올?)하지 안코 圓滿豐厚(원만풍후)하야 大洋의 波濤갓치 굼실굼실하며 喜怒를 不形於色하고 巨細를 包容하는 東洋式 英雄과 갓치 늠을늠을하다. 小圭角(소규각)을 감취고 小波瀾을 거두어 愚한 듯, 鈍한 듯이 悠悠히 起伏하여 잇다. 쌀어서 如斯한 背景 下에 棲息하는 居民의 風氣도 차라리 遲鈍(지둔)에 偏할지언정 齷齪(악착)에 病치 아니하며, 汎博에 流할지언정 精密키 難한 것은 理의 固然한 바이라 할 것이다.

廢止된 街道

이로부터 道路가 殆히 崎嶇(기구)하나 人馬의 通行은 無慮하며 約三尺餘의 路幅을 有한 石逕이라 本來 이곳은 甲山으로부터 茂山을 向하는 本街道로서 行客의 往來가 不絶하던 곳이나 挽近 數年 以來로 中路를 要하는 馬賊이 잇스며 兼하야 武裝團의 出沒이 頻數(빈수)함으로 마침내 廢路가 되얏다. 이로부터는 人家가 稀少하야 五里 或 十里에 二三戶 或 三四戶의 人家를 볼 샢이며, 普天堡 以北으로부터는 더욱 稀少하게 되야 惠山으로부터 百里程쯤 되는 胞胎山에 일으러서는 人煙이 永絶된다 한즉, 人家를 구경함은 今明의 兩日 샢이다. 그로부터 前進하면 全然히 無人境을 行하다가 無人境에 宿하게 되는가 한즉, 각금 보이는 이삼호의 人家가 더욱 有心히 보인다.

普天堡의 一夜

이날은 遠行을 써나는 最初의 日이라 하야, 사십리의 近距離되는 普天堡에 止宿케 하엿다. 이 普天堡는 曾往 國防機關의 하나인 堡의 所在地이며, 지금은 堡田里라 稱하야 憲兵分遣所의 所在地가 되엿다. 中央에는 分遣所의 廳舍와 所員의 宿舍가 잇는데 結構가 頗히 豪奢하며 前後에 圍繞한 것은 十數戶의 民家가 잇는대 이 분견소에서는 對岸의 民國領으로부터 侵入하는 馬賊의 防禦와 傳染病의 防止가 主要한 使命이라 한다. 또 이곳에서 意外의 感을 늣기게 한 것은 私立普通學校가 잇는 일이엇다. 십수호 밧게 업는 山間僻村에 貧弱하나마 普通學校의 設備가 잇스며 出席 兒童도 십칠팔명이 잇다고 함은 누구나 지금의 朝鮮에 잇서 稀貴한 일이라 아니할 수 업다. 마침 지금은 休暇 中이 되어서 敎授의 實況은 보지 못하얏스나 校舍는 一宇의 村舍를 利用하얏고 各班의 漆板 下에는 사 내지 육칠 座의 冊床이 뇌여 잇다. 萬一 敎授의 實況을 目擊할 수가 잇섯드면 一層 珍奇의 感이 잇섯슬 것이다.

〈참고 기사〉 8월 26일 特寫 幻燈 使用, 白頭山 講演會
본사 주최로 이삼일 즁에 큰 강연회를 여러
神聖의 歷史談 壯快한 探險談, 崇嚴한 實寫眞

위대한 조선 민족의 시조 단군(檀君)이 탄강하시고 조선 반도 모든 산맥의 조종이 되야 외외히 북조선 국경에 잇서서 만흔 신비를 감추고 잇는 백두산 탐험대에 본사에서는 민태원(閔泰瑗) 씨와 사진반 산고방결(山高方潔) 량 씨가 특파되엿든 것은 루차 보도한 바이어니와 량씨는 장쾌한 려힝을 무사히 맛치고 재작일에 원긔왕성하게 도라왓는대 이 산에 대한 상쾌한 리약이는 뒤를 이여 본지에 보도하려니와 그 신령한 산악의 광경과 특별히 시내 독자에게 지식을 직접으로 들리기 위하야 이삼일 내에 시내 청년회관에서 빅두산 강연회를 열고 조선력사에 조예가 깁흔 학자들 청하야 빅두산과 조선 사람의 관게에 대한 유익한 강연이 잇고, 다음에는 민태원 씨가 듯기만 하야도 서늘한 빅두산 리약이를 자세히 할 터이요, 본사 사진반이 실사한 빅두산의 모든 웅장한 경치를 전부 환등을 믠드러서 본보 독자에게 한하야 관람 식히어 빅두산을 직접 가 보나 다름업시 할 녜뎡인대 상세한 일은 소관 경찰서에 허가 밧는 절차를 마친 후 다시 보도할 예뎡이라.

▲ 8월 27일, 胞胎里에서 閔泰瑗, 白頭山行(6)

森林地帶에

普天堡에서 一夜를 經過한 우리는 翌 十二日 午前 七時에 起程하야 佳林用이라는 鴨綠江의 支流를 짜라 胞胎里를 向하니 地境은 더욱더욱 深邃(심수)하야 눈에 보이는 것은 蒼翠한 山壑(산학)쌘이라. 重重疊疊한 山谷間에 自然히 落種되고 自然히 長成되야 人跡이 일으지 못하고 斧斤이 들어가지 안이한 無盡藏의 原成林은 이로부터 展開되며 쌀어서

이 附近은 營林廠(영림창)의 本舞臺라고 한다.

이로부터 사일간 略二百餘里의 行程은 이러한 森林 中을 穿行(천행)한다 한즉, 그 面積이 如何히 廣大한가를 가히 象想할지며, 그 廣大한 面積으로부터 産出되는 無盡藏의 材木은 실로 상상 以上의 富源일다. 近來 朝鮮側에서는 營林廠에서 中國側에서는 日中合辦의 採木公司에서 매년 막대한 재목을 伐採하야 鴨綠江水에 流筏을 씌우게 되엿스며, 惠山鎭과 長白府 等은 이 流筏(유벌)의 餘澤을 입음이 莫大한 것이다.

青林洞 作業場

行한지 십여리만에 溪流가 一曲하고 洞天이 稍濶한 一處를 當하니 이곳은 營林 支廠의 青林洞 作業所이라 溪流에 沿하야 輕鐵을 敷設(부설)함은 山谷間으로부터 伐採한 材木을 搬出함이요, 下流를 截하야 堤防을 築함은 編成한 筏體를 流下하는 準備이라. 營林廠에서는 冬期에 材木을 伐採하야 作業所 附近에 集中하얏다가 春夏期에 水量이 增加되면 略百本 內外의 材木을 一部에 編成하야 次流한다 하며, 작업소를 離한 流筏은 略二十日의 日數를 費하야 新義州에 到達한다고 한다.

그러나 이 附近의 溪流는 비록 수량이 增加되는 時에라도 百餘本의 大樑을 流下하도록은 豊富치 못함으로 미리 堤防을 築造하야 貯水를 行하얏다가 及其 流筏時에는 그 堤防을 決去하야 一時에 流下하는 水力을 借하는 것이라 한다.

山中의 先覺者(박 초시 희종 씨의 산중 교육)

青林을 辭하고 前進한지 십여리에 通南里라는 一村落을 當到하니 略칠팔 町의 山田에는 黍, 粟, 高粱, 燕麥의 各種 山穀이 길길이 되어 잇스며 中央에는 一宇 精舍가 가히 수십간이나 되야 자못 餘裕가 綽綽(작작)한지라. 同行에게 問한즉 이는 朴初試 禧鐘 氏의 宅이라 한다. 이 박씨는 本來 他鄕의 人으로 移住한지 십여년에 勤農力作하야 家勢가 殆히 富裕하며 비록 이러한 山間僻地에 偏在하나 後進의 敎育을 잇지 안코 그 二子를 兄은 咸興에, 弟는 惠山鎭에 各其 留學게 하는 篤志家이라고 한다. 如斯한 僻地에서 如斯한 篤志를 發見함은 실로 今行 중의 一個 快事일다.

密林 中의 半日

一行은 寶泰里에서 中食을 마치고 다시 前進을 繼續하니 보태리 胞胎洞 間은 胞胎山 將軍峰의 山麓을 橫斷하는 險路이라. 그리 崎嶇치 안이하나 一條의 細逕은 參天한 樹木間을 通하야 白日에도 오히려 컴컴한 感이 잇스며, 密厤와 갓흔 古木의 枝葉에는 卵色纓絡樣(난색 영락양)의 松蘿(송라)가 혹은 緊하게 혹은 緩하게 上下로 纏綿(전면)하야 崇嚴한 神殿의 裝飾을 보는 듯한 感이 잇스며 冷濕의 氣는 人衣를 襲하야 靈地의 神祕한 氣分이 頗히 濃厚하다.

如斯한 神秘境을 行한지 수십리에 胞胎里를 到着하니 때는 임의 夕陽이라. 暮煙은 國師堂邊에 비기여 잇고 落照는 山을 隔하야 痕迹을 雲間에 남길 샌이다.

▲ 8월 28일, 胞胎里에서 閔泰瑗, 白頭山行(7)

*포태동 전화 가설에 대한 감회(압록가)/주재소에 대한 역설적 감회(풍자)

武裝한 工手

胞胎山의 密林 중을 通過할 때에 우리는 丁丁히 反響되는 伐木聲을 들엇다. 첨에는 啄才鳥(훼재조)인가 疑心하얏더니 及其 正體를 發見한 즉 腰間에 모젤 短銃을 차고 手中에 독긔를 가진 電線工夫가 電柱를 다사리는 소리엿다. 아아 이러한 密林 중에 이러한 無人地境에 電線의 架設이 무슨 必要인가. 무슨 까닭인가. 一年間의 通行人을 統計한대도 기십명에 不過할 이 街路에 以北 山中의 居民을 統計하내도 삼사십명이 될 것도 갓지 안이한 이 深山 중에 武裝한 工手의 作業도 意外이며 電線의 架設도 意外일다.

들은즉 이것은 우리들의 向하여 가는 胞胎洞 巡査 駐在所에 電話를 架設하는 중이라 한다. 武裝團의 來襲에 대하야 馬賊의 出沒에 대하야 第一線의 重大한 意義를 가진 胞胎洞에 대하야 報急의 便宜를 賦與함이라 한다.

누구나 國境 方面을 旅行하는 이는 모든 것이 警備 本位인 것을 發見할 것이다. 終日을 걸어가도 人影을 볼 수 업고 經*閱歲하여도 行人이 別로 업는 山中의 道路가 雜草도 업지 안코 *** 幅員도 줄지 안코 蜿蜒長蛇(완연장사, 구불구불 긴 뱀)와 갓치 가로 노인 것은 무엇을 말함이며, 茂樹密林 중에 一線의 鐵絲가 걸녀 잇는 것은 무엇을 말함인가.

洋靴는 뒤축이 두터웁고 警備는 國境에 周密하다. 이것은 아직 동안 어듸를 가던지 免치 못할 現狀일는지 몰은다. 그러나 이와 갓치 周密한 警備가 과연 얼마나 有效한가 함은 國境 方面에 다년 居住하는 某 日本人의 短歌를 빌어서 說明코자 한다.

鴨綠曲

討伐隊가 威風堂堂히 進擊하면
敵軍의 蹤迹은 그림자도 업고
極寒吹雪과 戰鬪하여서
友軍은 또 感氣에 고싱한다

이것이 國境 方面의 경비 상황을 餘蘊업시 그려닌 노릭일다. 針小棒大의 報道가 아모리 都會의 人士들을 恐動케 할지라도 其實은 恒常 이에 지나지 안는 것이다.

有時乎 熟眠 중의 巡査를 馘首(괵수)도 하고 密林 중의 埋伏이 無罪한 彈丸을 空費도 하지만은 結局은 亦是에 지나지 안는 것이다.

無人境에 無人境이 接하고 密林에 密林이 繼續하야 기백리의 國境이 되어 잇거날 林間을 兵營으로 알고 無人境을 安全地帶로 아는 그네들이 何必 駐在所 압길로만 차저 단일 것도 갓지 안타. 또 密林 중의 一條 鐵線이 만일 急한 境遇에 如常히 有用한 機關대로 保存되여 잇슬는지는 더욱이 疑問이다. 그러치만은 이 工事가 竣工되는 날에 胞胎洞의 駐在 巡査는 十百의 友軍을 添한 感이 잇슬 것이다.

胞胎洞

胞胎洞에는 육칠호의 人家가 잇다. 인가는 이에서 긋나고 뒤로는 기백리의 高山密林이 잇슬 샘이다. 嶺上의 白雲을 짝하야 朝煙이 일어나고 四山의 濃霧와 함끠 暮扉(모비)를 鎖하며 一帶의 寒溪를 마시고 一鑑의 靑天을 바라보는 것이 居民의 生涯일다. 田만 耕하면 井은 鑿지 안이하여도 足하고, 年만 豊登하면 다시 帝力의 有無를 싱각지 안는 그네들도 近日에는 駐在所의 德澤으로 여러 가지 貴中한 經驗을 한다. 未來의 中華督軍長 江好의 幕次도 되어보고 民國 官兵 이백명의 來訪도 밧어 보앗다. 空谷에 反響되는 銃聲도 들어보고, 虛空에 말 傳하는 電話도 구경하며 叔孫通 나던 날의 漢家群臣갓치 官家의 威儀가 엇더케 무서운지도 알게 되엿다. 이제부터 그네들은 高枕安眠의 幸福도 눌일지오 秩序와 體統잇는 사람다운 生活도 하는 것 갓다. 뭇노라 武陵桃源의 逸民 諸君도 일즉이 이러한 幸福을 누리여 보앗던지.

▲ 8월 29일, 胞胎里에서 閔泰瑗, 白頭山行(8)

*박씨의 유이민이 되기까지 일화

一齣(일척)의 喜劇=밥 짓기를 부탁한 일

胞胎洞에서는 營林廠의 職員 육칠인과 가치 엇던 民家를 빌어 자게 되얏다. 當初의 豫定으로는 이날 저녁부터 各其 自炊生活을 하기로 하엿스나 임의 人家가 잇는 이상에는 暫時라도 取便할 싀가 나서 飮食의 原料를 주인에게 제공하고, 요리를 付託하얏다. 그러나 料理의 成績에 대하야는 未嘗不 多少의 不信任이 업지 안이하다. 爲先 燕麥을 常食으로 하는 그네들이 白飯부터라도 滿足히 지을 것 갓지 안하다 하야 同行의 모군은 밥물의 合勺까지도 指揮를 한다. 사십이 已過한 主婦 亦是도 自信이 업슴으로인지 客人의 意思를 尊重함인지 唯唯諾諾히 指揮대로만 動作한다. 오직 傍觀하던 한 隣人이 이를 憫惘히 녁여 主婦에게 물어曰 "아주머니 已往에 이밥을 만히 지어 보앗지요?" 하니 대개 그 意思는 主婦를 辯護하는 同時에 모군의 細瑣한 干涉을 諷告함이라 不信任을 露骨的으로 表示하던 同君도 이에 일으러서는 回頭一笑를 不覺하며 干涉의 手를 施하얏다.

燈下의 雜話

疑問 中의 晩餐도 意外에 好成績으로 마친 뒤에는 行役에 疲困한 一行이 各其 就寢하고 다만 窓을 隔한 정지間(廚房)[8]에서 娓娓(미미, 장황한)한 人語가 들니는지라. 窓을 열고 들어가니 그는 洞內의 張三李四가 등듸(土煖爐)[9]가에 돌너안저 雜談을 交換하는 것이엇다. 座中에 姓

8) 정지: 주방. 부엌의 함경도 방언.

名을 通하고 末席에 參加하니 혹은 時毛를 뭇고 혹은 京中의 形便을 물으되 個中에서도 朴某라 하는 이가 자못 詳細한지라. 余는 박씨의 本居人이 안임을 짐작하고 그의 所經歷을 叩하니 君은 感慨无量한 口調로 過去의 風霜을 이야기한다. 군은 本來 慶北 義城人으로 書耕夜讀의 士人이라 勤苦를 辭讓치 안코 操守를 밧구지 안이하야 安貧固窮의 生涯를 보내더니 십수년 來로 世事가 日非하고 人心이 日變하야 姓名을 保全할 길이 바이 업던 중 國境 西北에 間島라는 土廣人稀한 樂土가 잇서 耕作도 任意요, 稅納도 업스며 兼하야 地味가 肥沃하야 일차 播種만 하면 盈尺(영척)의 秋粟을 안저서 기다린다는 말을 傳聞하고 釜鼎什物을 放賣하야 약간의 路資를 작만한 後 世世로 居住하던 고향 산천을 하직하고 男負女戴하야 山도 生素하고 물도 생소한 間島를 向하엿다 한다.

五步에 한 번 돌아보고, 十步에 한 번 멈추어 참아 떨어지지 안는 발길을 억지로 끌어가면서 京城을 지나 平壤을 지나 義州를 지나 필경 鴨綠江水를 건너설 때에는 無知沒覺한 妻子所視에 憂愁의 態를 보이고 십지 아니하야 强히 笑顔을 짓는 중에도 內心으로는 血淚를 먹음은 지가 一二次에 그치지 안이하얏다 한다.

이와 가티 向하는 곳이 엇더한 곳인지도 아지 못하고 몃 천리의 旅行을 繼續하야 及其 間島를 當到한즉 果然 土廣人稀도 하고 地味도 肥沃하나 滿目荒涼한 넓은 벌판을 볼 때에 孤獨과 恐怖가 四圍를 壓迫하야 空然히 戰慄을 不禁하며 눈에 암암한 것은 故鄕의 풀 푸르고 물 맑은 光景뿐이요, 귀에 징징한 것은 草軍들의 六字백이뿐이라 後悔도 밋칠 길이 업스나, 그리하고만 잇서도 아니될 바임으로 업는 싱각 헛된 말로 妻子를 督勵하여 가면서 孤獨한 중에 困難한 대로 一年의 農事를 經營하얏스나 百而思之한대도 永久히 居住할 생각이 바이 업서 차츰차츰 발버 나온 것이 지금은 이곳에다 一時 居住의 計를 定하고 잇다 한다.

---

9) 등듸: 흙 난로.

그 經歷을 그 惻惻한 語調로 들을 때에 나는 몃 번이나 暗淚를 먹음엇다. 그리고 慰勞할 말 바이 업서 "人生이란 언제던지 奮鬪이니 아모러턴지 苦를 苦로 알지 말고 奮鬪하시오." 하는 한 말로 酬應하얏다.

아아, 이러한 經驗談은 이 박씨에 그치지 안이할 것이다. 이 山中에 居接하는 사람들 중에는 얼마던지 잇슬 것이다. 대개 이 近處의 人家는 漸漸 增加되며 그 중에 大多數는 他鄕으로부터 移住하는 자이라 함은 이 길을 써난 뒤로도 몃 번이나 들은 바이엇다.

〈참고〉 8월 29일, 백두산 강연 관련

千古의 神秘境인 天池의 全景(천지 사진과 설명)
－본사 특파 사진반의 고심 촬영한 사진＝설명 생략

公開된 聖山의 神秘＝권덕규 씨의 빅두산 력사 강연/민태원 씨의 실사한 경치 설명
大盛況의 本社 主催 白頭山 講演會

본사 주최의 백두산 강연회는 예뎡과 가치 재작일 오후 여달시부터 종로 즁앙청년회관에 열리엿는대 원릐 조선 민족에게 무한한 감흥을 일으키는 강연회이라. 정각 전부터 밀밀 듯 몰녀오는 군중이 뒤를 이어 순식간에 회장 안은 정결한 힌옷 입은 사람으로 만원이 되고 장내에 드러오지 못하는 수천의 군중은 다든 문밧게 몰녀서서 드러가지 아니함으로 그 혼잡은 실로 형언할 수 업섯다. 먼저 본사 주간 장덕수(張德秀) 씨가 개회의 말을 베픈 후 력사에 조예가 깁흔 권덕규(權悳奎) 씨가 '조선 력사와 백두산(白頭山)'이란 문뎨로 그의 학식을 기우려 열변을 토하게 되엿다. 강당이 써나갈 듯한 박수 소릐가 긋치매 수천의 군즁은 일시에 감뎐된 것 가치 직히는 줄 모르게 침묵을 직히고 오즉 더움을 못 익이어 부치는 수백의 부채만 흰나비와 가치 번득일 섇이엿다. 권덕

규 씨는 몬져 엇더한 민족과 개인을 물논하고 모다 위대한 강산을 중심으로 일어난 실례를 들어 조선민족도 뵉두산 가튼 웅대한 산 아릐에서 근원이 박힌 것을 보면 하나님이 우리 조선인에게 너희는 영특한 민족이라는 교훈을 암시한 것이라 하매 청중 속에서는 박수가 이러낫다. 그 다음 단군이 탄생한 태뵉산이 백두산이란 말을 명쾌하게 증명한 후 은근히 우리 고대의 광영스러운 력사를 들어 무한히 감흥을 일으키고 동양의 모든 강한 나라가 이 뵉두산을 중심으로 하야 일어난 말로 뵉두산의 더욱 거룩함을 말하다가 문득 강론의 칼날을 돌리어 중국 사람들이 태산(泰山)으로 신령스러운 산의 대표를 삼고자 하나 실상,

뵉두산 즄기가 내려가다가 산동반도가 되어 태산이라는 산을 이루엇다는 말로, 공자가 태산 가튼 적은 산에 올나서서 텬하를 적게 알엇다는 말을 하야 우리 민족이 디리뎍으로 특수한 디위에 잇슴을 말하야 흥미가 도도한 중에 말을 마치고, 그 다음 민태원(閔泰瑗) 씨가 뵉두산을 실디 탐사한 경험담을 시작하야 혹은 하늘을 찌르는 듯한 수림이 수뵉리를 게속한 말과 놉흔 산의 긔후 관게로 평디에서는 금석을 태울 듯이 더웁든 팔월 초순이 일란풍화하고 뵉화란만하드란 말을 하야 듯는 사람에게 련화세게 가튼 선경을 련상케 하고 끗흐로 뵉두산 우에 잇는 텬지(天池)의 거룩한 경치를 말하야 일천삼뵉척 아릐 보히는 팔십리 주위의 못에 빗치는 모든 지묘한 경치를 설명한 후,

천변만화의 신성한 조화가 시시각각으로 이러나는 말로 끗을 마치고 이십여 장의 환등으로 뵉두산의 장쾌한 실경을 구경 식히다가 끗흐로 텬지의 전경이 나오매 관중 편에서 박수가 퍼부어어 이러낫섯다. 이리하야 거룩하고 장쾌한 뵉두산 강연회는 전고에 업는 성황 속에서 마치엿스나 다만 본사원 일동이 한업시 유감으로 생각하는 바는 장소의 관게로 다수한 관람자가 문밧게 서서 장시간 동안을 기다린 것이라 관후한 독자는 그것이 본사의 허물로만 그리함이 아닌 것을 량해할 줄 밋는 바이라.

▲ 8월 30일, 三池淵에서 閔泰瑗, 白頭山行(9)

近百의 大部隊

(백두산 등반 참가자 수 - 경비원, 마부 등 포함)

第三日(131) 오늘부터는 露營 生活에 들어가는 날이라 豫定의 行程대로 虛項嶺에 露營하면 사십리에 不過하고 십리를 更進하야 三池畔(삼지반)에 露營을 할지라도 오십리에 불과한즉 一日의 行程으로는 極히 容易하나 露營地의 選擇과 露營의 準備를 하랴면 不可不 일즉이 到着할 필요가 잇슴으로 行李를 催促하야 早朝에 出發하기로 하얏다.

出發時를 臨하야 다시 一行을 點考하니 惠山鎭을 發한 후로 中路에서 參加한 團員이 不少하야 警備隊員 이십 명과 馬夫 十二人까지 合하면 實로 칠십육 人의 多數가 되얏스며 다시 駄馬 二十 頭까지 加算하면 近百의 生命을 가진 일대 部隊가 되엿다. 그러나 一行은 點考를 마친 뒤에도 出發을 躊躇하게 되엿다. 咸興을 發한 뒤로 連日 晴明하던 日氣도 이날 아참에 이르러는 密雲이 四合하고 雨脚이 往來하야 形勢가 자못 險惡한지라 深山密林 중에서 冒雨露營할 일을 想像하고는 누구던지 辟易지 아니할 수 업다.

於是乎 硬軟(경연) 二派의 意見이 分立하야 强硬派는 冒雨 出發을 主張하고 軟弱派는 形勢 觀望을 主張하얏스나 畢竟은 "萬一 霖雨(임우)가 霏霏(비비)하야 連日 不開하면 伊時에는 우리의 目的을 全然히 抛棄하겟는가?" 하는 質問에 衆論이 一致하야 日氣를 不計하고 豫定과 갓치 出發하게 되얏다. 然이나 日氣에 대한 念慮는 십리를 前進하기 전에 無事히 解決되야 다시 晴天白日을 보게 되엿섯다.

太古의 靜寂

胞胎洞(포태동)을 出發한 一行은 南胞胎의 山麓 落葉松의 密林 중을 穿過(천과, 뚫고 지나감)하게 되엿다. 울어보면 矗矗(촉촉)한 천년 고목이 天日을 가리고 굽어보면 羊齒科(양치과)의 植物이 地面에 가득하며, '오－손'의 비린내와 水分의 冷濕氣가 중간에 波動하야 太古와 가치 靜寂한 가운데를 默默히 前進하니 蓋 露根朽樹(노근후수)가 脚下에 縱橫하야 일분일초의 放念을 不許하는 故이라. 다만 有時乎 靜寂을 깨트리는 자는 風落木의 障碍를 除去키 위하야 倍道 前進하는 斧鉅隊(부거대, 큰 도끼를 든 부대)의 정정한 伐木聲과 駄馬를 驅馳(구치)하는 馬夫의 叱咤聲(질타성)이 저승의 불념소리 가티 空谷에 反響될 쑨이다.

이와 가티 行하기 略 삼십리에 一處를 當到하니 林端이 稍開하고 茂草 중에 溪流가 잇서 그 소리가 泊泊한지라 一行은 이곳에 休息하고 馬駄를 卸(사)하야 晝一食을 取하얏다.

林延壽의 名産地

指路人의 告하는 바를 들은즉 이곳은 林延壽(임연수, 이면수, 물고기)의 名産地라고 한다. 林延壽는 '필이'와 近似한 川漁이며 北關의 名産이니 最初의 發見者가 林延壽임으로 그 姓名을 取하야 命名한 것이라 한다. 發見者나 發明者의 名으로 發見 혹은 發明된 事物을 命名함은 世界에 그 예가 不少하며 더욱이 科學上에는 그 예가 심히 만흐니 이는 실로 意義 잇는 命名法이라 할지며, 好個의 紀念方 奬勵術이라 할 것이다. 이제 조선 魚類 중에서 如斯한 예를 들면, 北關 名産의 明太가 잇고, 積城 特産의 眉叟甘(미수감)이 잇나니, 明太는 明川 太氏로부터 漁獲이 始初되얏슴으로 그를 紀念한 것이오, 眉叟甘은 積城의 特産으로써 眉叟 翁의 偏嗜하던 바이라. 眉叟가 食而甘之라 하야 미수감이라는 命名을 하얏다 한다.

林延壽의 名産地에서 中食을 마친 一行은 다시 發程하야 虛項嶺을 向하니 때는 午後 一時러라.

▲ 9월 1일, 三池淵에서 閔泰瑗, 白頭山行(10)

一大 疑問의 發生

昨年 十一月에는 武裝團의 來襲이 잇섯고 이에 先後하야는 長江好(장강호)의 部下가 橫行 活步하던 胞胎里를 뒤두고 馬賊의 根據地라 일컷는 虛項嶺을 향하는 우리는 임의 危險地帶에 入한 터이라. 吉凶間에 일이 잇섯스면 하는 警備隊員들은 다소 긴장한 기분으로 行列의 首尾를 警護하며 團圓을 단속하야 驟進과 落伍를 嚴禁하니 그 서드는 품은 今方이라도 무슨 事件이 突發할 듯하다. 이 때에 마참 이 때에 一大 疑問은 發生되엿다.

路上에 牛跡이 잇다. 牛跡이 잇슬 때에는 行人이 잇슨 것이다. 적어도 今春 以來로는 行人이 杜絶되엿스리라는 이 無人境에 一行을 압질너서 人畜의 通過한 形跡이 잇슴은 실로 容易치 아니한 事件이라 하야, 一行 중에서 銳敏한 神經의 所有者들은 一時 行進을 停止하고 만일의 境遇를 念慮하엿다. 그러나 以若 聰明한 그네들로도 이것이 今朝 胞胎洞을 出發한 鹿獵師(녹엽사)의 通過한 자최라 함을 追後로 들은 때에는 俄時의 驚惕을 스사로 嘲弄하는 듯이 相顧 失笑하얏다.

虛項嶺 國師堂

虛項嶺은 咸鏡南北道의 境界이며 惠山鎭 白頭山間의 中央이다. 嶺이라 일커르나 周圍에 比較하야 그리 高聳(고용)한 地點도 안이며 北으로 森林을 등지고 南으로 淸溪가 둘니여 가히 一家의 生活을 維持할 만한 곳이다. 曾往에는 一戶가 잇서 來人去客(내인거객)의 便宜가 不少하더니 數年前에 馬賊의 衝火(충화)로 燒失되얏다 한다. 焰痕(염흔)은 殘礎(잔초)에 尙新하고 雜草는 廢墟에 莘莘하나 한갓 國師大天王을 祠한 一間 堂宇는 其後 胞胎洞民의 誠力으로 즉시 重建되야 儼然히 舊時容을 保全한다.

一掬의 白米를 神壇에 供하고 再拜 退出하는 胞胎洞人에게 聞한즉 同里의 居民은 매년 三九 兩朔에 猪肉 飯酒를 가추어 정성스러히 致祭하며 附近의 居民은 堂前을 通過할 時마다 白米와 賽錢(새전)을 供하는 風俗이라 한다. 蓋天王은 檀君을 指함이며, 비로소 敎化를 施하얏다 하야 國師의 號를 加함일지나 지금에는 보통 單히 國師堂이라는 名稱으로 呼하며 그 位牌에는 반다시,

"國師大天王神位"

의 七字를 書하얏더라.

一次 白頭山麓에 入하면 到處에서 國師堂을 發見하나니 혹은 洞口에 혹은 嶺上에 그 수가 不少하나 특히 虛項嶺上에 在한 자는 堂宇의 規模가 稍大하며 鎭守의 區域이 쏘한 廣大하야 멀니 對岸 長白府에서도 建築費를 醵出(거출)한 記錄이 잇섯다. 地方의 稍遠한 곳에서는 조선의 人民으로도 檀君의 古事를 忘却한 이 때에 白頭山麓의 居民은 彼我를 물론하고 오히려 이를 敬事하니 그 망각하고 경사는 間에 何等 緣由가 不無할 것을 싱각케 한다.

三池淵(一)

當初의 豫定대로 하면 今日의 行裝을 卸(사)할 곳은 이 虛項嶺일다. 그러나 日力도 有餘하고 兼하야 압흐로 십리 地에는 三池淵 池畔에 適當한 露營地가 잇다 함으로 明日의 칠십리 程을 減少하기 위하야 더욱 십리를 前進하게 되얏다. 三池淵은 그 일홈과 가치 大小 三池가 잇다고 하는 곳이나, 近日 土地調査의 結果로 대소6池가 잇슴을 發見하얏스며, 쏘 居民의 傳하는 바로는 28池가 잇다고도 한다. 대개 이곳은 西北에

小白山을 지고 東南으로 北胞胎를 接하얏스며, 東北에 間三峰(간삼봉)이 잇고 西南에 枕峯(침봉)이 잇서 四山의 餘勢가 相迫한 곳에 平敞盤桓(평창반환)한 地勢를 일운 곳이다. 짜라서 衆水가 來會하는 곳임으로 時期와 雨量 如何에 의하야 혹 28處로 增加도 되고 혹 五六處로 減少도 되나 其中 三池는 언제던지 沽渴의 慮가 업슴으로 如斯히 命名한 듯하다.

其中에서도 中央의 大池는 주위가 數里요 水量이 豊富하야 자못 湖海의 相을 俱備하얏스며 池中에 小島가 잇서 樹木이 蒼鬱하니 林影이 倒沈하고 波浪(파랑)이 不驚이라. 落日暮霞(낙일모하)의 情趣는 足히 旅懷(여회)를 慰할지며 目前에 悠悠한 野鴨(야압)의 群을 보고 足下에 縱橫한 麋鹿(미록)의 跡을 쉽힐 째에는 문득 이 몸이 塵外(진외)에 超然함을 늣긴다.

▲ 9월 2일, 三池淵에서 閔泰瑗, 白頭山行(11)

*경비대장 = 일본인 坂木

第一回의 露營

칠팔 町의 周回를 가진 中央의 大池는 水量이 豊富하며 水質이 淸潔하고 風光이 또한 絶佳하야 자못 露營에 適當하나 한갓 池面을 吹來하는 風勢가 稍强하야 夜間의 寒氣가 尤甚하겟슴으로 更히 數町을 北進하야 第三의 小池畔을 擇하게 되얏다. 대개 山中에 露營하랴면 반다시 注意할 三條件이 잇스니, 一曰 飮料水요, 二曰 燃料요, 三曰 防風이라. 이 삼자의 條件이 俱備된 뒤에야 비로소 適當한 場所를 卜하야 行李를 卸(사)한 째에는 夕陽이 임의 枕峰을 넘기 시작한 째이라 一便으로는 天幕을 張하야 夜屯을 準備하고, 一便으로는 自枯松을 斫伐(작벌)하야 燃料를 準備하며 또 一便으로는 火竈(화조)를 掘한다 飯米를 洗한다 하야, 總動員의 大活動을 開始하얏다. 이윽고 食事가 畢하고 夜色이 四林

을 襲함애 幕舍는 大光 중에 喧啼(훤제)하야 宛然히 戰場의 感이 잇는지라. 年少氣銳한 단원 중에는 다소 劇的 氣分이 橫溢한 이 째에 마침 全員 聚立의 號令이 起하엿다.

야아 事變의 突發이로구나! 하고 雙眼을 瞠開하며 拳銃을 手提하고 愴惶驚動(창황경동)의 態를 지음도 一場의 笑劇이어니와 及其 聚立後의 光景은 脚本이 더욱 佳境에 入한 感을 준다. 警備隊長의 坂木 警部는 愼重을 極한 態度로 中央에 直立하고 老少 長短이 雜然 駁然한 단원 일동은 주위에 圓陣을 布하야 萬一 夜警을 受할 時에 如此如此의 注意事項을 說明하니 隊長의 正裝과 團圓의 雜服 此等의 對照가 임의 '모주' 兵丁의 出演을 聯想케 한다. 秉하야 銃聲을 聞하거든 地上에 伏하여라. 天幕은 공격의 목표가 될지니 爲先 天幕을 脫出하되 탈출하거든 匍匐하야 池畔으로 集會하라 하는 등, 百而思之하여도 必要가 업슬 듯한 注意事項을 叮嚀 反復히 說明하는 모양이 아모리 보아도 소위 '新馬鹿 大將'10)의 主人公 갓다.

演劇의 幕은 이에서 닷치고 雜草를 寢具삼아 行步의 疲勞를 醫하다가 呼角聲에 驚起하니 東天이 已紅이라, 急急히 準備하야 早飯을 畢하고 神武峙를 향하야 出發하니 時는 오전 7時러라.

無水地帶

이로부터는 茂山 街道를 棄하고 小白山의 西麓 間三峰의 東을 經하야 역시 밀림 중을 行하게 된다. 中路에는 天火에 燒失된 枯林이 極多하야 數十町 혹 數十里에 亘한 者이 잇는대 原來 此等 筆舌로 形容키 不能하며 大雨가 傾注하기 전에는 消火할 方策이 全無하다 한다.

이 日의 行程 육십리 間은 全部 高原地帶이라. 地勢는 平坦하나 道路

10) 마록(馬鹿): 바보. 신마록 대장. 신바보 대장.

가 熹微하며 兼하야 飮料水가 全無함은 行人에게 苦痛을 줌이 不少하다. 三池淵에 距하기 삼십리 地에서 中食을 喫할새 附近에는 一滴의 水가 無하고 三池淵을 發할 時에도 池水 中에 微虫이 浮游하야 生水로는 飮料에 不適함으로 역시 準備가 全無하얏는지라. 一行은 不意의 大恐惶을 起하야 혹 酒類를 代用하며 혹은 '들죽'을 食하야 渴喉를 醫하얏다. 이로부터는 步調를 催進하야 神武峙를 當到하니 時는 오후 2時이라. 오전 중에는 5時間을 費하야 삼십리를 行한 一行이 오후에는 2時間에 삼십리를 行하니 이는 全然히 渴症을 醫하고자 함이라 역시 好個의 經驗이라고 相顧一笑하얏다.

▲ 9월 3일, 神武峙에서 閔泰瑗, 白頭山行(12)

山中의 要害

神武峙는 白頭山 東麓의 高原이며 豆滿江의 上流이니 四通五達之地라. 南으로 惠山鎭을 經하야 咸南에 通하고 北으로는 民國 安圖縣에 至하며 東으로는 豆滿江에 沿하야 咸北에 至하고 西으로는 臙脂峯 南을 通하야 民國 漫江에 達하는 山中의 要害地일다.

그럼으로 白頭山을 上하는 자는 咸北 茂山路를 取하야 三長面 農事洞으로부터 豆滿江을 溯上하던지, 咸南 甲山路를 取하야 普惠面 惠山鎭으로부터 鴨綠江流로 溯上하던지, 畢竟은 神武峙에 出할지며, 民國領의 안도현 南大嶺을 向하는 자 – 亦是 이곳을 捨하고는 他路가 업다. 그럼으로 國境을 出發하는 馬賊의 根據地로도 頗히 重要한 地點이 될지며, 마적을 討伐하는 官兵의 駐屯地로도 극히 樞要한 地點일다.

鬼哭이 啾啾

神武峙는 新舊 兩處가 잇서, 南北이 稍間하니 그 南에 在한 자를 新神

武峙라 하야 地勢가 平板하며 四圍가 開濶하고 그 北에 在한 자를 舊神武峙라 稱하야 四面 岡阜(강부) 중에 이삼백 평의 平地가 잇슬 뿐이다.

新神武峙에는 距今 十年前까지 民國人의 人家 육칠 戶가 잇서 外面으로는 狩獵으로 業을 삼으나 其實은 馬賊의 根據가 되엿스며, 其後 官兵에게 追究되야 蹤迹을 감춘 뒤에는 일시 憲兵 駐在所를 設하얏스나 삼년 전에 마적이 來襲하야 廳舍를 燒却한 뒤로는 전부 廢墟가 되고 말엇다. 지금에는 雜草가 蓁茂(진무, 우거짐)하야 滿目蕭條(만목소조)한 중에 無心한 野花만 自開自落한다. 舊神武峙에는 背後에 山神堂이 잇스며 全面에 瓦窯가 잇고, 瓦窯 前에는 多數한 蓋瓦와 磚石이 堆積되여 잇는 바, 이 磚石에는 어지간히 錯綜한 歷史가 잇다고 한다.

午前 馬賊이 出沒할 때에 民國 官憲은 이를 團束하기 위하야 馬賊 出沒의 咽喉되는 이곳에 兵營을 新設하기로 하고, 그 建築 材料로 이를 製造하엿스나 日本 官憲의 抗議로 인하야 目的을 達하지 못하고, 山中에 委棄한대로 撤歸하얏스며, 其後 일본측에서 新神武峙에 駐在所를 建築할 時에 이 委棄된 磚石을 利用코자 하얏스나 금번에는 民國側의 抗議로 인하야 사용치 못하고 일차 撤去하야 原狀을 回復한 대로 지금까지 왓다고 한다.

新舊의 神武峙는 如斯히 問題가 多端한 곳임으로, 許多한 人命이 또한 이곳에 殞(운)하얏다. 馬賊과 行人間에 官兵과 馬賊間에 日兵과 馬賊間에 衝突이 生할 時마다 人血을 灑하얏스며, 年來의 死傷을 總計하면 足히 백으로써 計하겟다 하며, 一行이 舊神武峙에 露營하얏던 밤에도 일행 중에는 更 深夜 寂한 뒤에 啾啾한 鬼哭聲을 聞하얏다 한다. 이곳에 行李를 卸한 時는 오후 3時이라. 夜營의 準留를 하기에는 아직 시간이 잇슴으로 경비대원 2인과 갓치 안도현 街路를 짤어 西北으로 십여리 程을 進하니 路上에는 仁丹峰, 셩냥匣 등이 委棄된 者이 잇스며, 간혹 露營한 痕迹이 잇서 머지 안이한 旣往에 行人의 往來한 情形이 잇는지라. 경비대원이 이대로 復命하니 今夜의 露營도 安心키 어려웁다 하야 역시 嚴重한 警戒下에서 一夜를 經過하게 되얏다.

▲ 9월 4일, 無頭峰에서 閔泰瑗, 白頭山行(13)

西으로 無頭峰에

십사일 오전 7時에 神步峙를 出發하야 西으로 無頭峰을 향하니 이날의 行程은 오십리라고 한다. 落葉松의 밀림 중을 行함은 前日과 一般이나 道路는 좀 險峻하며 無頭峰 附近의 高度는 임의 오천삼백여 尺이라. 金剛山의 最高峰인 毗盧峯보다도 천여 尺이나 놉흔 地形임으로 氣溫이 底下되고 風勢가 심하야 植物의 發育狀態가 顯著히 달으며 또 下界에서 發見치 못하는 特殊 植物도 만히 잇다. 中에서도 海綿과 가튼 卵色의 익기가 地面에 密生한 모양은 非常히 美麗하며 간간히 석기여 피는 野花의 紅紫色은 卵色 背景과 서로 비취여 一張의 花毛氈(화모전)을 편 것 가치 보인다. 또 林下의 灌木類는 이 부근으로부터 極히 稀少하며 落葉松, 唐松 등의 喬木도 本來의 성질대로 伸張하지 못하고 그 기리가 삼사장에 그치여 密林地帶에 비하면 木質이 極히 劣惡할 뿐 아니라 無頭峰으로부터 오륙 町만 北進하면 樹木이 全無하고 다만 蘇泰苔類만 地表에 깔니엿잇스며 그로부터 또 십여리만 前進하면 전혀 白沙地가 되야서 소위 白頭山 四時長白한 빗을 짓는다고 한다.

들죽

'들죽'은 厚峙 以北에 特有한 식물이며 더욱이 三池淵 以北 無頭峰 以南의 약 100리 地에는 到處에 簇生하야 가위 滿山遍野(만산편야)라고 할 만하다. 그 果實은 山葡萄와 酷似하고 그 味香 用道까지도 동일하나 다만 산포도는 蔓草이되 '들죽'은 灌木인 差異가 잇슬 뿐이며, 그 樹幹은 矮小함과 枝葉의 細密함은 黃楊과 近似하다. 果實은 乾造하면 포도주가 된다 한즉, 利用 如何에 의하야는 天然의 一大 富源이라 하겟스며, 無頭峰 以北의 無樹地帶에 가면 그 矮小하기 數寸에 不過하야 蘇

苔類와 키닷틈을 하게 되얏스나 오히려 暗紫色의 美艶한 과실을 着한 모양은 아조 간지롭고도 사랑홉다. 또 들죽과 동일 地帶에 繁植되는 植物 중에는 金絲梅가 잇스니 그 枝葉은 映山紅과 近似하나 梅花樣의 黃花를 開함으로 이와 가티 고흔 일홈을 가진 것이다.

空山夜月

이날은 역시 해가 놉허 到着한 故로 夜營의 準備도 일즉이 맞추엇스며 또 明日의 行程은 往還 80리의 險路를 踏破할 豫定으로 早期의 出發을 約束한지라, 高山의 氣壓 關係로 心은 풀니지 안이하엿스나마 各其 自炊한 밥으로 量을 채우고 말을 노와 溪流에 飮케 한 후에는 黃昏의 幕이 아직 地上에 들이기도 전에 靑草席上에 就寢하야 四圍가 寂廖하게 되얏다. 이날 밤의 天氣(날씨)는 一天이 晴明하고 星河가 皎潔(교결)한데 一輪의 明月이 林端에 소사오니 四圍의 密林은 더욱더욱 暗黑하고 箇中에 隱現함은 다만 우리의 幕舍쌘이라. 孤獨의 感은 深夜의 寒氣로 더부러 사람을 逼迫하기 심하나 脚下에 嗚咽하는 急流聲을 동모삼아 深山中의 月色을 賞함도 亦是 一趣가 안임은 안이다.

豫定을 變更하야

無頭峰에 到着한 後 元氣가 旺盛한 一行 中에는 明月의 豫定을 變更하야 無頭峰에 回程치 안이하고 山上에서 露營하야 一은 山上의 朝夕 變化를 觀察하고, 一은 松花江源의 飛龍瀑을 探險코자 하야 一行 中의 大部分은 이에 同意하얏스나 이 計劃 中에는 不少한 困難이 隨伴된다. 一은 飮料水와 燃料의 缺乏이요, 一은 夜間의 烈風寒氣이라. 그러나 비록 隆冬雪寒이라도 多少의 防寒具가 잇는 以上에야 一夜의 經過가 그리 難事이랴 하야 마침내 이와 가치 決定하고 위선 2時의 食量을 一時에 吹하야 '주먹밥'을 準備하얏다.

나는 明日에 晴明한 天氣가 繼續되기를 山靈의 好意 엇기를 心祝하며 天幕 안에 들엇다.

▲ 9월 5일, 白頭山上에서 閔泰瑗, 白頭山行(14)

天池에

이날(16일)은 憧憬하던 天池를 향하는 날이라. 오전 4時에 起床하야 諸般 準備를 마치고 三食糧과 毛布를 各其 擔着한 후 馬匹과 人夫를 뒤두고 無頭峰을 出發하니 時는 오전 6時라. 前溪의 朝霧는 아직 거치지 아니하고, 薄薄한 草露는 衣裾(의거, 옷자락)를 濕하더라.

西으로 數里를 出하니 樹木이 임의 稀少하며 간간히 孤立한 杉樅(삼종, 삼나무와 전나무)의 類도 剛風酷寒에 견듸지 못하야 樹勢가 卷曲擁腫(권곡옹종)할 섇 아니라, 그 枝葉이 摧折零落(최절영락)한 중 겨우 東南 一面에 疏影을 머물을 섇이얏다.

이로부터는 소위 高山植物과 蘇苔의 類가 겨우 地表를 덥흘 섇이라. 眼界가 忽開하야 千里 一蒼한 중에 雄厚典重한 一箇 白山이 聳出(용출)하니 이것이 곳 白頭이라. 이로부터 別로히 道路라 稱할 것이 업고 그 絶頂을 目前에 바라보며 西으로 前進하니, 天池의 外輪山이 곳 目睫間(목첩간)에 잇스되 오히려 삼십리의 程이라 한다. 波浪과 가치 起伏한 沙石의 路를 跋涉하기 십여리, 急句配(급구배)의 山腹을 登攀(등반, 오름)하기 십여리에 白頭 臙脂 間의 聯脈되는 山頂에 出하니 이로부터 絶頂에 達함은 不過 數里程이라 蓋 白頭의 周圍는 石壁이 峻急하야 登攀키 不能하되 홀로 臙脂間白을 經하야 小白을 起하는 東南의 一枝가 聯絡되는 곳에 一條의 通路가 잇스니 卽 一行의 進路이라.

이에 佇立하야 下界를 回顧하니 갓가히는 千山萬壑이 鬱乎茫漠하야 眼力으로 더부러 窮코자 한다. 無頭의 峰은 一瓢의 大만 하고 三池의

淵은 一鑑의 明을 開하니 大小 臙脂는 近侍의 寵臣이라 할 것이오, 小白胞胎는 朝班의 巨卿이 될 것이다.

다시 步를 移하야 絶頂에 到達하니 아아 別天地는 目前에 展開되도다. 地形은 脚下에서 千仞을 層落하야 藍碧鏡止의 湖水가 되고, 湖水의 四圍에는 周湘錦屛과 갓흔 絶壁이 둘니엿는데, 天光雲影(천광운영)과 山態壁彩는 湖水에 到沈하야 玲瓏 燦爛한 중에 湖渚(호저) 山根과 天上池下가 眩亂 渾同하니 魂 驚心骸하야 恍惚(황홀)한 精神을 收拾치 못하기 數分間이라. 이는 天晴日和한 時의 天池러라.

天池는 周圍가 삼십리오, 外輪山은 그 주위가 오십리며, 北으로 數尺을 坼(탁)한 곳에 飛龍瀑이 잇스니 이는 곳 松花江源이라. 天氣 晴朗한 日에 山上으로부터 窺視하면 다만 太陽에 反射되는 波光이 閃閃하야 魚鱗과 가치 보인다 하며, 飛龍瀑의 壯觀을 探코자 하면 北으로 民國領을 迂廻하야 天險을 跋躡(발섭)한다 하니, 今行에 그 機會를 得지 못함은 一大 遺憾일다.

小焉에 一片의 黑雲이 天池 西北에 起하더니 頃刻에 四山을 *하고 池面의 一半을 覆하야 晦暝暗澹한지라. 山下의 居人들은 大驚失色하야 曰 俄者에 銃聲을 發한 故로 山靈이 震怒함이라 하며, 慌忙히 回武山下하니 蓋 警備隊員이 銃聲을 發한지 不過 十分에 如斯한 變化가 잇는 까닭이라. 自古로 此座에 登臨하는 자ㅣ 혹 殺生을 하거나 혹 不敬한 言辭를 弄하거나 혹 齋戒가 不精하거나 銃聲 爆音을 發하면 반다시 天罰을 被하야 急速히 下山치 안이하면 生命을 不得한다는 傳說이 잇는 터인즉, 目的에 그 靈驗을 보고 慌忙 失措가 容 或 無怪일 쑨 안이라. 雨雹이 繼下하야 山上에 久留키 困難함으로 一行 60여 人 중 십여 人을 除한 外에는 雨雹의 小間을 기다리여 匆匆(석석)히 祝杯를 擧하고 陸續下山하니 山上에 露營을 約하던 一事는 임의 水泡에 歸하엿더라.

▲ 9월 6일, 白頭山上에서 閔泰瑗, 白頭山行(15)

*백두산 탐험단의 단장: 유승흠

千變萬化

天池의 景色이 春夏秋冬을 따라 各各 不同할 것은 勿論이어니와 一日之內 朝夕之間에도 雲雨霧雹의 往來가 無常하며 晴陰明暗이 代替 交互하나니 天晴日和하며 水碧沙明하야 瑞氣 橫溢함도 一時며 陰雲이 晦暝하고 水面이 黝黑(유흑)하야 陰慘不測함도 일시오, 冷霧가 紗薄(사박)하고 波紋이 蠕動(연동)하야 沈鬱凝滯(침울응체)함도 일시며 風起鴨游(풍기압유)함도 또한 一時라. 이는 오전 오후 6時間에 나의 經驗한 바어니와 古人의 記錄과 居民의 所傳을 參考하면 有時乎水中으로부터 鼓聲과 如한 音響을 發하면 忽然 池水가 沸騰하며 濃霧가 大作하야 咫尺을 不辨하는 일도 잇고 혹 夜間이 되면 月光과 如한 異氣를 吐하야 天際에 接하는 일도 잇다고 한다.

天池畔에 立하야

雨雹을 冒하고 山上에 留하얏던 一行 11人은 기다린 지 數刻 後에 日氣가 快晴함을 보고 團長 柳承欽(유승흠) 씨를 先頭로 一齊히 天池東側의 急坂을 下하니, 坂高가 약 十四百尺이며 地形이 峭急하고 沙石이 流轉하야 極히 危險한지라. 操心에 操心을 더하야 서서히 下去하더니 중간에 또 驟雨가 急至하야 危險과 困難이 益加하니 一行 중에서도 다시 數人의 落伍者를 出하얏더라. 及其 池畔에 達함에 天氣는 다시 恢復하야 우리를 歡迎하는 듯하다.

蓋 天池의 印象은 山上과 池畔의 立地를 쌀아서 全然히 不同하니 山上에 立하야 俯瞰(부감)할 시에는 凜然(늠연)한 氣가 人을 逼하야 恐懼

崇敬케 하나, 一次 山을 下하야 池畔에 立하면 水色이 淡靑하고 水底가 透明하야 一箇 明媚한 平湖와 가티 安穩한 感과 親近한 맛을 준다. 또 吾人을 一驚케 함은 池水의 溫暖함이다. 산중에 入한 後로 到處에 溪流를 汲하야 그 冷煖을 知하거니와 神武峙 無頭峰의 溪流는 寒冷하기 骨髓를 乏(石乏)하거늘 千尺 以上의 高度를 加 한 天池의 水는 溫暖하기 伏中의 水道水와 一般이다. 勿論 流動하는 溪水와 靜止된 池水와는 冷煖이 不同한 것이나, 白頭山頂의 天池水가 이가치 溫暖함은 實로 象想外일다. 白頭山은 元來가 火山이며 檀朝의 記錄이라 하는 三一神話의 文字로서 可히 依據할 자이라 하면, 당시에 오히려 활동상태에 잇슨 것을 證明할 수잇스며, 山西 山北에는 지금에 溫泉이 湧出한다 한즉, 역시 地熱이 上昇하야 池水를 데우거나 抑 又 間歇泉이 湧出하야 溫度를 調節함인 듯하다. 더욱이 水中에서 간혹 音響을 發한다 함과 池水가 沸騰하고 濃霧가 乍作한다는 것은 전혀 間歇泉의 現象인 듯도 하다.

一同은 天池의 神秘境을 映寫키 特別 寫眞班 山고(?) 씨에게 청하야 記念撮影을 하고 紀念品으로 若干의 水泡石을 携帶한 후, 다시 斷崖를 攀登(반등)하니 그 困難은 실로 下山時의 數倍이다. 夏牛와 가치 喘喘(천천_하며 산상에 올너가 시계를 取出하니 상하에 費한 시간이 약 2時半이더라.

▲ 9월 7일, 白頭山上에서 閔泰瑗, 白頭山行(16)

崇敬의 標的

동경하던 白頭山은 이제에 보앗다. 이곳은 檀朝의 發祥地며 이 산은 半島 山川의 祖宗일다. 靑邱 文明의 白花頭가 이곳에 비롯하얏고 居民 崇仰의 標的地가 역시 이 산일다. 檀朝 以前에 被髮赤脚(피발적각)으로 穴居野處하던 原始의 人은 吐火噴煙하는 半空의 高峯을 보고 敬天畏神하는 宗教的 意識을 啓發하엿슬지오, 編髮蓋首(편발개수)와 의복실처(衣

服室處)를 비로소 배우던 大朴의 檀朝 黔首(검수)가 團體的 社會的 生活을 비롯한 것도 共同의 崇敬體되는 이 白頭가 잇슨 까닭이다. 대개 古人이 얼마나 崇敬하얏는가는 그 名稱만 보아도 가히 推想할지니 史記에 散見하는 바를 左에 列擧하건대, 北史에는 太白山이라 하니, 太白의 訓은 '한배'이라. 古語에 한은 大요 배는 祖이니 즉 太祖山이라 하는 意味요, 山海經에는 曰 不咸山이라 하니, 古語에 불은 國이요, 함은 亦大라, 國大山 卽 國中 第一 大山이라는 意味며, 後漢書에는 蓋馬山이라 하고, 讀하야 '함마'를 作하니 즉 大高山의 意味라. 大槪 그 高大雄偉를 讚美한 意味며 其他 四時長白의 美를 取한 자에는 白山, 長白山, 果勒敏珊延阿林(과륵민산연아림) 등의 名이 잇다.

또 魏書에는 古人의 崇敬하는 俗을 記하야 曰 "人不得上山溲汗(사람은 부득이 산 위에서 땀을 씻는다)하며 行經山者ㅣ 皆以物盛去"라 하엿고, 北史에 亦曰 "修甚敬畏之하야 人不得上山溲汗(인부득상산수한)하며 行經山者ㅣ 以物盛去"라 하엿스며, 또 이 산에 관한 모든 事物에는 天字 혹은 天의 意를 附한 者이 甚多하니 그 較著한 자를 擧하건대 山上의 大澤을 天池라 하고, 豆滿 土門의 北과 鴨綠 波瀦(파저, 물웅덩이)의 西와 渾同左右의 地 卽 산의 주위를 天坪이라 하며, 天池에서 發源하야 松花江을 滿洲語로 松阿哩烏喇(송아리오라)이라 하나니 즉 天河의 意이며, 또 그 發源處를 指하야 天上水라 稱하는 등, 無非崇敬의 意를 表한 자이라. 그 習俗이 지금에 遺傳하야 上山者ㅣ 殺生과 亂言을 愼하며 더욱이 滿洲人은 日常에 老白山이라고 老學을 加하야 敬意를 表할 뿐 아니라, 上山 時에는 반드시 齋戒致祭하야 감히 忽慢치 못한다고 한다. 또 그의 雄厚 博大한 懷中에서는 幾多의 英雄을 卵化鑄出하얏나니 갓가히는 滿淸의 愛親各羅(애친각라) 씨를 爲始하야 멀니는 女眞, 契丹, 渤海, 遼金 등이 다 이 山麓에서 起하얏다 할 것이다.

偉大 中의 偉大

如何한 歷史를 가진 白頭山은 과연 얼마나 偉大한가. 나는 돌이여 그 平凡함에 놀나고자 하노라. 未見 時의 상상으로는 그 高가 구천척이면 應當 巉險峻峭(참험준초)하야 瞻仰(첨앙)이 崔巍(최외)하고 登攀(등반)이 極難하리라 하얏더니, 及其 山麓을 當한즉 一向 平凡한 坂路(판로)이라. 종일을 行步하되 그리 疲勞를 不覺하며 수일을 전진하되 別般 新奇가 업고 徹頭徹尾히 渾厚 平凡하야 圭角과 痕迹이 업스나 及其 絶頂에 立하야는 비로소 그 雄大함을 알겟고, 그 崇高함을 깨다르니, 이것이 과연 위대이며, 이것이 진정한 崇嚴일다. 일즉이 肅宗大王에 淸朝의 旨를 奉하야 國境을 劃定하던 烏喇 總管 穆克登(오라 총관 목극등)도 此山에 等하야 曰, “吾管一統志하기로 奉旨探歷하야 足跡이 殆遍天下라. 此山之巉 絶奇拔이 難不及中土諸山이나 其磅礴雄大之勢則過之로다.”하니 이로서 보면 中國의 廣大한 幅員 중에도 能히 其右에 出을 名山이 업슴을 가히 알 것이다. 만일 엇던 위대한 事物이 能히 吾人을 感化한다 하면 白頭山과 如한 名山이 幾多의 英雄을 産出함이야 엇지 偶然이라 하랴.

▲ 9월 8일, 歸路에서 閔泰瑗, 白頭山行(17)

山上의 紀念標

大角峯上에 약 4촌각의 紀念柱가 잇스니 月前에 建立한 자이라. 柱面에는 ‘大韓獨立軍紀念’의 7字를 刻하얏고, 그 엽헤는 韓 大國 三年 七月 二十三日 孫基律이라 記名하엿스며 ‘同行二十人過此’라 傍書하엿고 또 一面에는 鉛筆로 ‘背後三千里 偶過白頭山’이라 書하고 金鵬基라 記名하엿스며 또 一面에는 ‘大韓獨立軍 內地往還次’라 書한 下에 ‘小隊長 朴郁’[11]이라 記名한 것이 잇섯는대 이날 경배대원 중의 一人을 이를 쎄여 억개에 메이고 大角峯을 나려와 一行의 午餐場인 天池 東에 노코, 일장의 話柄을 삼엇다. 衝天의 意氣로 이마에 땀을 흘니며 갓다 세우던 그네들이야 엇지 이 一箇月 이내에 경비대원의 점심 반찬이 될 줄을 뜻하엿스리요. 世上事는 실로 奇怪한 配合이 만은 것을 한 번 웃겟다.

定界碑

6시에 天池의 眺望을 辭하고 回路에 就하니 마침 濃霧가 大作하야 咫尺을 難辨이라. 臙脂峯 落脈의 山脊을 隨下한지 십여분에 겨우 霧線을 脫出하엿슴으로 鴨綠 源頭의 定界碑를 차저 갓다.

碑는 白頭의 東南 십리 地에 잇스니 高가 三*餘요 廣이 約 二尺이 되는 小碑이며 碑文은 其額에 大****稍大히 刻하고 其下에

(…비문 생략…)

等 字를 刻하엿스며 碑石의 東北으로 處處에 亂石을 堆積하야 豆滿江源에 及하니 이것이 國境이라. 이로써 보면 白頭山頂은 淸國領이 된지 已久한 것이며 딸어서 白頭山은 朝鮮의 白頭山이라 하기 어려울 것이다. 그러나 朝鮮人으로서 白頭山을 外國領으로 思하는 자는 于今에 一人도 無하니, 大槪 白頭山은 原來 朝鮮領이엇으며, 肅宗朝 定界 時에도 頂池半分說을 主張하얏스나 鴨綠 豆滿의 江源이 山南에 發한 관계로 及其界境을 確定함에 當하야는 不得已 鴨綠江畔에 碑石을 세우게 된 것인듯하다.

尙玄 李能和 先生의 藏書 중 當時의 事를 詳記한 白頭山記가 잇서 曰 '壬辰 春三月에 淸主가 遣烏喇總管 穆克登하야 (…중략…) 往視白頭山 劃定邊界할새 朝議가 多疑廢四軍이 不復爲我所有라 하고 혹 又 以六鎭爲慮러니 判中樞 李 公 某가 獨建議曰 此ㅣ 當分白頭山頂 池一半爲界

11) 손기윤, 박욱 등은 독립군 가운데 한 사람으로 추정되며, 현재까지 행적은 알 수 없음.

라 하야 遣接伴使 朴 公 權云云'하얏고 及其 爭論 時에는 曰 ---

翌日 早朝에 發程하야 三池淵 寶泰洞에 各 一泊하고 惠山鎭에서 解散式을 擧行한 後 익일에 자동차를 모라 咸興을 향하니 歸路의 速度는 실로 일사천리의 勢가 잇다. 금번 탐험 중 晴天을 假함은 天公의 殊遇여니와 始終 滿足한 旅行을 마치게 됨은 주최자측의 勞苦가 쏘 컷다고 할 것이다. (了)

[18] 『동아일보』 1921.10.3~10.8. (6회), 권덕규, 백두산기행이 끗나고 납량회를 맞추힘

이 글은 함경남도와 동아일보사 주최 백두산 탐승과 민태원의 백두산행이 끝난 다음, 권덕규가 쓴 감상문이다. 여행 체험은 아니지만 백두산 기행 담론과 밀접한 관련을 맺고 있다.
백두산과 탑공원을 인격화하고, 역사상 우리와 불가분의 관계를 맺고 있음을 근거하여, 기록과 전설이 일치하지 않은 점을 변증하고자 하는 의도에서 이 글을 썼다고 밝혔다.

▲ 1921.10.3. 白頭山記行이 끗나고 納凉會를 맛추힘(一)

올 녀름에는 昨年 그 쌔 생각이 懇切하엿다. 이 말을 쓰고 보면 昨年 여름 갓치 지냇든 이와 나의 事實을 아는 이는 응 그 말이로구나. 金剛山에서 苦生하얏지 하시리라. 그러나 나의 생각하는 바는 그것이 아니라 싸로 하나 잇노니 金剛山 그것보다도 白頭山 그분이며 白頭山 그것보다도 旅行이란 그 問題가 큰 것이라. 나에게 잇서서는 늘 한 宿題로 걸리어서 그 빗을 째째로 갑하야만 하며 갑지 아니하면 답답증이 나고 無時로 눈살이 찡기어저서 못 견될 地境이라. 올 녀름에는 쏙 몃 군대

가리라는 豫定이 잇섯다.

南으로 多島海도 죠코 西흐로 妙香山도 조흐며 東南으로 慶州 鬱陵도 솝쑤고 北으로 白頭山은 未嘗不 보지 못하면 病이라도 날뜻 하고 한便으로 罪悚한 생각을 가지는 대로라 적이 勇氣 잇는 者이면 어대로든지 竹杖芒鞋로 불현 듯 써낫스련마는 이 磨練 저 磨練하다가 한 군대도 빗을 갑지 못하고 이내 말엇다. 그리하야 南山 우 漢江가와 淸凉里 숍塔洞園 안에 잇다금 걸음을 옴기어 갑갑한 속을 풀 섇이엇다. 이 동안에는 엇구슷한 嶺南 소리도 거긔서 들으며 슷업는 北道 말소리도 이 속에서 들을 수 잇고 늘이데늘인 忠淸道의 말, 어찌하면 促한 듯 湖南의 말새도 되고 强한 西道의 소리를 맘대로 주어듯기에는 한 地方을 구경하는 이보다 坐看 十里 格으로 滋味 잇고 便하엿지마는 旅行을 目睹하는 耿耿 一念은 한 째도 풀림이 업스리라.

이렁셩 저렁셩 맛갑지 안케 지내는 동안에 하늘이 문허저도 솟아날 구녁이 잇다고 東亞報에 白頭山 紀行이 나고 塔公園에 納凉會가 잇서서 날마다 글을 보고 잇다금 奏樂을 들어 답답한 中에 시원을 엇고 無聊한 中 破寂을 가지니 말하면 올녀름 동안에는 白頭山行과 塔公園 奏樂이 나에게는 다시 업는 遮眼件이요 淸凉劑엿다. 한째의 밥을 걸러도 하루의 白頭山行은 보기를 闕하지 안앗고 하루의 親舊 訪問은 闕하야도 한저녁 納凉奏樂은 듯기를 쌔아진 적이 업섯다. 이리하야 無事奔走한 나를 보려는 이는 甚至히 나를 公園으로 찻는 이까지 잇게 되엇섯다. 나는 이만콤 白頭山行 보기와 納凉會 구경을 貪하엿다. 이것이 한 못생긴 짓이라 하면 짝하기 果然 어렵거니와 이것이 무엇을 代身한다 하면 白頭山의 記行과 映寫로 可히 써 나의 눈을 비음할 것이요 瀏亮(유량: 맑고 밝음)하고도 吊裂하는 듯한 풍류로 可히 써 汪洋한 大海의 물소리와 浙瀝(절력)한 山間의 솔바람을 形容할 것이라. 어느 方面으로 생각하야 나의 올녀름 生涯는 期約치 아니한 期約으로 期約한 나의 생각을 누어서 풀엇다 하리로다. 그와 같이 白頭山과 塔公園에 홀린 것은 煩雜도이 陳說할 것 업시 白頭 그 兩班과 公園 그분이 우리와 深切한 關緣

곳 쐴려야 쐴 수 업는 먼 既往으로부터의 歷史上 關係가 잇슴으로부터인데 白頭 거긔에 對한 記錄과 公園 거긔에 대한 傳說이 混亂不一하므로 나의 본바로 辨證 비슷한 말을 부티고저 함이로다.

▲ 1921.10.4. 白頭山記行이 씃나고 納涼會를 맞추힘(二)

녜로부터 白頭山에 對한 記錄이 一二가 아니나 그 中에 精詳한 點으로는 녜에 잇서 洪柳下의 〈白頭山記〉와 올의 牛步 君 〈白頭山行〉이 가장이라 할지니라. 長老들은 걸핏하면 "世降道衰하야"로 語頭를 삼거니와 世가 降下할스록 文明이 向上함은 事實이 아닐가. 草衣木食하고 夏巢冬穴(하소동혈)함으로 只今 文明의 根本이라고는 할지언정 綾羅珍羞(능라진수)와 高樓戶閣(고루호각)에 冬溫夏凊(동온하청)의 살림을 하는 것은 아모리 하야도 比較할 바 아니로다. 그러하나 古 업는 新이 업겟고 根源업는 末流가 잇지 안켓슴으로 未嘗不 古를 讚美하고 新을 批評하는도다. 어찌보면 이것이 돌이어 文明을 咀呪하는 듯하나 實狀은 現在를 不滿하야 未來를 策勵하는 한 道理도 될지니라.

再說할 것 업시 文明은 작구 向上하는도다. 向上할스록 漸漸 古를 돌아보는 것은 古가 漸漸 向遠하야짐으로 아모쪼록 古를 今에 接近시키려 함이러라. 古에 잇서서 古가 업슴으로 古라는 그것을 新奇히 너기지 아니하려니와 後에 當하야 古가 잇서지매 古를 隔離할 수도 업고 또한 古가 아니면 現在를 維持할 수 업슴으로 古를 생각하고 古를 探知하야 現在를 꾸미고 現在를 繼續하도다. 이런 理由로 朝鮮 사람은 白頭山을 생각하고 白頭山을 울럴고 白頭山을 讚美하나니 白頭山이야말로 果然 우리의 讚美件이로다. 그리하야 녜로부터 白頭山 그분의 이름을 他山에 冒稱도 시기며 他處에 移轉도 시겻더라. 그 例를 들어 말하면 高麗에서는 妙香으로써 太白이라 하고 百濟에서는 三角으로써 白岳이라 하고 新羅는 奈己郡의 北岳으로써 太白이라 하고 沃沮는 咸興山으로서 太白이라 함이 이것이라. 이는 다 그 國祖의 政治的 手段으로 말미암음이라.

眞正한 太白 곧 白頭가 아님은 古來의 文籍으로 넉넉이 證明하려니와 鴨綠, 混同[12], 豆滿 三江의 分水點에 안저 北으로 大陸을 깔고 南으로 半島를 안고 東에 蒼海를 씨고 西으로 中國을 나려보는 白頭山 太白님이여. 蒼穹보다도 嚴嚴하야 霜***하야 萬岳의 祖宗이로다. 누구를 勿論하고 한번 이 山에 들어가면 그러는 줄 모르게 고개가 숙이어저 齋戒를 쓰치지 아니하며 입에 不敬한 말을 담지 아니하며 敢히 洩汗(설한)도 放치 못하며 敢히 銃爆의 聲을 내지 못하는 等 큰 愛敬을 가지는 것은 원악부터 우리와 이 산에 關係의 深切함이 잇슴으로러라. 이리하야 牛步 君이 이러케 말하얏다. 所願一事는 白頭山 구경이라. 朝鮮의 山水를 보고저 하면 먼저 白頭山을 보아야 할 것이라고.

이것이 아마 自己가 억지로 꾸미려 하야 한 말이 아니라 넘쳐 나오는 情에 抑制하려 해야 하지 못하게 하야 쓰어진 말이리라. 이러케 崇敬을 밧는 白頭山 이 산의 이름이 자못 적지 아니하니 〈山海經〉에 '不咸山'이라 함은 我語에 不은 곳 國이오 咸은 太이니 곳 國의 大山이라 함이요, 〈後漢書〉에 '蓋馬'라 함은 蓋은 漢音에 奚(해)니 亦是 大의 意요, 馬는 尊上의 意니 國의 大山으로 尊敬하는 者라 함이요, 〈魏書〉에 '徒太'라 함은 그 訓意를 생각하야 또한 蓋馬와 同義임을 알지며, 〈北史〉에 '太白'이라 하니 '太'의 訓은 '韓'으로 '一大'의 意요, '白'의 漢音은 '倍'니 祖의 意라. 곳 太祖나 皇祖의 山이라 함이요, 〈括地志〉에 '白山'이라 하니 이도 祖山의 意며 或 '白岳'이라 하니 이도 또한 祖山의 意며, 〈一統志〉에 '長白山'이라 하고, 〈山經〉에 '白頭'는 곳 '長白'이라 하얏는데, 그 山이 四에 長白함을 表함이요, 〈盛京志〉에 果勤敏珊延(?)阿林이라 하니 이도 長白의 意며 終에 白頭의 義를 說明하면 白의 訓은 奚요 頭의 訓은 摩尼(마니)[13]니 곳 蓋馬로 同義며 이제 滿洲人은 老白山이라고 老學을 冠하야 敬意를 表하나니 이와 갓치 朝滿 民族이 共同一致히 愛敬誠拜함은

12) 압록, 혼동, 두만의 3강: 문맥상으로 볼 때 압록강, 두만강, 송화강으로 추정됨.

13) 마니(摩尼): 머리.

이 山이 東亞 山川의 祖宗이며 우리 民族의 發祥地며 國體的 社會的 生活을 始作한 곳도 여긔요, 敬天畏神의 宗教的 意識을 啓發한 곳도 여긔며, 大東 文明의 發源地도 여긔인 까닭이라. 우리 民族上의 이 山의 地位가 印度에 잇서서 雪山 그것이며 羅馬에 잇서서 七岡(?) 그것이며 近代 歐洲에 잇서서 '알프쓰' 그것보다 幾倍의 靈異와 功勳이 잇고 또한 榮光스러운 곳이라. 近來의 어린 史家들은 이 山의 名稱 位置를 함부로 移轉하야 저의 私事된 意見을 채우려 하되 그리하는 대로 한갓 自家의 所見을 綻露(탄로)일 쑨이어니와 더욱 '有神人降于太白山檀木下'의 信史를 一筆抹削(일필말삭)하려 하는 內外史家[14]들이어. 어찌 無識이 이에 至한고.

▲ 1921.10.5. 白頭山記行이 씃나고 納涼會를 맛추힘(三)

語가 岐路에 入하도다. 煩雜을 避하고 魏書에 '儉이 下視 三危 太白에 可以弘益人間'이라 하얏는데 太白山에 大甑山 小甑山이 잇고 甑은 我語에 '시루'니 이것이 곳 三危라 하는데 洪柳下 白頭山記에 '小白山脊에 陟하야 望見하면 雄厚博大한 白山이 천리 一蒼한 가우대에 홀로 그 山頂이 白甕을 高俎上(고조상)에 覆置한 것 갓흐니 그 白頭라 이름함이 이 까닭이라 하얏스니 이 白甕說과 三危說이 거의 부합함은 참으로 자미 잇는 문제나, 아즉 且置하고 同記에 '小白嶺底에 松杉이 剛風의 相軋(상알)한 바 되어 矮小卷曲하고 嶺을 下하야 北으로 일 ***

(백두산 관련 기록은 이 날짜까지임)

14) 이 표현은 일제 강점 이후 일본 관변학자들의 한국사 왜곡과 관련된 표현으로 보이며, 백두산 의식이 강조된 것은 식민사관에 대한 저항과 밀접한 관련이 있을 것으로 추정할 수 있음.

▲1921.10.6. 白頭山記行이 끗나고 納凉會를 맛추힘(四)
=塔公園(一)
▲1921.10.7. 白頭山記行이 끗나고 納凉會를 맛추힘(五)
=塔公園(二)
▲1921.10.8. 白頭山記行이 끗나고 納凉會를 맛추힘(六)
=塔公園(三)　　(끗)

[19] 『동아일보』 1921.11.21. 金東成, 布哇行

제2회 만국 기자 대회 참가차 호놀룰루를 여행한 기록. 스케치 형 기록임
▲11월 21일, 김동성, 포규행(1)
여행 배경, 남대문서 시모노세키
▲11월 22일, 김동성, 포규행(2)
요코하마에서 高麗丸으로 태평양을 건넘
▲11월 23일, 김동성, 포규행(3)
포규 각지 순회
▲11월 24일, 김동성, 포규행(4)
포규 군도
▲11월 25일, 김동성, 포규행(5)
포규의 풍속(토인)

[20] 『동아일보』 1921.12.15. 金俊淵, 獨逸 가는 길에

김준연이 독일 유학을 떠나는 길을 소개한 여행기. 이 시기 김준연의 글이 여러 차례 실린 바 있음. 편지 형식의 글

▲ 12월 15일, 김준연, 독일 가는 길에(1)
▲ 12월 16일, 김준연, 독일 가는 길에(2)
▲ 12월 17일, 김준연, 독일 가는 길에(3)
▲ 12월 17일, 김준연, 독일 가는 길에(4)
싱가포르

[21] 『동아일보』 1921.12.21.
산호성(오천석), 태평양 건느는 길=橫濱에서 布港까지

조선 교육회 일로 미국행, 포규항까지 가는 과정으로 일본과 배 안의 모습이 사실적으로 묘사된 점이 특징: 앞의 연재와 이어짐

▲ 9월 23일, 산호성, 태평양 건느는 길=인천에서 東京까지(1)

*여행의 배경

旅行券 旅行券하고 希望에 불타는 어린 가슴을 일일 千秋의 마음으로 조리고 태우며 고대하든 近三個月 동안의 애차로운 記憶은 벌서 거위 意識할 수 업슬 만치 희미한 印象이 되야 슬어지고 업서지려 한다. 아아 그러나 그러나 나의 젊은 일생 중에서나마 最大의 沈痛한 印象을 어든 닛치지도 안는 사월이란 27일 그것은 싱각만 하여도 소름이 씨치고 온몸이 썰니는 가슴 압흔 날이다. 이날 27일은 나의 至極히도 愛慕

하는 아버니의 誕生日이엿고 다시는 나의 오날의 이 길이 잇게할 旅行券 下附願을 提出한 날이엿고 거듭하여는 醫師의 宣告를 밧고 나의 평생에 경험하여 보지 못한 썰니는 病院의 一室에서 臨時의 숨을 밋는 날이엿다. 그리고도 이 날은 가슴 여위는 봄비가 쉬임도 업시 주룩주룩 나리는 沈鬱하기 짝이 업는 날이엿다.

아버니의 誕生日이 도라오기는 해마다 하엿스리라. 그러나 나는 어렷슬 째는 그의 귀함을 아지못하엿다. (…중략…)

▲ 9월 24일, 산호성, 태평양 건느는 길(2)

四月 二十七日=정동 미국 영사관 방문

마츰내 그러케도 애태우든 旅行券은 나왓다. 아츰 5시 반 列次의 편을 빌어 上京하야 십원짜리 수입인지를 사 가지고 京畿道 제삼부 高等警察課를 방문할 째는 8월 24일의 차음 11시 반 경이엿다. 黑洋服에 십벌건 테를 둘는 警部는 나의 名啣을 보너디 고개를 긋덕긋썩하며 受取書와 박구어 바이올렛 빗으로 테를 둘는 커다란 둡거운 旅行券을 내여 주엇다. 無意識으로 밧아들은 나는 깃분지 슬푼지 맛을 알 수가 업섯다. 도청 건물을 나서서 나는 긴 한숨을 휘 내여 쉬엿다.

과연 기나긴 3개월이란 歲月을 나는 지리지리도 기다렷다. 성미 급한 사람이 주머니 칼넛코는 기다릴 수 업는 것이 朝鮮人으로서 總督府에 海外 旅行券 請願하는 것이라 하겟다. 나는 그동안 여간 謹愼하지 아니하엿다. 公會席에서 말 한 매디 크게 내지 안엇다. 이것은 나에게 여간한 苦痛을 주지 아니하엿다.

오후에 정동 米國 領事館을 訪하야 領事의 싸인을 밧엇다. 盛夏의 綠陰이 무르녹은 정적한 공기에 안식하고 잇는 듯한 領事館 안에는 形

言할 수 업는 自由로운 氣分이 써돌앗다.

(미국 영사관의 자유로운 분위기, 차별 없은 분위기)

28일 禮拜日이 되엿다. 행장도 거의 다 準備되엿다. 29일 오전 7시 40분 열차로 써나기로 일정을 정해노코 나는 최후의 禮拜를 직히기 위하야 內里 豫備당의 십벌건 건물을 향하엿다. 나의 가슴은 싸닭업시 설쭝하야저 갓다. 조금도 沈着하야 무슨 일을 規模 잇게 精密히 할 수 업섯다. 예배당 구내에 니르매 포플나와 아까시아의 푸르른 그늘 사이로 어린 學生들의 아름다운 다정스러운 讚美 소리가 들녀온다. 아마 주일학교 학생들인가 보다. 그 소리가 씃나매 이를 대신하야 늙은이들의 시들은 썰니는 讚美소리가 열녀 잇는 창 사이로 새여 왓다. 아아, 엇던 것 하나 이 그리운 정을 쓸니우지 안는 것이 업고, 무엇하나 이 애달픈 정서를 자아내지 안는 것이 업다.

예배 시간이 되야 당 안에 드러서매 坐席이 가득하엿다. 아마도 서울서 李商在 선생님이 오신 싸닭인가 보다. (…예배 찬송 모습 생략…)

▲ 9월 25일, 산호성, 태평양 건느는 길(3) 떠나기 전날 밤과 정거장의 작별 모습

너무도 感激한 나는 씃을 채 막지 못하고 興奮된 얼골을 숙으렷다. 나의 눈에는 눈물이 고엿다.

내가 드러갑니다. 가늘게 슬어지는 듯이 씃 느리게 부르고 아멘을 거위 입안에서 불느듯할 째에 나의 몸에는 소름이 쭉 씨치고 온몸이 읏슥하여젓다. 나는 억지로 참고 나의 자리로 도라왓다. (…중략…)

써난다 써난다 하더니 이제는 써날 날이 왓다. 아침 눈을 써보니 어제부터 나리든 비는 쉬지도 안코 나린다. 나는 元來 몹시도 비를 조와하는 성미의 所有者이다. 寺院 갓흔 데 가서 안젓스면 곳 비가 이러한 ᄯᅢ에 나리면 얼마나 조흘가 하는 ᄉᆡᆼ각이 ᄯᅥ오르고야 만다. 그ᄅᆡ도 오날의 비는 엇지도 그리 쓸쓸하고 외로운 情을 ᄭᅳᆯ어내는지 알 수 업다. 더옥히 장독 우에 ᄯᅥ러지는 비소리는 처량하게 들려온다. 食床을 대하여도 이 會食이 밋을 수 업는 世上에 무슨 잔채가 될는지 모르겟고나 함을 ᄉᆡᆼ각할 ᄯᅢ에 가슴이 답답하여질 ᄲᅮᆫ이오 메인 목으로 밥이 드러가지 안엇다. 그러나 인자하신 어머니의 精誠을 ᄭᅢ트릴ᄭᅡ 하야 억지로 약간 取하엿다.

發車 時間이 갓가워 왓다. 나의 氣는 조금도 안정되지 안는다. 커녕은 더욱더욱 그 도가 심하여질 ᄲᅮᆫ이엿다. 나는 최후의 作別을 고하고저 나를 길너내인 나를 가라친 書室노 드러갓다. 모든 나의 사랑하든 貴重히 하든 書籍들은 모도 나를 주목하야 이별을 애석해 하는 것 갓힛다. 영화 '이삭주이'는 침통하게도 잠잠히 걸녀 잇섯다. (…중략…)

*고향을 떠나 서울로 감

▲ 9월 26일, 산호성, 태평양 건느는 길(4)
열차 안의 모습(용산역까지)

列車는 ᄯᅢᄯᅢ로 내가 아츰 散步를 다니든 일홈 모르는 산 밋흘 지나 朱安驛, 富平驛을 것처 소사역에 니르럿다. 아아 나의 아버니는 피치 못할 敎會 役事로 이곳에서 나라시게 되엿다. 아버니는 아모 말슴도 안하시고 손을 내여 미신다. 나는 손을 잡고 흔들엇다. 그의 눈에는 아직 나희 어린 자식을 먼 길에 내여놋는 염려와 불안과 밋기지 안음과 ᄯᅩ는 아들의 前程에 하나님의 安保가 ᄯᅥ나지 말나는 것 가튼 祈願과 後日의 成功을 ᄭᅮᆷᄭᅮ는 듯한 즐거움이 ᄯᅥ도는 것 가텃다.

(…중략…)

▲ 9월 27일, 산호성, 태평양 건느는 길(5)
한강을 건너 남행=대구역=낙동강

나의 사랑하는 漢江水를 건너 간다. 아아 엇지도 이리 말근가. 마시고 십기도 하고 몸도 씻고 십고 세월은 흘너 사람이 변하고 집이 변하고 역사가 變하엿스되 오직 先祖가 마시든 이 거룩한 역사를 가진 물, 나는 절하고도 십고 울고도 십헛다.

朴형 外에 역시 京都 친구 尙兄과 新青年의 崔형은 일행이 되야 니야기에 취한 사이에 나의 그립든 水原의 말근 서호는 고만 지나가 버렷다. 창으로 고개를 내여밀고 보이는가 하고 바라보나 원망도 스러워라 벌서 보이느니 오직 연하여 잇는 田畓쑨이엿다.

水原驛을 지나서 나는 주머니에서 은제 십자가를 써내엿다. 이것은 仁川 婦人會에서 준 것이다.

(…중략…)

“우리 天錫이가 米國을 가니까 하나님쯰서 이를 祝賀하야 朝鮮 人民에게 깃붐을 난호아 주기 위하야 이와 갓치 비를 기다릴 째에 복을 나리시는 것이라.”고 답변하는 것을 생각하여 보고 나는 일종 別意味를 쒼 우슴을 우섯다.

(대구역, 낙동강)

▲ 9월 28일, 산호성, 태평양 건느는 길(6)
부산에서 배를 타고 조선을 떠나는 장면과 감회

하오 7시경이 되야 불만흔 부산 정거장에 만흔 乘客을 숨차 허덕이는 기차는 토하엿다. 제각기 자리를 점령하고저 야단스럽게 連絡船을 향하야 다라낫다. 일행도 그런 慾心이 업지 아니하야 다름질하엿다. 긋친 줄 알엇든 비는 아직도 보실보실 나렷다. 연락선 오르는 다리에는 아마 세계에 獨特한 소위 旅行證明書라는 것을 調査하는 이삼의 싹금나리가 눈을 번개갓치 휘들느면서 혹 朝鮮人을 놋치지나 아니할짜 하야 도릿도릿 서 잇섯다. 사람들은 서로 쎄밀고 야단하는 판에 우리도 씨여서 生存競爭을 試하여 보앗다. 내가 旅行券을 내여보이매 싹금나리 치고는 덜 싹금거리는 朝鮮 巡査(이의 직분은 증명서에 도장 씩는 일)가 이것은 어데 가는 것이라고 뭇는다. 米國 가는 것이라 대답하매 그는 놀내이는 듯이 어서 그냥 드러가라 한다.

선내는 과연 몬저 기차 안에서 注意식히든 바와 갓치 일대 성황을 뎡하엿다. 자리 차즈려 다니는 客은 길에 너저분하다. 나도 혹시 잇슬짜 하야 도라다녓스나 마츰내 失敗하엿다. 2등 타고 가라든 것을 부득부득 웃이고 3등으로 온 것이 이제 와서는 새삼스럽게 후회가 난다.

(일본 승객의 모습, 고국을 떠나는 아쉬움 등)

▲ 9월 29일, 산호성, 태평양 건느는 길(7)
배 안의 모습 - 시모노세키 도작

벌서 안저 잇는 사람이 드물다. 나도 좁은 자리를 쑬느고 누엇다. 무던히 덥다. 바람 한 조각 듯어오지 안는다. 쌈이 온몸에 출출 흘는다. 더욱히 남의 살이 와 다을 째는 불덩이를 맛나는 것 가치 더웟다. (…중략…)

새벽의 連絡船 상의 玄海灘 경치는 자못 훌륭한 것이다. 식컴안 언덕에서 충실스러히도 燈臺의 불빗이 흘너온다. 발가오는 동편 하날에는 사진에서만 밧게 보지 못한 金剛山의 석총루를 聯想케 하는 기기묘묘한 회색 구름이 첩첩히 서 잇다. 지루하게도 오든 비는 이읏고 긋치고 맑은 구슬 갓흔 별이 소담스럽게 총총히 널녀 잇다. 하날은 몹시도 놉핫다. 가을이 갓가운 짜닭인지 물결은그리 심하지도 안코 바닥 헤아릴 수 업는 십퍼런 바다만이 쏘얏케 깔녀 잇다. 아츰 바람은 여간 서늘하지 안엇다.

(…중략…)

▲ 9월 30일, 산호성, 태평양 건느는 길(8) 시모노세키, 일본 도착

下關 埠頭에 상륙하매 여전히 눈에 씌우는 것은 p선생이 아모 罪도 업스되 그 압흘 지나가려니싸 속이 조치 안타. 감정은 벗석 상한다. 째는 7시 반이다.

이제부터는 日本짱이다. 만흔 것이 日本人이오 들니느니 日本말이다. 마음이 별해지고 感想이 特異하다. 이것이 처음 訪問이 아니건마는 특별히 기분이 變한다. 여긔서 上海를 향하야 길 써나는 동향의 人인 k 양과 그의 동반인 C 형을 작별하고 오전 10시에 동경행 열차에 몸을 실엇다.

(…중략…)

나의 바로 압헤 朝鮮 學生 하나 잇서 인사를 하고 니야기가 始作되엿다. 대구 친구다. 그는 藝術을 研究한다. 대구는 임의 故人이 된 靑年

藝術家 朴若元 씨의 출생지이다. 나는 이 대구라는 소리를 듯고 나의 경애하든 벗 박씨의 죽엄을 다시금 앗가워 안을 수가 업섯다. 박씨는 원래 中學시대에 큰 運動軍이엿다. 그러나 專門學校에 재학 중에 그는 과도로 신경을 쓴 까닭에 매우 쇠약해젓다. 졸업 후에 그는 몹시 英文學 硏究에 노력하엿다. 그뿐만 아니라 그는 音樂을 自修하엿다. 그의 우아하고도 웅장한 정취가 흐르는 獨創을 드를 때마다 구구절절히 씨르는 듯하고 호리는 듯한 感을 밧고야 만다. 그러나 조금도 아는 체 아니하고 오직 연구에 연구를 거듭하엿다. 서울 얼마 잇다가 東京으로 건너와서 역시 英語 專門하엿다. 그리다가 마츰내 과도의 공부로 그 만흔 천재 그 풍부한 修養을 품은 그대로 黃泉의 길손이 되엿다. 웨 그러케도 조선 사회에 공헌이 만흘 靑年을 쌔아사 가는가 하고 나는 여러번 원망스러히 부르지젓다.

이제 대구 출생의 예술가를 나는 내 눈압헤 쏘 맛난 것이엿다. 얼마나 깃브고도 한숫으로 박씨를 싱각하고 나는 눈물을 먹음엇스랴. 義州通電車 終點에 서서 현시 朝鮮의 文學과 音樂에 대하야 크게 애통하며 나에게 애소하든 그 머리털 길다란 채로 그냥 제기고 조금도 사치라고는 근처에도 가지 안튼 그 복스러운 넓으적한 얼골이 나의 눈압헤 윤곽 맑게 써오르는 것 갓다.

나는 몬저 박씨의 니야기를 徐兄에게 물엇다. 일전 추도회에 自己가 追悼文을 닑엇노라고 하면서 박시에 대한 소식을 만히 전하여 주엇다. (서씨?)

▲ 10월 1일, 산호성, 태평양 건느는 길(9) 고베(神戶)=일본

밤도 깁헛나 보다. 차내의 人은 모다 자노라고 고생들을 한다. 건느편에 잇는 日女 하나는 얼골을 잔쓱 찡그리고 얼골이 십벌개 가지고

자고 잇다. 그 만튼 선서방 선싀시들도 엇지할 수 업시 마루바닥 우에 주저 안저 괴롭게 졸고잇다. 可惜한 생각이 大段하지마는 엇지할 수 업섯다. 예수와 갓흔 慈悲心은 아직 나에게 적으니까.

(차내의 모습, 고베, 도쿄, 요코하마)

▲ 10월 2일, 산호성, 태평양 건느는 길(10)

조선청년회 방문=유학생 모습

모교인 青山學院 방문

요코하마 검사국 검사=추후 일정은 하와이서 쓰든가 묵항서 쓰든가

翌日 神田區에 잇는 朝鮮青年會를 방문하엿다. 변함도 업시 狹窄한 會館이 다 여긔서 한가지 이상한 늣김을 밧은 것은 會館 事務員이 日本人인 것이엿다. 當局者에게 그 必要를 듯지 못하엿스니까 조금 讓步하지마는 여하간 조선청년회의 常務員이 日本人이라 하는 데는 感服키 어렵다. 나갓흔 일시의 客도 얼마나 不快를 늣기엇는지 알 수 업다. 日語 모르는 朝鮮 新來 學生들이 얼마나 우리 會館을 訪하엿다가 실망하랴 함을 생각할 쌔에 重大한 理由가 업스면 하로 밧비 조선인을 使用하도록 하기를 나는 솔직히 바란다.

조선 학생들 사이에는 여전히 政治 經濟熱이 심한 모양이다. 그리고 새로회 발견되는 현상 중의 중요한 一은 劇文學 硏究者가 만히 생김이다. 그러나 드르매 충실한 勉學者가 적다 하는데는 슬퍼 안할 수가 업다. 우리 조선에 극문학자가 잇서야 하겟다. 그러나 그들의 대부분은 이에 대한 徹底한 理解와 결심이 부족하고 오직 一時의 衝動으로 好奇心에 이끌니어 金龍館 歌劇에 감화를 밧아 그러한 천박한 생각을 내이지나 아니하엿는가 나는 생각한다. 혹 그들이 나를 惡口할는지도모르나 이것은 나의 속임 업는 싱각 – 推想에 불과하니까 安心한다.

우리 학생의 소식을 드르매 일비일희하다. 그 悲라는 것은 천여명 유학생 중에 충실한 공군이 극히 少數라 함이다. 언제는 안 그랫스랴마는 요즈음 더욱 심하다 한다. 또 한가지는 地方熱이 심하야 각각 당파를 지어가지고 반목한다 한다. 去 春期 육상운동회가 이를 가장 충실히 증명하얏다 한다. 그리고 여학생들이 日女間에 組織된 社會主義에 加入하야 過激한—風紀에 관계되는—행동을 긔탄업시 한다는 것이다. 나는 이들의 사실을 確實히 아지 못하매 그 是非를 論할 수 업스나 만약 그럿타 하면 衆望을 지고 잇는 유학생을 위하야 탄식 안할 수가 업다. 다시 그 喜하는 것은 만흔충실한 勉學家들이 그 大才를 각방면으로 발휘하는 것이다. 진학문(秦學文), 최승만(崔承萬), 이종근(李宗根), 서달호(徐達鎬) 등 제씨가 시시로 회합하야 文學에 대한 연구며 思想上 交換을 게을느히 하지 안는다는 것이 엇지도 반가운 일인가.

나는 틈을 엇어 나의 모교인 靑山學院(아오야마, 오천석이 다니던 학교임)을 訪하얏다. 주인 업는 운동장에 잡초가 사납게 돗고 校舍들이 외로히 서 잇는 것을 보매 여간 쓸쓸한 감이 업지 안타. (…중략…)

남아지는 다시 화와이서 쓰든가 墨港서 쓰든가 目的地에 나려서 쓰리라. 그러면 그러면 나의 벗아 나는 간다. (九月 九日 午前 十時 東京에서)

[22] 『동아일보』 1922.1.19. 공민, 露領 見聞記

1921년부터 북방, 만주를 거쳐 러시아에 간 나공민의 러시아 견문기. 정치 문제 등과 관련한 것으로 기행문으로서의 가치는 떨어지나 해삼위 동양대학과 노령에서 들은 김좌진 이야기 등을 기록한 것은 참고할 만함

▲ 1월 19일, 공민, 노령 견문기(1)

一. 우리 西伯利亞로

會寧이나 鍾城에 잠시 가서 잇든 中國人에게 京城 사정을 무르면 아지 못한다 함이 當然하겟는데, 朝鮮 사람인 내가 亞羅斯의 海蔘威 즉 조선으로 치면 회령이나 종성 갓튼 곳에 잠시 갓섯는데 왕왕 나를 향하야 뭇는 사람은

"그 亞羅斯 形便이 엇더한가."

하니 모든다 하면 나의 亞羅斯 구경한 자랑을 할 수 업고 안다 하기도 염치업는 일이외다. 그럼으로 나의 대답은 항상 "우리 海蔘威는 아지만은 亞羅斯 일을 잘 알 수 업소." 합니다.

(블라디보스토크 관련 서술 생략)

▲ 1월 20일, 공민, 노령 견문기(2)

二. 過激派가 무엇인가?

會寧을 가서 보고 京城 일을 아는 체 하덧이 露京을 가서 본 것처럼 능청스럽게 말삼하야 봅시다. 그러나 나의 견문과 관찰이 過히 잘못되

지 아니한 줄 自信하나이다. 亞羅斯라 하면 위선 近者 新熟語로 소위 과격파이나 危險主義니 不逞團이니 함을 연상하는 모양이외다. 일본이나 조선에서는 생각하기를 위험주의의 소유자 과격파라는 族屬이 잇서 사람이 못할 凶惡한 짓은 다 하는 줄 아는 듯하외다. 그러나 우리 보기에는 亞羅斯에는 過激派란 것은 하나도 업고 危險이니 不逞이니 할 族屬은 보도 듯도 못하얏나이다. 過激派라 함은 日本 新聞 장사의 무식한 추측으로 싱긴 想像이고 不逞이라 함은 조선총독부의 전매품이고 위험이란 것은 日本 內部省의 御用品이외다. 소위 과격파라 함은 볼쉐빅키를 指目하는 듯하나 얼토당토 아니한 語字이외다. 중국인이 此를 本譯하야 多數黨이라 하니 이것이 갈데업는 合當한 볼쉐빅키의 譯語임나이다. 그들의 標語는 이러하외다.

"세상에는 네것도 업고 내것도 업다. 일 아니하는 놈은 먹지도 못한다. 萬人 共樂이 우리의 大道라." 하는 것이외다.

"우리는 祖國이 업다. 가는 곳마다 祖國이오 우리는 兄弟가 업다. 맛나는 사람마다 형제라." 하는 것이외다. 무엇이 危險하며 무엇이 過激한지 알 수 업나이다. 한번 遼東大學 日本語科의 亞羅斯 女學生이 나에게 뭇기를 過激派라는 日本語는 무엇을 가라침이냐 하기에 殺人 强盜를 잘하는 凶惡한 黨을 指目함인데 露國의 볼쉐빅키를 말하는 것이라 한즉 그러면 日本이야말로 過激國이로구먼 당신도 국적이 일본인즉 내 말에 怒하얏겟소 하고 우슨 일도 잇습니다.

三. 西伯利亞이 政治關係

(…중략…) —백색파, 레닌 정부

▲ 1월 21일, 공민, 노령 견문기(3)

西伯利亞의 정치관계 (속)

▲ 1월 22일, 공민, 노령 견문기(4)

사. 露國의 大 飢饉

(…중략…)

오. 勞農政治와 希臘政教

또 反過激派의 重要한 部黨은 希臘正教의 대승정 치혼의 運動이외다. 원래 露國 帝政時代에 희랍정교를 國教로 擇定하야 국민에게 尊奉케 하얏슴으로 그 宗教가 國民生活에 因襲的 要素가 되야 더구나 무식한 농민은 산업상으로 共産制度를 容認하나 현대 社會主義의 無神論을 肯定치 아니함이 多數이외다. 이 째에 대승정 치혼은 수만의 信徒를 다리고 莫斯科(모스크바) 시에 시위운동을 하면서 선전문을 발표하얏스되 “동무들아 형제들아 上帝 압흐로 도라오라. 우리는 상제를 써나서 모든 것을 이러버렷다.” 그리하얏스나 노농정부는 此反逆的 運動을 默認치 아니치 못하얏슴은 다수민의 반동을 念慮한 것이외다. 그럼으로 사방에서 此運動에 가담하야 일대 세력이 되야 일후에는 無神論의 大本인 노농정부의 강적이 되리라 하나이다. 그리하야 露國의 革命은 어느 째 어대서 슷치 날난지 누구든지 아지 못하는 바이외다.

육. 海蔘 정부와 외국인의 상품

(…중략…)

▲ 1월 23일, 공민, 노령 견문기(5)

칠. 海蔘 東洋大學의 朝鮮人

海蔘港 東洋大學에는 조선 학생이 십여 명이 재학중인대 대개는 生活難으로 인하야 공부를 성실히 하지 못함은 可惜한 일이외다. 그네들의 생활비를 輕減하기 위하야 近者에 寄宿舍를 한 개 만드러 共同生活을 하는 중이나 그것도 역시 至極히 艱難한 形便에 잇스니 실로 可惜한 일이외다. 그 대학 朝鮮語科에 助敎授로 잇는 김현토(金顯土) 씨는 다년 露人에서 朝鮮語 교수를 하얏는데 최근 10년 이래로 조선어 지원자가 稀少하야 현재 사오명에 불과하고 조선 학생으로 他科에 재학하는 이들의 요구에 의하야 時間 外에 조선 학생에게 朝鮮語를 敎授하나이다. 已往에는 露領에서 생장한 청년들이 平常時에라도 서로 露語로 통용하야 별로 朝鮮語에 留意하지 아니할 샌 아니라 설혹 다소 조선어를 習得하니도 조선말 사용하기를 기피하얏나이다. 그러나 구주전쟁과 露國의 국가적 解體는 民族的 團結을 자극하야 유식 청년은 고국을 애모하게 되야 현금 朝鮮語의 硏究를 하랴 함은 필연적 자각으로 된 것이고 또 作春에 입경하얏든 海蔘學生 音樂團 일행은 고국 인사의 환대를 접하야 무량한 감개가 업지 아니하얏나이다. 지금은 오히려 조선 사람으로 조선말을 아지 못함은 羞辱으로 알도록 되얏나이다.

팔. 驚川 金將軍=김광서 장군

서백리아에 가면 누구든지 우리 警天 將軍의 명성이 놀납함을 알 것이외다. 월전 日本 新聞에 누차 게재하엿슴에 의한 즉 스창에서 反過激 정부 멜크로푸 군의 夜襲을 당하야 전사하얏다 하는데 第一 그것이 사실이라 하면 露領 일대의 조선사람에게는 일대 불행이라 하나이다. 그를 보왓고 그를 아는 사람은 마음으로 追悼하야 偉大한 功績을 기억케 하기를 바라나이다. 그는 누구냐 하면 日韓合併 당시에 日本 東京 사관학교에 재학하든 唯一 官費 군인학생으로 졸업한 후 東京 騎兵隊 소위가 되야 驍勇한 소년 사관의 雄姿로 靑山 練兵場에서 때때로 駿馬를 달니면서 부하를 지휘하든 金光瑞 군을 동경에 多年 잇든 학생 제씨는 아마도 歷然히 기억할 뜻하외다.

(일본군의 독립군 토벌과 관련한 서술임)

〈참고〉 김광서(1883~미상): 본관은 시흥(始興). 아명은 현충(顯忠), 별명은 경천(擎天). 서울 출신. 아버지는 대한제국의 포병 부령(副領)이며, 군기창장(軍器廠長)을 역임한 김정우(金鼎禹)이다. 〈다음백과〉

▲ 1월 24일, 공민, 노령 견문기(6)

팔. 경천 김장군 (속)

구. 露西亞人의 特性

(종)

[23] 『동아일보』 1922.1.26. 만오생, 釜山에서

필자가 부산에서 일본으로 떠나는 이군을 전별하는 장면

▲1월 26일, 만오생, 부산에서(1)
부산 도착, 동행인, 여관
▲1월 28일, 만오생, 부산에서(2)
일본으로 떠나는 이군 전별 (종)

[24] 『동아일보』 1922.1.30. 김준연, 독일 가는 길에

필자가 독일 유학의 여정을 기록한 글. 편지글 형식: 앞의 글과 이어짐

▲1월 30일, 김준연, 독일 가는 길에(1)
古倫母
▲1월 31일, 김준연, 독일 가는 길에(2)
애급문제
▲2월 1일, 김준연, 독일 가는 길에(3)
애급문제
▲2월 2일, 김준연, 독일 가는 길에(4)
애급 문제
▲2월 3일, 김준연, 독일 가는 길에(5)
애급 문제
▲2월 4일, 김준연, 독일 가는 길에(6)
애급 문제
▲2월 5일, 김준연, 독일 가는 길에(7)
애급 문제

[25] 『동아일보』 1922.2.6. 김동성, 기자대회에서 화성돈 회의에

필자가 만국 기자대회에 참석하기 위해 미국 워싱톤에 가서 회의에 참석하기까지. 앞의 기록과 이어짐. 2월 11일자 이승만의 활동 기록 등은 참고할 만함. 2월 17일까지 11회 연재됨

[26] 『동아일보』 1922.6.6.
양해청(梁海淸) 기서, 북경에서 – 중국 유학 안내

▲ 1922.6.6. (1)

K형!

二年의 朝鮮과 오날의 조선을 비교하면 물론 여러 方面으로 大端한 差異가 잇겟사오나 其中에도 第一 進步되고 또 우리의 將來를 위하야 慶賀할 만한 현상은 靑年의 向學熱인 줄 밋나이다.

(…중략…)

K형!

그러면 엇더케 하여야 이 문제를 해결할 수 잇슬가요?

물론 훌륭한 學校를 만히 設立하는 것이 제일 完全하고 제일 遠大한 방침이겟고, 講習所라던지 또는 夜學 가튼 것을 만히 만드는 것도 臨時的 必要 手段이 되겟사오나 만일 적당한 곳이 잇다 하면, 外國留學도 역 그의 一策이라 하나이다.

여기에 中國留學問題가 自然히 싱길 줄 아노니 大槪 米國 留學, 獨逸 留學, 영국 유학, 법국 유학 이 모든 것이 우리의게 현재 事情으로는 암만하야도 이것이 普遍的이 되기는 어려울 쌴 아니라 또 동양에서 普通知識을 엇지 못하고 西洋에 留學하는 것이 진정한 효과를 엇을 수 잇슬는지는 疑問이라고 할 수밧게 업슨 즉, 우리는 불가불 日本留學과 中國留學에 대하야 研究하지 아니할 수 업슬가 하나이다.

K형!

그쌴 아니라 일본에 엇더한 學校가 잇고 費用이 얼마나 든다던지 또는 그의 學制가 엇더하다는 것은 아는 이가 만흔즉 그의 方針을 정함에는 別問題가 업슬 것 가트나 중국유학을 希望하는 이에게는 이것이 큰 문제인 것 갓습니다. 심지어 新學期가 언젠지 모르고 드러오는 이가 태반인즉 이러케 하면 엇지 失望과 後悔를 면할 수 잇겟습닛가?

弟가 아모 아는 것도 업시 담대하게 이 글을 쓰려고 함은 즉 중국유학 지원인에 대하야 만일의 參考가 될가 함이로소이다.

아래에 중국유학의 형편과 유학생의 아라두어야 할 몃 가지를 간단히 쓰겟사오니 容恕하신 후 一覽하심을 바라나이다.

▲ 1922.6.7. (2)

가. 中國 學校의 形便

1. 학교 제도

1) 연한제

학제 표

2) 학기제

3) 工課制

▲ 1922.6.8. (3)

4) 分科制

중국의 新學制는 고급중학부터 科를 分하고 학과와 장래의 계속 수학 여부에 따라서 초급중학부터 나는 것도 잇스나, 舊學制로는 대학 예과부터 文理 兩科에 分하는 것이 보통이외다. 대학 본과의 分科도 역 米國의 그것과 髣髴하니 즉 문리 양과에 大別하야 (물론 神學은 別科이외다) 문학, 철학, 심리학, 사회학, 史學, 법학, 경제학 가튼 것은 문과에 包含식히고, 수학, 물리학, 농학 가튼 것은 理科에 包含식히나이다.

5) 單位制

▲ 1922.6.9. (4)

2. 學校 情況

중국에 잇는 학교에 대하야 일일이 仔細한 말슴을 드리려면 씃이 업겟스나 여기에는 다만 우리와 關係가 만코, 또 有名한 몃 學校만 두려하나이다.

(1) 國立 北京大學校(北京)

중국 新文化運動의 중심점인 이 학교는 光緖31년(거금 25년전)[15]의

創立으로 중국 최초의 教育總長이던 蔡元培(채원배) 씨가 현재 교장이며 胡適(호적)之 陳獨秀(진독수), 蔣夢麟(장몽린), 章行嚴(장행엄), 錢玄同(전현동), 周作人(주작인), 王星拱(왕성공), 陶孟和(도맹화), 李大釗(이대소), 李守常(이수상) 등 현대 중국 교육계의 명사는 대부분 이 학교와 직접 간접으로 관계가 잇스며, 학생운동 갓흔 것도 북방에서는 항상 이 학교 生徒가 중심이 되나이다.

예과 2년 본과 4년인대 철학과 중국문학은 동양 제일이라는 評論이 잇고, 其他 史學, 사회학 등 정신과학은 모다 완전하다 할 수 잇스나, 정치, 경제, 법률 갓흔 것은 不充分하고 工科, 醫科 갓흔 것은 아직 업나이다.

더구나 입학이 甚難하니 正科에 입학하려면 중국 중학 卒業證이 필요하고, 시험이 퍽 어려우며 漢文의 학력과 官話가 充分하여야 되겟슨즉 이 학교를 졸업하려면 우리 중학교(구제) 졸업생으로는 십년은 예정하여야 되겟나이다. 또 聽講을 하려 하더래도 英語가 能한 外에 官話 즉 北京말이 충분하여야 되겟슨즉 이삼년은 준비하여야 되겟나이다.

우리 同胞로 이 학교를 졸업한 이는 아직 업스나 C君이 현재 본과 3학년이며 選科 즉 聽講生으로 우리 학생이 몃 분 잇나이다.

⑵ 香港大學校 (香港)

북경대학을 북방 學界의 중심이라 하면, 香港大學은 남방학계의 중심이라고 할 수 잇스며, 북경 대학을 중국 고유문화를 基礎로 한 연구의 中心點이라 하면 香港大學은 純全한 外來文化研究의 중심점이라고 할 수 잇나이다.

이 학교는 英人의 경영으로 순전한 외국식이니, 東西共學, 男女共學制이며 그의 학과는 英米 대학과 가튼즉 英文學科 가튼 것은 아마 동양

---

15) 광서 31년: 1897년.

에 第一이겟나이다.

단 입학이 甚難하니 天津新學書院(천진 신학서원)이나 廣東聖心書院(광동 성심서원) 가튼 학교를 졸업한다던지 또는 英語의 학력이 普通會話와 參考書 보기에는 조금도 불편이 업슬 만한 程度라야 되겟스며, 또 學費가 大端 만흐니 일본 유학 이상의 비용이 드나이다.

(3) 金陵大學校 (南京)

이 학교는 중국 대학 중 우리와 관계가 第一 깁흔 학교이니, 우리 同胞로 졸업한 이도 二三人 되며, 중학, 대학, 神學에는 항상 우리 生徒가 끈이지 아니하나이다.

남방에 잇는 各教會의 聯合 경영으로 神科, 農科는 중국에 有名하며, 기타 학과와 설비가 완전하고, 우리의게 대한 同情도 만흔 터인즉 입학도 북경대학이나 香港大學에 비하면 비교적 容易하외다.

(4) 燕京大學校 (北京)

이 학교는 북경에 잇는 各教會의 聯合 경영으로 연전 協和(협화), 匯文(회문) 양 대학을 합하야 設立되얏스며, 初創 중임으로 아직 不完全한 점이 업슴은 아니나, 入學도 비교적 용이하고 현재 大擴張을 계획 중인즉 우리의 工夫에는 適當하다고 하겟나이다.

예과 2년 본과 4년이며 神科는 현재 우리 학생도 男校와 女校에 삼사인이 잇나이다.

▲ 1922.6.10. (5)

(5) 南開 大學校 (天津)

私立으로 우리에게 만히 同情하는 張伯苓(장백령) 씨가 校長이며, 중학 4년, 대학 예과 2년, 본과 4년이외다.

중학은 생도의 수로나 학과의 充實함이 북방 제일이라는 評論이 잇스며, 대학은 初創 중이로되 學科와 設備가 상당히 충실하고 社會上 신용도 상당하나이다.

단 연전 우리 學生의 잘못으로 인하야 入學이 困難하게 된 것은 큰 遺憾이외다.

(6) 新學書院 (天津)

이 학교는 英人의 경영으로 香港大學의 북방 예비교라고 할 수 잇스니 중학, 대학 예과 합하야 6년제이며, 졸업 후는 香港大學에 無試驗으로 입학할 수 잇스며, 英米의 대학과도 聯絡이 되나이다.

현재 우리 학생도 이삼인이 잇스나 英語 程度가 대단히 놉흐며 학비가 만히 드니 일년 450원 내지 5백원의 예산은 하여야 되겟나이다.

(7) 滙文大學(北京)

중국 북방에서 第一 勢力 잇는 美以美敎會(미이미교회)의 設立으로 중학 4년, 대학 예과 2년이오며, 졸업 후는 燕京大學 본과에 들 수 잇스며, 영어 程度라든지 其他 學科에 북방 중학 중에 有名하나이다.

(8) 財政商業專門學校(北京)

이 학교는 북경 基督敎靑年會館 內에 잇는데 수업연한이 4년이며, 졸업 후는 회사, 은행 使館 등에 就職할 수 잇나이다. 일이학년은 영어 전문이며, 삼사학년은 商業인바, 영어는 처음부터 배우나 甚히 速成임으로 根據가 確實치 못하고는 ᄶᅡ러갈 수 업스며 寄宿舍가 업고 학비가 비교적 만흐외다.

입학은 용이하고 일년을 상하 2期에 分하야 每期에 學生을 募集하는 바 즉 9월, 2월의 兩回이외다. 또 이 학교와는 性質이 조금 다르나 靑年會館 內에 英語 夜學이 잇는대 유년반, 보통반, 고등반이 잇나이다.

(9) 其他

이상에 말슴드린 外에 중국서 有名한 학교는 北京 上海 唐山 3處에 分校가 잇는 交通大學, 協和醫學, 淸華大學, 稅務學校, 監務學校, 美術學校, 中國大學, 天津의 北洋大學, 上海의 約翰大學, 滬江大學, 廣東의 嶺南大學 등이며 交通大學은 교통부의 경영으로 경비도 충족하고, 工科는 중국 第一이나 입학이 甚難하며, 淸華大學은 米國 庚子賠償으로 設立한 것인대 설비도 완전하고 졸업 후 米國에 留學식혀주는 特典이 잇스나 外國 사람은 입학할 수 업다 하나이다.

3. 經費

중국 유학에 얼마나 한 비용이 드난가 하는 것은 대단 말슴드리기 어려운 問題이오니 즉 그의 지원하는 地方, 目的하는 學校, 專門하려는 學科에 ᄯᅡ라 (…중략…)

▲ 1922.6.11. (6)

K형!

이상에 불완전하나마 중국 학교의 形便에 대하야 대강 말슴드리엿기 지금 이 문제를 擇하야 멧 말슴 드리려 하오니 혹 東京인야 北京인야 하야 번민하시는 이의게 만일의 參考가 되면 다행이겟나이다.

(1) 目的하시는 學科(…중략…)
(2) 活動하시랴는 方面 (…중략…)
(3) 學費 (…중략…)

다. 留學生의 注意하실 일
(1) 自重心 (…중략…)

▲ 1922.6.12. (7)

(2) 虛榮心 (…중략…)

이상에도 말슴드린 바이지만은 중국은 學制가 우리와 달나서 國民學校 4년, 고등소학교 3년, 졸업 후에 중학교에 입학하는 터인즉 이것을 우리의 舊學制인 普通學校4년 졸업과 비교하면 3년의 차이가 잇슬 뿐 아니라, 우리는 日語를 배운 뒤에 英語를 배우나 그네들은 英語가 第一外國語임으로 고동소학 1학년부터 배우는 터인즉 우리와 비교하면 그의 程度에 大端한 차이가 잇나이다.

더구나 우리는 중국말을 배와야 되겟스며 漢文의 程度가 不及힌즉 44제의 우리 중학 졸업생으로는 중국에 와서 留學하려면 중학 1학년부터 하지 아니하야서는 완전히 공부할 수 업나이다. (…중략…)

▲ 1922.6.13. (8)

(3) 賤夷心

50년 전과 오날을 比較하면 우리의 思想은 정말 극단에서 극단으로 變하얏나이다. 50년 전 '洋夷侵犯非戰則和'라든 우리는 지금 글을 배와도 西洋글, 말을 하야도 西洋말, 物件을 사도 舶來品, 飮食을 먹어도 洋料理, 옷을 입어도 洋服이면 조타하고, 그 때 '華人稱之曰小中華'라 하든 우리는 지금 '되놈'이라 하면 世界에서 제일 하급인이오, 제일 천하고, 제일 약한 대상처럼 생각하게 되엿나이다.

50년 전의 思想이 근본부터 틀렷든 것은 물론이고, 또 우리가 이것으로 인하야 지금과 가튼 狀態가 되고 만 것도 否認할 수 업는 事實이나 현재의 이 思想이 우리의게 조흔 結果를 주리라고 그 누구나 斷言하겟나잇가? 弟는 過去의 실패를 봄 새에 정말 戰慄의 소름을 금할 수 업나이다.

또 이것은 그만두고라도 현재 우리의 처지에 무슨 廉恥로 남을 깔보며 남의 흉을 보겟나잇가?

중국은 그래도 不完全하나마 自己의 政府가 잇고, 自己의 軍隊가 잇스며 商業權, 工業權이 자기의 수중에 잇스며, 그의 下等社會는 정말 幼稚하나 그의게는 물질상으로나 정신상으로나 남의게 그처럼 써러지지 아니하는 上流階級이 許多하나이다.

아! 우리가 무엇으로 그네를 下視하겟나잇가?

더구나 그 나라에 배우려 와서 그 나라 사람을 깔보는 것은 이 우에 업는 不察일가 하온즉 적어도 중국유학을 希望하시는 이는 이 思想을 根本부터 바려야 되겟나이다.

우리 留學生의 眼下無人한 行動이 대부분 이 思想에서 오는 것을 생각할 때에 우리는 不可不 여긔에 대하야 特別히 주의하지 아니하야서는 아니될 줄 밋나이다.

K형!

중국 유학에 대하야 자세한 말슴을 일일이 드리려면 씃이 업겟스나 時間의 여유도 업고 쏘 아는 것도 부족하기 여긔에는 이만 두고 日後 期會를 보아 쏘 말슴드리고저 하나이다.

다만 마즈막에 한 말슴 드리고저 하는 것은 <u>外國 留學과 年齡의 관계이오니, 엇던</u> 이는 '외국 유학은 되도록 速히 될 수 잇스면 小學부터 하는 것이 조타'고 주장하시는 것 갓사오나 弟는 여긔에 대하야 大反對이올나이다.[16)]

물론 이것이 外國語를 배운다던지 其他 便利가 업슴은 아니나 우리는 外國 사람이 아니고 우리 民族이 오직 우리의 一社會에 대한 이해가 업고, 외국의 社會만 안다던지, 우리 민족에 대한 知識이 업고, 外國의 그것만 잇다면 그것이 엇지 完全한 우리 민족이라고 할 수 잇겟나잇가?

이 의미로 弟는 우리 內地에 만흔 학교를 設立하야 적어도 中學까지는 본국에서 마치게 하는 것이, 우리 國粹의 保全上으로던지 쏘는 재력의 해외 유출을 禁止함에 제일 필요할 줄로 생각하오며 중국 유학에는 특히 誘惑이 만흔즉 特別한 事情이 잇기 전에는 어린이의 유학은 되도록 避하는 것이 조켓나이다. (完)

16) 조기 유학 반대 의견 제시

[27] 『동아일보』 1923.6.10. 유광열, 중국행

동아일보 기자로 봉천을 거쳐 상해까지의 취재 활동 중 남긴 기록. 총 5회 연재됨.

▲ 1923.6.10.

漢陽아 잘 잇거라

전등불 밝은 京城驛을 뒤로 두고 奉天行을 탄 나는 오래 정드럿든 京城을 써낫다. 속담에 오류월 불도 쏘이다가 물러나면 섭섭하고 만기 출옥의 罪囚도 監獄을 다시 도라본다더라, 그러나 나에게 대한 京城은 오륙월 불도 아니요 罪囚에 대한 監獄도 아니엿다. 우슴도 만코 우름도 만흔 청춘의 紀念塔이엇다. 회고하니 내가 경성으로 오기는 1919년 8월 15일 불볏이 털털나리 쏘이든 녀름날이엇다. 그리한 후 어언간 5년이나 되엇구나, 5년의 세월! 과연 괴롭기도 하엿다.

(경성에 대한 필자의 감상)

山家의 初夏 景色

얼마를 자다 깨니 날이 새이고 창외에는 細雨가 쑤린다. 平壤驛을 지나는대 대전 지국 기자 李吉用 군이 차중으로 차젓다. 다른 째보다 變으로 반가웟다. 군은 진남포로 가는 중이며 장래 동경 유학을 가겟다더라. 기차가 安州驛을 지날 째에 어늬듯 비는 개이고 雲間으로 새여 나오는 朝陽이 차창을 빗취인다.

기차가 鴨綠江을 근너서니 이곳부터는 外國이 다 산 밋 農家에는 淸服입은 村婦가 아해를 안고 섯고, 문 압 밧에는 희고 누른 장다리 쏫이

滿發하엿다. 그리고 그 위로는 가는 봄을 앳기는 듯이 흰나비 쎄가 수업시 펄펄 난다.

春光을 탐하는 나뷔쎄를 바라보다가 나는 일즉이 사괴든 여러 情人을 回想하엿다. 金石이라도 녹일 듯한 哀調로, "안녕히 가서 게십시오." 하는 말을 악센트를 길게 쎕아 부를 쌔에 나의 가슴도 메여질 듯하얏섯다. 나는 흘너가는 靑春이 너무 앗가워서 입속으로 노래를 불넛다.

나뷔야 靑山 가자. 구십 春光을 다 보내고 너를 싸러 나도 가자

이 노래를 부르다가 누가 들을싸 보아 얼른 소래를 죽이고 四面을 둘너 보앗다.

繼續되는 楊柳村

문전에 어린 아해 안고 섯는 村家를 몃치나 지나가도 여전히 鄕村의 景色이 繼續된다. 一村을 지나면 우 일촌, 垂楊은 느러지고 농부는 悠閑하게 일한다. 차가 本溪湖를 지나면서 차차 滿洲의 氣分이 濃厚하여진다. 樹木만흔 산이 업서지고 질펀한 平野가 나오니 이른바 遼東 칠백리 벌판이다. 산은 업서젓스나 여전히 楊柳의 村이 繼續된다.

女息에게 가는 便紙

기차가 平北地方을 지날 쌔에 맛난 一 中老人이 잇스니 彼는 俄領 海蔘威에 多年 잇다가 근일 京城[02] 다녀간다는 咸鏡北道 明川人 李某이라더라. 彼는 십여년 전에 俄領에 渡하야 赤手空拳으로 돈을 버러 海蔘威에 벽돌 洋屋을 셋이나 지어놋코 太半으로 지내다가 赤化의 革命이 한번 이러나서 紅潮가 海蔘威 일대에 부듸치매 彼는 有産階級으로 몰리어 身邊이 危殆하야 도라가지 못한다. 그리고 滿洲의 野로 定處업시

간다더라. 彼의 本家에는 愛妻와 幼兒가 잇스며 一女는 上海 留學을 식히는대 이번에 旅費가 잇스며 딸아 나가 보고 십흐나 旅費업시 엇지 가겟느냐고 長太息을 發하다가 내가 上海까지 간다는 말을 듯고 반식을 하면서 上海 가거던 좀 차저 보아 달나고 片紙를 써 주며 自己 딸의 寫眞까지 보히니 어엿부게 생긴 십칠팔 세의 소녀이다. 나는 참아 此를 拒否하지 못하고 될 수 잇스면 傳해 주마 하엿다. 어늬 듯 夕日은 가도 업는 廣野 저편으로 숨으려 하고 西天을 붉게 물드린 落照만이 한업시 곱게 보인다.

暮色을 帶한 奉天驛

속담에 범도 제색기 둔 곳을 두둔한다는 말과 가치 십여년 풍상에 세상의 甘苦를 격글 대로 격고 漠漠한 天地를 집 삼아 다니는 彼 漂浪客도 자기의 여식을 생각하는 마음은 간절함인지 여러 번 自己 딸을 차저 보고 소식을 전한 後 길히 사랑하야 달나고 付託하며 늙은 눈에 눈물이 고힌다. 彼의 善惡是非는 如何間 天涯 地角에 써러저 잇는 부녀의 애긋는 情懷를 同感할 쑨이다. 暮色이 樹間에 나는 廣野를 얼마쯤 가 다으니 이곳이 奉天이다. 彼와 車偶에 手를 分하고 내리니 어둑어둑한 停車場에는 馬車와 人力車가 노히고 알아드를 수 업는 淸人의 외마듸 소리개 요란히 들린다.

暗中에 어린 동모

조고마한 마차에 行具를 실리우고 어두어 가는 시가를 향하얏다. 소위 新市街라는 곳에 電燈이 잇스나 엇던 거리는 캄캄한 곳도 잇다. 馬車가 시가를 지나 어두운 골목으로 드러갈 째마다 나의 마음은 一種 不安을 늣기엇다. 馬車夫에게 奉天 十間房 東亞日步 支局이라고 일러주기는 하엿스나 이곳 形便을 도모지 모르고 일개 車夫에게 身을 委하고 가는 것이 불안한 동시에 차부가 어두운 골목으로 드러갈 째마다 '아라비아 나잇'이 今夜인 듯하엿다. 차부는 이 사람 저 사람에게 무릿스나 畢竟 찻지 못하고 헤매일 째에 나는 어두운 중에서 반가운 朝鮮의 어린 동모를 맛낫다. 아즉 小學校 學生인 듯한 십칠팔 세의 少年들이라 내 말을 듯더니 서슴지 안코 두 아해가 마차에 달리여 나의 目的地까지 다려다 두고 간다. 너무 고마운 마음에 성명을 무르려 하니 우스며 대답 아니하고 가더라. 구태여 성명을 아라 무엇하리요. 나는 그들의 苦生할 째 맛난 우리 어린 天使라고 불러 두리라.

古墓白楊 不得老

지국에서는 지국장 閔輔根(민보근) 씨 外 여러 어른을 맛나 旅程에 疲困한 몸이 어늬듯 외로운 쑴을 이루엇다.

깨어보니 東窓이 밝엇는대 奉天 와서 처음 듯는 淸人의 行商이 물건 외치는 소래가 이상스러운 '익센트'로 들닌다. 조반을 마치고 민보근 씨와 봉천 名物의 北陵(淸太宗陵)을 보로 가게 되얏다. 洋車(이곳에서 부르는 人力車의 別號)에 몸을 식고 교외로 나간다. 이 날은 奉天 特色의 몬지도 일지 아니하고 한가하고 조용한 봄날이엇다. 길가에는 보리가 퍼럿케 무성하고 간간히 한푼의 돈을 비는 乞人들이 상괘를 련해 부르며 叩頭한다. 광야에 오즉 하나인 松林 속에 黃瓦로 이은 殿閣이 잇스니 이것이 북릉이다. 전각 문전에는 수업는 飮食 장사가 질서업시 음식을 버려 노앗다. 전각 안에 드러가니 碑石에는 漢字와 滿洲語로 陵名을 썻더라. 陵閣의 城上을 도라 뒤로 가니 소위 제왕이 永眠한 古墓가 잇다. 墓上에는 楊柳가 느러저서 부러오는 春風에 시름업시 흔들리더라. 어늬 듯 墓上에 夕陽이 담복 드럿다. (…중략…)

皇宮은 燕雀의 巢

(…중략…)

咀呪할 喇嘛教(라마교)

夜에 日本人 經營이라는 奉天 新市街와 奉天의 暗黑面을 구경하고 劇場까지 본 후 잣섯다. 翌日에는 喇嘛寺를 구경하게 되니 喇嘛寺는 彼 淸人인 中原 一幅을 占領하고 我朝鮮까지 侵略하야 그의 기세가 자못 衝天의 槪가 잇섯스나 曾히 亞細亞 沙漠으로부터 東歐까지 天下 席捲의 세를 보히든 蒙古에게는 심대한 憂慮를 懷하고, 蒙古人 詐欺策에서 나온 寺刹이라. 당대 無敵의 淸人도 병력으로는 도저히 彼 强暴한 蒙古族을 征服치 못할 줄 알고 此教를 장려하되, 其教 중에 무수한 階級的 喇嘛(승려의 명칭)가 有하고 기중 大喇嘛라는 것은 天子와 同等 待遇를 주는대 대나마가 되려면 물론 戒名을 잘 직히어 色界를 멀리하여야 하는 것이라. 然함으로 此 僧侶 優遇策(우우책?)은 천자 동등이라는 미명하에 蒙古의 種族을 滅하려는 術策이엇스며 從하야 蒙古人들은 此 천자동등의 대나마되는 통에 精神이 싸지어 兵事나 政事를 생각할 여유가 업게 되어 영원히 淸族의 羈絆을 엇지 못하얏스며, 일변으로 소위 淸天子가 蒙古人을 大讚하야 蒙古人에서 實로 崇嚴한 대나마가 輩出한다 하얏나니, 몽고인은 此 催眠術에 걸린 이래 紅日 삼장이나 高한 20세기의 금일에도 生存權을 엇지 못한 一 野蠻民을 면치 못하게 되얏다. 이는 맛치 漢族이 朝鮮民族에게 漢文과 儒教를 주어 朝鮮人은 此를 學하고 解하기에 歲月을 보내게 한 것과 일반이라. 이리하야 漢族은 蒙古族 어루만지듯히 참 朝鮮을 小中華라고 올려 안치는 바람에 미련한 우리 祖上네가 헤 하고 고라 써러지며 奴隸的 地位에 自甘하든 것이다. 아 저죽하리라. 몽고의 大喇嘛와 朝鮮族의 小中華를!

▲ 1923.6.17. (속)

明濟泰(명제태) 씨를 訪함

오후에는 奉天에서 우리 朝鮮人의 民間 有力 靑年 이삼인을 訪問하얏다. 그 중에 봉천 皇寺 樓에 寄寓하는 명제태 씨는 奉天에 온 지 10여년에 봉천 人士 間에 介在한 봉천 朝鮮人들을 위하야 만히 努力하엿스며, 더욱 中國 官民間에 交際가 만타 한다. 予는 彼의 주름잡힌 얼골과 半白이 된 머리를 그의 努力의 表證으로 아랏다. 그리고 外國에 漂浪하는 우리 동포 중 生活의 根據조차 잡히지 못한 사람이 만흔 이 때에 씨의 家庭에는 淸潔한 應接室과 電話 設備까지 잇슴으로써 씨의 生活의 餘裕가 有함을 알겟다.

三學士의 遺跡

(…중략…)

奉天槪觀

(…중략…)

朝鮮人의 情況

閑話는 休說하고 奉天에 來住한 우리 조선인을 四種으로 分할 수 잇스니 第一 多大數는 연년히 侵入하는 日本 移民 때문에 田地의 小作權을 被奪하고 祖先의 古墓와 鄕關 田園을 도라보며 눈물을 뿌리고 나온 生活 困迫의 農民이요, 其二는 國이 亡하되 山河는 猶存하야 凄凉한 廢墟에 禾禾한 麥穗를 참아 볼 수 업서 慷慨의 志를 抱하고 표연히 만주의

野로 근너선 國權回復黨이요, 其三은 政治犯이나 其他 犯罪로 朝鮮 안에 잇슬 수 업는 亡命客이요, 其四는 滿洲의 內情은 詳知치 못하고 만주에 가서 무슨 일확천금을 하려든 투기상인 又는 挾雜輩이라. 此ㅣ 엇지 만주 일대뿐이리요. (…중략…)

▲ 1923.6.24. (속)

萬里長城과 傳說

화차가 山海關을 지낼 때에는 말이 임의 저물고 市街에는 電燈불이 반작인다. 때는 맛참 奉直戰爭(봉직전쟁) 재개의 說이 잇서서 山海關城 밧근 奉天軍 山海關城 안은 直隷軍(직예군)이 結陣하야 彼此 睥睨(비예, 눈을 흘겨봄)하는 중이다. 차에 오르고 내리는 사람의 얼골에도 一種 烈風이 떠도는 듯하엿다. 화자가 역에 다으니 차창 밧게는 武裝한 軍人이 往來하며 居留民 保護를 爲名하고 日英米 各國 軍士들도 駐屯하엿다 한다. 야색이 침침하야 一世의 英雄 秦始皇이 蒙古族을 抗拒하든 萬里長城을 보지 못한 것은 予의 일대 유감이엇다. 또 이 山海關에는 萬里長城을 중심으로 幾多의 로만스가 잇스니 그 일이를 소개하면,

秦始皇이 亡秦者는 胡也라는 豫言에 겁이 나서 萬里長城을 싸아놋코 이세 삼세로 至于萬世를 기다리다가 이세에 망한 것은 史證이 昭然한 바이어니와 數千年의 세월을 지나 淸太祖 汗이가 明國을 드리칠 때에 山海關이 難攻不落이 되엿는대 당시 山海關을 守直하든 明將 李自成이 明朝에 不滿을 抱하고 淸胡와 內通을 하야 堅壁不出하니 淸陣에서 간첩으로 아라본즉 李自成이 戰意는 업스나 성문을 自進하야 열지는 아니할 터이니 城壁을 깨치고 드러오는 意이라.

이 말을 드른 淸陣에서는 城壁을 깨트리고 드러가는대 城壁 중에서

意外에 一石刻 祕記가 나왓다. 거긔 삭이기를 '胡不百年'이라 明書하고 그 엽흐로 秦丞相 李斯(이사) 書라 하엿다. 原來 迷信을 重視하는 그네들 더욱 遠攻 途中에 在한 汗은 驚異의 眼을 씃섯다. 더욱 盜賊이 제발이 저리다는 격으로 자기가 胡인 關係로 더욱 가슴이 뜨끔하엿다. 그리하야 畢生의 智惠를 내이어 '修德이면 萬萬世'라고 大喝하니 그럿케 영절스럽든 石刻에서 짬이 흘럿다는 것이요,

又 一은 山海關에서 십여리를 써난 곳에 잇는 姜女墳(강여분)이란 것이니,

姜女는 陝西 美人이라. 그 美艶한 얼골은 鄉人 讚美의 的이엇섯다. 芳年 18에 情朗과 作配하야 지금으로 치면 스윗홈을 이루엇는대 不意에 郎君이 萬里長城에 夫役을 가서 積年이 되어도 不歸하니 姜女는 春花秋月을 시름업시 보내며 可憐한 空閨를 직혀 고대고대하여도 아니오니 할 수 업시 客地에 잇는 그에게 옷이나 좀 내가 지어다 입히리라 하고, 月夜孤雁의 聲을 聞하며 정성것 옷을 지어가지고 不遠千里하고 其夫의 役所를 오니 其夫는 病死한 지가 오래이엇다. 그리하여 姜女는 向城 痛哭하고 自殺을 하엿는대 죽을 째에 말하기를 '돌이 무겁고 단단하기 째문에 성을 싸흐며 성을 삿키 째문에 우리 낭군이 와서 죽엇스니 내가 죽거던 돌이 되되 무겁지 안코 단단하지 안은 돌이 되어 徹天의 한을 表하리라 하고 죽엇더라. 죽은 尸體를 後人이 收葬하엿더니 그 묘가 업서저서 맑은 물이 흐르는 우물이 되고 우물 가운데는 水面으로 큰 돌이 이상스럽게 써 잇다는 것이라.

혈마 돌이 姜女의 원한은 아니며 水가 姜女의 눈물은 아니리라마는 誇張하는 中國人의 一 傳說로도 興味는 잇다.

正陽門의 喜劇

*인력거꾼이 영어를 사용한다고 하여, 영어를 사용하다가 낭패를 겪은 일화를 소개함

*흥화실업은행에 데려다 달라고 함 - 중국인 인력거꾼의 술수 관련 일화임

▲ 1923.7.8. (속)

中國人으로 速變

北京 到着의 당일은 맛침 북경에 在留하는 우리 朝鮮 學生의 運動會이라. 백여명의 우리 학생은 太極旗 下에 모히어 오래 싸히고 싸인 客懷와 또 그 무슨 감회를 푸러보려 하엿다. 予는 金自重(김자중) 시와 함씌 종일 운동 구경을 하고, 夜에는 旅館으로 가게 되엿는대 먼저 북경에서 有名하다는 第一 宿館으로 갓더니 주인은 지금 日本 政府에서 중국에 交涉하야 朝鮮獨立黨을 取締하는 중이다, 朝鮮人을 재이면 주인이 귀치안으니 미안하지마는 다른 旅館으로 가 달라는 것이다. 予는 아모 관계 업슴을 여러번 말하얏스나 終乃 듯지 아니한다. 우리들은 여관문을 나서며 "旅館에서도 못 자는 것은 朝鮮人된 罪로구나." 하면서 苦笑하엿다. 그러고 金襄旅館이라는 곳에 가서 능청스럽게 "나는 중국 某地主人이라."고 내객명부에 쓰고 僅僅히 一夜를 쉬이엇다.

돈 밧는 中央公園 (…중략…)
北京의 皇宮 求景 (…중략…)
天翁의 幸福處 (…중략…)
車室 內의 怪變 (…중략…)
北京 概觀 (…중략…)

▲ 1923.8.5. (속)

벽돌로 싸흔 淸人의 집을 도라보며 삼사시간을 와서 天津에 當到하니 날이 임의 저물고 수업는 전등이 어두운 밤에 무서운 눈동자 가치 노려 쓰고 잇는 듯하엿다.

중국에 드러선 이후로 쿨리(苦力)의 邪行과 병정의 폭행을 번가라 본다. 나의 눈에는 중국에 대한 初印象이 좃치 못한데다가 臨城 土匪 사건 이후로 此津浦線을 여행함은 모든 승객에게 일종의 冒險가치 생각되며 여러 乘客의 얼골에는 恐怖와 적막을 표징하는 쓸쓸한 빗이 나타난다. 쿨리의 써드는 소래와 天津의 夜景도 무슨 장래의 불안을 말하는 조짐가치 보인다.

天津에도 朝鮮 娼妓 (…중략…)
동행인의 同情談 (…중략…)
泰山은 실상 小山 (…중략…)
擔銃 兵丁의 경계 (…중략…)
日本 菓子까지 排斥 (…중략…)
日本의 不信을 痛論 (…중략…)
江南의 初夏景致

[28] 『동아일보』 1925.9.11. 高永翰, 초추의 고향 (평양기행)

▲ 1925.9.11. (1) 車中의 一夜

팔월 하순경 엇던 날 밤 열시 경이엇다. 나는 南大門驛에[서 나의 일행 - 일행이라야 나의 안해와 딸 한 명 나까지 합처서 모두 세 명에 불과하지만 -과 함께 京義列車 안의 사람이 되엿다. 그러케도 불덩어리

갓치 몹시 쓰럽던 灼熱의 太陽도 이미 地平線 우흐로 사라지고, 初生의 弓月이 西便 하늘에 비스듬이 걸니어 쑤벅쑤벅 조을며 희미한 빗츨 보내고 잇는 느진 녀름의 밤이엇마는 大地로부터 훅군훅군 쌤어내는 더운 긔운은 차중의 사람들의 긔운과 함께 蒸炎의 囹圄를 일우어 실로 살 찌는 듯 십다. 더욱이 앗가 남대문역 待合室 그 雜踏한 곳에서 짬으로 멕을 깜아가며 기차의 출발 시각을 고대하고 잇던 생각을 하면 몸과 마음이 함께 더워지는 듯 십허 참말 견딜 수가 업슬 지경이다. 과연 老炎이 더욱 심하다.

이윽고 기차는 역으로부터 出發하라는 信號鐘 소래를 짜라 서서히 움지기기를 시작한다. 한거금 쏘 한거름 速度에 加速度로 쭈 하는 기적 소래를 發하며 북쪽을 향하고 다라난다. (…중략…)

기차는 쉬지 안코 숨이 턱에 다서 헐덕어리며 驀進한다. 水色 一山(수색, 일산)가튼 것은 어느새에 지낫는지 지금은 어느 곳인지 地名도 알 수 업는 廣野로 고여한 밤, 풀냄새 가득한 들공긔를 헛치며 다라난다. 달을 벌서 서산 밋흐로 써러지엇는지 그 희미하든 月色이나마 痕迹도 업시 자최를 감초오고 차창 밧게는 식컴한 어둔 빗이 천만 겹 돌니어 잇다. 좌우의 우중충한 山麓은 먹장을 풀어노은 듯한 흑암 속에 잠기어 잇고 그 아래로 넓고 좁은 田野에는 성숙하여 가는 나락들이 그 形狀은 눈에 잘 보히지 안으나 일진 혹은 이진으로 지나가는 바람결에 우수수 소래를 간간 내일 쌘이다.

그러고 잇는 동안에 나는 어느 틈에 잠이 드럿던가. 한참 동안 고단스런 의자에서 몽환의 사이를 방황하다가 우연히 破夢하니 동천에는 벌서 훤한 빙이 밝아오며 새벽 서광이 어리엇고 기차는 黃州驛에 到着한다.

▲ 1925.9.12. (2)

어느듯 기차는 黃州驛을 뒤두고 또다시 驀進한다. 차창 외에는 점점 밝아오는 찬만한 새벽 빗 아래 오곡이 긋득찬 初秋의 전야가 눈압헤 얼른거린다. (…중략…)

차는 벌서 中和驛을 一氣에 지나고 力浦를 것처 大同江 鐵橋 우를 서행한다. 다리 아래는 새팔한 가을 물결이 조고마한 水波도 업시 잔잔히 잇서 그야말로 수광이 접대하엿는대 碧波 우에 가부야히 뜬 범선 이삼척이 한가로히 혹은 우흐로 올라가고 혹은 아래로 나려가고 잇다. (…중략…)

▲ 1925.9.13. (3)

所謂 大平壤 建設

그갓흔 평양성의 對岸으로는 또한 船橋里의 광대무변한 全景이 눈압헤 전개된다. 선교리는 본래 大平壤 건설의 상상으로 平壤 延長의 제일 후보지로 決定되야 잇는 곳이다. 그러하야 소위 그 理想의 第一步로 거금 칠팔년 전 財界가 한참 活況을 모하엿던 당시에 위선 평양에 잇서서는 가장 大規模의 會社라는 日本 製糖會社 支店이 설립되엿고 그와 전후하야 日本人들의 大會社인 電興會社 세멘트 會社 등이 굉장하게 설립되엿스며, 그밧게도 日本人들의 대소 상점과 주택들이 林立히 드러섯다.

(일본인들의 평양 신도시 건설 장면)

無用長物의 電車

기차는 모두 숨을 길게 쉬며 평양역에 도착한다. 그러케 車室 여러 대에 긋득 찻던 乘客들도 여긔 와서는 거지 반 다 나린다. 나의 일행도 여러 사람들 사이에 끼여서 驛 構內를 나섯다. 평양역도 그리 적다 할 만한 정거장은 아니지마는 어제밤 경성역의 그 혼잡스럽던 광경을 보던 나의 눈에는 매우 적막하고 한산하여 보인하. 그만콤 매일 每夜 다수한 승객들이 乘降하는 역으로서는 너무도 소규모인 것 가치 생각된다.

(평양의 전차에 대한 생각)

(서문통 장별리 단군전)

▲ 1925.9.15. (4)

練光亭 下 小公園

나는 일야 차중에 疲憊(피비)한 몸을 잠간 쉬이고 위선 그동안 오래 그립던 故友들과 또는 그밧게 여러 차저볼 곳들을 좀 차저 보아야 하겟슴으로 곳 집을 나섯다. 노당에서 간간 친구들을 맛나 '오래 간만에 맛난다.'는 인사를교환하며 관후리 닥전골 안으로 본사 평양지국을 방문하니 그 안에는 총무 李濟鶴 씨가 외롭고 호올로 안저서 사무에 몰두한 중이오, 지국장 金性業 씨는 어느 시골에 여행 중으로 불일간 歸來하리라 한다.

(평양지국에서 이제학 씨를 만남)

▲ 1925.9.16. (5)

苦待하든 露飛機

그 다음날은 쏘비엣트 社會主義 共和國 露西亞의 飛行機가 일본을 방문하는 도중에 평양에 着陸한다는 날이엇다. 물론 이것은 일로협약이 체결된 이후 일로 양국간의 소위 親善을 企圖하는 날들의 노름이라. 별로히 아른 체 할 배 아니지마는 그것은 그러커니와 다시 그 반면으로는 세계 각국 중에 가장 異彩를 가지고 만국의 노동자들과 일반 無産大衆의 渴仰의 標的이 되야 잇는 노농 러시아의 鳥人 玲客들이 가장 불행한 處地에 잇는 朝鮮의 碧空을 훨훨히 나라가며 평양에 착륙하는 것으로써 그들이 조선의 강토를 처음 밟는 것이오, 또한 조선의 산하를 처음 대하는 것이라. 나는 職業的 好奇心과 또는 영객 중에도 영객인 그들로 더부러 한번 胸襟을 披瀝하여 보고저 실로 마음이 초조하도록 고대하고 잇섯다.

(러시아 비행기의 평양 착륙 관련)

▲ 1925.9.17. (6)

沈滯한 靑年界

(청년 활동을 하던 사람들의 현재 모습) = 청년들이 허술 망나니가 된 경우가 많다고 서술

▲ 1925.9.18. (7)

침체한 청년계

近者 平壤靑年會가 부흥되엿다고 하나 그리 성실치 못한 상태이오, 그밧게는 예수교를 토대로 한 平壤基督靑年會와 대성학우로만 조직된 대성학우회와 또한 修養을 目的으로 한 동우구락부 등이엇슬 싸름이

다. 그러나 이상의 3개 단체는 다만 일국부에 국한한 단체들이오 결코 社會의 전반을 대상으로 한 단체는 안이다. 그리고 그 반면으로 社會主義 운동단체에 잇서서는 오월청년회의 후신인 평양청년동맹과 그밧게 각종 직업단체들이 상당히 잇서 공동전선의 진용을 굿게하는 중이나 작추 5월 청년회 독서회 사건 이래 유출유혹한 警察의 강박 수단으로 말매아마 운동선상에 잇서서 牛耳를 잡고 잇던 韓海, 崔允鈺(최윤옥) 군 등 중견 청년들이 사수히 被捉되야 혹은 그동안 출옥된 사람도 잇고 혹은 아즉까지 철창에 신음하고 잇는 사람들도 잇게 된 후부터는 전보다 그 성식이 다소 부진하는 상태에 잇다. 더욱이 평양은 배외심이 강렬하고 民族主義가 근저를 깁히 잡고 잇스며 또한 종교사상—주로 예수교—이 일반에 널리 전파되여 잇는 곳임으로 사회주의 사상이 일반의 만흔 공명을 엇지 못하는 것도 숨길 수 업는 사실이다. (…중략…)

*평양의 각종 사회 운동 관련 설명

▲ 1925.9.20. (8)

所謂 府電 擴張: 팡양부에서 전철 선로 연장–부전확장 축하식

▲ 1925.9.21. (9)

所謂 府電 擴張: 전차 선로 연장 관련

▲ 1925.9.22. (10)

所謂 府電 擴張:

電車 線路에도 差別

▲ 1925.9.23. (11)

電車 區域에도 差別

(…중략…) 이와 갓치 조선인에 대하야는 가혹 몰인정한 수단으로까지 세금을 밧는 평양부가 엇더한 양심으로 교통기관에까지 차별을 두엇는가 말이다. 또한 平壤의 조언인 부민들은 엇지하야 그갓흔 것을 가만히 보고 잇스며 府當局에 대하야 일언반사의 항의도 업는지 나는 까닭을 알 수가 업다. 이럿틋 교통기관에까지 차별대우를 하는 것을 忍從하고 잇다 하면 또 후일에는 엇더한 일이 잇슬는지 알 수 업는 것이다. 우리가 지금 아모리 이갓흔 處地에 잇다 하더래도 우리가 차즐 수 잇는 利權은 당연히 차저야 하는 것이며 직접 이해문제에 잇서서는 너무 숙호의 態度만 취하는 것도 일이 아닐가 한다. 아즉 다른 것은 다 그만두고 이 전차문제에만 대하여서도 부당국자에게 엄중히 항의를 제출하야 조선인 시가의 소위 2구제를 1구로 변경케 하고 기림리 선은 선교리 선과 동양으로 당연 무임 승환선으로 즉시 변경케 하는 것이 엇더할가 한다. 다만 평양인사 제씨의 일고를 바랄 섄이다.

평양아 잘 잇거라. (…하략…)

[29] 『동아일보』 1925.9.24. 송아, 남경 가는 길에 (기행 연재)

서울역, 대구, 부산을 거쳐 중국 남경

▲ 1925.9.24. (1)

金君이어 南行車가 대구에 다다를 째는 벌서 變하야 경상도 맛이 차중에서도 나더이다. 동행이 여섯이나 되지만은 경성서 混雜통에 두 간에 갈라탄 채로 안저서 조을면서 하로밤을 새인 것이외다. 잠시 얼골을 씨스려 洗面所에나 갓다오니까 어느새 엇던 부인 일행 넷이 우리 셋 안젓던 자리를 점령하엿지오. "이 자르는 다 찻습니다." 하여도 그 중 긔운 잇서보이는 늙은이가 "어듸 다른데 자리가 잇서야지요." 하고 움직이지를 안으니까 거긔 힘을 어더서 동행하는 늙은이와 아이를 안고 안진 그 며누리가튼 부인도 이러서다가 도로 안써이다. 평양서 서울까지 역시 늙은 부인들 째문에 두 시간이나 서서 왓고 밤에 잘 쉬이지도 못한데 쏘 서서 갈 생각을 하니 씀직하외다. "어듸까지 가시오." 우리니까 "청두써지요." 하는 데 마음이 좀 노히나이다. 淸道가 확실히 大邱서 몃 정거장 되지 안는 고로 三省 信號所에 와서 標板에 다음이 청도라고 손고락을 그린 것을 볼 째는 시언하기 짝이 업더이다. 생각해 보면 나는 위인이 엇더케 되엇는지 어듸를 가던지 남에게 辭讓하다가 저만 손해보는 일이 적지 안어요. (…중략…)

▲ 1925.9.25. (2)

우수운 것은 다음 停車場에서 웬 늙은 婦人이 올라오다가 그 여학생 녀페 가 좀 안싸고 졸으는데 그이는 "저 압 차로 가 보서요." 하고 허리 고부러진 노인을 조차 보내는 것이엇나이다. (…중략…)

서울서 韓君 일행 3인이 加하야 上海까지 갈 동무가 합 5인이오 그 중에 南京 동행이 한 분이 되엇나이다. 형이 龍山까지 안젓다 준 자리도 형 나리기가 무섭게 엇던 日本 老人이 차지하게 되야 전기와 가치 안저서 새우게 되엇섯나이다.

大邱서 자리를 쌔앗기고 섯는데 한군이 졸리는 눈으로 나려와서 친구가 사 준 과자와 실과로 조반 立食을 하고 우리 자리에 안즌 母婦間의 사투리 만흔 대화를 재미 잇게 드럿나이다. 隣席에 나란히 안즌이는 아마 日本 留學生인 듯한데 그들의 全羅道 사투리의 留學無用論도 차중의 흥을 돕더이다.

釜山을 만 일년만에 다시 보앗나이다. 산비탈로 올라가며 지은 집들을 보고 동생이, "香港이 꼭 저 모양이지오. 다만 집들이 칠팔층 양옥인 것이 다릇습니다." 하고 예의 香港 讚禮를 하나이다. 連絡船에도 역시 맨 뒤 끗헤 달려서 올랏나이다.

(일본으로 가는 연락선 여객)

▲ 1925.9.26. (3)

長崎行은 마침 日曜日이라 통학하는 학생들이 업서서 차내가 한결 조용하더이다. 한군의 구면인 露國 女子가 함등차로 으르는 둥 그 여자가 上海 英字報를 주어서 오세 사건 이래로 感情이 조치는 못할지언정 仍然 구면 친구를 본 듯이 반갑게 보는 둥, 그 안에 惠羅 公司의 大減價 광고는 잇스나 先施 永安이 업는 것도 배외의 영향을 分明히 나타낸다고 보는 둥 한군이 京城서 돈 이러버리고 단장 부러터릴 쌘한 니야기로 虎列剌 타령으로 揚子江 물빗 타령으로 단조한 차중을 색채잇게 지냇나이다.

(나가사키의 여정)

(삽입 시)

▲ 1925.9.28. (4)

五世事 사건 이래로 영일 양국은 자가의 착오를 掩蔽하기는 급급하고 그를 교정할 의사는 조곰도 보이지 아는다. 양국은 혹은 공동으로, 혹은 각자로 對中國 국제 외교 무대상에서 각종 책략을 用하야 외국인의 중국에 대한 안목을 기만하여 왓다.

北京 及 上海 방면에 암재한 각종 획칙을 --

(국제 정세와 관련한 글로 문체가 바뀐 점도 특징임)

▲ 1925.9.29. (5)

국제 정세 관련 - 문체는 '해라'체/다수의 조약 서술

▲ 1929.9.30. (6)

앞의 조약 이어짐

▲ 1925.10.1. (7)

1921년 신정된 동맹조약

▲ 1925.10.8. (8)

앤 인테레스펫 옵서버, 1925.7.22. 상해에서

김군

싼 니애기가 길어저서 모교 교정에 군의 想像의 눈을 버려두고 脫線을 하엿나 보오이다. 볼 일이 밥부니 오래 머무를 수 업시 하로밤을 동반생의 호의로 편히 자고 師生들을 대강 맛나보고 그 이튿날 夜快車로 南京을 向하엿소. (…하략…)

[30] 『동아일보』 1925.10.28~11.3. 삼도시 순람기평 - 평양시찰단 기행 (7회)

대구지국 최소정

▲ 10.28. (1)

나는 이제 미련한 이 紀行文 한 편으로써 본 지국주최 평양 시찰단 일행의 소식을 傳하는 동시에 勝地의 인상 몃 가지를 말하려 한다. 그런데 경성은 더 말할 것도업거니와 평양, 개성만 하여도 최근 신문, 잡지상으로 여러번 발표된 일이 잇슴으로 수자상 통계와 구체적 설명 가튼 것은 그만두기로 한다.

(…하략…)

[31] 『동아일보』 1926.7.28. 최남선, 백두산 근참

'백두산 근참기'는 최남선이 1926년 7월 28일부터 1927년 1월 23일까지 89회에 걸쳐 연재한 기행문이다. 이 기행문은 1927년 한성도서주식회사에서 단행본으로 발간되었으며, 다수의 최남선 전집(동방문화사, 1977; 역락, 2014 등)에 전재되었고, 임선빈 옮김(2013)의 『백두산 근참기』(경인문화사, 최남선 한국학총서 2)와 같은 현대어 번역서도 출판된 바 있다. 이에 따라 이 자료집에서는 일부 자료만을 편집한다.

目次

一. 光明은 東方으로서
二. 百劫餘土인 哈蘭平野
三. 山雄海麗한 咸鏡沿線
四. 東北 十五邑의 要衝地
五. 百折 五十里의 厚峙大嶺
六. 朝鮮의 最高邑인 豊山
七. 한울까지 다른 鷹德嶺
八. 虛川江 건너 甲山 지나
九. 掛弓亭下로 惠山鎭 出發
十. 鴨綠江 外의 異國 情調
十一. 普天堡에셔 寶泰里까지
十二. 白頭山 下의 最初 人寰
十三. 平地랄 四十里 虛項嶺
十四. 어허 國師大天王之位
十五. 비마지면셔 露營 初夜
十六. 世界的 偉觀인 三池美

十七. 玉樹 密林의 千里 天坪
十八. 朝鮮國 胎生地
十九. 小須彌의 七重 香水海
二十. 神武峙의 東光美 供養
二一. 池中物된 韓邊外國王
二二. 行行 又 行이 神話 世界
二三. 祈願으로 샌 無頭峰 一夜
二四. 不咸脊으로 하야 臙脂峯
二五. 눈물에 저진 定界碑
二六. 國境 問題의 原因 經過
二七. 窮子歡迎의 彩虹 '아치'
二八. 大風雨裏 外輪山 登陟
二九. 一時 展開된 無邊光景
三〇. 活動과 神變의 大天池
三一. 白頭山 大天王의 嘆德文
三二. 開開闢闢의 混沌當體
三三. 帝子開天
三四. 大界 萬神의 總侍合讚
三五. 朝鮮으로 도라오라
三六. 어허 한아버지
三七. 价川 宏聖 長白山 大神
三八. 五千年의 監視者 將軍峯
三九. 纍纍(유유)한 神怒의 爆發口
四〇. 그래도 그리운 人間 世界

▲ 7월 28일, 최남선, 백두산근참(일) 光明은 東方에서

旬日에 걸친 淫雨가 여으 거치고 오래 避身하엿든 太陽이 다시 威容을 내노하건마는 찌는 듯한 무더위가 오히려 사람을 熱殺 悶殺치 아니하면 마지 아니하려 하는 二十四日이엿다. 밤이 들어도 緩和되지 아니하는 답답한 熱壓이 암만하야도 尋常치 아니하야 서투른 무당이 구진일에는 마초는 것처럼 上海 方面으로서 東進하는 低氣壓이 무서운 豪雨를 가지고 온다 하는 測候所의 豫報가 반갑지 아니한 이 일에만 엇저다 한번 마질 듯도 하다. 車窓으로서 으스름한 月光 下에도 실혀지는 漢江의 濁流를 보고 비야 올지라도 저놈의 狂暴나 업섯스면 하는 祈願을 마는 수 업섯다.

夏休로 歸省하는 學生, 元山의 浴場과 三防의 藥水로 凉味를 쌀하가는 이, 京釜線 不通으로 數日 淹滯되엿든 南來行客의 一時 注集 等으로 因하야 車席의 붐빔은 比할 데가 업고 龍山에서 淸凉里에서 연방 車輛의 連結을 늘이건마는 車는 겨오 한 채를 더 달면 손은 이미 두세 채나 잡으리만큼 들이덤볏다.

원체 찌는 날을 사람의 운김이 한슈 더 불을 집히고 支那人 勞働者 쎄의 지저귀는 소리와 어린애들의 우름 소리가 그 우에 또 기름을 부어서 좀 서늘할가 햇든 夜行도 에누리 업는 洪爐그것이엇다. 다만 이 길이 白頭山 거름이어니 하는 생각을 하고는 一道의 凉脈이 心頭에 쒸놀믈 늣겨 적이 스스로 위로할 섄이엿다.

漢陽 五百年의 찌든 山河와 弓裔 千年의 묵은 자최의 感興은 벌서 법석과 더위의 아가리로 쏙 들어가 버리고 잠이나 좀 들엇스면 하는 생각만이 마음에 간절하엿다. 그러나 얌치업는 북새는 한토막의 잠을 주기도 決코 활소하지 안코 겨오 冥想의 길목을 어더서 비로소 이것저것을 다 이저버리는 긔회를 어덧다. 白頭山을 가다니? 손바닥만한 朝鮮半島가 도모지 白頭山 한아가 하늘을 쑬코 웃둑웃둑 솟는 통에 생겨난 주름살이오 터진 금인 것들이어늘 이제 싸로 간다는 白頭山이 어대란

말인가? 부루퉁이거니 골자군이거니 朝鮮의 어느 흙 한덩이가 白頭山身의 一部一分이 아니며 수등이를 부침이나 발자곡을 옴김이나 朝鮮안에서 오비작거림이 아니길래 이제 이 길을 특별히 白頭山으로 간다고 하는고 하는 생각도 낫다.

사람이 空氣를 모르고 고기가 물을 이저버리는 셈으로 왼통 그 속에 들어가 이슬스록 그런 줄을 모르는 것이 대개 常例어니와 朝鮮人의 白頭山 意識도 대개 이러한 種類라 할 것이다. 언제아도 대서고 니마를 스치는 것은 白頭山의 바람이오 목을 축이는 것은 白頭山의 샘이오 갈고 심으로 거두고 다듬는 것은 白頭山의 흙이오 한 집의 기동뿌리와 한 동내의 수구막이를 붓박은 것은 白頭山의 한 기슭이니 孫行者의 筋斗雲이 도두고 뛰어도 觀音大士의 掌握 外에를 脫出하지 못한 것처럼 아모리 날싸길싸 하야도 朝鮮人의 騰揚飛躍(등양비약)은 밤낫해야 白頭山의 이모저모에서 올지갈지를 바탕함에 지나지 못하는 것이다. 이러케 써나려해 써날 수 업고 써려해 써려지지 아니할 事情에 잇는 것이 우리 對 白頭山의 關係이다. 싸로 가지 아니해도 등지고 다라나려 해도 밤낫 싸라다니는 것이 왼통 白頭山이니 逼切하게 말하면 白頭山과 우리는 본대 한뎅이오 決코 두 조각이 아닌데 가는 것은 오는 것은 무엇이며 찾는 이 밧는 이는 누구라 하랴. 억지로 말을 맨든다 하면 이번 이 길은 白頭山의 알엣골로서 그 웃등성이를 올라감이라고나 할 것이란 생각도 하얏다.

어느 틈엔지 잠도 들엇다 깨어보며 劍拂浪 마루턱도 벌서 넘은지 오랫고 東을 트고 나오는 아츰의 빗치 五峰山 쏙지를 어둠으로서 解放하기 비롯하얏다. 들이 놉흐며 하늘은 더욱 낫고 구름은 더욱 謙遜하다. 汽車 박휘의 구을는 대로 펴저 나가는 샘빗치 어느덧 崇麗壯濶(숭려장활)한 반가운 新世界를 우리의 眼前에 展開하엿다. 光明이 쏘 한번 東方으로서 왓다. 旭日에 채색된 崇嚴한 高原은 쌀쌀한 대로 훗훗한 몸이오 옷업는 채로 찬란한 봄동산인데 그리고 向하야 마조 다라드는 汽車는 極樂의 關門이나 쌔긔라 드러가는 것처럼 氣勢도 조코 韻意도 조흐며

尋常한 軌道도 공연히 神秘와 希望으로 이 指路標와 갓기도 하다.

(二十五日 早朝 高山驛에서)

▲ 7월 29일, 최남선, 白頭山觀參(二)

光明은 東方에서

자고 잇든 사람의 가슴을 단번에 시원하게 해 주는 宏邊의 平野와 언제든지 팔짱을 버리고 나서서 반가히 마지해 주는 듯한 葛麻의 半島는 夜行 이 車가 元山 갓가히서 享有하는 一特權이라 할 만치 누고에게든지 快感을 주는 것이다. 더구나 朝靄(조애)가 반씀 거치고 欣煙이 새로 얽혀가는 군대군대의 村色은 사라 쉬는 것을 모다 붓잡아다가 그림 속으로 집허 너흠이 얼마나 사람의 神經을 沈靜하게 하는지 모르게 함이 잇다.

쎄쌔하는 汽笛 소리와 덜걱쑥싹하는 奔走한 輪船만이 업섯드라면 元山의 아츰이 어써케 美의 國土이엇슬가 하면서 濁流가 썝히지 아니한 赤田川을 건넛다. 대체로 보아서 三防 이짝에는 서울 저짝 가튼 降雨가 업슨 모양이오 어써한 곳에는 아직 移秧도 못한 데가 잇는 형편이엇다.

咸鏡線은 이번이 初乘인데 더욱 白沙 靑松 밧그로 望無涯한 滄海의 浩波를 씨고 나가는 風光美는 굽이굽이 새로운 咸興(감흥의 오식이 아닐지?)을 자아냄이 잇다. 左로 頭流山을 헤치고 右로 松田灣을 물리치면서 明朗한 긔운이 四方에 그득한 一局面이 내닷는 것은 永興인데 山은 富麗하고 들은 壯濶하야 李太祖의 龍興地처럼 모자람이 업슴을 깨닷게 한다. 定平地界로 들면서 멀리 오는 빗장이를 알아 본 사람처럼 四方의 山들이 썽문이를 슬금슬금 쌔길래 이것은 무슨 兆朕인고 하얏더니 알고보니 江景 韓城과 한가지 半島 三大 平原의 一이 되는 哈蘭大野가 열리려 하는 準備이엿다. 都連浦의 長城을 비롯하야 여긔저긔 散在한 許多한 城砦(성채)의 遺趾가 說明하는 것처럼 이 近傍은 오랫동안

國人과 野人과의 角逐 葛藤하든 百劫餘土ㅣ니 宏邊일세 定平일세 하는 邊塞的 地名에서도 徵驗할 수 잇는 것처럼 高句麗의 업서진 以後로는 高麗의 下葉까지도 그 일은바 東北界란 것이 대개 定平. 咸興의 사이에서 들락날락하든 것이다. 그런데 한번 시원하게 여긔 展開된 咸興의 平野는 시로 兩民族 葛藤과 兩兵馬 馳逐(치축)의 交衝 中心이든 곳이니 高麗 一代의 偉業으로 일컷는 尹侍中의 女眞征服, 九城 築造도 最近의 硏究를 依하면 그 北進線이 咸興으로부터 洪原, 新興의 一帶에 그친다 하는 것이다. 咸興의 이 큰 들은 실상 이러한 큰 風雲을 업치뒤칠하기 위하야 造化의 베푸신 舞臺이엇다.

萬歲橋를 웃녁으로 보고 城川江을 건너가면 盤龍山을 등에 지고 哈蘭平野의 배꼽처럼 가장 有力한 一點을 大局의 正中에 찍어 노흔 것이 咸興府이엇다. 東扶餘의 移寓地도 되고 高句麗의 避難地도 되고 沃沮千年, 女眞 七百年의 根據地도 되어, 半島 東北의 歷史的 中軸이 된 것은 다른 말 할 것 업시 그 特異한 形勝에도 얼는 깨처지는 일이엇다. 이만치 雄大한 布置에 그만치 重疊한 波瀾이 업섯드면 咸興은 하마 歷史的 不遇를 한탄할 번하엿슬 것이다.

千佛山, 白雲山이며 城內에 星散한 古城 殘壘 等 마음을 쓰는 景物이 실로 한둘이 아니언마는 期日이 잇는 登山이 이미 一日의 寬裕도 허락하지 아니하매 연방 車窓으로부터 이 大野의 管領者인 듯한 白雲山의 偉容을 처다보고 여러번 默禮를 들임으로써 債務延限(채무연한)의 사정을 하엿다.

(二十五日 正午 咸興驛에서)

▲ 7월 30일, 최남선, 白頭山觀參(三) 광명은 동방에서

咸鏡線은 城川江을 끼고 雲山面을 비스듬히 東南走하야 바로 南岸쪽으로 나아가니 李太祖의 潛邸이든 本宮을 線路의 左에 볼 수 잇다. 蒼松과 翠柳의 욱어진 그 속에는 五百年의 風雨를 혼자 가음아는 太祖의

手植松도 잇슬 것이오, 그 正殿 속에는 元寇 納哈出을 혼 씌우든 弓箭(궁전)과 金賊 三善三介를 쏘지 싸지게 하든 櫜鞬(고건)[17]도 依舊히 保存되엇스련마는 當年의 英勇을 이야이함이 분명할스록 차라리 보지 안코 지냄을 다행으로 알려 한다.

慶州의 鳳凰臺 흡사하게 생긴 兄弟 兩島가 온자스러이 海上에 벌려 잇는데 心臟形의 작은 半島가 그리로 내밀고 거울가튼 바닥과 쪽가튼 물이 갓가히 湖水를 일우고 멀리는 바다를 連한 西湖津은 진실로 남부럽지 아니한 臨海의 勝地라 하겟다. 海岸에는 靑松이 겹겹이 屛障을 두르고 그 압헤는 풀솜 바닥가튼 白沙地조차 全疋素練(전필소련)처럼 펼처 잇는데 사이사이 天幕이 치이고 咸興으로서 온 男女老幼가 쎄쎄이 그리로 向함은 日曜를 利用하는 무슨 노리가 거긔 버러진 모양이다. 미상불 盤龍의 山과 哈蘭의 들과 이 西湖의 바다는 각가지로 咸興의 生活을 潤澤하게 하는데 永遠한 意義를 가질 것이겟다. 咸鏡道 들어서면서 沿路의 집들이 草蓋일망정 대개는 南方보담은 軒敞(헌창)한 맛이 잇고 집웅과 춘여[18]를 瓦屋처럼 처들어서 보기에 生氣 잇슴이 심히 든든하며 특히 西湖 一帶에 간전지런히 配置된 이런 집의 무덕이는 村家 그대로 훌륭한 別莊의 觀을 呈하엿다.

西湖의 左端에 小丘 三四가 바다로 斗入하고 그 北面이 海水에 무질러서 斷岸千尺에 서슬이 바로 푸름도 보암즉한 一景이엇다. 西湖로부터서는 線路가 山을 避하야 힘써 海岸을 끼고 北進하는데 그대로 다토아 바다로 와서 담그는 山과 山들의 꼬리를 비켤 수 업서서 작고 큰 隧道(수도)가 고대고대 連續하야 잇다. 뚤코 나가면 반가운 海色이오 長汀曲灣이 각각 제 態를 발보이매 마치 活動寫眞에 각금 字幕이 끼이

17) 고건(櫜建): 활집을 세움.

18) 춘여: 추녀.

는 것처럼 隧道로 드나들미 조곰도 괴곱지 아니하다. 三防의 총총들이 隧道는 谿谷의 諸觀으로, 西湖 이짝의 그것은 海浦의 各景으로 각각 奇幻의 趣를 배불리 맛보게 하는 此方 鐵道의 一雙 特殊한 場面이라 할 것이다.

弓形의 長汀을 控한 呂湖에서는 뒤에 純陵(순릉)의 鬱林을 도라다 보고 톱날가튼 曲浦가 깁다케 휘어들어온 退潮(퇴조)에서는 女眞 防禦의 古城을 더듬어보고 遠浦의 歸帆을 左右로 招徠하는 雲龍에서는 怪岩의 무덕이로 成立한 '門바위'의 奇勝에 눈을 크게 썻다.

이리하는 中에 南梗北頑(남경북완) 아모 놈이라도 덤벼라 하야 胡來에 滅胡하고 倭至에 殲倭(섬왜)하든 李侍中의 功名 舞臺인 咸興 大野를 다 지나고 女眞 古碑의 잇기로 有名한 韃靼洞(달단동)을 더듬는 동안에 鶴山(학산)의 밋과 箭津의 가에서 洪原의 大邑을 맛낫다. 海利 以外에도 繭(견), 牛, 大豆 등의 産地로 經濟的 事情이 潤澤한 까닭이겟지마는 서울로서 歸省하는 遊學生의 쎄도 만히 나리고, 번지를 한 邑樣이 얼풋 지나는 손에게도 든든한 늣김을 주는 곳이엇다.

洪原쯤서부터는 山川의 雄博한 맛이 가지록 增大하야 미상불 咸關嶺 北짝의 갑시 잇스며 薪浦 景浦의 媚嫵(미무)한 景도 그런 채 浩茫한 뜻을 씌워 눈에 부듸치는 景物이 가히 親하기는 호대, 가히 狎(압)할 수는 업슴을 깨닷겟다. 드부룩한 馬養島는 外樣부터 當庶해 보이며 안윽한 陽化는 近千의 民戶가 이미 生業의 조흠을 說明하는 것이어니와 浦淑 일대에 櫛比한 魚架에 비린내가 그대로 住民의 향내임은 두말할 必要도 업는 일이다.

左로 龍淵 琴湖의 一雙 明鑑을 陸上에 顧眄(고면)하고 右로 掛島 鵲岩의 三點 異形을 海中에 指點하면서 기차가 이쪽 咸鏡線 아직까지의 終點인 俗厚로 到着한다. 驛에 나서매 自働車 十數臺가 兩邊에 整列하야 客을 부름이 밧브고 또 暫時동안에 그것이 다 滿載의 盛을 보임에는 놀나지 아니치 못하얏다. 이러케 北靑으로 실어다가 한옷흔 도로 自働車로 惠山鎭으로 輸送하고 한옷흔 端川의 咸鏡線 第二區로 聯絡식이는 것이엇다. (路資 업시도 過客질이 넉넉할 듯한 地名에 퍽 마음에 반가움을 늣기면서 俗原驛에서)[19]

▲ 7월 31일, 최남선, 白頭山覲參(四) 四. 東北 十五邑 要衝

下天皇 저 쪽으로 渤海의 故城이란 것을 치어다 보이고 自働車는 文城川, 南大川을 가로질러서 쏜살가치 바로 北靑으로 달겨든다. 左邊에 보이는 산에는 長津, 賀川, 天鳳 等 名岳이 잇스련마는 地圖에도 表示가 분명치 아니하매 어느것이 그인지 모르겟다. 鐵路의 延長 工事가 한참 밧붐은 오는 十一月 內로 新北靑까지를 竣工하려 함이라 한다.

▲ 8월 1일, 최남선, 白頭山覲參(五) 五. 百折의 厚峙大嶺

二十六日. 아츰 八時 半에 自働車로써 豊山을 向하얏다. --

▲ 8월 2일, 최남선, 白頭山覲參(六), 六. 生活費 年額 五圓

▲ 8월 3일, 최남선, 白頭山覲參(七), 七. 太白山神과 上山祭(上)

▲ 8월 4일, 최남선, 白頭山覲參(八), 八. 太白山神과 上山祭(下)

▲ 8월 5일, 최남선, 白頭山覲參(九), 九. 하늘다흔 鷹德嶺(응덕령)

▲ 8월 7일, 최남선, 白頭山覲參(十), 十. 할듯한 遠惡의 말

---

19) 신문 연재 당시에는 글을 쓴 곳을 밝혔으나, 단행본에서는 이를 삭제하였음.

▲ 8월 8일, 최남선, 白頭山覲參(十一), 十一. 그러나 詩도 잇다

▲ 8월 9일, 최남선, 白頭山覲參(十二), 十二. 虛川江의 龍갈이

▲ 8월 10일, 최남선, 白頭山覲參(十三), 十四. 萬歲聲裏의 出發

二十九日. 타네 실네 하는 世間의 잔재를 다 버리고 다만 雙條健脚만을 힘입어 길이 지나 길에게 지나들 判定할 날이 왓다. 아직은 그러치 안치마는 장차는 數百里 無人 山中과 一週日 露宿을 지낼 길이매 혹시나 未備한 諸具가 업나 하야 行具를 --

▲ 8월 11일, 최남선, 白頭山覲參(十四), 十五. 물 건너 異國 情調

길은 鴨綠江을 끼고 北으로 뚤녓스니 鴨綠江이라 하야도 上流인 여긔씀서는 꽤나 홀럿지. 작은 배도 다니지 못하는 개천의 좀 큰 것에 지나지 못하며 國境이라 하니까 씀썩하지 안흔 것은 아니지마는 그 소임은 洲渚(주저) 處處에서 귀리나 조쌀 찟는 물레방아를 돌려줌에 지나지 못하얏다. 有로 一大 石壁이 江에 臨하야 陟起(척기)한 것을 끼고 左로 櫛比한 지붕이 허울로 번지를한 長白縣을 對岸에 건너다 보고 銃劍에 旗幟에 昆虫 採集網에 異樣의 外觀을 呈한 一字蛇의 긴 陳列이 微笑 談戱로 왼 周圍를 快活化하면서 성큼성큼 行進하니 이만하면 아모대서도 한 구경임을 일치 아니하겟는대 더욱 이러한 僻地에서야 어씨 굼주린 眼目을 한번 살지울 큰 機會가 아니랴.

▲ 8월 12일, 최남선, 白頭山覲參(十五), 十六. 普天堡의 自炊味

▲ 8월 13일, 최남선, 白頭山覲參(十六), 十六. 普天堡의 自炊味(下)

▲ 8월 14일, 최남선, 白頭山覲參(十七), 十七. 態업시 痕迹 업시

▲ 8월 15일, 최남선, 白頭山覲參(十八), 十三. 겨우 惠山鎭 着

▲ 8월 19일, 최남선, 白頭山覲參(十八), 十八. 嘆仰할 谷中 幽蘭(上)

아모대만도 못하지 아니한 勝景으로서 아모대만콤도 들어나지 못한 將軍峰과 寶泰洞은 또 아모대만도 못하지 아니한 德業으로 아모칸콤도 남에게 들리지 아니한 人物을 自己네의 품속에 감초앗스니 시방은 故人된 三岩 金裕가 그이이다. 寶泰里가 千古의 荒峽으로 사람 사는 짱이 되기 비롯하기는 시방으로부터 겨오 五六十年 前의 일에 屬하는데 이 開拓은 또한 南方에서 살다살다 살 수 업시 된 씃헤 임자 업는 火田 쏘야기나 부처 보려고 男婦携帶하고 덤벼드는 敗退者의 손에 말미암음이 다른 모든 山峽의 例에서와 가탓섯다.

그런데 --

▲ 8월 20일, 최남선, 白頭山覲參(十九), 十八. 嘆仰할 谷中 幽蘭(下)

▲ 8월 21일, 최남선, 白頭山覲參(二十), 十九. 三十里 昆長德

洞里 겻헤 流溪가 居民의 飮料도 되고 --

▲ 8월 23일, 최남선, 白頭山覲參(二十), 廿. 白頭山下 첫 洞里

昆長德이라 하니까 생각나는 일이 잇다. 肅宗 壬辰에 淸王(康熙)가 烏喇總管 穆克登 等을 보내서 白頭山에 定界碑를 세울 째의 이야기인데 我國에서는 朴權이란 이가 接伴使가 되어 咸鏡 監司 李善溥란 이와 더부러 同行하야 審下하기로 하얏는대 三水의 蓮囦(연연)에서 彼人과

會同ᄒᆞ야 舊茄鎭(구가진), 虛川江(허천강), 惠山鎭, 五時川, 栢德劍川의 路線을 取하야 白頭山으로 들어갓섯다. 처음 發行할 때에 朴 李 兩特派가 自己네도 上山하기를 請한즉 克等이 핀잔을 주되 우리가 보니 朝鮮의 宰相이란 씀짝만 하면 輿轎를 타야 하는데 能히 徒步를 하겟느냐. 中途에서 顚仆(전부)하야 반드시 大事를 그릇하리라 하야 허락지 아니함으로 兩人은 웬체 해롭지 안타고 햇는지 아니햇는지는 모르되 여하간 昆長德 밋까지 와서 穆克登과 作別하고 軍官 譯官들만 보내어 勘界에 參與케 하얏다 한다. (洪世泰, 白頭山記 參照) --

(국계를 정하는데 임무를 다하지 못한 관리 비판)

▲ 8월 24일, 최남선, 白頭山覲參(二二), 卄一. 長江虎案의 舞臺

▲ 8월 26일, 최남선, 白頭山覲參(二三), 二二. 平地가튼 虛項嶺

▲ 8월 27일, 최남선, 白頭山覲參(二四), 二三. 무엇 爲한 大裝飾

密林의 午前은 또 그대로 密林 午後로 繼續되여 --

▲ 8월 28일, 최남선, 白頭山覲參(二五), 二四. 國師大天王之位

▲ 8월 29일, 최남선, 白頭山覲參(二六), 二五. 神靈하신 하누님

▲ 8월 30일, 최남선, 白頭山覲參(二七), 雨中의 露營初夜

▲ 8월 31일, 최남선, 白頭山覲參(二八), 伏中의 重裘厚被(중구후피)

▲ 1927.1.23. (89) 그리운 人寰 世界

(백두산근참기는 단행본으로 출간된 뒤, 최남선 전집, 임선빈 옮김 등 다수의 자료 해석이 있었으므로 전문을 입력하지 않았음)

[32] 『동아일보』 1927.4.3. 신천 일기자, 蘆月紀行=문제 만흔 小作爭議地

▲ 1927.3.1. (1)

무엇보다도 人類生活의 要素인 經濟의 餘地 업시 신음하는 現下 우리의 생활이 어듸인들 다르랴만은 近頃을 두고 나날이 신문잡지에 대부분 지면을 차지하고 써드는 '生活難으로 自殺', '間島 가는 同胞' 등의 接踵不絶하는 기사를 얼핏 皮相的으로 보면 朝鮮人 生活의 一面相이고 다시 한거름 더 나가서 이것을 解剖하야 보면 百尺竿頭에서 進退兩難의 쪼들님에 싸여 결국은 生之生이요 死之死에 막다른 最後 悲痛의 흐득이는 눈물이라고 밧게 볼 수 업시 된 것이 時局이 아니고 무엇이랴? 天候가 適調한 지대이고 到處가 錦繡江山인 朝鮮 짱 우에 先祖가 노력하야 어든 汗血의 結晶인 創造, 發明의 文化 施設이 展開된 樂園에서 그 惠澤을 등지고 朝廷에서는 四色 다톰이 쓰칠 날 업고, 下鄕에서는 班漢의 阿附行勢가 쉴새 업시 된 중에, 오즉 一條 活路는 春耕秋獲의 農産을 제한 외에는 별다른 道理가 업섯든 것이다. 然하야 노소론파 政黨싸도 土班常漢 階級爭鬪도 결국은 먹지 안코 굶어서는 못할 立場에서 산업의 유일한 당시 농사를 指稱하야 農下之大本이라는 羊頭狗肉 갓흔 선전까지 되엿든 것이나, 그도 水利堤坊 등의 何等 施設이 업고 天然自然에 放置한 機械的 作業에 不過하야 旬餘의 旱魃이 足히 民心을 變動식힐 수 잇고, 數日之雨가 畢竟은 生命을 左右하게 된 것이니 엇지 天惠의 寶庫에서 문화창조의 祖先을 둔 面目이 잇스랴? 그야말로 오릉 축백 조흔 緋緞도 눈감은 장님 압헤 빗이 업고 金鼓石磬(금고석경) 조흔 鐘鐸(종탁)이 귀먹은 벙어리에게 갑이 업슴을 알어야 한다.

*노월면 = 소작쟁의지(설매, 의둔, 정례, 초당, 성월 등 6개 리)

▲ 1927.4.1. (2) = 일부 지면은 판독이 안 됨(낙장)

오랫동안 적설이 되엿다가 누구의 힘인지 아지도 못하는 새에 그 적설이 다 盡하고 解氷이 되는 씃헤 수일 전에 뜻 안이한 春雨가 퍼부웟든 뒤라 그러한지 원래로 삼등 도로라고 해도 등외 도로갓흔 安行 通路이기 때문에 秩序업시 龍盤蛇走가치 된 길에 흑바다(泥海)가 되야 몸시 빠지는 險路를 헤여나노라니, 승객 일행이 차체를 잠시라도 붓잡지 안으면 車外로 튀여날 것 가치 빠부루는 동안에 약 20리 가량 가서 停留하는 것이 곳 내가 목적하고 온 芦月面(호월면) 오국리요, 수십간 되는 洋鐵 倉庫가 기다랏케 뵈이는 것이 즉 호월면 육백여 호 삼천여 생령의 怨府인 동척회사 창고이다.

(접혀서 판독 안됨)

▲ 1927.4.3. (3)

구한국 이조 당년에는 호월면의 前身이 魚蘆 坊이엿고 이 魚芦(어호)에도 상하를 구분하야 상어로방 하어로방이엿든 것이 급전직하하는 대세로 인하야 거금 15년 전 일한이 合併되는 당년에 신천군과 舊文化郡(現文化面)이 合郡됨을 싸라서 문화군 聲月坊과 전기 어로방 상하가 합하야 노월면이라는 稱號를 가지게 된 것이다. 그런데 이 노월면의 면적은 (…중략…)

*구한국 시대부터 일제 강점기까지 노월면의 변천(토지 상태: 궁장, 역둔토,

동척으로 이전되는 과정을 설명함) ▲1927.4.4. (4)~ ▲1927.4.8. (8)까지 의 내용은 입력하지 않음.

〈참고〉『동아일보』 1927.10.4. 수학여행을 意義 잇게 하려면

▲1927.10.4. (1)

노니는 데만 주의하지 말고 력사 디리 과학에 주의할 것 = 携帶品은 輕便하게

녀학교 소학교 등에서 교외로 원족가는 긔절이 되엇습니다. 원족에 대하야 주의하여야 할 일은 여러 가지임니다마는 그 중에서도 위선 연구할 일은 견학의 장소와 원족의 행뎡(行程)임니다. 이것은 대개 선생과 인솔자가 계획하야 학생에게는 그 계학한 데로 식히기만 함니다마는 그것이 벌서 잘못하는 것임니다. 학생 자신들로 하여금 미리 원족에 대한 계획을 세우게 하고 또 도중에 견학할 만한 곳을 조사 연구하게 하는 것이 조습니다. 대자연(大自然)의 속에서 유쾌하게 걸어다느는 것도 조흔 일이지마는 동싱체 디리(地理) 력사(歷史) 리과(理科) 인문(人文) 등의 모든 현상을 시찰하야 각종의 지식을 함양(涵養)하는 것으로써 원족의 주요 목뎍으로 하지 아니하면 아니됨니다. 원족이라 하면 어린 학생들은 대개 놀너간다고 간단히 생각하여 버림니다. 그것은 분명히 선생이 잘못 지도한 까닭으로 그와 가튼 관념을 가지게 된 것임니다.

遠足을 마친 뒤 收穫의 整理

이와 가튼 뎜에 대하야 특별히 주의하야 학생들로 하여금 원족 진의(眞意)를 리해하게 하는 동시에 긔게뎍으로 다리고 다니는 것을 목뎍으로 삼지 말고 원족 가는 어린 학생 자신들이 원족할 때마다 스스로 계획을 가지며 연구하게 하며 원족을 마친 후에는 자신들이 그 결과 즉 수확(收穫)을 정리(整理)하게 하는 것이 무엇보다도 급무입니다. 그리고 선생되는 분은 원족을 전후하야 반다시 그들이 계획한 바와 또 원족한 후의 비평을 학생에게 자세히 일러주어야 함니다. 그리하지 아니하면 하로 동안 놀녓다는 것 외에는 아모 소득도 업습니다. 학생의 부모들도 이 뎜에 대하야 그 딸이나 어린 아들을 원족 보내는 때 그 계획을 들어 보아서 잘못된 뎜이 잇스면 교정하여 주는 것이 조습니다.

空冊과 鉛筆은 반듯이 가질 것

그 다음으로 주의할 일은 복장과 휴대품입니다. 의복은 될 수 잇는 대로 경편하게 하는 것이 뎨일 조흐니 원족 간다 하야 모양을 내기 위하야 의복을 복잡하게 하는 것은 잘못임니다. 간단하게 하는 동시에 더러워질 생각을 하고 검소하게 차리는 것이 좃슴니다. 그러나 여하히 간단히 한다 할지라도 공책 연필 등은 니저서는 아니됨니다. 가다가 듯고 보는 것을 일일이 긔입하도록 하는 것이 무엇보다도 필요함니다. 조선 학생들을 보면 이 뎜에 잇서서 아즉 등한한 것 갓습니다. 원족을 오즉 유흥 긔분으로써만 하야 지식 함양이라는 뎜은 조곰도 도라보지 아니하고 잇습니다. 이 뎜을 속히 교정하여야 함니다.

▲ 1927.10.5. (2)

飮食物에 대한 團束

또 원족할 때에는 보통으로 음식에 대한 절제(節制)를 이러버리기 쉽습니다. 가지고 간 썩이나 과자가 가튼 것을 길 가다가도 먹으며 또는 틈만 잇으면 음식물을 사 먹습니다. 그리고 돈도 함부로 써 버리기 쉽습니다. 이와 가튼 뎜에도 특별히 주의하야 그와 가치 하지 못하도록 선생 또는 인솔자가 감독할 필요가 잇습니다.

(…중략…)

마지막으로 원족할 만한 곳을 소개하면 다음과 갓습니다.

京城 及 附近
動物圓, 植物園, 南山公園, 奬忠壇, 北漢山城, 牛耳洞(櫻花), 逍遙山, 果川, 冠岳山, 安養(밤곳), 楊州(밤곳), 鳳凰山(纛島), 華溪寺, 洗劍亭(紫霞門 밧), 議政府(望月寺, 松茸가 有名)

其他 名勝地
平壤(牡丹峯), 開城(朴淵瀑布), 仁川(月尾島), 水原(抗眉亭), 慶州(石窟庵), 新義州(統軍亭), 元山(明沙十里), 井邑(內藏山), 扶餘(落花巖), 三陟(藥山), 東萊(海雲臺), 陜川(海印寺), 梁山(通度寺), 金剛山

[33] 『동아일보』 1928.5.23. 가람 이병기, 남위례성을 차즈며

1920년대 말 서울 동부 지역의 모습을 사실적으로 그려낸 기행문. 5월 26일까지 4회 연재.

▲ 1928.5.23. (1)

서울 부근에 光熙門 밧처럼 快感을 주지 못하는 데는 업슬 것이다. 몬지며 파리며 냄새며 묵은 무덤들의 들어나는 骸骨쪽악이며 쓸어저가는 오막집 짜위가 하나도 새롭고 깨끗한 맛은 업다. 과연 이럴 수밧게 업는 것이 온 서울의 진테피와 똥통은 거의 다 이고데 와서 쏘치게 되며 여러 開川물이나 骨肉水도 이 근처로 모혀 흐르나니 아니 더러울래야 아니 더러울 수 업는 것이다.

그런데 생각나는 것은 李寧齋의 시이다.

光熙門外魯*回
馬首忽飛雙胡蝶
踏遍千蒼萬翠來
不知何處有花開

이 시는 駒城(구성, 龍仁) 道中에서 읇흔 것이니 이 光熙門 밧인지는 알 수 업스나 만일 이 光熙門 밧이라 하면 지금 내가 보는 것과는 아주 싼판이다. 나는 이런 고데서는 아무리 해도 이런 늣김을 가질 수 업스며 더구나 시를 읇흠에랴.

요마적 日人들이 산기슭으로 오르며 예다 제다 올망졸망 집들을 짓고 이름은 文化村이라 하나, 그 니름과 가튼 아름다운 생각이 나의 마음에는 나돌지 아니한다. 나는 전차에 실려 잠시동안 이곳을 지나가기도 이러케 실증이 나는데 어찌둘 견대여 사는가. 그래도 文化村이라는 니름 맛으로나 견대어 사는가.

나는 오려든 전차 終點까지 다 와서 보니 거긔가 곳 往十里 停車場이다. 이 정거장에는 일보는 사람이라고는 하나도 아니 보이고 기차는 어느 째나 지나갓든가 올는가 할 만큼 쓸쓸하고 고요하며, 이 停車場이 시작되며부터 사람들이 만히 모여 보기도 오늘 십여명되는 우리의 一行이 처음일 것 갓다. 우리는 한 時間 남아 기다리고도 기차 소리는 듯지 못하고 말엇다. 족으마한 산을 돌아 살ᄭᅩ지다리(箭串橋)를 건너가면 길이 세 갈래로 갈려 잇스니 왼편길은 광나루로 가는 길이오, 올흔편ㅅ길은 쑥섬으로 가는 길이오, 가운데ㅅ길은 松坡로 가는 길이다. 이 길 左右로는 넓듸넓은 들판이 잇서 사뭇 綠靑色의 우단폭을 펼처노흔 듯한 보리밧, 豌豆밧으로 連하얏스며 멀리 씅긋씅긋한 일ㅅ자형으로 서 잇는 나무 숩이며 굽을굽을 긝고 가는 線을 그려 잇는 언덕이며 산들은 바야흐로 첫녀름의 아름의 아름다운 色彩를 들어낼 대로 들어냇스며 이 遠近의 景들을 바라보며 三三五五이 걸어가는 우리도 ᄯᅩ한 이 景中의 사람이 되엇섯다.

馬場에 이르어 어느 酒幕에 들어 길을 물으매 늙수그러한 男子 이삼인이 모여 안저서 그 近處 어느 곳에서 정도령이 낫다고 마을 사람들이 만히 구경을 갓다는 말을 하다가 좀 이상스러운 눈빗으로 우리를 처다보며 손을 들어 가르처 준다.

防水林이라는 木牌를 세운 새닙이 너울어진 美柳나무 사이로 하야 언덕 하나를 점어서니 샛江이 보인다. 파란 물빗이 그 左右에 잇는 하얀 모랫벌과 서로 별나케 힘잇게 비처 보면 볼스록 파래지는 것 갓고, 하애지는 것 갓다. 그리고 그 分明한 선과 高尙한 色彩와 變化 만흔 濃淡이 단순한 듯해도 복잡하고 평범한 듯해도 비범하야 보는 이로 하야금 으리으리한 늣김을 아니 가질 수 업게 한다. 이걸 한 畫幅으로 본다 한들 누가 이러케 그릴 수 잇스랴. ᄯᅩ한 이걸 말로만 듯고야 이러케 알 수 잇스랴. 이 모랫벌을 밟어 올 제 발 미테서 바삭바삭 나는 소리도 이상히 微妙하게 들리어 오는 줄도 모르게 온 것이 벌서 물ㅅ가에 다달엇다. 마츰 바람이 되우 불고 파란 물ㅅ결은 모래 언덕에 밀차락 달치락 하며 나룻배는 고물을 돌리며 와 닷는다. 一行 중의 처음으로 배를 타 보는 이도 잇서 배가 좀 기웃둥거림을 두려워하기도 하나, 오히려 호숩고도 자미스럽다. 만일 달ㅅ밤에 나와서 이 배를 타고 오락가락하기도 하며 그 위로 올라 둥그스럼하게 내민 산모퉁이로 돌어도 보며 그 알에로 나려 휘임하게 된 곳으로 들어도 보앗스면 더욱이 조켓다고 생각을 하다가 배에 나렷다. 바람에 날리는 銀ㅅ가루 가튼 모래알을 손으로 움겨도 보며 돌도 업고 나무도 업는 모래ㅅ벌로만 얼마동안을 가고보니 샛강보다도 더 넓고 더 기픈 江이 잇다. 이 강이 松坡江이다. 배에 오르자 새 한 마리가 뱃머리로 지나간다. 하얀 그것이 파란 물 위로 거의 달락말락하며 련혀 波線을 그리며 가는 것도 바라볼 만하다. '水碧鳥逾白(수벽조유백)'이라는 杜詩 한 구가 고대로 생각난다.

언덕에 오르든 길로 강을 쌀아 나리다가 보리밧 사이로 들어 우뚝하게 서 잇는 汗伊碑를 둘러보고 다시 큰 길로 나서 송파 장터를 지나노라니 집집마다 門牌에 쓰인 洞名이 눈에 쓰이는 족족 다르다. 혹은 石村里 혹은 可樂里 혹은 松坡里라 하얏스니 어느 것이 本名이고 어느 것이 別名인가 니름도 만키도 하다.

▲ 1928.5.24. (2)

다시 큰 길을 버리고 샛길로 들어가니 아프로 바라보이든 日長山이 점점 갓가워지며 좁고 깁숙한 골짝우니가 들여다 보인다. 향긔로운 풀 냄새를 마트며 졸졸이는 시내물 소리를 들으며 이 골짝길로 오르는데 저녁 벼튼 등의로 싸뜻하게 비친다. 파근파근한 다리를 끌고 잇다금 돌ㅅ쌔리에 발ㅅ부리를 채어가며 마츰내 마루턱을 올라서 돌아다보면 오든 길이며 물이며 들이 鳥瞰圖처럼 눈알에 노혀 잇다. 한자잘 동안이나 疲勞하얏든 것도 금시에 니저버려지고 새 긔운 새 精神만 나는 듯하다.

(남한산성 관련)

(일장산)

동산 넘어로 아츰해는 다른 데보다도 일즉이 써오른다. 翠屛가티 둘러 잇는 松林도 어린 잠을 깨어 산듯한 냄새를 피워 서늘한 바람에 섯거 보낸다. 퍽으나 淸新한 맛을 늣기게 한다. 우리는 뒷산으로 오르며 宮터며 沈戈亭이며 崇烈祠를 보고 松林 소으로 오르며 사뭇 西將臺 無忘樓까지 올라서 보앗다. 이 근처에서는 이 봉오리가 제일 놉다. 黔丹山(검단산) 넘어로 돌어나오는 번번한 강물은 半月形으로 둘러 잇스며 뚝섬께로 검우투룩하게 솟아 잇는 防築나무들은 수살막이로 되엇스며 煙霞나 아니 끼는 알이면 서울 까지라도 환이 바라다 보일 만큼 묘하게 되어 잇다.

▲ 1928.5.25. (3)

이 산성을 싸흘 때 李仁皐(이인고)라는 이가 애매히 死刑을 밧고 그 원혼이 매가 되어 날어와 안젓섯다는 배바위며 그의 영정을 모시는 淸凉堂도 보고 仁祖大王께서 避亂해 오실 때 서문 넘어로 나무가튼 徐한남이라는 이를 맛나 그 등에 업혀 들오섯다는 서문턱도 나려보고 汗伊가 親히 올라가 성안을 들여다보며 指揮를 햇다는 한이봉이며 벌들이 나와 淸兵을 쏘앗다는 벌바위도 바라보고 나려왓다.

(…중략…)

백제의 고도 위례성

▲ 1928.5.26. (4)

이고디 백제의 고도이거니 아니거니 말할 것이 무엇이냐. 쓸데업는 骨董品 가튼 材料를 조사할 것이 무엇이냐 할 이도 잇스리라. 그러나 기존 文化의 價値야 누가 否認할 수 잇스랴. 또한 새 文化는 무얼로 말미암어 생기는 것이랴. 개구리가 반듯이 올창이 時代를 거처서 온 줄을 모르는 것이 아니랴. 자연 개구리를 알자면 올창이ㅅ적 일을 알어야 할 것과 가티 장래를 알재도 現在를 알어야 하며, 현재를 알재도 과거를 알어야 할지니 우리의 지내는 생활과 文化와의 어써함을 알어야 함이 우리의 現在 及 將來의 文化를 增進케 하고 행복된 생활을 엇고저 함에 맛당한 일 아니랴.

바람이 슬슬 불드니 구름이 갑자기 한울을 뒤덥는다. (…하략…)

[34] 『동아일보』 1928.7.15. 김동환, 초하의 관북 기행

관북 지방을 기행하면서 견문한 삶의 모습. 민요 발생 과정을 짐작할 수 있는 내용이 기술된 점, 관북 지방 궁민의 삶의 모습을 신작로, 청루와 관련지어 서술한 사실적 묘사가 뛰어난 기행문

▲ 1928.7.15. (1)

咸境道 山川을 旅行하다가 見聞한 바를 雜駁하게 적어 보겟다.

三千里를 혹은 차로 혹은 배로 작구 북으로 향하야 가다가 國境의 要塞地帶인 羅南 부근에 닐으러 목이 갈하기에 길가 술막에 들엇더니 메밀국수를 눌으고 안젓든 머슴 아이가 싸리나무 채로 국수틀을 뚝뚝 처 가며 초성 조케

"밧이 조흐면 신작로가 되구요. 딸년이 옙브면 청구레 팔린다."

하고 능청스럽게 한 곡조를 쌘다. 놀애는 "아리랑"조로 나오나 그보다 더 悽然하고 慷慨한 맛이 잇서 平安道 사람의 육자박이를 듯는 듯이 남의 마음을 몹시 건드려 놋는다.

사월 淸風에 부르튼 발을 쉬이고 안젓든 나는 다시 소리 임자를 차저 길바닥에 뛰어 나왓다. 그제야 들으니 동서남북의 네 갈래 바람에 모다 밧이 신작로 쎄이고 딸들이 生活難에 청루에 팔녀간다는 그 哀絶悲絶한 놀애가락이 斷續的으로 速해 내 귀에 들린다. 아마 東風에 들리는 저 소리는 여긔서 海岸이 갓가웁다니 漁網을 메고 가든 사공의 하소연일 것이오, 北風에 들레는 저 소리는 長白山脈 속에 화전민이 만타는지라, 土砂의 薄田을 갈든 窮民이 호미를 노코 부르는 소리일 것이며, 쏘 西風은 나무꾼이오 南風은 막버리꾼의 소리일 것이라. 士農工商의 모든 族班이 가튼 날에 가튼 놀애를 부르고 안젓든 모양이다.

마치 녯날 경복궁을 지을 쌔에 乙丑甲子之年에 운운하며 凄然한 놀애가락이 八道 役軍의 입으로부터 흘러나와 長安 네거리를 덥듯이 지금 關北에 와 보니 靑樓와 新作路에 因緣을 둔 이 놀애가 새로운 民謠가 되어 萬人의 입술을 오르내리고 잇는 것이다.

아마 이전 가트면 燒酒 잔에 얼근하게 취한 총각들이 버들방축에 잣바저서 靑天 한울이나 바라보며 인생 한 번 죽어지면 만수장림에 雲霧로구나 하고 愁心歌나 성주풀이를 부르고 안젓슬 것이로되 지금은 그런 놀애는 점점 자최를 감추고 實生活에서 울어나는 이 種類의 新民謠가 성행하는 중이다.

그도 그럴 것이 전토가 양식을 주지 아니하고 家屋이 풍설을 막어주지 아니할 째에 民衆은 열심히 현실을 凝視하얏다. 그 결과 자긔네의 생활이 신작로나 청루라는 이름으로 代表되는 現代文明과 만흔 관계가 잇는 것을 발견하얏다. 그래서 그 思想 感情이 저절로 괴어서 저 풍자와 訴冤하는 이 놀애가 되어 坊坊曲曲의 萬人의 가슴을 차저다니고 잇는 것이다. 이런 것을 보면 실로 놀애는 생활의 꼿이다. 더구나 民謠는 실생활의 音樂的 表現이라 하리만치 인간생활의 直接 反映이다. 어쨋든 夢遊的 先民이 急激히 沒落되어 갈 째에 산림학자가 시조를 짓듯이 하야 지어 노은 그네의 음풍영월식의 古民謠도 점점 업서지고 그대신 새로 나오는 民衆들이 제 생활의 놀애를 가지고 나타나는 것이다.

민중의 質이 交替될 째에 그 생활의 表現이든 놀애가 그의 쌀하 變改되는 것이 當然한 일이다. 나는 한참 초막에 안저 머슴아이의 民謠를 들어가면서 그 적절한 가사와 그럴 뜻한 長短에 우리들 압헤 흐르고 잇는 底流를 믈쓰럼이 쳐다 보앗다.

▲ 1928.7.17. (2)

民謠를 듯다가 다시 차에 뛰어 올라 북으로 북으로 朝鮮 쌍이 끗간 데까지 작고 달려가면서 사면을 바라다 보니, 咸鏡線가티 경개가 조흔 곳이 드물다.

나는 일즉 경부선이나 경원선 호남선 등을 타 본 적이 잇스나 이러케 까지 산과 바다가 잘생긴 곳을 본 적이 업다. 글세 가는 곳마다 長白山脈이 巨人가티 내닷다가는 웃둑 서고 또 섯다가는 내다른 것이 한쩟 장하고 秀麗할 쁀더러 파란 東海물이 車窓까지 와 처들어왓다가는 주적주적 걸어나가는 모양이 初夏의 旅客에게 끗업는 凉味를 퍼부어준다. 그쁀외라. 바다까 푸른 솔밧 속에 쌝안 海棠花꼿송이가 불붓는 듯이 핀 것이 더구나 草綠 치마에 분홍당기를 드린 處子를 보는 듯 천리

孤客의 머리를 구름밧게 끄은다.

차가 청진을 갓가워 가면서부터 쏘 이번에는 비가 촉촉이 내리기 시작한다. 北關의 山川이 가느다란 빗발 속에 잠겨가는 모양이란 실로 말할 수 업는 風情을 늣기게 한다. 나는 류리창을 때리는 비방울 소리를 들어가면서 이러한 놀애를 지어 보앗다.

청산이 비에 젓네 바다도 젓네,
청산과 바다는 비에 젓건만 이 몸엔 언제 비오나
바다도 청산도 내것이라 비야 그곳에나 실컨 와 다오!

그러나 조곰치도 내하고 저하는 뜻이 表現된 것 갓지 안해서 다시 이러케 불러 보앗다.

마른 산에 비오니 금시에 청산되는 것을
청산이 별것인가 비온 산이 청산이네
산은 청산이 조코 인생은 청춘이 조흘네라
우리도 봄비 마자지면 저 청산가티 푸르청청하련만

我太祖의 발상지인 함흥을 한번 내려서 보자 보자 하면서 이번 걸음도 그냥 차로 지내지 아니치 못하얏다. 내려서 본대야 오백년 전에 지내간 그 어룬의 음성이 그냥 들리랴마는 쌍의 흙과 뒷산을 때리치고 지내는 풍우만은 녯날 것이 올흘 것이니 後裔로 안저 그이가 밟든 흙을 밟고 지내도 이상한 늣김을 늣길 것이라. 또 함흥 본영이나 豊沛樓가 목제라면 벌서 썩어 버렷슬 것이로되 그 자최나 이름이야 後人을 기다리고 잇지 안흐랴.

팡양과 대구와 竝稱하게 삼감영으로 유명하든 함흥을 또 머리 속에 그리면서 지내누라니 섭섭한 듯하야 白沙만 낀 成川江 우의 萬世橋를 바라며 감개를 자아낸다.

萬世橋라니 萬世를 살자햇구나
만세를 웨 못살랴 억만세도 살구 잇는 것을
지금은 다리에 이름만 남고 만세는 어대로 갓나

▲ 1928.7.18. (3)

돌로 깍가맨든 살촉이나 石斧를 짊어지고서 수초를 쫄하 이 장태 저 장태를 넘어다니며 사든 遊牧民의 생활상태는 벌서 지내간 사오천년 전의 고사라고만 알어라. 나는 금번 여행 중에 火田民의 特有한 생활 광경을 보고 태고에 돌아간 듯한 감개에 싸여 한숫 놀랏다.

이를 터이면 그네들은 貨幣 交換 經濟時代인 오늘과는 아조 인연이 먼 녯날의 자족경제에 그냥 머물러 잇스니 하다 못해 개와 닭을 밧구는 일이나 물방아와 麻織械를 서로 밧구는 소위 물물교환조차 업게 제각기 제바테 제가 먹을 쌀과 麻布를 지어서 남을 주자는 말이나, 달라는 말 한 마듸 업시 제각금 獨立하야 살아가고 잇다.

내가 본 곳으로 말하면 白頭山을 향하야 올라가는 일가의 小村落으로 아마 한달을 간대야 소곰실이 마발순이나 지내는 것을 이삼차나 볼가 그러케 인적이 끈어진 深山 茂林 속인데 삼림을 함부로 채벌하야 마르기를 기다려 불을 질러버리고 그곳에 괭이끗을 너허 소위 바치라고 닐어 노코는 일년을 한 집안 식솔들이 먹고 살 만하게 甘藷와 燕麥과 풋고추 등을 심으로 또 옷을 지어 닙기 위하야 삼을 심어 노코 통나무로 네 귀를 트러 언친 가옥에서 풍우를 피하야 가며 살아가고 잇다.

그네들은 밤낫 묵묵히 괭이로 검은 쌍을 파다가 쌍의 기름이 다 빠지면 그 째에는 또 그 쌍을 버리고 이웃 山谷에 이르러 삼림에 불을 노코 또 山田을 일구어 사오년을 갈아먹다가 또 처자와 식기 등을 짊어지고 이웃 산골로 올마가며 산다. 그네들에게는 土地 所有에 대한 애착이 업다. 人足이 미처 보지 못한 광막한 산야가 모다 자기의 옥토로 보이어 마음이 내키는 대로 가리어 가며 가라먹고는 또 아모 안타가운 義務가 업시 버리고는 전전 耕作하며 살아간다. 아마 군서기나 면장 구장조차 세금 바드러 오지 안흐매 땅은 土地臺帳에도 업슬 것이며 도야지나 개를 몰래 잡아먹어도 巡査의 取締가 업는 것을 보면 호구조사에도 오른 것 갓지 안타. 실로 그네들은 서로 안타가운 契約을 매저노코 사는 國家나 社會의 모든 제약에서 조연하야 굴레 벗어 노흔 말가티 제 마음대로 살아가고 잇다. 화폐나 문명을 실고 다니는 汽車를 모르고 사는 그네의 생활이야 想像하기엔들 족하지 안흐랴.

▲ 1928.7.20. (4)

그러나 이것은 극히 피상적 觀察이리라. 나는 여기서 화전민의 눈물의 記錄을 새삼스럽게 적으려 하는 것은 아니나, 원래 화전민의 起源을 살펴보면 다만 한가지 그도 역시 生活難 때문이다. 격증하는 인구와 洪水가티 밀려드러오는 外來의 金融資本 때문에 생산에 참여하든 기회를 이러버리고 더구나 食物의 分配에는 발충에도 가 서지 못하게 시세가 급격히 轉變이 되매 저는 밀리우는 줄도 모르게 어느새 이에 都會에서 村落으로 쫏기고 또 村落에서 山谷으로 쫏기어 이제는 飢死의 절벽과 마조 다흐게 되매 마지 못하야 무인지경에 이르러 천신만고로 여윈 山野를 開墾하야 하로사리 쎄 가티 유목식의 생활을 하고 잇는 것이다.

아마 그네의 입은 옷은 화폐가치로 치면 불과 오륙십전일 것이며, 하로 먹고사는 食物의 價格을 처 보아도 이삼전에 불과하리라. 원래 薄田을 순전히 手足으로 가는 터인즉 경지면적이 넓을 理가 업고 草生地인지라 수확이 만흘 리가 업다. 그러컨만 稅金이 아니들고 안타가운 法律의 制裁가 업스매 行雲流水라도 보고 사는 자미가 나는지 그네들은 연년히 역시 산간에 기거하고 잇다. 드른즉 火田民은 연년히 增加하야 강원도나 함경도 가튼 산간에는 화전민 村落까지 處處에 생긴다 한다. 總督府 發表가 全朝鮮에 이백육십여 만의 화전민이 잇다 한즉, 그네의 생활고야 어써하며 또 이 현상은 무엇을 말하는 것인고, 다만 暗然하야질 섇이노라.

나는 春園의 海雲臺 紀行을 닑고 언제 한번 해운대 온천까지 달려가서 淸風明月을 싯고 오륙도로 스쳐가는 일엽편주나 白鷗가 물장구치는 白沙場을 보리라 하고 벼르다가 마츰 부산까지 갈 일이 잇서 그 길로 동래온천에 들럿다가 旅路가 급하야 선자리에 돌아오게 되어 해운대의 勝景은 보지 못하얏스나 조타든 동래온천을 보고 경치로나 泉質로나 그다지 보잘것이 업든 것을 늣기엇다. 그리든 중 금번 여행에 나는 주을온천을 보고 연도 삼십리의 천석의 미관으로나 천질의 우량으로나 전조선에 으뜸가는 승지임을 발견하얏다.

(…주을 온천 관련 내용: 중략…)

▲ 1928.7.21. (5)

황제와 지주와 자본가를 위하야 國家가 잇는 듯하든 녯날의 露西亞에 푸로레타리아 혁명이 닐어나자 白軍의 육군 소좌로 잇스면서 수하의 근왕군대를 이끌고 참호와 장갑차ㅅ속에서 盛히 赤軍과 포화를 밧구어 혁명을 막기에 身命을 다하다가 역사의 압헤 쏫기는 몸이되매, 遁鼠와 가티 西伯利亞를 脫出하야 조선 내지의 청진항에 오랫동안 기류하고 잇다든 亡命 露國 장교 양코스키가 관북에 와 잇다는 말은 벌서부터 들엇스나 그가 지금 주을온천에 피서를 와 잇고 년***그의 쌀형제가 바로 널장판**을 둔 저쪽 목조에 안저 물장구치고 놀애부르며 재깔거리고 잇슬 줄은 실로 몰랏다. (…중략…)

나는 露西亞 사람을 맛날 쌔마다 이러한 연상을 막을 길이 업스니 바로 일로전쟁 당시에 露西亞의 敗軍이 수천명이나 대포ㅅ구레를 쓰을고 홍수가티 우리 故鄕에 니르러 수삭을 주둔한 일이 잇섯다.

그 때 아츰마다 서울로 치면 훈련운 가튼 將臺라는 연병장에서 수천

** (…하략…)

▲ 1928.7.22. (6)

平生詩爲金剛惜
及到金剛不敢詩

라 함은 유명한 추사 김정희 옹이 금강산의 절경을 보고 그만 붓을 던지며 차탄한 놀애가 아닌가? 실로 산천도 넘우 勝景에 니르면 시를 쌔앗고, 묘사의 붓을 썩게 하는 것이니 이제 우리도 주을온천의 오심암을 몸에 니르러 인류의 언어와 예술의 가치를 의심하리만치 天成의 造化에 머리가 숙으러진다.

(…중략…)

우리가 나려오는데 그 때에야 앗가의 露西亞 處女들이 수건을 들고 오심암 가는 길가에 잇는 자긔네 별장으로 돌아간다. 물에서 가 즉 나온 관계인지 두 볼이 밝읏하고 머리를 약간 한 편으로 기울인 모양이 톨스토이의 가튜샤가 저런 女子여자엿다면 『復活』의 모델은 잘 된 것일 줄로 생각된다. 그 균제된 육체와 히고 부들업고 윤택 잇는 살결이 멀리서 보기에도 산중에 貴物일시 분명하다.

두 여자는 우리를 보고 빙긋 웃으며 무에라고 저이끼리 재잘거리면서 과수원 속 '빌네지' 속에 그만 숨어버리자 우리는 무엇을 일흔 듯하야 그 집 룡마루를 한참 처다보다가 돌아섯다.

▲ 1928.7.24. (7)

칼니포니아 주를 세계 제일의 林檎 생산지라 하면 경성을 제이의 명산지라고 그곳 시민들은 써든다. (…중략…)

▲ 1928.7.26. (8)

인도의 왕자 悉達多라는 청년은 인세의 사생병고를 보고 조곰이라도 그를 구하고저 입산수도하야 내종에는 釋迦如來가 되엇다드니 오늘날 각지의 기개 잇는 청년이야말로 사회 민중의 생활 참상을 보고 참을 길이 업서 모다 사회운동선상에 뛰어나와 해방행동에 열중하고 잇다. 실로 농노해방 즉 후에 이러난 부나로드 運動이 십년을 가서 다른 운동으로 변형하듯이 조선도 己未運動 以後로 내외지의 유학생 講演隊로 시초한 부나로드 운동이 십년일 一期로 하고 이미 종료하고 지금은 좀 더 구체화한 큰 운동으로 변형하고 잇는 중이다. 이에 딸하 모든 사람의 사회현상에 대한 認識과 批判이 일층 深刻하게 되자 대중을 위하야 일하는 사람이 만히 나오게 되고 또 그 일하는 사람들이 모다 이삼십세 대의 젊은 청년으로 일에 대하야 신명을 賭할 정도의 열과 정성이 잇섯다. 나는 각지마다 사회운동의 장족의 進步와 젊은 鬪士들이 항상 두 볼에 피가 돌고 입에 개세하는 기개가 잇는 것을 보고 盈하야 가는 보름달을 본 듯이 내 몸이 희망에 차지는 것을 늣기엇다.

그러나 이 압잡이순들이 가는 길은 監獄과 肺病의 두 길로 불가변적으로 결정되어 잇스니 내가 존경하든 유수한 투사 張昌逸 군도 해내 해외로 십년 세월을 큰일에 心血하다가 肺菌에 무참히 너머지는 것을 보앗고 또 지방마다 무시로 검거가 잇는 모양으로 그곳 투사들은 차음에 본 사람을 저녁에 맛나면 다행으로 녀기는 모양이엇다. 어쨋든 폐병 창궐에는 놀랏스니 그도 그럴 것이 사회운동자 치고 자기의 의식에 用

心할 새가 잇스랴. 營食이 부족한 우에 또 남보다 감수성과 正義感이 수십배하게 강함으로 남이 울지 안는데 혼자 울고 남이 슬치 안는데 혼자 슬어서 대붕이 조롱에 든 고심과 억울을 혼자 당하니 자연히 폐병이 아니 들 수 업다. 그러컨만 無産階級의 前衛隊는 폐병도 모든 것도 다 돌파하고서 전진하는 중에 잇스니 마치 박개아매 행렬이 함정을 맛날지라도 일보 후퇴하는 일이 업시 압서 개아미가 함정에 빠저 죽고 또 빠저 죽고 하야 내종에 시체로 그 함정을 다 몸을군 후에 최후의 일필이 안전히 너머가는 모양으로,

[35] 『동아일보』 1928.6.8~6.24.
金賢準, 현대의 독일 - 구라파 여행감상기 중 (17회)

*이 글은 '구라파여행 감상기 중'이라고 하였으나, 독일의 역사, 사회, 종교, 문화, 정치, 청년운동 등 제반 사항을 소개하는 데 목적을 둔 글임

▲ 1928.6.8. (1)

머리말

과거 6년 전 즉 西歷 紀元 1922년 早春에 故國을 써나서 歐羅巴에 洋行케 되엇다. 당시 여행 중 일본, 중국, 인도, 애급, 土耳古, 佛國, 瑞西, 英國, 露西亞 등지에 4천 3백 50여일이라는 장구한 시일을 費하야 해륙 8만 2천리의 路程을 踏破하얏스나 그 실은 純然한 여행이 아니고 일본에 5년, 독일에 6년은 學窓에서 보내게 되엇스며 그 외 각국에는 사오 週間 혹 일이 週刊식 여행하얏슬 뿐임으로 余의 歐羅巴 旅行 感想記 중에서 위선 本題를 擧하야 재내 동포에게 소개하고 후일을 俟하야 구주 제국의 현상 급 구주 視察의 主觀이라 할 만한 구라파 新聞界와 신문

기자의 지위며 新聞學 연구 대학 등, 조직 여하와 그 경영 방침을 여하를 槪述하야 보려 한다.

玆에 현대의 독일을 論試함에 당하야 左와 如히 綱目을 정하야 가지고 略述코저 하노라.

1. 현대 독일 사회와 독일인(지리, 기후, 인종, 언어, 의복)
2. 독일의 風俗
3. 獨逸의 都市와 農村 及 交通
4. 독일인의 종교와 日曜 及 祭祝日 등의 실제생활
5. 현대 독일 국민의 생활과 정치 경제적 지위
6. 현재 독일 인구와 직업 문제
7. 독일 노동자와 失業問題
8. 現代 獨逸 靑年의 운동
   A. 교육 급 문화 방향의 운동
   B. 농촌 청년의 운동 급 지위
9. 結論

以上

(一) 現代 獨逸 社會와 獨逸人 (…중략…)

▲ 1928.6.9. (2)

물질 방면의 발달은 과거 1800년래에 비롯오 실현되엇는데 이는 理想主義에 근원한 배요, 차에 의하야 각종 기술 급 공업이 발달되엇고 딸하서 근대의 社會主義 及 資本主義가 대치케 되엇다. 과거 1700년 급 1800년 중엽에 구라파 제국 중 특히 보불 양국의 역사에 의하건대, 점차 발달된 자본주의는 상공업의 發展을 극치에 達케 하얏스며 --

▲ 1928.6.10. (3)

독일인종은 元來 쎌만족이엿스나 지금은 純쎌만족이 희소하며 흔이는 앵글로 쌕손족 영국류와 슬라부족 露國類와 로만족 佛伊國類와의 혼혈이 만히 되어 종족은 구분하기 어려울 만치 複雜하다.

▲ 1928.6.11. (4)
▲ 1928.6.12. (5)
▲ 1928.6.13. (6)
▲ 1928.6.14. (7)
▲ 1928.6.15. (8)
▲ 1928.6.16. (9)
▲ 1928.6.17. (10)
▲ 1928.6.19. (11)
▲ 1928.6.20. (12)
▲ 1928.6.21. (13)
▲ 1928.6.22. (14)
▲ 1928.6.23. (15)
▲ 1928.6.24. (16)
▲ 1928.6.25. (17)
▲ 1928.6.26. (18)
▲ 1928.6.27. (19)

[36]『동아일보』 1928.11.23.
이병기, 泗泚城(사자성)을 찾는 길에

*기행문 속에 당시 군산의 수탈상이 간략히 스케치되어 있음

▲ 1928.11.23. (1)

大田을 지나며

밤ㅅ차를 타면 가튼 속력이라도 낫차보다는 支離한 것 갓다. 만일 잠이나 잣슬 것 가트면 어떨는지 모르지만 나는 밤ㅅ차를 타면 잠을 자지 못하는 버릇이 잇다. 이번 여행에도 될 수 잇스면 밤ㅅ차를 아니 타자든 것이 그러케 되엇다.

경성역을 써난 뒤로부터 아마 세 시간은 지낫스리라 하고 시계를 쓰내어 보면 두어 시간 밧게 아니되엇고 아마 太田은 왓스리라 하고 車窓을 내다보면 다르고 다른 고디다. 그리 밧브게 갈 것도 업는 이 길이언마는 괜이 이러케 성급한 생각이 난다.

우리가 타고 온 차는 太田 와서 썰어저 잇다가 호남선으로 써나간다. 이미 자정은 지낫다. (…중략…)

恩津彌勒

논산역에서 나렷다. 밤새도록 좁은 차ㅅ속에서 괴롭게도 옴츠리든 몸을 이제야 마음대로 펼처도 보고 놀려도 보며 뚜벅뚜벅 발자국 소리만 내며 사뭇 盤藥山까지 뚤힌 新作路로 걸어갓다. 다만 고요하고 희미한 속으로 겨우 길바닥만 빌락말학 하드니 한 반리 나가니까 날이 밝는다. 길 좌우로는 톡톡 여믈든 벼이삭들이 척척 숙으러저 잇스며 바라보이는 들과 들들은 예나 제나 다 가튼 황금 비츠로 더펴 잇다. 누가 이걸

보고야 흉년으로 알며 이 地方에도 가모한이 줄이는 이가 잇는 줄 알랴마는 마을마다 집허구 사는 양을 보면 집 아페 나선 사람들을 보면 그 초라하고 파리하기 말할 것도 업다. 해마다 이 들에서 나는 몃 백만석이 다 어데로 가는고. 봄 여름 피땀을 흘리며 이 몃백만 석을 지어낸 農民들은 어찌들 저모양인고. 언제나 저이들도 豪華롭게 살어볼고 하며 들도 지나고 마을도 지나고 산으로 오르다 灌燭寺에 이를엇다.

▲ 1928.11.24. (2)

이 절에는 동양 제일의 대석불인 彌勒佛像이 서 잇다. 이 부처님은 머리가 넘우 커서 체격에 어울리지 안코 면상이 평범하고 의문이 단조하다는 평은 업지 안흐나, 거대한 석재를 운반하여다가 이와 가티 웅대하게 조성한 것은 누가 보든지 아니 놀랠 수 없다.

(…중략…)

▲ 1928.11.25. (3)

이에 이 절을 頹落한 한 고찰로만 보랴. 대석불을 모시고 여러 가지 奇蹟을 말하는 종교적 신앙으로도 그러하려니와 또한 藝術的 意味로 보아도 이 고데 업지 못할 것이다. 만일 이러한 大自然 속에 이러한 것도 업섯다면 그 얼마나 쓸쓸하랴. 그저 우리는 산천초목과 일월성신 등만 보고 찬미할 섇 아니랴. 비록 이 부처님을 外形으로 보아서는 좀 어쎠한 점이 잇다 하드라도 우리에게 주는 것은 참으로 크다. 쓸쓸하고 악착한 이 세상에서도 大慈大悲한 이 부처님을 볼 쌔에는 사랑하시는 어머니의 가슴 안에 안긴 어린이의 마음과 가티 즐겁고도 즐겁다.

百濟王陵

오날 부여를 가는 이는 우리 일행만 아니라 다른 여행측들도 잇서 압서거니 뒤서거니 하며 쇄 紛雜하다. 나는 中路에서 어썬 친구 하나를 맛나 말말하다가 뒤쎨어저 가게 되엇다. 광막한 들ㅅ길로 혼자서 어슬렁어슬렁 걸어가며 논두렁 밧두렁에 가득히 피어 잇는 野菊花들을 모앗다. 힌놈 붉은놈 송이마다 아름답기도 하다. 나는 이 야국화를 조하한다. 그 고운 빗보다도 淡雅한 비츨, 다른 데 핀 것보다도 누런 벌판에 핀 것을 조하한다.

만가을 널운들에 피이 잇는 야국화야
가다가 돌아보면 그림자나 쌀으랴만
길언덕 군대군대에 너는 그리 반기누나

국화는 조흔ᄭᅩ치 야국화는 더욱 조차
야국화 올을 삼아 일생을 보내다가
이몸도 야국화 바테 무치고저 하노라

나는 쎠나기 어려운 이 들을 쎠나 등하나를 넘어 산ㅅ골작이로 들어오다 어썬 노인을 맛나 여러 가지 전설도 듯고 능산리에 이를어 일행도 맛나 王陵을 구경하얏다. (…중략…)

▲ 1928.11.26. (4)

왕릉을 다 보고는 일행과 가티 동문지를 지나 부여읍으로 들어가다가 평제탑을 차자 보앗다. 이 탑은 원래 왕흥사탑인데 녯날 羅唐의 연합군이 백제를 멸한 뒤에 당이 그 공업을 이 塔에 사기고 이러케 이름한 것이다. <u>전부 花岡石으로 맨든 5층탑이고 기발웅건한 남조선 最古의</u>

藝術品이다. 비록 백제는 망하엿스나 이 예술품만은 아니 망하엿다. 唐人의 筆跡이야 잇든 업든 쏘한 백제든 아니든 탑은 탑대로 이름을 전할 것이다. 그동안 전해온 의미도 그러하려니와 이 뒤로 얼마든 전해갈 意味도 그러할 것이다.

扶蘇山

부소산은 족으마한 산이지마는 퍽 묘하게 된 산이다. (…중략…)

白馬江

충영봉에 날 쓰고 사자강에 달진다
저 날 써서 들에 나와 저 달 저서 집에 돌아간다
어얼널널 상사뒤 어여뒤여 상사뒤

이 놀애는 산유화의 일절이다. 이 놀애에도 오른 사자강이 곳 백마강이다. 이 백마강이 잇섯슴으로 사자성도 잇섯든 것이고 사자경이 잇섯슴으로 부소산도 이름난 것이다.

(…중략…)

▲ 1928.11.27. (5)

江景

강경은 水의 都會다. 백마강이 잇고 조수가 들옴은 물론이어니와 고산 한 쪽물과 연산, 노성, 석성, 은진, 여산 여러 방면의 물이 모다 이리 모여들어 흐른다. (…중략…)

群山

오전 열시나 해서 써나면서도 채운산을 못 올라본 것이 유감이다. (…중략…)

나는 18년 전에 한번 군산을 와 본 일이 잇섯다. 그전날 茁浦(줄포)에서 목선을 타고 밤새도록 풍랑을 겻고 새벽녘에야 간신히 군산을 와서 나렷다. 배라고는 그 째 처음 탄 것이다. 重病이나 치르고 난 사람처럼 어릿어릿하며 開福洞 어느 집을 차저 드러 누엇다가 그날 곳 써낫다. 그째 보든 군산은 벌서 숨과 가티 잘 기억할 수 업스나 지금보는 군산과는 판연히 다른 줄 안다. 그 째는 저러케 일본식 가옥이나 서양식 건축물이 만치 못하고, 저러케 市街도 繁昌하고 整理되지 못하고, 조선인 부락도 저러케 되든 아니하얏다. 과연 今昔의 感이 업지 못하다. 더구나 군산은 조선 米穀의 都會로서 해마다 수백만석이 모혀 들엇다가 그것이 모다 日本으로 건너가고 조선인들은 집도 업시 한편으로 몰켜 움을 뭇고 산다는 말을 들음에랴. 이 現狀이 群山만이랴. 그 貧民들은 장사도 못하고 품도 못 팔고 거지로 아니나가면 되박이나 들고 다니며 米穀市場에서 볏섬이나 추수릴 적에 몃 알식 썰어지는 알강이를 주어다 먹고 延命을 한다. 아하, 그게 그네들 죌싸. 그네들 죄라 하드라도 同情의 눈물은 아니낼 수 업다. 이번 길에 웬만한 틈만 잇섯스면 그 貧民窟을 차저가 보기라도 하얏스련마는 밧븨 써나노라고 못하얏다. (슷)

[37] 『동아일보』 1928.10.23. 白羊寺, 부여기행 (1)=기행시임

*백양사라는 필자가 누구인지는 알기 어려우나 이병기일 가능성도 있음

▲ 1928.10.23. (1)

敍詩
百濟王陵
扶蘇山
平濟塔 ---------------- 4편의 기행시임

▲ 1928.10.24. (2)

백마강 -- 기행시

▲ 1928.10.25. (3)

낙화암
낙화암 소곡 -- 기행시

[38] 『동아일보』 1930.9.2. 도유호, 구주행

▲ 1930.9.2. **도유호, 구주행**(1)

先生님
제가 이번 旅行記를 쓸랴고 한 것은 伊太利에 上陸한 뒤로 우루룩 굴러가는 汽車 속에서나 사나운 波濤에 넘노는 배 우에서나 저의 머리

속에는 이것저것의 陰鬱한 光景들이 끈님업시 번득이엿습니다. 제가 서울 써난 것이 사월 십구일 저녁. 大連서 '쩨어풀링어' 號에 올은 것이 22일 밤, 그 後 靑島, 上海, 香港, 比律賓의 마닐라, 英領 新嘉坡, 蘭領 쓰마트라 島의 쎌라완, 印度 쎄일론 島의 콜롬보 港을 것치는 동안에 본 것, 들은 것이 만헛싸오나 제가 붓을 든 째는 거기에 대한 기록을 쓰기에는 발서 좀 느젓섯습니다. 더구나 準備가 잇섯드라면 비록 觀察이 皮相에 끄티고 솜씨가 拙하기는 하드라도 南洋의 風土記 쓸 材料나 좀 어더 두엇겟는 것을 저것에 가슴이 뒤숭숭햇든 저는 그만 無心히 지나처 버렷습니다. 기리하옴에 저는 여기에 치우 印度洋 건넌 뒤의 이야기를 쓰고 滋味 잇는 南洋의 이야기를 다만 저의 記憶에 남은 것 중에서 大略을 紹介하야 볼가 합니다.

선생님, 배가 香港을 써난 뒤부터는 氣候가 갑자기 더워젓습니다. 그리고 여탯것 無事하든 바다도 波濤가 사납기 始作하야 船客 중의 대개는 水疾을 알케 되엿습니다. 배가 마닐라에 다앗슬 째는 더위가 쐐 심하얏습니다. 마닐라에 나려 몬저 늣긴 것으 ㅁ거기는 제가 여탯것 노니든 곳과는 아조 짠 데라는 것이엇습니다. 거기의 사람들은 저희와는 얼굴도 달리 생겻슬 쑨더러 저희들이 쓸 줄 아는 漢文字들을 그들은 아조 몰으옵니다. 무엇보다도 몬저 漢字 몰으는 곳에 닐은 것이 朝鮮과 日本과 中國을 活動의 範圍로 하야 온 저에게는 가장 엑소틱(Exatic)하얏습니다. 거기 사람들은 中國의 오랜 文化도 몰으고 지냇답니다. 그리고 그들이 처음 文化人을 본 것은 西班牙 사람들로 비롯햇다 합니다. 西班牙 사람들은 처음부터 그들을 속이기 始作하야 거기 사람들은 西班牙 사람 알에 삼백여년 동안 지나왓습니다. 그러는 동안에 그들은 한편으로 西洋文物도 배우기 始作하얏습니다. 西班牙 勢力 下에 오랫동안 지나온 그들에게는 米國 統治下에 잇는 오늘에도 아즉까지 西班牙風이 만습니다. 그들의 婦人服은 이전 西班牙에서 流行하든 衣裳에 恰似하답니다. 그리고 言語에 잇서서도 아즉까지 西班牙語를 만히 쓰게 되니 活動寫眞 가튼 데에도

映寫幕에는 西班牙語가 英語와 함께 나옵니다. 그들 중 나흔이들은 대개가 西語를 알고, 젊으니들은 大槪가 英語를 압니다. 지금 學校에서 쓰는 것은 英語이고, 土語는 가르키지도 안는답니다. 比律賓에는 言語가 百餘種이나 되옵는데 그 중에 第一 勢力이 잇는 것은 마닐나와 及 附近에서 쓰는 싸갈록 語랍니다. 그들은 그런 故로 서로 만나면 土語로는 이 싸갈록을 使用하는 것이 普通이오, 土語보다도 大槪는 西班牙語나 英語를 쓰게 된답니다. 比律賓 사람들은 또 저희보다는 顔色이 퍽 검습니다. 그것은 무엇보다도 氣候關係인 듯합니다.

거긔서 日本 商人 몃을 만낫드니 그들도 얼골 비츤 土人과 다르지 안습니다. 그들의 하는 말이 南洋 온 지 칠팔년에 自己네는 모다 南洋人처럼 褐色 얼골을 가지게 되엇다고 합니다. 오즉 白人만은 本色을 그냥 가지고 잇스나 그들도 自己네처럼 일을 하면 勿論 검어케 될 것이랍니다. 그리고 또 한가지 滋味 잇는 것은 그들의 血液 系統입니다. 그들 중에는 白人의 피를 가진 이가 퍽이나 만탑니다. 더구나 勢力家들의 대부분은 混血系統에 속하니 그 중에도 대부분은 西班牙人의 피를 만히 바덧답니다. 그리고 또 美人들의 多大數도 역시 혼혈 계통에 속한답니다. 1920년 마닐라 謝肉祭 째에 當選된 미쓰 比律賓(Miss Philipqiness)의 모늬나·아쿤냐 양도 西班牙의 血統을 가진 분이랍니다. 이번 배에서 라무알쎄즈라는 젊은 比律賓 醫師 한 분을 맛난 일이 잇습니다. 그는 얼골이 쪽 中國 사람 가탯습니다. 그가 마닐라에 내린 후 新聞에서 보온 즉 그의 父親은 前 마닐라 市場이엇습니다. 그 다음 들은즉 라무알쎄즈 家는 마닐라 屈指하는 名門이라고 합니다. 그째 젊은 라무알쎄즈 군은 저더러 比律賓 니야기를 하며, 自己네의 大部分은 西班牙의 血統을 가젓다고 하얏습니다. 그의 얼골도 純比律賓人의 얼골은 결코 아니엇습니다. 스 째 그는 이야기하든 끗테 自己의 愛人이라고 하며, 엇던 젊은 阿只氏(아기씨)의 寫眞 하나를 보여준 일이 잇습니다. 선생님, 그 다음 날 저는 마닐라 거리를 散步하다가 바로 그 아기씨의 寫眞을 繪葉

書 商店에서 보앗습니다. 그것이 바로 이 미쓰 比律賓의 當選者 아쿤냐 양이엇습니다. 마츰 이야기하든 끗이니 잇다라 라무알쩨즈 군의 幸運까지 이야기하여 둡니다. 그리고 쓰든 끗이니 多少 상소리 비슷하오나 이번에 들은 이야ㅕ기 하나 더 엿자올가요. 이번 마닐라서 맛난 엇던 米國 분의 말을 들은즉 比律賓 勢力家 중에는 西班牙 血統뿐 아니라 天主敎 神父의 子孫들이 만탑니다.

선생님 마닐라에 다른 날 밤이엇습니다. 남들이 하도 조타기에 그날 밤 저희는 싼타아나 舞蹈場으로 구경을 갓습니다. 이 舞蹈場은 人員 收容數로 바아서는 世界 第一이람니다. 거긔에는 얼골 감실감실한 比律賓 색시 수백명이 춤을 추러 오는 서방님네를 기다리고 잇습니다. 한번에 밧는 돈이 20센타보(약 21전)이온대 가만히 처바도니 버는 색시들은 이 20센타보를 작고 집어세지만 그 중에는 그냥 턱업시 안젓기만 하는 색시가 얼마라고 잇습니다. 춤추는 생원님네들은 冷靜키도 함니다. 몃 번에 한 번식 그들을 좀 同情한들 무엇이 엇덧습닛가. 선생님, 남들이 손복 잡고 빙빙 둘러가는 것을 보니 저도 춤추고 시펏사오나 출 줄을 알어얍지요. 여긔뿐 아니라 쩨어쭐링어 甲板 우에서도 추고 시픈 춤을 몃 번이나 못 추고 넘겻습니다. 獨逸 가면 이번 춤을 한 번 썩 배우리라고 햇더니 선생님, 듯자온즉 東洋 親知들은 歐羅巴에서 舞蹈를 ***가 멍텅구리되는 수가 만 *** 게다가 精神이 좀 不足한 저
(…중략…)

▲ 1930.9.3. 도유호, 구주행 (2)

선생님, 馬來半島의 新嘉坡에 이르러서는 더위가 가장 견대기 어려웟습니다. 赤道와의 距離가 불과 一度 半, 서울서 大田 가기 밧게 안되옵니다. 여긔는 時節이 업는 곳입니다. 그리고 先生님 比律賓에서 못 보든 漢文字들을 여긔서 다시 보게 되엇습니다. 어썬 關係인지 英國의 領地이고 馬來人의 本土임에도 불구하고 新嘉坡 住民의 多大數는 中國

人이랍니다. 市街에는 中國 看板부튼 商店이 곳곳이 잇습니다. 그러고 市內 外에는 中國 富者들의 別莊이 到處에 잇습니다. 여긔에는 또 印度人이 만습니다. 馬來人과 印度人의 區別은 하기가 좀 어려웟습니다. 印度 사람 중에는 얼골이 黑人처럼 시컴언 분들도 만헛습니다. 馬來에는 인도인들이 다수히 오게 되엇스니 그들은 대개 回回敎徒이랍니다. 그들은 처음부터 宗敎 關係로 土人들하고는 無事히 지냇답니다. 선생님, 또 여긔서 저는 처음 고무 木 구경을 하얏습니다. 가튼 自動車에 탄 힝 H 부인은 처음이 고무나무를 보고 섭섭해 하기를 마지 안습니다. 고무나무란 고무가튼 汁을 내는 나무이니 응당 닙사귀(葉)도 좀 큼직큼직할 것이오 나무 모냥도 좀 일불 것이라고 햇지 이러케 平凡할 줄이야 누가 알엇슬야고 합니다. 그는 米國분으로 그의 남편은 중국 廣東의 엇던 商人이엇답니다. 그는 男便 生存時에 新嘉坡에 와서 살기까지 햇스나 고무 木 보기는 이번이 처음이랍니다. 自動車 아니면 길에 못나서 보앗고 놀라운 게 아니면 보지를 못하든 H 夫人일도 다소 싹하지 안은 배 아닙니다.

선생님 그것은 바로 배가 新嘉坡에 다앗을 쌔입니다. 크고 적은 馬來의 土人들이 조고만 배들을 타고 汽船가에 모혀와서 손을 들고 흔듭니다. 배 우에서 누가 銀錢 한 푼을 던집니다. 그것을 처다보든 親知 하나가 쏙 배에서 쒸여 나리며 물속으로 쑥 들어가드니 썰어진 돈을 집어가지고 올라옵니다. 배에서는 돈들을 작고 내려 던집니다. 물속으로는 사람들이 작고 헤여들어갑니다. 들어갓다가는 무엇 하나식 집어가지고 나옵니다. 그들은 또 저희끼리 공 하나를 이리저리 집어 치며 놉니다. 여긔서 툭, 저기서 툭 노를 가지고 바더치는 才操가 여간 아닙니다. 선생님 그리고 또 新嘉坡에서 본 것 중에 한가지 더 자미잇는 것은 印度手相人들이엇습니다. 그들은 일 리라(약 1원 10전)식 밧고 船客들의 손금을 봅니다. "당신은 재조 잇서 뵈이오, 당신은 부자가 되겟소." 하며 와서, 얼니면 안악네들은 주머니 끈을 푹고 덤비입니다. H 부인의 싸님 되는 混血 美人 한 분은 自己 아페 온 손금쟁이를 처자보고 "나는 운수를 잘 아오. 이번 港서 배타기 전에 손금을 뵈엿더니 금년에 나는 約婚하겟다 하오. 처음에 愛人 한 분을 맛낫다가 그이와는 絶交를 하고, 다시 나를 잘 사랑할 분을 맛나 그이와 約婚하겟다 하오." 하며 희색이 滿滿하얏습니다. 손금쟁이도 제 할 소리를 남에게 빼앗긴 게 화가 낫든지 다른 안악네에게로 걸어갑니다. 그리고 선생님 여긔서 또 한가지 자미 잇게 본 것은 埠頭에 죽 늘어노힌 珊瑚들이엇습니다. 하얏코 발가코 파란 珊瑚의 쏫송이들은 아름답기 그지업습니다. 觀客들은 그것을 삽니다. 저도 삿습니다. 거긔 깁숙한 바다 미테 외로히 되엇든 쏫송이를 길가에 노엿더니 지나가는 손들은 그것을 집어가지고 머나먼 나라로 갑니다. (짜꼬의 '園丁' 參照). 선생님 깁숙한 바다 미테 핀 산호 쏫처럼 쩖으니의 가슴에 사랑의 쏫은 핍니다.

선생님 하로를 지나서 배는 쎗타완에 다핫습니다. 여긔도 中國 사람들이 만습니다. 저희는 쌔스를 타고 머단 市街로 구경을 갓습니다. 여긔저긔 中國旗들이 바람에 나붓깁니다. 그것은 저희가 타고온 쩨어쁠링어에서 가티 내린 新任 領事 한 분을 歡迎하는 것이랍니다.

(…중략…)

▲ 1930.9.4. 도유호, 구주행(3)=이집트

넷 사람 지은 피라밋은 아모리 컷대야 죽은 피라밋이고 運河는 피(血)가 도는 산 運河입니다. 피라밋 속에는 죽은 송장이 들엇고 이 運河우로는 산 사람이 써다닙니다. 피라밋은 自然의 力에 대항하야 싸호은 사람의 最後를 --

▲ 1930.9.5. 도유호, 구주행(4)=그리스, 이탈리아

그 물결의 그림자는 그들의 가슴에 잠듯엇으며, 그들의 노래 우에 써돌앗나니다. 그들의 니야기도 이 地中海 속에서 올라왓스며 헬렌의 殺氣찬 웃음도 地中海를 건너 往來하얏습니다. 바다의 勇者 오데시의 壯快한 行蹟도 地中海 우으로 써돌앗나이다. 그러든 地中海! 이것이 바로 그 地中海로소이다. 째째로 물 우에 솟아 뛰는 큼직큼직한 고기들이 녯날 希臘 將軍들의 짓는 놀에 놀난 버릇이 아직까지 남어 잇서 그림이나 아닌지요.

선생님 地中海에 들어서 맨 처음 뵈인 것이 希臘 南端의 크리트 島이엿습니다. 夕陽 볏에 번적이는 흰바위들이 늘여설인 산쏙댁이에 언지여 알지 못할 녯날부터 지아오며 지나가는 손들을 한글가티 내려다봅니다.

(…중략…)

▲ 1930.9.6. 도유호, 구주행(5)=이탈리아

배에서 웹스터 영감이 伊太利에 나리면 言語에 注意하라고 하든 것을 생각하니 엇째 미심미심하기도 하면서 저는 입에서 뭇솔리늬의 알들인가 소리가 나오는가 禁하지 못햇습니다마는 나온 소리를 뒤집어 너을 수야 잇습니까. 거리로 들어오며 보니 이 깜깜한 알들은 큰 알적은 알 到處에 굴러다닙니다. 積極的 反動政治의 伊太利가 黑內衣 天下라는 소리는 미리부터 들엇습니다마는 이 黑內衣 影響이 그다지 심하기는 쉄밧기엇습니다. 旅館 문깐에도 쌔시스트 黨의 訓令, 茶店壁에도 퐈씨스트 당의 訓令들이 부텃습니다.

(…중략…)

▲ 1930.10.5. 도유호, 구주행(23)

선생님, ᄺᅳ랑크ᄺᅮ트에 와서 제가 하는 중의 가장 重要한 것을 마지막으로 엿줍겟습니다. 한 주일에 세 번식 저녁이면 大學의 外國人 獨逸語 講座에 出席합니다. 손에 字典을 들고 ᄯᅢᄯᅢ로 낫이면 길거리에 나서서 電柱나 看板에 부튼 광고문을 解釋합니다. 주인집 어른들의 하는 말을 알어듯노라고 애를 쌕쌕 습니다. 다행히 아믄드 씨는 高等學校 時代에 外國語로는 佛蘭西語만을 배윗섯는 ᄭᅡ닭에 英語를 쓰지 안케 되엇습니다. 천천히 明確하게 標準語로 하야도 잘못 알아듯겟는데 삿투리로 작고 집어세니 ᄯᅡᆨ하기 그지 없습니다. 이럿케 言語에 困難을 當하면서도 그래도 오는 시월에는 大學에 出席할가 합니다. 中國서 온 왕군에게 들은 즉 시월ᄭᅡ지에는 넉넉히 準備되리랍니다. 여긔서 한 學期 지나서 저는 뮌헨이나 伯林으로 轉學하겟습니다. 그리고 선생님 맨 乃終으로 저녁 散步 니야기나 하여 볼가요. 公園이 到處에 잇는 獨逸의 都市이고 其中에도 ᄯᅩ ᄺᅳ랑크ᄺᅮ르트일 ᄲᅮᆫ더러 제가 잇는 다달배엣 거리는 市街 한켠에 잇서서 조금만 나서면 郊外입니다. 獨逸의 길거리에는 나무가 만코 나무 알에에는 椅子들이 노혀 잇스니 郊外에 나서면 더구나 그럿습니다. 저녁 후면 늘 저는 거리박(郊外) 나무가 늘어서 새로 저녁놀에 얼이친 잔디밧 가으로 散步합니다. ᄺᅳ랑크ᄺᅮ르트의 교외는 아름답기 그지 없습니다. 여긔저긔서 젊은이의 노래는 들녀옵니다. 愛人의 무리들은 微笑를 ᄯᅴ이며 ᄶᅡᆯ안고 다닙니다. 늙은이들은 길가에 걸안저 살어지는 담배 연기에 젊은 시절을 回想합니다. 선생님 거긔 욱어진 숩 알에로 저녁놀이 ᄭᅥ지는 속에서 저는 ᄯᅢᄯᅢ로 孤寂을 늣기옵니다. 그들의 생각은 저의 가슴에 ᄭᅳ님없이 번득입니다.

선생님 ᄺᅳ랑크ᄺᅮ트에는 아즉 볼 대가 만사오나 모다 못 보앗습니다.

후일 보는 대로 機會를 보아 더 적어들이겟슴니다. 그리고 선생님 아즉 온 지가 얼마 아니되고 또 言語도 잘 모르옵기에 저의 觀察은 늘 皮相에 긋침을 마지못합니다. 짤하서 獨逸에 대한 內容 잇는 이야기는 할 準備를 못 가젓슴니다. 다만 그동안 저의 본 바 늣긴 바를 多少 엿자옵고 여긔에 閣筆합니다. (1930.7.10. 德國 佛郞府에서)

[39] 『동아일보』 1930.9.12. 이은상, 금강행 (이은상의 기행 시)

▲ 1930.9.12. (1)

古來로 금강을 詠한 이 – 累百으로만 算하고 말 것이 아니어늘 이제 淺學雜想으로 또 무슨 노래를 짓는다고 하려니까.

그러나 金剛이 본대 하나인 법호되 無央無盡한 것이어서 고인의 금강, 今人의 금강, 갑의 금강, 을의 금강이 다 각긔 다른 것이니 이것이 금강의 위대를 證示하는 것이며, 不佞의 拙吟을 容納하는 所以입니다.

이 시를 남에게 보임이 나의 愚함을 하나 더 加하는 짓인지도 모르긴 하려니와 한번 이나마 금강 靈岳을 내 홍대로 을펏스니 내게는 더 업는 榮光입니다.

금강에 한 번 들어 봉마다 골마다 다가보려 하엿건만 福이 미처 부족하든지 못 본 곳도 不少하며 이르는 곳에는 다 일수를 엇고저 하엿건만 홍이 또한 不及하야 째인 곳도 만슴니다.

이제 모든 한을 재입삼입에 풀기로 하고 이미 어든 것 중에서 百闋만을 추리어 활자에 부치고저 합니다. 그리고 詩中의 三四題쯤이 新生志에 실은 필자의 금강 감상문 중에 인용되어 잇슴을 附謝하여 둡니다.

金剛 望遠 (시조 생략)

過長安寺(시조 생략)
聞梵鍾
萬川上題
業鏡臺

▲ 1930.9.13. (2)

태자성, 태자궁기, 수렴동, 영원동 산조 (4편 시조)

▲ 1930.9.14. (3)

배석, 명연, 조충혼, 갈성루, 삼산국, 매월당의 애각을 보고(6편 시조)

▲ 1930.9.16. (4)

만폭동 팔담가, 상제보살 전설가, 백운대, 망중향성 (4편 시조)

▲ 1930.9.17. (5)

금강수, 등비로봉, 등비로봉, 묘길상안불, 내수참로중, 칠보암

▲ 1930.9.18. (6)

석이순, 십이폭, 음감로수, 영산지, 앙지대, 구룡폭, 태자묘

▲ 1930.9.19. (7)

만물초, 옥녀봉, 주중제, 칠성봉, 부부암, 금강에 살으리랏다, 금강귀로

〈참고〉 금강에 살으리랏다=가요와 비교할 수 있음

金剛에 살으리랏다. 金剛에 살으리랏다
雲霧 더리고 金剛에 살으리랏다
紅塵에 썩은 名利야 아는 체나 하리오.

이 몸이 싀어진 뒤에 혼이 정녕 잇슬진댄
혼이나마 길이길이 金剛에 살으리랏다
生前에 더러인 마음 明鏡가티 하과저

[40]『동아일보』 1930.12.5. 배재5년 김종근, 만주기행 (연재)

*만주지역 수학여행임=80명의 여행단

▲ 1930.12.5. (1)

선잠을 깨여 눈을 부비고 닐어나니 아직도 曉晨(효신)의 장막이 보야케 덥힌 二十日 일은 아츰 다섯 시엿다. 驛頭에 모이기로 期約한 九時까지에는 네 시간 餘裕는 잇섯다. 簡略한 旅具를 收拾하야 가지고 남먼저 驛頭에 나가노라 한 것이 벌서 多數의 동무들이 모이엇섯다.

우리 五年 一同 八十名 行隊는 金守基, 金鎭浩, 山元藤之助 세 분 선생님의 引率下에 9시 5分撥 北行列車로 京城을 써낫다.

學窓에 시달린 나머지 紅塵萬丈인 京城의 混濁한 市街를 써나 淸淨한 공기를 힘긋 머시며 金色에 잠긴 秋野의 大自然에 胸襟을 吐露하야 哀傷的 氣分이 漲溢한 感想이 붓 긋을 搖動시키리만큼의 價値로써든지 쏘한 여러해 동안 修學旅行에 굼주린 우리로서 旅行地가 쏘 特殊地帶

인 南滿洲地方 -오늘날 世界政客의 野心의 集注地이요 幽靈 中國의 神出鬼沒하는 政治的 變態―卽 畸形的 政治―를 演出하는 그네들의 다스림(治)을 밧고 잇는 그 나라 그 民族의 民族性, 生活狀態, 文化程度 등을 探索해 보랴는 눈으로써든지, 그것보다도 몸을 헐벗고 배를 굼주리고 잇는 우리네의 移住民들의 艱難한 生活狀態를 探察 熟考하야 아르포의 進出에 만흔 힌트를 엇고저 하는 점으로든지 이러한 모든 점으로 보아서 우리에게 多大한 收穫이 잇스리라는 期待가 큰 만틈 今番 南滿洲地方으로 旅行케 된 것을 絶好의 機會 안닐 수 업섯스며 羨望의 一端 아닐 수 업다.

汽車는 무섭게 레일 우로 달음질 첫다. 新村, 水色, 陵谷, 金村 … 이러케 작구 지나서 汽車는 開城驛에 잠ㅅ간 머믈른다. 開城 ! 하니 내 머릿속으로는 고려 오백년 녯도읍터와 여말에 피흘린 정포은 선생의 善竹橋, 人蔘, 開城 사람들의 團結心과 그들의 商業 狀況! 이런 것들이 문득 써올은다. 車窓을 거더 올리고 머리를 내밀어 사방으로 눈을 두리번거려 보앗다. 市街地 外面의 村都市로서는 볼 만하다. 兪君의 故鄕이 이곳인가 시퍼서 누구가 開城 林檎 십여 개를 車窓으로 너어준다. 잠간 동안에 林檎 爭奪戰이 어우러저서 우슴써리로 허리가 아프리만큼 되엇다. 우리 一行을 一臺의 차량을 專貸하엿슴으로 마치 獨舞臺로 外客의 거리김을 바들 念慮는 업섯다. 午正쌔쯤하여 班友씨리의 쌩을 훔처 먹기 작란이 버러저서 一時는 자미로웟다. 車窓 밧그로 秋景을 바라다 볼 쌔 南朝鮮에서 잘아난 나로써 北鮮 平野에 水畓이 朝鮮이 稀少한 것을 보고는 이 조고마한 朝鮮 안에서도 地理的으로 差異가 이러틋 만흠에 一種의 興味를 늣기지 아니할 수 업섯다. 汽車는 어느듯 沙里院에 다핫다. '프랕홈'에는 이삼인의 培材 卒業生이 나와서 一行을 반가히 맛는다. 배재에서 잘아나온 先進 일순이 이곳에도 잇구나! 하고 감격에 넘처 나는 모자를 버서 校票 '培材'를 힘잇게 들어다보고 만저 보앗다. 아! 그 쌔의 배재에 대한 감격! 즉 母校愛의 發動이여! 이곳은 梁君의

故鄕이다. 일행 중 도중에 고향을 둔 벗은 恩惠를 입어 너무나 고마윗다. 개성서는 兪君의 林檎이 우리 일행의 구미를 오앗고 이곳서도 梁君의 林檎 一袋가 일행의 療飢에 충분한 도음을 주엇다.

그리고 이곳이 金成浩 先生의 고향인 것을 쌔달은 때 김 선생님의 沙里院 火災 이야기가 문득 머리에 핑 돌아올은다.

▲ 1930.12.6. (2)

피로를 늣겨 車窓에 몸을 依支하고 잇다가 사람들의 喧騷에 잠을 깨니 平壤이라고들 야단이다. 평양에 이르러의 첫 음프레숀은 평양 女子들의 頭巾이 平壤 情趣의 하나임을 알 수 잇섯다. 이곳은 歸途에 들릴 예정이엇스니 힘써 무엇을 차저보고저 하지 안핫다. 驛頭에 보이는 勞働者들의 健壯한 體格을 보고는 이곳 사람들의 特技 헤딩을 생각할 수 잇섯다. 기차는 점차로 북으로 突進하고 잇섯다. 博川, 宣川을 지나면서부터 역마다 나으리가 有別스럽게 움즉어리는 것은 國境이 갓가워 온다는 것을 말함인가. 沿線의 水畓에는 추수하느라고 男女老少가 들에 업혀서 米價 暴落은 꿈도 안 꾼다는 듯이 熱心으로 움즉이고 잇다. 나는 또 疲困에 못 견듸어 잠이 들엇다.

新義州! 新義州! 國境! 鴨綠江! 이러케들 써들고 벗들은 좌석을 써나서 감탄사를 連發하기 시작한다. 기차가 新義州에 停車하는 時間은 불과 5분에 다시 그곳을 써나 安東縣은 건너다보고 달아난다.

(…이하 20행 삭제…)

서 50분 정차라 한다. 驛에서 夕飯을 마치고 三四班友 同伴하야 안동시가의 夜景을 瞥見하기 위하야 市街地로 나갓다.

(…중략…)

▲ 1930.12.7. (3)

汽車는 어느듯 蘇家屯(소가둔) 역에 와서 다엇다. 이곳만은 相當히 큰 역이엇다. 우리는 다음의 奉天驛을 想像하며 매우 긴장들 하얏다. 奉天이다! 奉天이다! 오전 6시 20분이엇다. 驛夫들은 '후—떵'하고 日本 말로 소래치는 者도 잇는 反面에 '꽹텡' 하는 中國 驛夫도 잇슴을 볼 수 잇섯다. 이것은 珍奇한 對이엿다. 승객은 벌쎄가티 밀여나온다. 전부가 식컴은 中國人. 그 가운데에 흰옷 입은 사람이 이삼인 석겨 밀여나올 섇. 그들을 볼 째 可憐스러웟고 반가웟다.

우리 一行이 세 분 선생님에게 引率되어 奉天驛 廣場에 나갈 째 사방에서 中國 勞働者가 人力車를 끌고 '洋車好 洋車好'하면서 운집하는 것도 可觀이엿다. 驛前의 雄壯한 건물과 시가 雜踏는 東三省의 首都이요 동양 有數 都市로서는 볼 만한 곳이엿다. 우리는 역전 高樓 瀋陽旅館 分號 和式部에 행장을 풀고 疲困한 몸을 쉬게 되엿다. 瀋陽館 사층 屋上에서 奉天 市街 일부를 展望할 째 처음으로 씃이 업는 奉天에 놀랏다. 익지 못한 和食에 주린 창자를 채우고 일행은 마차 21대에 分乘하야 南滿洲鐵道 附設地라는 瀋陽城門을 지나서 長蛇陣으로 성내로 들어서게 되엿다. 이 城內는 純然히 中國人 市街로서 舊市街라고 부른다. 구시가를 순회하면서 注目되는 것은 街路에 졸고 섯는 중국 순경(순사)과 市街地의 점두장식이란 目不忍見의 慘景이엇다. 순경 월급은 일개월 6원이란 말이 잇다. 6원짜리 순경들이 襤褸한 복장에 장총을 차고 交通取締한다는 자가 졸고 잇슬 째 이 순경에 중국 正體가 斟酌되고도 오히려 남는다. 곳곳에 잇는 飮食店에는 蠅群의 飛躍이 순경보다 勇敢히 活動하고 잇다. 성내 시가의 건물은 雄壯한 것이 만헛스며 건물의 彫刻 등도 비록 現代 文化洋屋과 現代 美術品은 아니엇슬지언정 敬歎할 만한 곳도 만혓다. 봉천에서 제일 큰 百貨店이라는 吉順絲房에 우리 일행은 들느게 되엇다. 吉順號 옥상에서 봉천 全市를 一眸 眺望할 수 잇섯다. 一望無際란 이런 째 쓸 말이다. 滿鐵社에서 쏠하온 案內者(일본인)의 설명에 의하면 全奉天 인구는 백삼십이만이라 한다. 其中 성내 인구만 32만이라 한다. 그러나 인구수가 정확한지가 의문이라 한다. 6원짜리 순경이 도저히 정확한 조사를 하지 못하고 인구 조사 하러 가서는 이슥한 곳에서 竊盜질 하다가 인구 조사는 결국 허위보고를 한다기 우리 일행은 안내자 말에 깔깔 웃고 말엇다.

(…중략…)

▲ 1930.12.9. (4)

우리는 여관에 돌아왓다. 째는 오후도 점을엇다.

自由 解散! 우리는 각각 그의 길을 차젓다. 우리 民族의 移住 生活狀態를 살피고저 역에서 사방위에 잇는 朝鮮人村을 차저서 더욱 동아일보 봉천 지국을 訪問하고 大略을 探聞하얏다. 봉천 이주민이 약 2천명으로 그들의 活路라고는 음식점, 야채상, 곡물상 등을 소규모로 設店하고 그날그날의 生涯를 겨우 維持하는 중이며, 商路는 동족간이나 중국인들과도 상대한다 한다. 현재 봉천에는 십여명의 同胞 留學生이 잇다고 한다.

그 이튼날(22일) 오전 6기 35분발로 일행은 奉天을 써나 撫順으로 향하얏다. 오전 8시 10분에 무순역에 하차하자 역전에 즐비한 일본인의 商店이라든지 무산 炭坑에는 놀라지 아니할 자 그 누구이랴? 우리 일행은 역전에 잇는 撫順炭鑛 事務所 옥상에서 案內者의 시가 설명을 들엇다. 이곳에 잇는 日本 住民은 약 1천 4백 여명이라 한다. 이곳에서도 朝鮮人의 活路를 探索하야 보랴 하얏스나 시간이 急遽한 관계상 뜻과 갓지 못하얏다. 전차를 타고 무순시로부터 동으로 나가게 되엇다.

(…하략…)

[41]『동아일보』 1931.6.11. 이은상, 향산유기(香山遊記)

*국토애를 기반으로 시적 표현, 사적 고찰 등을 중시한 기행문이나 묘향산 탐승 과정에서 감정이 과잉으로 흘렀고, 탐승과 귀로에서 처음 밝혔던 '성지 순례', '새나라'에 대한 소망 등이 소멸되어 감정적 일관성이 떨어졌음.

▲ 1931.6.11. (1) 제일신

發程

雨脚이 오락가락 하드니 오정이 지나서는 일천이 放晴. 이것이 1931년 6월 4일 漢城의 天氣엿습니다.

밤에도 연하여 맑아 11시 發 北行車의 窓 안으로 달빛이 새어 듭니다.

명산 순례로서는 昨夏에 金剛行을 지은 일이 잇서 이번이 其次이지마는 북행으로는 이것이 處女行입니다.

더구나 동반이 되어준 大隱和尙까지 역시 초행이라는 데는 마주 안자 서로 한번 웃지 안을 수 업섯습니다.

그러나 拔草膽風의 길을 가티 나선 것은 중한 인연이라 할 것입니다. 佛家에서는 '同席大面 五百生'이라고 하거니와 이번은 緇素가 步調를 가티 하여 妙香 聖地를 巡禮하는 일일 쁜 아니라 가며가며 眞俗 二諦를 실카장 談論하기까지 할 것이니 과연 幾千幾萬 生의 인연인지도 모르겟습니다.

車는 경성의 *을 써낫습니다. 언제 벌서 西山을 넘어 어두운 들판 속을 헤치고 갑니다.

나는 지금 이 밤 차를 타고 태백산으로 갑니다. 북으로 태백산을 차자 頂禮를 드리려 갑니다. 혹 어썬 이 잇서 태백산 觀參이 웬일이냐고 물으실지도 모르겟습니다. 네 나는 그를 위하여 대답하여 드리지오.

"태백님을 보인 후에 거기서 새 나라를 세우려 하노라"고

"그리고 그 새나라의 國民이 되려는 것이라"고.

太白語로써 혀를 놀리고 太白血로써 몸을 살리고 太白魂으로써 마음을 채운, 그리고 그 박게는 아무 것에도 영광과 안락을 늣기지 아니하는 太白國의 純潔한 國民이 되려 가는 내 마음은 지금 祈願과 希望과 自尊과 優越의 정으로 가득하엿습니다.

童貞이 그 새나라의 道德이오 聖潔이 그 새나라의 法律입니다. 나는 그 도덕과 법률에 절대로 복종하는 忠良한 국민이 되려 갑니다.

그러나 새 나라를 세운다 하여 太白山 중에 왕좌를 배푸는 것이 아닙니다. 실상 그 나라는 산중에 세울 것도 아니오 江上에서 이룰 것도 아닙니다.

國土는 벌서 내 마음으로 相하여 두엇습니다. 그럿습니다. 太白山의 靈氣를 빌어 내 마음에 새나라를 排舖하여 오고저 하는 것입니다. 그리고 동시에 내 자신이 그 새나라의 純潔한 國民이 되려는 것입니다.

나는 이러케 생각하며 心頭에 一道光明이 잇음을 스스로 늣깁니다. 발 아픈 비록 밤비치 어둡다 하더라도 장차 열리려 하는 新世界의 華麗한 旭日이 잇음을 分明히 깨닷습니다.

문득 車窓 박글 내다보니 車站(차참)의 이름이 水色. 나지면 이름 그대로 漢江의 水色이 보이고 往來 白帆도 陸路人의 情을 쓰을어간다 하건마는 밤이라 朦朧한 野色박게는 아무것도 보이지를 아니합니다.

漢山河色이 보이지 안하 옛꿈을 잇고 갈 줄 알앗드니 野色이 더흔층 客의 情을 울려줍니다.

南山은 어드멘지 漢水도 보이잖네
五百年 묵은 꿈을 行人도 이잣더니
굳하여 달밝은 들빛이 눈물자아 주더라

▲ 1931.6.12. (2) 제이신

幸州城과 臨津江

차는 달려 일산을 지나갑니다. 右窓으로 高峯山을 指點할 수 잇으련마는 밤이라 어스럼히 보이는 많은 산중에 어느 것이 어느 산인지 분간할 수가 없고 다만 고봉산성지와 공양왕릉이 다 저 어둠 속에 잇으려니 할 뿐이며 그보다는 흖이 蓋山이라 부르는 일산 顚上의 행주산성에 웃둑 서 잇을 권율 도원수의 임진대승비가 그립습니다. 나는 산성 쪽을 향하여 몇 번이나 默禮하며 지나갑니다.

권율의 字는 彦愼이오 호는 晩翠니 安東 사람입니다. 늦게야 文科에 올나 --

어느덧 시간은 자정이 넘엇습니다.

차는 쉬지 않고 북으로 달립니다.

車輪 구으는 소리 쫓아 공연히 신비스러운 이 밤 車! 차실을 둘러보니 어데까지나 가는 이들인지 많은 승객이 모도 잠들고 마주없은 대은 화상도 바야흐로 睡三昧를 재촉하는 모양입니다.

이같이 다 자는 깊은 밤, 차는 지금 인진강 철교를 지나갑니다.

月下에 銀波 이룬 저 江面! 무심코 窓을 여니 江風이 옷깃을 칩니다. 아! 이 바람, 칠백년 옛 꿈의 呼訴인 듯도 하기에 숨갓븐채 마실 대로 마시어 둡니다.

이 임진강은 고래로 많은 詩人의 詩를 얻엇습니다. 그 중에서 고려 李奎報의 시 一句를 記憶하건댄

편주가랑질여비
수기처량핍객의
연안유시향경립
벽천하처일범귀

라는 것입니다. 그 시의 --

임진강 밤물결이 달알에 굽이치며
麗代 風流를 아뢸 듯이 드는구나
松京이 남아 잇으니 잠잠한들 어떠리

대하여 말할 뉘 없고 鳥獸魚鼈 다 자는 밤에
江月 江風이 뷘 하늘에 깨어 잇어
恨 품은 나그네 하나 지나감을 보더라

▲ 1931.6.13. (3) 제삼신

北으로 北으로

"開城!"
"응 여기가 개성이야?"
천년고도는 내마음을 어지럽히려 합니다.
나는 속으로 後期 잇슴을 말하고 車窓을 닷앗스나 이제 두 사이에 눈물업지 못함은 쏘한 당연한 일인가 생각합니다. 차는 언제 파동대도

를 쑬코 나와 황해도의 地界로 들어서며 바야흐로 산악 중첩한 예성강의 상류를 끼고 오르는 모양입니다마는 연일의 피곤이 굿하여 이 차중에 와서 보복하려는 듯이 몸을 자꾸 누이려고만 합니다.

그런데 지금 마침 내 눈에 기괴하다면 기괴하고 자미 잇다면 자미 잇는 한 現象이 보입니다. 그것은 두서너 자리 건너 바라보이는 곳에 巡檢 한 사람이 罪囚 한 사람을 묵거가는데 그들이 서로 머리를 맛대고 兄弟인 듯이 夫婦인 듯이 조을고 안즌 그것입니다.

“아! 잠 속에는 怨親이 업는 게로다.”

저 화평한 잠의 世界! 지금 저들의 세계를 그대로 확대시키면 이 세상의 일은 다 그만이 아닐런가.

‘平等性中’이 아닌 저기에 어찌 ‘彼此’ 업습을 보더란 말고! ‘대원경상’이 아닌 저기에 어찌 親疏 늗힘을 알리런고!

사랑홉다! 저 잠으로 말미암은 아름다운 現象! 여보게들! 상하 흑백 원근 유무를 알게되는 저 太陽이 이 차창 안으로 빗치어 들기 전에 부듸 깨지 말고 자시오.

“원수가 어데 잇스며 부모가 짜로 잇나.”

자거라 깨지 말고 자자. 나도 이제 저들과 함께 머리를 맛대고 자려 합니다. 이 車室 안의 모든 사람이 다 누군지는 모르거니와 깨어 서로 구별을 보기 전에 먼저 가티 머리를 모으고 잠드려 하나이다.

오! 잠 평화의 世界.

(…중략…)

山田에 저 農夫야 貧苦를 읊지 마소
세상에 허다 우부 마음 팔아 樂을 사네
넋없는 허수아비들 웃어준들 어떠리

▲ 1931.6.14. (4) 제4신

百祥樓와 七佛寺

우리는 백상루 우에 올랏습니다.

고구려 때에는 息城이라 하고 신라 때에는 중반이라 하고 고려에 와서도 초엽에는 彭原이니 寧州니 하다가 말엽에야 今名을 얻은 이 安州!

--

薩水 어드메오 들밖에 멀어 잇고
千年 往事를 물을 길이 없어 할 제
길가에 파벽 일우를 칠불사라 하더라

--

녯 사람 이 루에서 漁艇을 보다 하나
오늘은 여기 올라 農歌를 듯는구나
어지버 벽해상전이 이러한가 하노라

▲ 1931.6.16. (5) 제5신의 일

初入情趣

백상루와 칠불사를 구경한 뒤에 다시 역으로 와 개천 향 輕便車에 오르니 오후 1시.

그리하야 한 시간이 지난 후에 우리는 개천에 대엇습니다. 다시 우리는 熙川行 자동차를 옴겨타고 북으로 龍淵橋를 건느느니 三峯橋를 지나느니 北院을 뒤밀치고 球場을 뚫어 지나 수십 橋梁과 오육 山村을 지난 다음에 淸川江 玉같은 물을 끼고 점점 深山味를 보이는 듯한 月林橋를 건너서 월림이란 山村에 나리니 오후 4時 반. 여기서 妙香山이 15리. 북으로 燕頭峯은 날애 밑에 一村을 거느린 냥 妙香 一帶를 바라보며 그저 끊임없이 敬拜를 드리는 것 같습니다.

월림 길ㅅ가에서 동으로 웃둑 솟은 것이 妙香山의 法王峯. 그러나 여기서는 아직 妙香山을 云謂할 것이 아닙니다.

이로부터 월림강의 나루를 건너 徒步로 들어갑니다. 이때까지는 車에 앉아 無嚴하게 짖얼대고 왓지마는 여기서부터야 참말 우리 太白神禮讚에 敬虔心을 다하는 것입니다.

장차로는 妙香山 山門까지 자동차를 드리리라 하며 또 지금도 獨貰를 내면 들어간다 하거니와 이같이 또박또박 제발로 걸어간다는 것이 무엇보다 제 공 세우고 제 德 닦는 일이라 그지없이 깃브고 좋습니다.

월림강 건너서 족음 오누라니 산언덕 길목에 盤松 하나이 잇어 모양도 加工을 疑心케 되엇거니와 그 가지의 그늘이 온 길에 덮여 往來 衆生으로 하야금 더운 땀을 식히게 하기로 물으니 과연 이 盤松은 西山 禪師가 솔씨 하나를 버린 것이 우연히 자라나 이같이 된 것이라고 대답해 줍니다.

흖이 有名한 이의 手植松이란 말은 잇지만 이것처럼 버린 것이 우연히 낫다는 것은 썩 듣기 稀罕한 傳說 같습니다. 하여간 솔도 하도 잘나고 德을 베플매 菩薩의 化現으로 보는 것도 그 信仰의 맞당한 일이라 할 맘적합니다.

이 반송을 지나서부터 비로소 香山 初入의 情趣를 맛보게 됩니다. 그러나 이 妙香山은 결코 그 雄深 奇妙한 맛을 밖에들 내어 놓지를 아니한 모양입니다.

좌우 連山이 서로 이를 맞물고 연방 앞잡이 인사를 할 뿐이지 향산 本山은 좀해서 보일 척도 아니합니다.

가운데는 청천강이 흐르는데 강폭이 宏大하고 左岸으로 길을 내어

寺門에 이르기까지 탄탄한 대로를 들게 되어 잇습니다.

▲ 1931.6.17. (6) 제5신의 이

산들은 어떻게나 털이 많은지 그저 양떼들이 오글오글하는 것처럼만 늣겨집니다. 거기 따라 벅국이 소리, 꾀꼬리 소리, 종달이 소리, 이 여러 새들의 소리를 分揀하기에 밭브고 검은 나비, 붉은 나비, 온갖 벌 나비에 눈을 자주 빼앗기여

월림강 건너서서 향산 洞口 다다르니
岩山에 피는 꽃은 遠客을 반겨하고
溪邊에 우는 새는 春興을 노래한다

라는 香山歌 첫대문을 노래하며 갑니다.

短笻(단공)을 휘두르다보니 길 왼쪽에 어떠한 집이 잇습니다. 뷔기는 뷔엇습니다마는 紙幕임을 알 때에,

"옳아 이것이 저 有名한 香山紙 뜨는 데로구나."

하고 얼른 반가운 歎息을 거읍합니다. 이 지막이 월림 향산 간의 반이라 합니다.

족음 앞으로 가누라니 바른켠 江岸으로 자동차길을 두고 산고개를 왼편으로 질러 넘는 舊路가 잇습니다. 우리는 일부러 이 舊路를 취하니 그것은 자동차를 위한 新作路의 短調無味를 싫어하기 때문입니다.

산고개에 올라서니 이름이 밝사자목(外獅子項). 향산의 本色이 끝만 발뵈이는 안을 바라다보며 대은이 옛버릇으로 꺾어주는 싱애를 받아 먹으니 나도 분명 山人間의 한사람처럼 생각됩니다.

산에서 나려와 저리로 둘러오는 자동차로와 다시 만나 山門을 향하고 걸음을 급히 합니다.

(…중략…)

▲ 1931.6.21. (7) 제6신

普賢寺의 밤

웃둑 서 고개 들고
菩提樹 바라보니
塵客이 오다 하고
산 가마귀 지저귀네
뒤로서 衲子 한 분이
누구시오 하더라

보현사의 寺門 안으로 들어서자 승 한 분이 나와서 刺를 청하기에 이름을 통하엿습니다.

실상인즉 이러한 旅行일스록 한 개의 무명 過客으로 處함이 깨긋한 態度인 줄 생각은 하엿으나 이번 걸음이 本處치 後援업시는 도저히 探險을 감행할 수가 업고 또 그 우에 經板 印刷를 겸한 까닭으로 이름 아뢰는 폐를 避할 수가 업섯습니다.

더구나 京城 大圓庵의 石顚 老師가 미리부터 소개해 두신 일도 잇고 또 동반한 이가 教界의 名人이라 나는 이름을 통하자 곳 중문 소문을 거쳐 동림헌으로 引導함을 바덧습니다.

나는 동림헌으로 들어가 旅裝을 풀엇습니다. 그리고 寺中의 여러분과 인사를 바꾼 뒤에 浴湯으로 가 몸을 씻고 돌아오니 과연 仙緣이 엷지 아니함을 늣기겟습니다. 지금 들려오는 저 밤 예불 소리! 나는 문득 한 수를 읊펏습니다.

만세루 접어들어 동림헌에 짐을 푸니
관음전 큰 법당에 밤 예불 소리로다
어지버 홍로백사가 꿈 쓸리듯 하여라

(…중략…)

봉이름 아직 몰라 앞 봉이라 하노이다
골이름 못들으니 뒷골이라 하노이다
법국이 압뒷산에서 울어 밤을 새더라

▲ 1931.6.23. (7)

밤을 지내면 보현사 경내의 구경으로부터 묘향산 탐험을 착착으로 實行하게 될 것입니다. 그런데 나는 여기서 먼저 묘향산에 대한 개괄적 說明과 및 보현사의 연혁을 記抄하는 것이 이 산을 순례함에 잇서 예비적 지식으로 하여 필요한 것임을 늣깁니다.

(…중략…) 묘향산 연혁 및 보현사에 대한 설명

▲ 1931.6.24. (8) 제8신

보현사의 연혁

(…중략…)

▲ 1931.6.27. (9) 제9신

대웅전, 여래탑

6월 5일 묘향산 구경의 첫날 天公도 우리를 위하여 백일 淸風을 앗기지 아니합니다.

우리는 승법 화상의 인도를 받아 보현사 경내의 모든 전각을 순람하게 되엇습니다.

먼저 대웅전으로 들어가니 그 외면의 宏嚴함에 놀랏든 눈이 다시 그 내부의 典麗함에 또 한번 놀라겟습니다. 이 집은 영조 38년 남파 대사의 중건이매 지금으로부터 백칠십여 년 밧게 더 되지 아니하나 영조의 기술로는 휋힌 이전의 고대적 풍미를 씐 것 가티 보입니다.

--

▲ 1931.6.28. 제10신

萬歲樓

우리는 서총회문을 지나 우측으로 凝香閣이란 승방을 끼고 명부전(인조 13년 1631년 창건)으로 들어가니 중앙에는 지장보살 좌상이 잇고 좌우에 道明 尊者와 無毒鬼王 입상이 잇어 불당이 별로히 삼엄하여 보입니다.

다시 발길을 돌려 만세루 우으로 올라왓습니다.

이 루는 영조 원년(1725)에 重建한 이 절의 鍾樓입니다. 누상에는 중량 1600근이라는 거종 등 四物이 가추어 잇어 朝鍾夕鼓ㅣ 深谷에ㅔ 울리어 이러한 번뇌 과객의 가슴까지 씻어주는 것입니다.

만세루 題詠들이 많기도 하나 나는 李耐石의 하나를 골랏습니다.

(…중략…)

나는 만세루 큰 기동에 몸을 기대고 앞으로 탁기봉 일대 連山을 바라

봅니다.

취무에 눈보내고 두견성에 귀 맛기니
만세루 안즌이냥 몸 잇는 곳 모를노다
내마저 날 못찻거늘 뉘가 나를 차즈료

나는 잠깐 동안이나마 만세루 상의 한가를 맛보고 뜰에 나려서니 古塔하나이 또 잇습니다. 高는 21척이며 11층으로 된 석조 사각형 다층탑입니다.

이 탑은 고려 정종 10년(1044)에 축조한 것이매 이 산중에서는 가장 오랜 탑이겟습니다.

(…중략…)

▲ 1931.7.2. 제11신

명승의 문집

우리는 향산 江畔에서 塵氣를 씻고 輕閑한 步調로 노송 고회의 長提를 넘어 大藏殿에 이를엇습니다.

전 안에는 석가여래 좌상을 奉安하얏고 佛壇의 좌우배 삼벽에는 천정에 다케 經板을 싸하 두엇습니다.

나는 전내에 들어서자 滿腔의 喜悅과 충심의 존경으로 삼면벽을 향하야 절하엿습니다.

옛 선사들의 인생을 생각한 記錄을 볼 수 잇음이 무한히 깃브고 감사한 까닭입니다.

혹 이것은 불교문화의 자취라고만 생각할 이도 잇을 것이나 결코 그러케만 볼 것이 아닙니다.

조선의 古文學을 알려 함에 잇어 문헌 零星의 한이 적지 아니하매 여기에 싸흔 이것이 조선 사람 전체의 보물이 아닐 수 업습니다.

그러므로 나는 이 전내에 藏保된 판자 중에서도 화엄, 법화 등의 경판이나 禪文 四集 儀文 等類보다는 명승들의 文集을 더 귀중히 생각합니다.

여기 잇는 문집은 청허 선사의 것을 비롯하야 허백, 월저, 설암, 허정, 월파, 물외 등 청허 계류의 역대 명승들의 것입니다.

나는 이 기회에 이 문집 전부를 인쇄하여 가거니와 이것은 조선 불교사에 불가결할 好資料가 되는 채 그대로 조선문화사에 큰 공헌이 되는 것이며, 叢林文學 硏究에 막대한 典籍이 되는 채 또 그대로 조선문학 전체에 중요한 문헌이 되는 것입니다.

그리므로 나는 깃븜과 고마움을 참지 못합니다.

그러고 나는 지금 詩文을 남겨두고 간 그들의 발자취를 그려봅니다.

虛白堂. 師의 속명은 希國이요 法諱는 明照니 통정대부 春文의 아들로서 13에 진작 出家의 뜻을 가지고 --

月渚堂. 法名은 道安이요 평양인이니 세간 애욕을 끈코 이 묘향산으로 들어와 화엄대의를 강구하여 마침내 화엄종주라 世稱함을 바든이며 法席의 --

그리고 그의 제자 雪岩堂. 법명은 추--

▲ 1931.7.5. 제14신

龍淵瀑

안심사의 석종을 지나 동으롯둘린 길을 싸라 산기슭을 돌아 나니 시

내가 잇습니다.

바위로 뛰어 오르고 바위로 뛰어나리고이가티 바윗다리를 건너 시내 우측로를 잡아 오르다가는 다시 그 시대를 도로 건너 좌측로를 타고 가니 벌서 谿谷行의 잔재미를 보는 것 갓습니다.

溪邊에는 여윈 산갈이 뿌리엔 水氣를 먹음은 채 웃머리는 히게 말라 바람결에 흔듭니다. 왼편으로 올려다보이는 절벽 우에는 키작은 소나무밭이 異鳥聲의 樂堂이 되어 잇고 다시 건너가는 바른 편 산 언덕 멀리로는 푸른 하늘이 青紙가 되어 奇峯白雲을 그리는 畫室이 되어 잇습니다.

이것이 과연 범상치 아니하여 고대 열려지는 洞天이 잇으니 이르되 臥龍洞 혹은 金剛水石의 면목과 갓다 하여 金剛洞이라고도 합니다.

이곳을 와룡동이라 함은 --

紅花 변하여서 청초로 욱어지고
자영은 살아저서 백옥으로 되는구나
아 幻景 일순이오매 더욱 조하 하노라

--

▲ 1931.7.8. 제15신

引虎臺

이적기를 거하면 이 인호대의 이름에는 전설이 잇으니 예전에 이 상원암을 첫 번 지을 때에 부역승이 짐을 지고 이 대 우에 올라섯으나 夏五月인데도 雨雪이 나려서 길을 일코 섯더니 마침 한 맹호가 눈을 헤치고 가며 길을 내어 주엇다 하여 이름한 것이라 합니다.

이 인호대 우에 올라서서 來路를 一望하니 白蒼이 相資하여 이만해도 골육의 --

인호대를 오르거든 동일월출 바라보소
북으로 고개돌려 법왕봉 우르시오
그 사이 눈 걸리는 곳이 상원인줄 아시오

천신폭 어깨를 잡고 산주용연 발을 막아
나를 듯 다시 앉고 달릴 듯 붓들렷네
중공에 주춤 쓴 것이 상원이라 하더라

▲ 1931.7.9. 제16신

上院前溪

인호대에서 나려와 암자를 향하여 가니 벌서 승 한 분이 우리를 바라보고 마중을 나옵니다. 노사의 소개로 인사를 하니 그는 上院庵의 방주 인호화상입니다.

--

양선자 어인사람 산수 사랑 이러하여
봉래 방장을 집삼아 다니든고
사람은 그 뜻을 모르고 불우라만 하더라

--

▲ 1931.7.11. 제17신

上院庵

이르는 바 천성석태도 이 상원암의 그것은 요만조만한 것이 아니니 열축림만과 더부러 향산에도 제일경의 稱을 바든 것이오 보고 말하며 듯고 전하는 이마다 천교의 --

선사의 시

▲ 1931.7.12. 제18신

祝聖殿

상원에는 또 이러한 전설이 잇습니다. 고래로 이곳에 용이 잇서 천신폭 웃물에서 살더니 현보거사에게 쫏기어 나려오마 "여기씀서 살리까" 하고 뭇다가 "안된다" 하고 호령하면 또 좀 더 물러나리고 하야 상원에까지 와서는 시냇바위에 꿇어 업대어 "여기서 사오리까" 하고 물엇스나 또 許諾을 밧지 못하여 더 나려갓습니다. 지금도 바위 우에 무릅꾼 자리라는 터가 남어 잇습니다.

--

▲ 1931.7.15. 제19신

法王臺

우리는 인호 화상의 손소 지어 주는 점심을 달게 먹고 축성전 방주

동일 화상을 압잡이 삼아 법왕봉으로 향하니 때는 꼭 정오이엇습니다.

--

법왕대 오르는 길이 어찌어찌 되엇드뇨
기로 우 기로에 길 찾기 어려왜라
행인아 험하올만정 右路로만 예어라

--

▲ 1931.7.16. 제20신

法王峯

창울한 수림 속으로들어서니 아무리 엿보려 하여도 일점 天이 보이지 아니합니다. 그러나 무더운 이 속에서도 산풀의 향긔를 마실 수 잇슴이 고맙습니다.

--

내 몸은 비록 俗人일지라도 이 조흔 靈境 속에 그들과 가티 안자 程度는 비록 잇슬망정 이제 또한 가튼 명상에 잠기고 잇으니 僧俗을 분별할 길이 업는 것 갓습니다.

법왕 놉흔 봉에 結跏하고 안즌이들
俗人은 누구이며 道士는 어늬분고
世塵이 씃힌 곳이니 갈라볼 길 업서라

▲ 1931.7.18. 제21신

上院庵 歸宿

사위의 군만열악이 다 법왕 일봉을 향하여 혹은 멀리서 걸어오고 혹은 가까이 업대어서 다 이 한 곳을 중심으로 한 --

▲ 1931.7.19. 제22신

釋迦 舍利塔

八日 晴後雨

上院發. 釋迦舍利塔. 佛影臺(五里). 賓鉢嶺. 內寶賢洞. 檀君窟(二十里). 萬瀑洞(十里) 降仙臺. 金剛窟(十五里). 內院洞一巡. 金剛窟宿. 今日行程五十餘里.

오전 8시
普峯 東日 大隱 세 和尙과 나 우리 四人은 상원을 써낫습니다. --

▲ 1931.7.21. 제23신

佛影臺

우리는 사리탑 잇는 산정에서 나려와 벗어 두엇든 鉢囊을 도로 끼고 좌로로 건너편 佛影臺에 들엇습니다. 이 불영대에서는 토월 구경이 가장 조타 하여 묘향산 8경 중에 불영토월이라는 것이 잇스나 우리는 불행히 아츰에 이곳을 지나는지라 달 구경을 못함이 유감스러웟습니다.

--

(허백대사의 시)

▲ 1931.7.23. 제24신

檀君窟

불영대에서 써나 가시밧길을 얼마쯤 헤치고 내려가니 불영동 기픈 골속이 됩니다.

산딸기를 맛보느니 蔓蔘을 벗기느니 조팝나무를 휘어잡고 바위 언덕을 넘어가느니 이러케 하여 --

▲ 1931.7.24. 제25신

(이 호에서는 전체가 연작 시조로 구성됨)

歸命歌

크시다 하오리까 높으시다 하오리까
말로써 자랄진댄 크다 높다 거줏말이

다만지 업대어서 절하고 절하오니
돌아온 이 자식을 반겨안아 주옵소서

님이 내신 우리 몸을 달리 어대 기대리까
이 겨레 살릴 이는 당실 홀로 계시오며

--

▲ 1931.7.29. 제26신

萬瀑洞 降仙臺

우리는 길도 없는 단군령을 넘어 손등에피를 내이고야 마는 가싯길을 헤치고 발이 미끄러지고야 마는 바윗길을 지낫습니다.

길가에 서 잇는 가시나무가 나도 한번 써 보자는 듯이 내 麥藁帽를 빼서쓰고 나는 맨머리로 일이보 미끄러저 나가는 --

만폭이 만뢰를 울려 만단 시름 다 쓰나다
돌베고 돌에 누어 홁엣일을 잊엇노라
물소리 하 좋은 여기 仙鄕인가 하노라

--

신선이 오른 뒤에 또 나림을 뉘 보신고
향풍만 부옵거늘 어이하여 강선댄고
아마도 예 앉앉는 이 그가 신선 --

▲ 1931.7.30. 제28신

金剛窟==시조 2수 포함

▲ 1931.7.31. 제29신

內院 廢墟 (내원암이란 산중 고찰)

▲ 1931.8.1. 제30신

寶蓮臺

시조 3수 포함

▲ 1931.8.2. 제31신

香爐峯

▲ 1931.8.4. 제32신

天台洞

시조 5수 포함

▲ 1931.8.5. 제33신

中 毘盧菴

시조 2수 포함

▲ 1931.8.6. 제34신

白雲臺

시조 2수 포함

▲ 1931.8.7. 제35신

歸路

인제 보현사를 에두른 樹林이 보입니다.

처음 올 째에는 보현사에만 와도 仙境이든 것 갓드니 인제는 하도 기픈 곳을 돌아다니다 나오는 길이라 보현사에만 와도 塵界에 오는 것 갓습니다. 回顧하니 우리는 한울에서 열린 잔체에 參席하엿다가 地上에 還降하는 것 가튼 생각이 납니다. 暴雨를 마즈며 나리면서도 이런 생각을 하니 興味ㅣ 자못 적지 안습니다.

인제는 돌아가는 길이어니와 돌아가선들 이번에 왓든 天上宴을 이질 理가 잇습니까. 올습니다. 두고두고 이 잔치를 기억할 것입니다.

너 갓든 천상연에 무엇무엇 차렷드뇨
風露座 燒霧饌에 仙樂이 울리옵데
罷하고 돌아올제 封果 쏘한 주시더라

이 봉과 무에닛고 이름이나 이르시오
拙한 인간이라 중고모름 답답하오
天翁은 성가신 듯이 쑴이라만 하더라

니어 路傍에 잇는 국진굴에 이를엇습니다. 異蹟記와 기타 諸古記를 據하면 이 國盡窟에는 이런 전설이 잇습니다.

녯날 고구려 동명왕이 보인국을 칠새 그 왕이 피란하여 이 굴내에 은신하엿다가 마침내 동명왕의 장군 오이, 부분노 등에게 사로잡히어 항복하고 보인국 쏘한 망하고 말앗다 하여 후인이 이곳을 국진굴이라 일컷는다는 것입니다.

그러나 이는 무론 전설이오 史實로 볼 것은 아니니 金鉉中이 그 태백

행 중에 말한

--

이란 것은 실로 잘 돌아 부친 말이라 하겟습니다.

왼쪽으로 흐르는 향산강 건너편 산머리에 어인 돌기동이 잇서 하늘이 만일 문허지면 제가 잇서 바치려는 듯이, 그러치 안이면 지금 遮日기동 모양으로 제가 하늘을 바치고 잇는 듯이 백여 척이나 높이 솟앗스니 과연 이름마저 천주석입니다. (…중략…)

수일 후 17일 曇(담)

(…중략…)

이러한 명산은 얼마든지 이 가슴에 너허 볼 慾心이 더욱 더 커집니다. 만일 나로 하여곰 社會에 대한 조고마한 義務라도 업시해 준다면 나는 일장죽, 일표자로 산산수수를 찾는 자가 될 것입니다.

가슴을 좁다 마소 좁을 줄이면 이러하료
천산만수를 들이고도 남는구나
이후만 째가 잇스면 쏘 들일가 하노라

拙惡한 鑑賞力과 低劣한 筆致로 우리 妙香山을 소개하누라 하엿습니다 마는 결단코 妙香山은 이 적은 遊記로써 足할 것이 아닙니다. 그러나 妙香 內 그 自體는 儼然히 남아 잇슬 것이니 원컨대 여러 高士 文人의 손으로 더 조코 더 완전하고 더 切實하고 더 큰 紀行이 나아지이다. (完)

[42] 『동아일보』 1931.10.28.
安城, 崔永秀, 스케취 기행-송도를 차저서

1931년 스케취 기행: 사진과 함께 감회를 짧게 적은 기행문
- 최수영의 송도를 차저서
- 최수영의 군산을 다녀와서

1932년 최일송의 화성 녯터를 차저서

▲ 1931.10.28. (1) 臨津江

가을을 비애와 凋落으로써 말한다면 결실과 희망 그리고 환희도 오즉 가울이 아니고는 맛보지 못할 것이외다.

필자는 10월 4일 아츰 차로 藝術的으로 極致된 松都의 자연과 옛터를 차젓습니다.

가을이란 배경과 照明으로 빗나는 송도 옛터의 자최를 스케취하자는 것이 이번 紀行의 動機의 전부라 하여도 과언은 아닐 것입니다.

붓으로 다 표현시키지는 못하는 未練의 嘆을 면치 아느며 몃장의 스케취를 바칩니다.

차창을 열고 임진강을 나려다 보앗습니다.

능구렁이 모양으로 구비처 흐르는 그 물은 누러코 어데인가 맑게도 보혓습니다.

놉고 야즌 산은 첩첩히 강줄기를 에워 싸코 단풍든 수목들은 흐린 물에 자기 얼골을 비추어 볼려고 애를 쓰는 듯합니다.

돗거든 조각배가 강변에서 밥먹는 漁夫들을 불으는 듯하며 몃 개 초가집이 靜寂한 감회를 줍니다.

가을의 하날을 맑고 넙되 가을의 임진강은 흐리고 야튼 氣分에 醉할

샌이외다.

▲ 1931.10.30. (2) 인삼밭

*사진과 짧은 글

▲ 1931.10.31. (3) 善竹橋

*사진과 짧은 글

▲ 1931.11.1. (4) 滿月臺

*사진과 짧은 글

▲ 1931.11.3. (5) 南大川

*사진과 짧은 글

▲ 1931.11.5. (6) 扶山洞

*사진과 짧은 글

▲ 1931.11.6. (7) 穆淸殿

*사진과 짧은 글

[43] 『동아일보』 1932.3.11. 梁基炳, 지하금강 동룡굴 기행

▲ 1932.3.11. (1)

有名한 蝀龍窟은 石鍾乳洞이다

일명 地下金剛이라는 別稱을 가진 蝀龍窟은 평북 영변군 용산면 龍登洞에 잇스니 寧邊城에서 陸路 70리 京義線 新安州 孟中里驛에서 各百五十里로 모다 當日에 往復 探勝할 수 잇는 自動車便이 잇다.

地上 金剛의 奇勝 壯絶을 여긔서 말할 것이 아니지만 奇峯 怪巖이 만이천봉을 이루어 그것이 金剛山의 骨子가 되엇고 萬物相의 奧妙 奇怪의 像이 사람의 눈을 끄은다면 - 地下 金剛의 別趣는 그 무엇이냐?

蝀龍窟은 地上 金剛을 고대로 地下에 옴겨 노은 그것이다. 峰이 잇고 山岳이 잇고 奇石怪巖이 잇고 湖水가 잇고 瀑布가 잇고 다시 말하면 산하가 가즌 곳에 게다가 萬物相이 잇서 地上 金剛에지지 안는 宛然한 地下 金剛이다.

그런대 如上 勝區를 形成한 그 本質은 俗言의 '굴젓'으로 즉 石灰質의 鐘乳이니 혹은 石筍 혹은 石鍾乳로 투명과 不透明의 各種各樣의 굴젓이 蝀龍窟의 名物이요 地下 金剛의 特色이다.

洞內에 遍滿한 鐘乳, 石筍은 가위 造物翁의 一大 成功物이다. 그 奇趣神妙함은 探勝者로서 心身을 律動케 하여 마지 안흐니 우에 쓴 萬物相이 잇고 萬瀑洞이 잇고 多佛洞의 如來佛이 잇고 九龍淵과 金剛洞이 잇스니 神韻 渺渺한 地殼의 變化, 現世를 超越한 奇怪的 神功은 쏘한 考古學上 버리지 못할 好資料의 하나이니 發見 이래 探訪者는 매년 萬餘에 達하는 壯觀을 呈하고 잇다. 또는 如此 實景이 暴50여 米突(미터) 全長 5천 米突 餘內에 包藏 展開되어 探勝所要 6시간으로 踏破할 수 잇스매

소위 地下金剛다운 別趣가 잇는 것이다.

傳說의 蝀龍窟 神奇的 野話

이에 필자는 紀行을 쓰기 전에 傳說에 싸르는 이야기와 洞의 配布를 쓰면서 지하금강의 묘미를 感觸하기로 하자. 傳說 중에도 가장 信證할 만한 史實에 의하면 距今 이천오백구십년 前 즉 高句麗 寶藏王 26년 丁卯(新羅 文武王 7년)에 新羅의 王君이 高句麗 討伐의 志를 품고 李勣(이적)으로써 高句麗 국경을 侵伐할새 째의 寶藏王은 大驚失色하야 寂照禪師(보장왕의 甥姪로 13세에 出家 授法)를 불러서 佛象 經典과 幣物을 依托하야써 "佛象을 神林에 奉安하고 香典을 잇게(承)하라." 하니 선사는 數人의 僧侶를 伴하야 그 불상 경전 及 幣物을 奉受코 山川을 跋涉하다 延州府 東50리 檢山(今의 寧邊郡 龍山面) 坊境界에 이로매 山水明媚하고 風光이 幽深하여 身을 隱함에 最適의 地라. 四方 山中을 物色타가 意外에 一大 岩窟(今의 蝀龍窟) 잇슴을 보고 선사는 心喜自負하야 佛象 其他를 窟內로 奉安할새 天으로부터 五色 神龍이 나려 虹蜺를 吐하야 불상을 抱圍 擁護하얏다 한다.

時의 선사는 大喜하야 僧侶에게 가로되, "以吾佛象化生此窟 眞天實爲之授也."라 하고, 岩窟의 名을 蝀龍窟이라 명명하야 戰亂이 鎭定하기 일년 여를 避難隱居하면서 修道 參禪한 靈地이라고 한다.

그럼으로 이 蝀龍窟은 勝地로서도 隔世的의 別天地이고 史的 資料도 充分타 하겟스니 窟內의 一勝 區인 安眠洞 가튼 데는 溫突房의 痕迹이 잇서 避難民의 隱居튼 것이 歷然하고 巨大한 動物의 骸骨과 작금에 다수의 僞造 白銅貨가 發見되엇슴에 의하면 往昔엔 洞窟 일부가 겨우 地方民에게 알리워젓섯다. 그런 것을 연전에 靑年 探險隊 崔完奎 군의 冒險的 探險의 結果 上述한 神秘境이 發見된 것이다.

▲ 1932.3.12. (2)

蝀龍窟은 本洞 支洞으로 分해

(…중략…)

寧邊城에서 洞口에까지

昨年 여가를 엇어 지하금강인 蝀龍窟을 探勝하게 되엿다. 당일 오전 8시에 行裝을 추려 가지고 寧邊城을 나서니 一行이 칠명이다. 자동차를 타고 城의 東門인 牧丹峯下의 坦坦大路 寧球線으로 내닷는다. 멀니 妙香山의 秀奉과 龍門山이 즈러진 峯態를 眺望하면서 右青山 左綠水 그 사이로 쌩쌩거리며 닷는 自動車 손은 그야말로 仙境을 찻는 듯, 行人도 束手 羨望하지만 一行의 乘車 氣分도 그럴 듯하다.

영구선의 名巨里(명거리) 梧里 墨時洞을 지나서 了城, 鎭坪의 古戰場을 望見하면서 차는 어느듯 球場市를 隔한 淸川江에 왓다.

江을 건넌 車는 시가를 지나 지하금강 동룡굴 保勝會로 모라드럿다. 會의 案內者格인 熟面인 全錫謹 군이 多奔한 중에도 반가히 마저주는 대 一行도 好意로 感謝하엿다.

동룡굴은 發見 初에는 郡과 面에서 관리하다가 其後 道에서 지하금강보승회를 組織하여 總經費 3만 6천원을 드려 窟內의 電氣照明 渡船 道路 改修, 其他 洞窟의 施設과 宣傳 紹介에 努力한다고 한다. 일행은 회에서 30분의 休息을 하고 나니 11시가 넘엇다.

일행이 휴식하는 동안 自動車로 徒步로 모라드는 探勝객은 個人과 團體를 합하야 25인에 達하니 우리 一行을 너허 도합 32인이엇다. 각각 벤도 일새식 사들고 入窟服을 換着하니 出戰하는 勇士와도 갓고, 獵手와도 가튼데 入窟에 대한 注意를 드르며 세 臺의 自動車에 分乘하야 一路 洞窟로 향하니 城場市에서 入口까지 10리 餘라. 그런대 探勝費는 개인이면 5원이니 照明代 被服代를 포함함이요 7인 이상의 團體면 일인전 4.5전 내지 80전이면 足한대, 探勝會의 諸施設이 完備되는 때는 이상 費用에서 훨신 덜 들리라 한다.

▲ 1932.3.13. (3)

石門을 지나서 나리는 사다리

(삽입시 = 자작시임)

▲ 1932.3.15. (4)

전군은 언제 나려갓는지 어서 나려오라는 號令을 웨친다. (…중략…)

愁雲도 사라질사 洗心洞의 淸新味

일행은 洞床에 서서 冷風을 쏘인다. 냉풍이라고 하야도 칩지 안은 맛기 조흔 石筍 香風이라 이곳을 세심동이라고 부르는데 洞의 廣幅 8백여 평의 넓이로 黃昏에 展望하는 曠野 그것이다.

天井은 캄캄히 놉고 洞床은 落盤 磊磊(뇌뇌)한데 그 우에 石筍은 林立突起하야 천정으로 懸垂하야 生長한 鐘乳石과 아울너 一見 水晶宮에 드러선 感이 잇다. 그러고 천정으로 써러지는 滴水의 音響은 凄涼하고도 爽快하야 精神을 灑落케 하니 이것을 무엇이라 形言할가? 이런 恍惚境에 취할 때 紅塵萬丈의 人間事는 도시가 夢外로 도라가는 듯, 胸中의 雜念도 씻처지는 듯, 그러매로 세심동 그 愁雲도 푸러지는 淸新한 맛이다.

▲ 1932.3.16. (5)

石筍 守軍을 지나니 鐘乳洞 만이천봉

일행은 洗心洞을 거쳐 좌우전면에 뚤린 네 개의 支洞路를 지나서 일대 거암석벽을 감도라 조금 前進하니 左便에 口徑 十米突 남짓한 동굴이 가로 잇다. 이가 幹洞에 通한 입구 石門이라 즐줄혀 列을 지여 석문을 넘어들 제, 무엇인지 人形가튼 희그무러한 것이 웃뚝 섯다. 그것이 무엇이냐. 사람이냐 鬼神이냐. 뜻밧게 깜작 놀라 횃불을 드러 밝히니 다른 게 아니라 사람가티 크게 生長한 石筍이라. 그 길이기 삼 미돌로 흡사 지하 金剛을 守職하는 守軍갓다. 一行은 한아식 守軍將게 신체검사를 맛치고는 아프로 아프로 나아간다.

거름을 옴김에 싸라 이 洞穴은 점점 커지는대 상하 좌우에는 例의 鐘乳石이 부텃고 여기저리 突立한 白色 透明의 석순은 그 또한 일대 장관을 呈하엿스니 이제부터 지하금강의 處女景이라 할 鐘乳洞의 奇景이 展開된다.

鐘乳石은 지하금강인 동룡굴의 생명이다. 그럼으로 이 종유동은 窟內의 일대 장관이며 奇態奧妙를 어우른 神功의 極이라 할 勝區다. 천정의 高가 백오십 미돌에 洞床은 백여평이라 좌우벽석과 천정엔 종유석이 쑥쑥 드리윗는대 洞床에는 石筧 石柱 石峯이 林立羅列하여 가지 各樣의 奇形局을 이루엇스니 이가 지하금강 일만이천봉으로 사람들은 지하 금강 이천봉을 고대로 옴겨 노흔 것이라고 극구 讚味하니 그럴 듯도 하여라. 칼날 가튼 놈은 칼 峰이요, 공가티 둥근 놈은 둥굴 峰이오, 사자 가튼 놈은 사자봉이오 중가튼 놈은 托鉢峰인데 제법 금강산 만이천봉을 聯想케 한다. 十王 地藏 阿難 迦葉 觀音 釋迦 毘盧峰 등등을 금강산의 秀奉이라 하거니와 이 鐘乳洞의 만이천봉은 그를 縮圖하야 다시 정교을 가한 천하에 업슬 일만이천봉이라 하겟다.

종유, 석군 한데 모혀 만이봉 이럿는데
동혈도 깁거니와 水石도 조흘세라
아마도 지하 명승은 예쁜인가 하노라

이런 시조를 무심히 읇조리니 겨테 듯는 운성 군은 "여보게 그 짜위 시조는 그만 부르게 어서 구경이나 하세." 하고 썰썰 웃는다. 내 쏘 부르고 십혀 읇는게 아니라 塊句(부끄러운 구절을 잘못 쓴 듯)나마 이런 데서 생각키는 것이 남모르는 多幸이라고 속으로 다시 한번 되푸리하엿다.

▲ 1932.3.17. (6)

統軍臺를 거처서 地下홈에 一息

鐘乳란 奇景을 써나 입구서 이백 미돌 되는 지점에 오니 이곳이 練兵場이다. (종유동서 십 미돌) 동광 백여평으로 탄단한대 茫然하야 족히 써 군사를 操鍊할지니 천정이 노파 雨天 體操場이 되엇다. 이 연병장이란 일홈은 往昔 일부발견시에 붓친 것이라는데 그야말로 일행은 군대식으로 한참 답보를 하고 나서 좌편에 그 勇姿를 펴고 안즌 통군대를 올러갓다.

연병장이 잇스니 통군대가 업슬손가. 대의 高가 오 미돌에 정상의 넓히는 삼평이여서 족히 복하의 대광장을 굽어 호령할 수가 잇다. 명실이 그럴 듯한데 각기 한번식 쒸여 올나 軍令을 나리고 나려온다.

(…중략…)

▲ 1932.3.18. (7)

轉匐洞(전복동) 긔어나니 前人未踏 神秘境

일행은 지하홈을 써나 양쪽에 잇는 支洞 岩波洞 길을 거처 우편으로 20미돌을 나가니 천정과 洞床이 마조 붓흔(그 사이가 30리 내외) 납짝한 窟穴이 잇다. 이가 즉 第一 무서웁고 험하엿나는 전복동이니 문자 그대로 업대여 긔여 나간다는 곳이다. 안내 君의 말을 드르니 이 洞 압까지가 그 전의 旣發見地고 洞을 긔여나서면 前人未踏의 新發見地라고 한다. 洞幅은 5미돌 남즛하지만 노피가 겨오 삼리 밧게 안 됨으로 긔여나가려면 千辛萬苦는 격거야 된다고 한다. 연전에 崔完圭 君도 결사대를 조직하고도 이곳까지 와서는 기가 막혓고 엇던 대원은 겁이 치미러 도중에 탐험을 그만두자는 사람까지 잇섯다는 것을 보아 일행은 꽤 무던히 힘든 곳으로 아러채엿다.

일행은 쏘 列을 지어 한사람식 긔여들기를 시작한다. 넓적 가슴을 짱에 대고 손을 죽 펼쳐서 발에는 힘을 주어 긔긔를 사십 미돌이나 하여 겨우 나서게 되는데 길 쌔는 물론 횃불의 光明조차 보지 못한다. 일행 32인은 이 전복동을 40문이나 걸려 빠저 낫다.

이제부터는 鬼神도 容納 못할 神秘境인데 洞口로부터 400미돌여라 現世를 써난지 이미 쑴 가튼데 몸은 으슥으슥 神祕感에 붓들리어 심장의 고동도 귀에 들니는 듯하다. 數步를 나가니 洞天은 놉고 洞床 50평 되는 新天地가 펴지는데 이곳에 아름다운 石灰華의 構造로 된 洋室가튼 묘한 방이 잇서서 訪客의 눈을 끄으는데 그 情熱 쏘한 雅淡하다.

(…중략…)

發心 곳 하고 보면 極樂에 간다드니

이 고개 成佛嶺은 웨 이리 험한지고
아마도 부처되기는 難事인가 하노라

▲ 1932.3.19. (8)

石溪門 돌어서서 多佛洞 두루 보고

언덕을 나려 석계문 前에 당도한 일행은 마치 지옥문전에 佇立한 罪人의 신세 차람으로 주춤하고 머뭇거렷다. 그러자 석문 안으로 일진 薰風이 쏘다저 나오는데 그는 맛치 문이 열니는 듯, 일행은 우줄우줄 문 안으로 드러섯다. 문은 엇지나 좁은지 원만한 뚱뚱보는 出入念도 못할 狹門이다.

문을 썩 드러서니 多佛洞의 雄壯 奇景이 버려젓는데 천정이 삼십 미돌이고 洞床이 천여 평이나 되는 광장이다. 일대 巨岩으로 된 청류벽을 휘이 도라서니 다불동 안 곳곳에 좌석을 定한 석순 불상은 신비적 造化가 아니고 무엇이랴? 불상들은 지금도 한창 成長하는 것으로 조명하면 전신은 透明體로 變하야 越後의 人形을 짐작할 수 잇는 白玉佛이다. 백색 청색 담색을 갓춘 기기형형색색의 이 불상은 多佛판에서만 볼 수 잇는 기현상을 드러내는 名區다.

개중에는 관음상 가튼 정말 佛幀畵에서 엇어보는 그대로 補扼洛迦山에 안즌 것도 잇는대 座下의 開巡童子가튼 立石이 보다 더 傑作品으로 보인다.

다불동 부처님들을 일일이 두루 보면서 일행이 여래불상을 차저 드니 이 여래불은 洞中의 제일 王座를 점한 것인대 널피 오십 미돌 노피 이십 미돌되는 석종유로 된 法堂에 안젓고 좌우의 산수 병풍은 그를 안고 잇다. 佛의 高는 3미돌에 반투명체의 석순인대 일개 석순이 일촌을 生長하려면 사백년 세월이 걸닌다니 이 如來佛을 엿 천만년 전에

싹이 텃노 天然界의 현상은 묘하기도 끗이 업다.

일행은 여래불께 평생 祈願을 사루고 꼭 사자가튼 사자암을 끼고 佛影潭으로 도라가는대 巖上에 林立한 석순이 제법 사자형체로 되어 금시에 숩속을 햇치고 내닷는 듯하다. 불영담의 水深은 5 미돌에 幅이 5미돌, 長이 30미돌에 갓가운 끗 업는 못 가튼대 저 편의 여래불이 潭水에 어림으로 불영담으로 부른다고 한다.

불영담수에 손을 씻고 洞中을 좌왕우왕하면서 일행은 洞中 역사를 가진 寂照塔으로 향하엿다.

탑은 다불동 중의 남부 洞壁 가에 잇스니 5미돌 내외의 석순이 웃둑 솟아 舍利塔을 聯想케 하니 이 탑이 정말 寂照禪師의 사리탑이 아닌가? 탑 네 귀에는 鐘가튼 鐘乳가 달려서 金風에 젱경젱경하는 것 갓다. 塔을 보고 想像하니 아마 녜 전에 적조선사가 禍亂을 이 多佛洞서 면하엿스리라. 지상 동굴 근방인 龍門寺에 적조 부도가 잇스니 名實도 상부커니와 적조탑이 분명일지라. 쏘는 선사는 妙香山 開山祖인 探密大師의 弟子엿다고 하니 想必 이 蝀龍窟과 妙香山은 무슨 사적 사실이 잇슬 것이겟다.

妙香이 어듸메뇨 窟 밧게 멀어 잇고
千萬年 지난 일을 물을 길 업서 할제
이 굴에 적조탑 잇서 말하는 듯하여다

녯날에 적조선사 佛象 經典 모시고서
蝀龍窟 차자드러 참선 수도하시드니
浮屠를 예 남기시고 法身가곳 업서라

▲ 1932.3.20. (9)

일행은 적조탑을 뒤로 佛遊洞 차저든다. 동은 다불동의 남부에 잇스니 천정 1미돌 내외에 폭 6미돌 남짓한 一소형의 방이니 불상들이 노는 곳이라고 다불동 불유동이라는가. 전후좌우 편에 林立한 鐘乳石柱가 일 奇勝을 呈하엿다.

이에 불유동을 써나 동의 동남편인 九龍淵에 臨하니 못물의 淸新美가 새롭게 유객을 호린다. 동굴 중의 제일 深淵에 停立하매 지상 금강의 九龍淵에 간듯한대 처량한 맛은 말할 수 업다. 洞壁으로 골골히 흐르는 물소리도 潺潺(잔잔)하거니와 불빗헤 水面은 金波 銀波로 출넝거린다. 別天地의 神祕曲은 이곳서썐 볼 것이다.

일행은 속보로 다불동의 最終景인 洞의 北邊에 잇는 十大王前으로 건녓다. 무수한 石谷이 林立 羅列한데 그 중의 큰 것은 高 3미돌이나 남아 一見 십대왕 비슷함으로 십대왕이라고 한다. 제일에 염라대왕, 제이에 超酒大王, 제삼에 興廣大王 … 이러케 列坐한 양이 冥府殿을 연상케 한다. 그리고 鸚鵡塔과 土等岩이 서 잇스니 冥府에 잡혀드러온 죄인이 바로 사뢰지 안흐면 앵무가 고발하야 土筆로 기록한다는 게다.

동룡굴 骸骨보고 배저어 七不洞에

다불동의 恍惚을 버리고 洞의 맨 끗테 落盤--

칠불동 빠저나니 굴종 기승 금강동

▲ 1932.3.27. (10)

仙洗塔에 하직하고 금강폭으로 건너서니 장쾌한 폭포는 석벽으로 쏘다저 나려온다. 폭포의 丈이 15미돌에 洞中 제일의 飛瀑이라 물방울은 흐터저서 안개를 피우며 散珠形으로 磐石을 굴러나리니 此所謂 散珠瀑이 아니냐? 蝀龍奇勝을 혼자 자랑하는 奇想天外의 지하금강이다.

瀑聲을 드르면서 石洞을 더듬으며 白堊塔으로 돌아오니 탑은 순백색을 씌여 백악관의 白塔인가고 생각킨다.

백악탑에서 여페 잇는 금강탑을 끼고 도는데 탑은 동의 남벽에 잇는고 10미돌 남는 본동 중의 제일 거대한 석주로 순백 반투명체라 이 또한 一美觀을 뫁하야 발을 멈추게 한다.

--

▲ 1932.3.29. (11)

支洞 探勝

七星·玉壺洞(옥호동) 지나 藤花洞의 꽃노리

안면동을 두루보고 석운동을 지나 洞口에

--

▲ 1932.3.30. (12)

일행은 속히 거름을 옴겨 세심동으로 나와 마즈막으로 鐘聲洞을 차즈니 동은 세심동 서방에 잇는대 洞口는 몹시 좁아 3미돌되는 가로 뚤닌 穴門을 드러나려서니 종유석이 수업시 달년는대 모다 鍾가티 생겨 한번 치면 우렁찬 鐘聲이 남으로 鐘聲洞이라고 한다.

일행은 지하 금강은 이만 긋치자고 일치나 한 것 가티 불이나케 금강 나리는 새다리로 모여들어 선착자 先登으로 올나갓는대 나려갈 째보다는 훨신 낫다. 방어석문(일명 등용문)을 턱 넘어서니 洞口 眼界로 새여드는 夕照는 환히 아츰 가튼대 동구를 나서니 아직도 해는 조금 엇서 다섯 시가 지낫다.

이로써 지하금강은 모조리 探勝한 셈인대 勝區 40여처에 겨우 5~6시간을 삭엿스니 이 쏘한 지하금강다운 特色이라 하겟다. 米國에는 안모쓰 동굴이 잇고, 伊太利에는 보다미야 동굴이 잇스며, 日本엔 秋芳洞窟이 잇서 각기 유명타고 하나 이 蝀龍窟은 그 이상 웅대 장려타고 할 수 잇스니 천하에 一見을 勸하거니와 그보다 이 窟을 發見하고 物體의 命名에 그 巧妙를 得한 崔君의 勞를 感歎 讚謝하는 바이다. 完 (1932. 1.25. 投筆)

[44] 『동아일보』 1932.11.18.
최일송, 화성 녯터를 차자서 〈스케취 紀行〉 (3회 연재)

▲ 1932.11.17. (1)

느진 가을 만추의 고비는 확실히 차다. 이 째가 오면 들을 수 잇는 녯터의 속삭임 이것을 동경하든 필자의 심흉은 지난 9일 드듸어 華城의 녯터를 차젓다.

華虹門 (짧은 감회와 사진)

▲ 1932.11.18. (2)
▲ 1932.11.19. (3)

[45] 『동아일보』 1933.5.8. 이은상, 춘천기행

▲ 1933.5.8. (1) 山路로 山路로

4월 29일 오전 9시 發 自動車로 나는 同社友 徐椿(서춘) 씨와 함께 春川으로 講演의 길을 떠낫습니다.

急急如律令에 붙들린 鬼神처럼 아침 일직이 登社하자 말자 무슨 講論이 잇을 틈도 없이 덮이놓고 自動車에 실린 몸이 되엇습니다.

실상은 李光洙 씨가 예정된 演士이엇으나 臨發하야 다른 事情이 잇게 되어 내가 急히 代身케 된 것이엇습니다. 무론 이것은 社로써의 일이엇습니다.

그러나 그 지방에 가기까지 하고도 나종아 不得已한 사정으로 畢竟은 강연을 못하게 되고야 말엇습니다.

그러므로 아무것보다도 그 지방 여러 어른에게 汗顔(한안)됨을 풀길이 없자, 마침 여러분으로부터 紀行이나마 써 달라는 付囑을 받게 되고, 또는 아무도 쓰라는 이가 없을지라도 勝區나 古蹟地를 밟고는 변변치 못한 글이나마 한 장 글은 쓰고야 직성이 풀리는 버릇이라. 爲先 밀린 社務를 대강 정리하고서 어수선한 머리 그대로 이 紀行을 쓰려고 붓을 잡앗습니다.

나는 自動車에 실려서 동으로 동으로 달리면서 밤에 講演할 것을 생각하든 일이 지금 내 머리에 記憶됩니다.

"무슨 題目으로 어떤 말을 하는 것이, 그 地方 어른들게 一毫나마 有益한 일이 될까."

이 생각을 하자 얼른 나는 '朝鮮 文化의 根幹'이란 題目을 생각하엿습니다. 그것은 향하는 그곳이 마침 貊國의 古都이자 朝鮮문화의 本源을 더듬는 자에게는 한 重要한 寶庫라 할 만한 데기 때문에 구태여 이 題目을 생각햇든 것입니다.

남 앞에서는 一言半辭도 못한 일이매 자동차 속에서 나혼자 演題를 걸고 나혼자 熱辯을 吐하든 일이 지금 생각건대 혼자서도 웃어운 일이 아닌 배 아니지마는 때때로 흐려져 가는 내 朝鮮心, 나날이 야위어져 가는 내 朝鮮心, 다달어 논슬어 가는 내 조선심을 그로 말미암아 다시금 밝히고 살지우고, 기름칠 수 잇엇은 것을 생각하면 내 自身에게는 무엇보다도 아무데 간 것보다도 가장 福된 일이엇고, 가장 重한 일이엇든 것도 告白하지 않을 수 없습니다.

차는 빠르게도 달렷습니다. 한참만에야 나는 窓밖을 내다 보앗습니다. 그때에 차는 벌서

"淸涼里는 몬지 속일세."

"三角山은 구름밖일세."

"예기 벌서 어딘데 무얼 아는덴냥 해서 窓밖을 두래번거리느냐."

하고 비웃는 듯이 조약돌 위를 덜커덩거립니다. 그리고는 磨峙嶺(마치령)을 넘노나로 낑낑댑니다. 과연 예서부터는 처음 보는 곳입니다.

山路로 山路로 - 길은 寂寞한 채로 바람은 시원햇습니다. 차는 빠른냥 마음은 攸閑하게 잠깐 동안이나마 幸福된 旅行이엇습니다.

어느덧 淸平川, 예가 京春路의 절반이라고 합니다. 그 다음 加平땅을 지나면서부터는 산이 더욱 높아가며 깊어갑니다. 산 속에서 산 속으로 또 산 속으로 그저 산 속으로만 가는 길입니다.

朝鮮이 山岳國이란 것은 小學校의 地理時間에서부터 들은 말이오, 내입으로도 늘 말한 朝鮮 사람의 朝鮮 地理 常識입니다. 그러나 과연

여기 이 길로 와 보매, 참말 山岳國인 것을 切實히 알겟습니다.

하지만 오랜 시간을 山峽으로만 간다 해서, 조금도 싫징나는 길은 아닙니다. 산 그 自體로 생김새가 뽀죽, 납작, 뭉싯, 펑펑, 드부죽안윽, 이리하여 나는 혹 올려도 보고, 혹 둘러도 보고, 혹 데미다 보고, 혹 내밀어 보는 동안, 산은 제대로 솟고, 뻗고, 끊고, 잇고, 때밀고, 댕겨 안아 금시금시 目前에 峻嶺이 빼어솟고, 洞壑이 훔패이되, 故意로의 억지스런 구석이라고는 조금도 없이 造化의 재주를 그 平凡한 솜씨로, 얼른 보면 예사로운 냥하게, 그래도 자세히 보면 즐길 대로 즐기도록, 別異한 趣味를 제각기에 베플어 놓은 산들이라, 즈읏이 산굽이를 돌고 돌적마다 입맛이 달라짐을 느꼈습니다.

그뿐 아니라 여기는 單調한 山峽 그것만도 아니고 저 깊이 五臺山중으로서 麟蹄 山谷으로서 흘러내리는 漢江의 上流가 기어히 이 산들을 다 시쳐가자는 바람에 산과 물과 길이 '그저 우리는 놓지 말자.'고 한사코 같이 끼고 일돌아 가는 속으로 나도 한 몫 끼이는 듯한 맛은 못내 흥겨웟습니다.

거기 따라서 自然히 크고 작은 橋梁들이 여기처럼 많은 곳도 또 처음 보앗습니다.

기어히 일 삼아서라도 한번 해이봄적하게 많은 그 다리들이 냇물과 강물이 우리길을 가로막을 때마다 우리를 업어 나르는 것은 어전지 別로 有情해도 보엿습니다.

▲ 1933.5.11. (2) 그리든 春川에

이리하야 우리는 ㄹ 字의 無數한 連鎖路를 支離한 줄도 모르고 달렷습니다. 그러는 동안 혹은 곳 문어질 듯한 峭壁 밑을 땀쥐고 빠저가며 혹은 곳 떨어질 것 같은 斷崖 위를 눈감고 돌아가는데 제 손 익은 것만 함부로 믿고 바퀴를 휙휙 急히 돌리는 運轉手의 뒷머리가 그럴 적마다 바라봅니다. 고맙지 않은 작난ㅅ군 같아서 …

(삽입시 - 자작시)

넓으신 이 터전을
여오신 우리 님이
거룩한 그 발자국
어데어데 끼치신고
흙마다 그윽한 향기
뿜어 아니 주시는가

산밖은 해지는데
어두운 고이오나
님주신 밝은 빛이
이 벌에 펴게시어
뵈오려 오는 자에겐
더욱 밝아집내다

지금 이 느꺼운 맘을
무엇으로 보이리까
웃을지 울지 몰라
멍하니 드옵건만
사랑에 벅찬 가슴이
갓븐 줄을 아옵내다

▲ 1933.5.13. (3) 볼뫼에 올라서

*봉의산 어원(부리뫼, 볼뫼)

鳳儀山－ 이 산은 이곳의 鎭山으로 가장 거룩한 歷史를 간직한 산입니다. 나는 不安한 마음 孤苦한 마음을 이 산 언덕에 올라 우리 先民의 일을 생각하므로서 다 싯을 수가 잇엇습니다.

鳳儀山에는 옛날 鳳儀樓란 것이 잇엇든 모양이나 지금은 그 어덴지를 알 길이 없고 또 山名으로도 記錄에는 鳳山이라고만 적힌 데가 잇습니다마는 지금은 鳳儀山이라고들 하는 모양입니다. 그러나 이 산을 鳳山이라고 하든지 또는 鳳儀山이라고 하든지 간에 그 原名 '부리뫼' 또는 '볼뫼'라고 하엿든 것임에는 相違가 없는 것이라고 생각합니다.

다른 곳의 地名 같은 데서도 '날부리'란 것을 '飛鳳'이라고 譯한 것이 많거니와 '鳳'의 우리말이 '부리'이엇든 것이매, 그것을 單字 '鳳'으로 역하야 鳳山이라고 하엿든 것이오, 또 吏讀의 通例대로 '부리'를 '鳳儀'라고 하여 '부리'의 끝에 音 '이'를 漢字의 儀에 비겨 쓴 것임도 明確한 일인 줄 생각합니다.

또한 동시에 이 부리란 것의 語源은 '불'이란 것에 잇고 그 語義는 '光明'을 이름인 것이니 이거이 우리 先民의 문화 내지 생활의 근본 요소요, 구경 歸依이엇든 것이며 이 거룩한 우리말을 구태여 漢譯해 놓은 자들도 聖人에 비기는 瑞鳥요 또 火精으로 생겻다 하야 '불새'의 稱이 잇는 '鳳'자로써 대역한 것임이 昭然하다 하겟습니다.

--

▲ 1933.5.16. (4) 光明 속에 서서

▲ 1933.5.18. (5) 祈禱와 誓願

[46]『동아일보』 1935.3.1~3.30. 이중철, 호주 기행-연재 (총17회)/석간 3면

▲ 1935.3.1. (1)

1. 이 글을 쓰는 뜻

×형. 아시다싶이 弟는 한 의사로서 문예 방면엔 거의 소경이다 싶이 되고 보니, 이런 紀行文 하나 얌전히 쓸 自信이 없습니다. 그러나 歐米航路에 비하야 濠州는 내왕한 분이 적엇고 동시에 홍미를 가지신 분이 만흘 듯해서 이 글을 써 봅니다.

2. 洋行을 앞두고

지금부터 십년 전만 해도 洋行이라 하면 참 세월이 조핫습니다. 아마 이제부터 앞으로 얼마간은 日本學者들이 歐米에서 그러케 흔하게 돈 서 볼 수가 없겟지오. 그러기에 요지음 洋行가는 사람으로 옛날 양행갓다 온 사람에게 고취를 받다가는 결국 洋行 못 떠나기 쉽습니다. 첫재 그때는 배는 누구나 일등을 탄 모양인데 물론 오래동안 가는 구미 항라니까 배 뽀이 팁 같은 것도 상당히 주어야 할 것은 정해 논 일이지만, 船價의 일할 이상을 주엇다는 것은 좀 과하지 않습니까? 가령 구주 항로하면 배 뽀이에게 주는 팁만해도 일백오십 원 이상 되니까요. 또 일등 선객하면 官費 在外 연구생 이외에 동양인으로 그 당시 누가 그러케 만히 탓겟습니까. 대부분이 서양인이엿겟지오. 그러니 첫재 言語가 自由로 통하지 못해서 航行이 극히 無味乾燥하엿을 것입니다.

우리 조선의 선배로 삼사십년 전 海外로 雄飛하던당시 旅行記 같은 것을 發表한 분이 적기 때문에 參考할 수가 없지만 日本의 初代 在外硏究生으로 石原 教授(眼科)가 독일에 갓을 때 마침 그곳에 醫學會가 열리엿드랍니다. 일본서 처음온 영 푸로페서에게 학회에서 講演을 請하엿든 모양입니다. 이 분이 상당히 뱃심이 세든 모양입니다. 自己 獨逸文 읽는 생각만 믿고 別般 원고 준비도 없이 연단에 나서서 처음 한 십분 간은 독일어 演說이 되엿는데 그 다음부터는 日本語, 獨逸語 뒤범벅, 終當에는 日本語 講演이 되고 말엇는데 마침 그 곳 大學에 재학중인 일본인 학생 하나이 하도 딱하여 옆에 앉은 자기의 선생에게 귓속말로 강연이 中間에 日本語로 되기 때문에 大端히 섭섭하게 되엇다고 하니까, 그 교수는 깜짝 놀라며 조금도 그러케 생각할 것이 없다고 하고, 자기는 맨 처음부터 일본어 강연인 줄 알엇다고 한 獨逸에서만 보드래도 그 당시 洋行者로 말 서투르고 風俗도 모르는 旅行이 件件事事에 얼마나 만흔 喜活劇을 演出햇을 것을 짐작할 수 잇습니다.

우리 조선의 大官 한 분도 그의 尊緘과 場所는 적지 안습니다마는 외국에 가서 그곳 풍속을 모르기 때문에 두루마기를 입은 채 沐浴桶에 들어갓엇다는 일화가 만일 거짓말이라면 당시로서는 잇음직한 거짓말입니다. 洋行하는 사람의 衣服, 모자, 구두 같은 것은 할 수 잇는대로 그곳 가서 사라는 것이 누구나 권하는 말입니다. 일본에 어떤 교수 한 분은 모처럼 이십오원이나 주고 모자를 사 쓰고 갓드니, 사람들이 어찌 모자를 쳐다보는지 고만 내버렷다는 實話가 잇습니다. 우리 조선 사람으로 西洋에 가면 아직도 조선이 어디 붙엇는지 모르는 西洋 親舊가 만타 합니다. 그래서 어떤 곳에 가면 한 구경거리가 되는데 그러니까 自然 너절한 질문을 만히 받게 된다 합니다. 가령 조선 사람은 무엇을 먹고 사느냐든가 애기를 어떠케 낫느냐던가 이런 질문을 받을 적에 할 수 잇는 대로 叮嚀히 그리고 正直하게 대답해야 할 줄 압니다. 또한 이런 기회를 이용하야 우리 조선의 世界的 자랑거리를 그들에게 紹介할 충분한 지식이 必要할 것 갈습니다. 그래서 金剛山 그림엽서 같은 것은 꼭 잊지 말고 가지고 가라는 付託을 받은 일이 만습니다.

우리나라 사람으로 西洋에 가는 분으로는 대부분 학생이 만코 간혹 어떤 團體의 代表로 사는 분이 잇겟지만 如何턴 저네들처럼 돈쓰는 맛에 洋行하는 일은 위선 없다고 보니까 自然 할 수 잇는 대로 가는 途中에서 돈을 만이 消費치 안토록 충분한 豫備知識이 必要하다고 봅니다. 배는 이등 이상 탈 필요는 없고, 뽀이텁은 船室 뽀이에게 약 15원, 식당 뽀이에게 약 5원이면 족합니다.

세브란스 醫專 生理學 教室 金鳴탑 교수가 일즉이 米州에 遊學時 어떤 旅行 大家에게서 들은 이야기인데 기차 여행을 할 적엔 반듯이 實果한 주머니를 사고, 停車場에서 파는 샌드윗치를 사 먹되 물은 停車場마다 1전을 너흐면 컵니 나오는 裝置가 잇지만 그러케도 할 것 없이 조히로 컵을 만들어 無料로 配置한 곳에서 물을 먹으라는 부탁을 받은 일이 잇다 합니다. 사실상 주머니에 돈이 넉넉히 들어 잇기 전엔 매번 식당차에 出入하긴 좀 어려운 일이올시다. 洋行하는 사람의 旅具는 할 수 잇는 대로 간단해야 할 것입니다. 赤帽에게 맽길 만한 트렁크 한 개하고, 일용품을 너흔 손가방 한 개로 旅裝이 꼭 알맛습니다. 수만코 지저분한 旅具를 일일이 가지고 다니자면 두통이 날 적이 만흐니까요. 그리고 배멀미하는 분은 아랩신이란 약을 준비하길 弟는 推奬합니다. 그 용법은 자세히 그 속에 적어 잇습니다. 배멀미 아니하는 분이라도 승선 후 이삼일간은 선실에 가만히 드러누어 身體가 충분히 배에 익숙된 후에 갑판에도 오르고 께임도 하라는 부탁을 받엇습니다.

▲ 1935.3.2. (2)

3. 승선 제일야

제가 長崎驛에 나리기는 이십일 오후 세시 5분이엿습니다. 福岡서 여러 知友에게 들은 바와 같이 長崎 驛前에는 염전힌 호텔 하나가 없습니다. 여관이라고 廻漕店 경영의 음산한 것들이 몇 채 잇을 뿐입니다.

이 날이 불행히 일요일이기 때문에 관광국의 案內를 받을 수도 없게 되엿습니다. 잠간 정거장 대합실에 쉬면서 생각해보니 不可不得已 시가지로 들어가야 할텐데 長崎에 일류 호텔이라면 일박 6, 7원은 주어야 하고 일류 여관이면 칠팔원은 주어야 한다는데 그날 감회로 여관이 나흘 듯해서 택시를 불러 너무 시가이 깊이 들어가지 말고 철도성 혹은 관광국 지정이고 일박 3원 내외인 조용한 여관으로 안내하라는 조건을 딱 정해 주엇습니다. 그래서 간 곳이 --

4. 승선 24시간 후

(…중략…)

▲ 1935.3.3. (3)

5. 대만 해협

이제는 배에 고만 자리가 잡혀 依例히 식후면 갑판 우에를 여러 친구들과 가치 걸어 다닙니다.

마치 동물원에 가둔 곰이 한 점에서 다른 한 점으로 부지런히 왓다갓다 하는 것이나 一般입니다. 아침 일즉이 서양인 두 친구가 찾아와서 어제 밤 늦도록 둘이 논쟁을 하고도 終結을 못 보앗으니 判斷해 달라는 청입니다. 그 논점인즉 한 사람은 水銀 軟膏를 피부에 塗布하면 수은이 흡수된다는 主唱이고 한 사람은 흡수되지 안코 그것이 호흡하는 데 섞여 들어간다는 주창인데 좀 常識線 이하의 문제지만 친절하게 수은이 피부로 흡수되는 이치를 說明해 주엇습니다. 長崎 出帆 후 3일인 23일 밤부터 대만 해협을 통과한다고 하는데 섬 한 개가 아니 보입니다. 아마 해협의 중앙을 통과하는가 봅니다. 대만을 親히 보지 못하니 적을 맛이 없습니다. 明史 外國傳에 鶴龍山이라 적은 것은 우리나라 계룡산이 아니고 대만을 의미한 것인지오. 명나라 영락제 시절엔 대만이라는 것이 한 적은 지방 명칭이엿고 全體를 鷄龍山이라 불럿다 합니다.

이제는 벌서 온기도 달러저서 공기 온도 섭씨 13도 해수 온도 15도입니다. 그래서 甲板 우에 불어오는 바람이 치운 맛보다 시원한 맛이 잇습니다. 지금 海鷗(해구) 한 마리가 부지런히 좇아오다가 지처서 떠러집니다. 사면에 물결은 길길이 뛰고 정오의 햇볕이 고요히 구름 속에서 放線狀으로 해면을 비최이고 잇습니다. 묵묵히 북편 하늘을 바라보니 그리운 故國 생각이 가슴에 가득찹니다.

6. 香港寄港

24일 오후 세시쯤 해서 멀리 서북쪽으로 등대 하나이 보엿습니다. 廈門 등대인 듯하다고 합니다. 이곳이 북위 24도 13분 동경 118도 42분이오 長崎에서 이곳까지 684리 香港과 相距는 288리인 海點입니다. 시간은 조선보다 약 40분 늦고 香港 着 예정은 25일 오전 11시 경입니다.

이튼날 아침 10시경쯤 하야 점점 산들이 보입니다. 小汽船 帆船들이 왕래하고 상공에는 비행기의 爆音이 들립니다. 적은 섬들이 앞서고 뒤서고 한 섬을 지나면 水路가 막히고 도 한 섬을 지나면 수로가 열립니다. 일폭 山水畵같은 香港의 近景이 안전에 전개되엿을 적에 수만흔 棧橋 마치 金字塔 같은 뫼뿌리 우에 겹겹이 올려지은 무수한 高樓 傑閣이 눈을 어립니다. 香港은 청조 도광 21년 즉 西歷 1842년 아편전쟁

후 남경조약의 결과로 영국에 割與된 섬인데 地理的으로는 廣東省 珠江 河口에 對岸 九龍과 一帶水로 隙한 주위 약 37리, 면적 3평방리의 小島로 북위 22도 18분, 동경 140도 10분에 處 하엿으며 人口는 약 54만 가량인데 其中 중국인이 52만이고 영국인이 약 4천 가량된다고 합니다.

香港은 원래 樹木도 별로 볼 수 없고 海賊의 巢窟이던 무용의 小島가 英人의 着眼으로 인하야 동양 제일의 海市를 일우워 노왓으니 그야말로 영국이 동양에 세운 억척같은 磐石이오 永劫不壞의 자랑거리가 즉 이 香港입니다. 섬 전체를 털어서 시가를 만들어 上環 中環 灣子의 구획을 세워 해안으로 큰 길 셋이 통하고 산허리 가까이 황후대로, 其中間에 덕보대로의 큰 길이 잇습니다. (…중략…)

▲ 1935.3.5. (4)=제2신(조간 3면)

1. 香港을 보고

지난번 제1신에서 香港 이야기를 자세히 못함은 우편물을 寄港 전에 부탁해야 싸게 일본 우편요금으로 될 수 잇고 또 속히 가는 수가 잇는 까닭이엇습니다.

九龍(카우룬)에 상륙하니 제일 먼저 눈에 뜨이는 것이 印度人 巡査입니다. 말뿐이 순사이고 실상은 門직이입니다. 구주대전 시 가장 위험한 前哨 戰線에서 惡戰苦鬪한 인도 병정들이 모진 목숨을부처가지고 도라온 상급이 즉 銀行이나 會社나 하다못해 잔채집 대문에 거지 대장 모양으로 세워두는 행랑아범 노릇입니다. 인도인 하면 여러 種族이 잇는데 그 중에 인도 본토에서 온 키다리 인도인을 싸익스라고 부릅니다. 九龍서 나룻배를 타고 10분 채 못 걸려 香港에 닷는데 나룻배는 거의 십분마다 發着하고 船賃은 일등이 십선이고 3등이 3선입니다. 香港에 나려보니 교통기관에는 모도가 일등과 삼등의 구분이 잇습니다. 電車는 이층으로 되어 웃 층이 일등입니다. 나룻배에서 나려 左側으로 조금 가면

삑토리아 女皇像과 侍從隊들을 세운 넓은 광장이 잇는데 이 근방은 은행, 관청, 회사 등 건물이 실로 雄大합니다. 여기를 중심으로 전차선로 좌우에 즐비하게 느려앉은 거대한 商鋪들은 弟 愚見엔 그러케 크게 지을 필요가 없지 안흔가 하는 생각도 하엿습니다.

이곳에 와서 할 수 잇는 대로 구경온 사람의 態를 보이지 안흐려 해도 어쩔 수 없는 점 하나이 잇습니다. 이곳 사람들은 男女老少 할 것 없이 어찌 빨리 걷는지 무슨 거름내기를 하는 것 같습니다. 弟가 서울서도 상당히 느리게 걷는 편인 데다가 이곳에 갓다 노흐니 아히들도 앞서고 강아지도 앞서고 늙은 中國 婦人도 앞서고 절둑발이도 앞섭니다. 빨리 걸어보니 참 기분이 좃습니다. 더욱이 중국 여자들의 거름이 活潑한 것은 놀랠 만하외다. 이곳에는 英語가 꼭 우리 땅에 日本말같이 흔하게 잘들 하는데 中國人들끼리 영어로 짓거리는 것은 좀 밉쌀스러웟습니다. 香港이란 곳이 다니며 보니까 그야말로 속빈 好景氣 地帶입니다. 이곳 商鋪들이 건물로나 內容物貨로나 특별히 奢侈品에 잇어서 런던과 별 손색이 없기 때문에 물가라 굉장히 비쌉니다. 그래서 영국인들도중산계급 이하로서는 이곳 와서 살어가기 어려울 만침 저마다 자가용 자동차요, 저마다 굉대한 주택을 가지고 잇습니다. 동시에 값싼 일본 상품이 이곳서 시세가 없는 것도 其 重要한 理由가 여기의 顧客들은 빗싸야 하고 진귀해야 사는 까닭입니다. (…중략…)

▲ 1935.3.6. (5)=석간 3면

2. 香港 出帆과 海賊夜話

賀茂丸이 香港을 出帆하기는 1월 26일 오전 8시경이엿습니다. 안개가 약간 끼고 동남풍이 좀 세게 붑니다. 우리 배가 움직이자 조고마한 배에 온 家族을 실고 그물을 들고 무어라 애걸하며 뱃가로 좇아오는 거지들에게 우리는 香港서 쓰다 남은 香港 돈을 던저주엇습니다. 어제

入港할 적에 보지 못한 영국 驅逐艦 수척이 香港島 관문에 느러서 잇엇습니다. 오늘은 바람이 세고 배가 몹시 흔들리여 弟는 또 멀미를 시작하는데 香港서 시드니까지 가는 뿔이라는 同室 船客의 만흔 看護를 받엇습니다. 이날 밤 우리는 해남도를 서쪽으로 밀어 제치고 600여리를 隔한 마니라로 향하는데 뵈이지 안는 海南島라 이야기 아니하는 것이 올흔 일이지만 동실 친구의 말에 의하면 이 해남도와 對岸인 雷州 半島 일대가 海賊의 巢窟로 유명하다 합니다. 재작년 음력 12월 하순 경에 佛船 한 척이 이리로 지나가게 되엇는데 엄청나게 중국인 3등 船客이 만히 타서 좀 의심스럽기는 하엿으나 過歲次로 귀향하는 손님으로만 알고 잇엇드니 이 해남도 부근에 와서 범선 수 척이 가가히 오자 별안간 3등 선객 중 중국인 근 50명이 각각 短銃을 들고 벌떼같이 일어나 한 隊는 선객들을 협박하야 금품을 강탈코, 一隊는 기관부를 습격하야 자기들 맘대로 배를 운전시켜 가지고 적당한 곳에서 자최를 감추엇다 합니다. 그밖에 들은 이야기가 만치만 멀미로 귀담어 듣지 못하엿습니다. (…중략…)

▲ 1935.3.7. (6)=제3신(석간)

마닐라 寄港

(…중략…)

▲ 1935.3.8. (7)

마닐라 寄港(2)

약 한 시간이나 시가를 극매여 崔命楫(최명집) 씨 상점을 찾엇습니다. 천리 타향에 逢故人이라고 彼此가 그 기쁨을 이로 말할 수 없엇습니다. 대강 고향의 근황을 아는 대로 전하고 최명집 씨와 가치 푸에다리알 稜堡에잇는 수족관으로 산보를 나갓습니다. 생전 그림에서도 보지 못한 진기한 어족의 遊泳을 바라보면서 이런 이야기 저런 이야기 하는 중 커다란 느낌 하나를 얻엇습니다.

우리가 <u>海外로 나가면 우리의 직업이 학생이던 실업가던 의사던 운동선수던 한가지 반드시 常識的으로 알아가지고 올 것은 가는 곳에 우리 사람이 몇 분이나 살며 그네들의 생활 형편이 어떤가를 알어보는 것이올시다</u>. 이러케 말하면 어떤 분은 말하길 누구는 어디서 해외동포에게 돈을 얼마 빼앗기고 洋服을 빼앗기고 旅費가 없어젓다고 하겟습니다. 사실상 어떤 特殊 도시에서는 가끔 그런 일이 잇습니다. 그러나 여기에 반드시 분간해야 할 점이 하나 잇습니다. 가령 한 친구가 上海를 갓다고 합시다. 자기가 상해 간 目的이 잇을터이니 그 사무 외에는 일체 필요없는 곳에 출입치 안코 사람을 사귀되 그 사람이 그 지방에서 오래 根據를 잡고 사는 사람이오, 信用할 만한 사람인지 혹은 떠도라 다니는 放浪客인지 ㅈ발 구별하야 사귈 사람과 사귀고 큰 돈을 旅宿에 맡기고 절조잇는 신사의 생활을 하면 그런 不祥事는 위선 없다고 봅니다. (…중략…)

오래 전 北京 가 잇을 쩍에 김치 생각만 나면 孫貞道 목사댁으로 찾어가든 생각이 납니다. 오늘 최씨댁에서 만난 이만 해도 金聖道 씨 趙尙質 씨 외에 또 두 분이 잇엇는데 이름은 기억이 안 됩니다. 이곳와서 사는 분이 약 40명 가량되는데 거의 전부가 신의주 본적으로 지금부터 20여년 전 모험의 길을 떠나 정처없이 流轉苦鬪한 오늘날에 그네들은 내지에 土地를 수백석직이씩 작만하고 잇습니다.

▲ 1935.3.9. (8)

마닐라 寄港(3)

우리 사람으로 이곳 와서 소자본으로는 토인이나 중국인 農村에 행상이 적당한 것 같습니다. 이곳에 동물로는 水牛(카라바우)가 볼 만하고 實果로는 파파(木果)가 먹어 볼 만합니다. 지금 이곳 기후는 우리나라 初夏같어서 정오 온도가 섭씨 28~9도 가량이고 제일 더운 때가 삼사월이라 합니다. 마닐라 시의 인구는 약 32만 가량 됩니다. (…중략…)

▲ 1935.3.14. (9)=제4신

1. 다바오 寄港

마닐라를 출범 후 바다는 실로 평온하엿습니다. 갑판 난간에서 가까이 선체에 부닥치고 롤러가는 물속을 드려다 보니 그야말로 손을 집어너흐면 손톱에 푸른 물이라도 들여질 듯한 남청색의 깊은 바다요, 밑은 짐작도 할 수 없습니다. 다시 멀리 天涯에 다은 海洋을 바라볼 적에는 우리 인간이야말로 文字대로 滄海一粟입니다. 배가 수없이 點在한 群島의 사이사이를 빠저나오는 동안에 해안으로 長蛇陣을 친 코코넛 재배지대의 근황을 볼 수가 잇습니다. 이제부터 선객들이 좀 소일꺼리를 찾게 됩니다. 갑판이 좀 부적당하지만 떽, 꼴프도 하여보고 쓸데없는 토론도 하여 봅니다. (…중략…)

▲ 1935.3.15. (10)

1. 마닐라 寄港 (속)

*마닐라 지역의 토지 기후 등

▲ 1935.3.16. (11)

2. 메나도 寄港

다바오에서 출범 후 33시간만에 메나도 항에 이르릿습니다. 메나도 항은 셀레베스 島 북단에 잇는 小港으로 인구는 2만 5천가량됩니다. (인구 구성 등)

▲ 1935.3.17. (12)

3. 赤道 通過

2월 2일 오후 8시경 다시 출범하야 이제부터 약 5일간의 비교적 긴 항행을 해야 濠州 땅에 제일보를 木曜島에 드려노케 됩니다. 이날 밤 새벽 즉 2월 3일 오전 1시경에 우리 배는 적도를 통과하엿습니다.

(킹 피쉬 등)

▲ 1935.3.19. (13)

2월 6일 정오 우리배는 목요도에서 약 200리를 隙한 뉴기니아 도 서해안을 항행합니다. 이 海點의 공기 온도가 섭씨 27도, 해수 온도가 29

도입니다. (…중략…)

다음 제5신부터는 호주 이야기가 나오겠습니다.

▲ 1935.3.26. (14) = 제5신

1. 목요도 寄港

제5신을 쓰기 전에 먼저 지난번 제1신에 호주방 100방을 당시 시세로 1,250원인 것이 125원으로 오기된 것을 정정하며 호주인의 사투리를 이야기한 끝에 예를 들지 안헛습니다. 가령 Way를 와이 ***라고 하는 것 등입니다.

2월 7일 오전 8시 경 --

▲ 1935.3.27. (15)

2. 뿌리스베인 寄港

(3~4는 나타나지 않는데, 동아일보에서 이 부분은 게재하지 않은 듯함)

▲ 1935.3.29. (16)

5. 칼낸 팍 정신병원 방문

▲ 1935.3.30. (완)

6. 멜본 着

(…중략…)

또한 前述한 바와 같이 각주마다 각자의 내각과 總督이 잇기 때문에 물론 연방 정부의 통치를 받기는 하지만 다소 정책으로서 달습니다.

가령 철로의 道幅만 보더래도 각주가 다 달습니다. 사람을 가지고도 언필칭 시드니 사람, 멜본 사람 하는 상태인데 시드니에서는 전차가 가공선식임에 반하야 멜본은 지하선식이고 하다못해 정거장에 안내나 표시 문구까지 같은 문구를 쓰지 안습니다. (…하략…)

[47] 『동아일보』 1935.7.31. 이무영, 수국기행 〈석간〉 제주도행 太西丸 갑판상에서 이무영

▲ 1935.7.30. (1) **청청한 귤목의 그늘-人魚의 나라 耽羅島**

다시 새로운 憧憬의 幻影

가까우면서도 먼나라 제주도(濟州島)! 멀면서도 가까운 나라 제주도!

나는 오래전부터 제주도 여행을 꿈꾸엇다가 이번에야 그 숙망을 풀게 되엇다.

사실 제주도만큼 우리에게 먼 나라도 없으며 또 제주도만큼 우리에게 가까운 나라도 없을 것이다. 같은 판도(版圖) 안에 잇으면서도 우리는 예전부터 제주도를 먼나라로 인식해 왓고 이 인식은 그대로 굳어서 제주도와 우리와의 인연이 멀어지고 그 거리까지도 아조 멀리 떠러저 잇는 딴 나라로 만들엇다.

조선의 남단에 잇는 목포(木浦)에서 十시간 내외면 어엿하게 갈 수 잇는 오늘날의 제주도가 아닌가.

그러나 웬일일가? 독일의 백림(伯林) 불난서의 파리(巴里)이니 하는 수만리 타국을 간대도 그저 '그런가?' 하는 사람들도 제주도라 하면 '어이구' 하고 일생을 두고두고 갈 곳이나 되는 것처럼 입을 딱 벌리고 잇으니 …

물론 이것은 우리가 자기 물건에 대한 관심이 옛날부터 얼마나 소홀햇든가 하는 것도 원인이 되겟지만 제주도가 가진 바 역사가 우리 생활과 멀엇다는 것도 중요한 원인이 될 것이다.

그리고 제주도는 섬이 아닌가? 섬! 섬이라 하면 아름다웁고 진긔스러운 인상을 주는 동시에 그것은 내것이건 남의 것이건 육지와는 아조 멀리 떠러저 잇는 느김을 주는 것이다. 이러니 제주도라 하면 '어이구' 하고 놀래는 것이 무리한 것도 아니겟지.

그러나 그보다도 '섬'이라 하면 무조건 하고 적소(謫所)로 인식해 온 오래된 경험도 큰 이 원인이 될 것이다. 다시 조선의 대죄인의 최후는 사약(賜藥)이 아니면 '찬축(竄逐)'이엇다. 그리고 이 찬축은 대개 섬이엇고 섬이면 제주도를 내세우게 되엇으니 제주도는 수백년간 대죄인의 수용소엿든 것이다. 이런지라 제주도의 외로운 섬에 유적된 사람 수만으로 헤일 수 잇으나 그 중에도 아직 우리의 긔억에 새로운 것은 이조 초엽의 정언 요직에까지 잇든 휴히춘(柳熙春)이가 을사사화로 제주도 적배를 당하엿고 이 조 말엽의 노론 수령이엇고 유교의 거장이엇든 송우암(宋尤庵)도 이 섬으로 찬축을 당한 것이다.

한번 정배를 당한 사람으로 일즉이 생환한 자 별로 없엇고 천만 요행으로 생환환 자 잇드라도 그 명이 길지 못한 이러한 사실이 우리로 하여금 제주도를 멀리한 큰 원인이다.

卄五일 오후 다섯시! 이날이시가 나의 숙망을 완전히 풀게 된 것이니 차속의 피로에 시달린 몸을 제주도행의 태서환(太西丸) 갑판 우에 올려논 것이다.

목포의 부두에 매인 목선이 물속에 얼른거리는 것이 어쩐지 꿈나라 제주도의 편영인 듯, 나도 모르게 섬나라 제주도에 대한 새로운 동경의 정이 끌허 올랏다. 한라산이 잇는 나라, 울창한 귤나무의 나라, 해녀의 나라 …

태서환은 물속을 헤치고 노도를 넘고 넘어 대양을 횡단할 배로는 너무도 적은 2백톤 내외의 발동선이다. 그러나 배야 적든 크든 보내고 보냄을 받는 안타가운 정경을 실은 배이니 그 어찌 석별의 눈물까지야 없을 것인가? 갑판에서는 삼십 전후의 웬 여성과 이십이 삼세의 여교원인 듯한 두 여성이 애가 타서 수건을 흔들고 잇다.

"빠ー"

이윽고 경적이 울엇다. 그 소리를 신호로 부두에서는 만세 소리가 연달하 세 번, 만세 소리가 조선말이 아닌 것으로 보아 사립학교 학생들은 아닌상 싶엇다.

'만세! 만세!'

그러타. 만세는 삼창이라지만 보냄을 아끼는 정에서 울어나는 소리고 보니 반듯이 삼창에만 그처야 한다는 법도 없을 것이다.

▲ 1935.7.31. (2) 파선의 남가일몽, 완전한 여성치하

風 石 女의 三多國

내가 탄 배는 바야흐로 움즉어리기를 비롯하엿다. 이 배에 전별나온 아이들의 만세소리가 네 번을 거듭하자 배는 제주도를 향하고 창파를 헤처가며 전진한 것이엇다. 선두에서 가는 사람들의 섭엇한 정을 표하는 시선과 부두에서 보내는 사람들의 석별을 말하는 시선은 점점 멀어저서 아득할 뿐이엇다. 아이들의 만세는 무슨 듯인고? 가는 사람의 근강을 빌고 수명(壽命)을 비는 것인가. 물론 그 뜻이 포함된 것도 사실이겟지마는 이별을 애끼는 간얄픈 하소연이 아닐 것이다.

산!

섬!

바다!

이 세 말 가운데 '섬'이라는 말처럼 아름답고 진긔스런 인상을 주는 것은 다시 없을 줄 안다. '섬!'이라 하면 사면이 바다에, 웃둑 소슨 조금아한 당뗑이임을 상상한다. 그리고 거기에는 무슨 진기한 세계가 버러저 잇고 이상한 보물이 여기저기 흩어저 잇으리라고 믿어지는 바이다. 내 몸을 실은 일엽편주는 사나운 물결을 헤치고 다라난다. 지금은 육시정각. 내가 배를 타든 목포 부두는 안보인 지가 벌서 사십분이다. 이배(태서환)에 탄 선객은 나를 합하야 열명. 다섯 사람씩 두 편으로 갈라서 나라니 누엇엇다.

"오늘같은 날에 배타는 것은 그다지 해로운 일은 아니지요…"

나는 문득 고개를 그쪽으로 돌리엇다. 사십이 넘을락 말락한 남자가 나의 앉은 편을 향하야 하는 말.

"하지만 누가 알아요. 이 바다는 변덕을 곳잘 부리니까."

이 말은 서울 사투리.

"**놈이엇습니다. 바로 이 배이엇고 고요하든 배속이 흔들리기를 시작하드니 배가 전후좌우로 흔들렷습니다. 그리하야 선장(船長)은 어쩔지를 몰르고 야단을 하엿지요."

이런 말을 듣고보니 갑자기 배가 흔들리는 것 같이 느끼엇다. 나는 선부에게 담요 하나를 얻어가지고 "만사는 운명이다." 하는 낙천적 생각을 가슴에 담은 채 눈을 감도 잠의 나라를 찾앗다.

내 귀는 열렷다. 어즈러운 소리는 고막을 찢으려는 것처럼 소란하엿다.

"배를 나려라."

"선장은 어디를 갓느냐?"

이 찰나에 파선(破船)이로구나 하는 생각과 그 다음에 죽엇구나 하는 생각이 번개같이 머리에 더올랏다. "배는 가라앉엇다!" "승객은 전부 닉사(溺死)! …" 하며 나도 나도 하면서 앞을 다투어 조난을 피하려고 야단들이엇다.

그러나 놀라지 마라. 이것은 배 한 모퉁이에 꼬부리고 잠저든 나의 짤단한 꿈이엇다.

내 삼십 평생에 꿈꾸고 그리워하든 제주도! 이곳은 삼다국(三多國)이라고 사람들은 말한다. 석다(石多), 풍다(風多), 여다(女多)라 하야 이 속칭(俗稱)이 생격음 - 그리고 여자가 만흔 까닭에 여인국(女人國)이라고도 부를 수가 잇다. 이 섬에 여자들은 남자들을 지배하고 잇는 것이라 말하여도 과언이 아니리라. 해녀(海女)들은 아침부터 저녁까지 작업장(作業場)에 나와서 부즈러니 일하는 것이니 굳센 힘이 들어 잇는 그네들의 팔과 다리, 땀흘리며 일하는 그의 근로성은 이 제주도 사람들의 생활을 보장해 나간다고 한다. 한라산(漢拏山) 봉오리에 연기같은 농무(濃霧)가 어리엇으며 생점복 만흔 바다에 해녀들이 일한다. 싸움이 없는 도민(島民)들의 순량함이여! 밤에 대문을 닷지 아니하는 것이 이 섬의 미풍(美風)이니 도불습유(道不拾遺)에 야불폐문(夜不閉門)은 제주도를 가르친 말이 아니고 무엇이랴.

▲ 1935.8.3. (3) 조간 3면

이곳도 우리땅? 常夏의 南國 情緖—산지포에 상륙하야—신비스러운 삼

성혈

배가 다은 곳은 산지포(山池浦). 여기가 제주의 관문이란다. 새벽 세시의 포구에는 방축에 부드치는 잔물소리가 들일 뿐, 객을 부르는 여관 안내자들의 말소리도 어딘지 은근한 맛이 잇고, 제주도라면 곧 꿈나라인 것처럼 생각해 온 탓인지 가등의 히미함도 어쩐지 까닭이나 잇는 듯이 생각킨다.

'제주도 우리땅'이라는 인식을 수차 자신에게 되푸리 해온 나엇건마는 부두에 첫발을 내어드디면서부터 남의 땅을 밟는 것같다. 내가 탄 배를 마중 나온 사람들은 도합 30명. 그 만흔 사람 중에서도 나를 응시하는 사람은 단 한 사람뿐이건마는 모든 사람들이 먼나라의 진객을 진기한 듯이 바라보는 것 같다. 나를 응시하던 단 한 사람에게 삼십분이나 시달리고 나니,

"아, 여기 또한 조선땅이로구나."
하는 인식이 그제야 새로워진다.

"아, 그러나 여기도 조선이다."

물소리 좇아 은근한 여사(旅舍)에서 날을 밝히고 나니 한라상봉이 안개를 허치고 나를 굽어본다. 여관 이층에서 마조 건너다 보이는 척후소에 회색 깃발이 힘없이 날리고 잇다. 회색기는 날이 흐리다는 예보라고 한다.

이른 아침이건마는 벌서 척후소 밑을 홀러나리는 시냇가에서는 섬시악씨들의 빨내 방망이 소리가 후두닥거린다. 가까이 가 보니 방망이도 넓이가 서울 것의 배나 된다.

아침을 먹고 위선 지국을 찾아 지국장 진원길(秦元吉) 씨와 성내를 일주하엿다.

성내는 옛날 탐라국의 도읍지엇드니만큼 모든 건물에 옛빛이 은은하고 아직도 제일도(第一都)니 제이도니 하여 옛날 고부량(高夫良) 삼성

의 도읍의 도읍지를 지금까지 전해온다.

성내(城內)는 삼천 여 호에 인구 일만을 헤인다고 하나 아직 정돈되지 못한 시가지가 바둑판 같은 정연미를 찾기에만 급급한 근대 도시보다도 옛맛이 잇다. 더욱이 굵직굵직한 동바로 그믈뜨듯 얽은 지붕이며 사오척의 이끼낀 돌담 사이로 남국의 부녀들이 미끈한 종아리를 내노코 걸어다니는 풍경은 어디다 갓다 노튼지 남국의 섬이라는 인상을 주리라.

제주도 또한 남국인지라 검은 살빛에 야생적인 품격은 누구나 상상할 것이다. 그러나 도민들의 표정에는 언제나 인자하고 온후한 맛이 잇다. 연연한 꽃닢을 대하는 듯이 부르러웁고 나글나글하다 이르는 말에 남국의 인정(人情)이라는 것은 이러듯 온후하고 복스러운 표정을 일커름이리라.

진주 지국장과 지국원인 김석묵(金錫默) 씨, 이태윤(李台潤) 씨를 합한 우리 일행은 성벽같은 돌담새를 빠저서 옛날 탐라국의 시조인 고부량 삼선인이 낫다는 모흥혈(毛興穴)을 찾엇다. 모흥혈은 속칭 삼성혈(三姓穴)이라고도 하여 듣기보다도 아조 평범한 잔디밭이다. 우리가 이를 꼭 믿을 바는 못된다 하더라도 이러토록 평범한 잔디밭에서 그만큼 탁월한 사람이 나엇다 하니 항상 '위대'라는 것은 평범 속에서 나오는 것이 아닌가 하는 감을 새로이 하엿다. 삼성혈을 둘러싼 돌담 안팎으로 고 부 량 삼성의 후손들이 선조를 받드는 사당이 잇고, 담 둘레로는 창연한 노송만이 이미 가버린 옛을 추억하고 잇다. 이 송림 새로 타는 듯 새빨안 석류꽃송이가 남국의 정렬을 자랑하고 잇다.

▲ 1935.8.4. (4) 山無盜賊, 道不拾遺: 黃昏되면 牛馬 放牧=龍淵의 絕境과 三射碑

삼성혈을 보고 돌아서려니 흐렷던 날이 금시에 바짝들며 해가 쨍쨍 나려쪼인다.

서문교(西門橋)를 지나서 공자묘를 구경하고 다시 밭이랑을 타고 해변으로 나가려니 노송 가지 사이로 무엇인지 뻔쩍한다.

물이다. 물, 거울면 못지 안케 맑고 잔잔한 물에 오락가락 보는 해볏을 예찬하는 듯 눈이 부시도록 반사를 한다.

아, 이토록이나 맑은 물은 어디 잇으며, 물이면 물이엇지 이토록이나 잔잔한 수면이 잇을 수 잇을까?

이것은 달밝은 밤, 제주도 시악시들의 목욕터라는 용연(龍淵)이다.

수면까지 삼사십 척이나 되는 절벽이 양쪽 언덕이 되고 그 사이를 수은같이 맑은 물이 흐른다.

아, 그러나 이 물을 그 누가 흐른다 할 것인가? 잔물결 한 줄 없는 물속에서는 가끔 잉어의 허연 뱃대기가 번적인다.

용연은 인간이 상상할 수 잇는 최고의 괴벽(怪癖)을 다하야 만든 석함(石函)이다. 천태만상의 기암이 변두리가 되어 잇는 것도 장관이려니와 그 기암절벽 틈을 파고난 반송(盤松)이 거울 속 같은 물에 비치어 물 속의 해송(海松)이 절벽에 비치엇는지 절벽의 반송이 물속에 비친 것인지 분간키 어려울 만하다.

아람드리 노송에 등을 기대고
가마니 물가에 앉앗으려니
세상만사는 잊히는 듯 물러가고
조그만 포옥포옥 쏟아지네
구렝이도 십년에 용되엇다 하거늘

*에 몸닦고도 지은 죄 못벗을라
잉어인지 꼬리로 물살 지을 때
아 현긔가 나네 이 몸도 용되어
오르는가 하엿소

산지포구(山地浦口) 여관으로 돌아온 것은 한시, 간단한 오찬을 마치고 자동차를 달리어 삼사석비를 찾앗다. 이 삼사석비는 탐라국의 시조 고을나 부을나 양을나 세 분이 서로 도읍을 다투다가 이 삼사석비가 선 곳에서 활을 쏘아 자긔의 화살이 떠러진 곳에 자긔의 도읍을 정하기로 하고 활을 쏜 바로 그 지점이라 한다.

삼사석비를 지나니 왼편에는 바다요, 오른편에는 편한 평야다. 사긔(史記)에 의하면 피란다니든 몽고족이 제주도에 아서 영주(永住)하게 된 일이 잇다고 한다. 그래 그럼인지 제주도 농민들의 밭달이 광경은 그 계통이 몽고족과 같은데가 만타.

수십 필의 말을 몰아서 조밭 밟이를 하는 것도 일즉이 보지 못한 광경이려니와 고삐도 없는 말의 떼가 편한 들판을 어슬렁거리는 풍경은 제주도가 아니고는 찾아볼 수 없을 것이다.

▲ 1935.8.5. (5) (조간) 원시림에 속삭이는 水聲: 悲戀瀑布의 로만스

서귀포에서

창파에 부친 相思曲

그러나 제주도의 자랑은 물에 잇다. 실파람만큼도 육지와는 접한 데가 없는 글자 뜻대로의 섬나라다. 내다보아도 물, 돌아보아도 물, 물도 이만저만한 접시물이 아니다. 일만 척을 바라보는 한라상봉과 키저름을 하려 덤비는 만경창파다.

웬만한 섬쯤은 한라 변두리를 치는가 하면 접시물처럼 잔잔한 녹담(鹿潭)이 잇고 노송가지에 깃드린 애송이 꾀꼬리의 노래를 들어가며 기*접의 산곡을 흘러나리는 옥수가 잇다. 원시림 그대로의 노수거목(老樹巨木)이 산골을 덮고 --

▲ 1935.8.6. (6) 도민성은 强柔兼備 三韓 古風이 상존

수부 朝天에서 - 수수한 婦女의 姿態

▲ 1935.8.7. (7) 켈팥으로 칭호 받자: 세계 화단으로 저명

기화요초 천사백종

▲ 1935.8.8. (8) 生命線의 茫茫大海서 일생을 침부하든 海女

처녀 십세면 잠수 연습

[48] 『동아일보』 1935.8.2. 「정찰기」 旅行과 紀行

여름이 되면 휴가를 이용하야 旅行하는 이가 만타. 따라서 여행 중의 見聞을 적어 신문 잡지에 발표하는 이가 만타. 이러한 紀行을 볼 때에 우리는 거기서 두 가지 타입을 發見한다. 하나는 그 旅行地의 自然과 風物을 接한 때의 自己의 인상과 견해를 가감없이 率直하게 적는 것이오, 다른 하나는 그 旅行地의 歷史와 地誌와 및 古人의 詩文을 뒤적거려서 거기서 얻은 知識을 羅列하는 것이다.

이 두 가지 중에서 특히 後者가 만흠을 너무도 만음을 우리는 본다. 元來 學問上 必要로 史蹟 探査를 위한 여행을 하는 境遇라면 그 紀行은 한 개의 明確하고 該博한 報告書가 되어야 할 것이니 이는 論外에 두거니와 그러한 必要도 또는 效果도 없이 近來에 얼마나 만히 陳腐하고 衒學的인 紀行文이 讀者의 머리를 散亂케 하고 잇는가. 이 後者와 같은 紀行이면 卓上에 數卷 書만 잇으면 可能할 것이니 구태여 苦熱을 무릅쓰고 山水를 찾은 뒤에야 써진다 할 것은 없는 일이다. 그러나 前者는

그 自然과 風物의 目擊者 乃至 發見者로서의 印象과 見解를 적는 것이니, 이야말로 몸소 그 땅을 밟아 요모조모로 보고 느끼지 안코는 단 한 줄도 쓸 수 없는 것이다. 이러한 紀行에서야만 우리는 生動하는 무엇을 그 속에 볼 수 잇는 것이오, 따라서 이러한 紀行을 얻어서야만 그 自然과 風物이 더욱 빛날 수도 잇는 것이다. 今年 여름에는 이러한 生新한 紀行이 더러 잇어 주어야겟다. (알파)

[49] 『동아일보』 1935.8.1~8.14. 신기석, 유만잡기(遊滿雜記) 총9회 연재

▲ 1935.8.1. (1)

▲ 1935.8.2. (2) **봉천 거처 산해관**

네온싸인이 찬란하고 근대적 건물이 즐비한 奉天은 果是 남만 제일의 도시이다. 張家政治時代의 수도로서 정치 경제의 중심지이엇으나 만주국이 된 후, 新京을 수도로 정하야 日滿의 중요 기관이 新京으로 옮긴 후 일시는 그 前途가 急慮되엇다. 그러나 상공도시로서 조건을 구비한 이 땅을 장래의 발전을 약속하고 잇다.

安奉線은 안동을 경유하야 조선, 일본 내지와 連絡하고 滿鐵線은 남으로 대련, 북으로 哈爾賓에 連結하야 歐亞의 大幹線이 되어 잇으며 봉산선은 산해관에서 북녕선에 접하야 중국 본부에 이르고 봉길선은 --

▲ 1935.8.4. (3) **만리장성 구경**
▲ 1935.8.6. (4) **제제합이까지**
▲ 1935.8.8. (5) **망망하 흑토옥야**

▲ 1935.8.9. (6) 북만의 중심 할빈
▲ 1935.8.11.(7) 북만의 중심 할빈
▲ 1935.8.13. (8) 新京의 이모저모
▲ 1935.8.14. (완) 신경의 이모저모

[50] 『동아일보』 1936.8.18. 혜산 지국 梁一泉, 수국 기행

압록강 국경 지대의 벌부들의 삶, 월강 동포들의 삶 등을 사실적으로 그려냈지만, 필자의 감상이 모순되며 시대 의식이 투철하지 못함. 특히 '고구려' '조선 의식' 등이 상투화된 느낌을 줌. (끝 부분의 모순)

▲ 1936.8.5. (1) 광명한 대기 속에서 압록강의 流筏生活

동트는 새벽과 물결의 장관, 승천욱일의 수로 축복

땀과 부채로써 씨름하는 괴로운 여름날 번잡하고 식그러운 인간세상을 떠나 "물나라"를 찾어서 둥실둥실 시름없이 떠갓으면 조켓다고 생각한지는 오래다. 그리하야 세상살이에 시달린 피로한 심신(心神)을 풀고 시원한 대자연의 대개속에서 호흡(呼吸)을 한다면 얼마나 행복하랴! 기자는 이삼 동무와 작반하야 압록강 떼목을 잡아타고 삼일간 수국생활을 하엿다. 험악한 국경 정조와 괴로운 떼목살이의 타령을 해보기로 한다.

동트는 새벽!

떼목을 타려면 첫새벽에 일어나야 한다. 오전 4시 50분! 아직 세상이 고요한 꿈나라에 잠기엇을 때 요동(要洞) 물동으로 달려갓다. 벌서 십여 명의 벌부들이 떼목을 연결하고 수선하는 중이다. 기자는 일즉부터 '조기회'에 몸을 단련하고 잇으나 이러케 일즉 일어나기는 처음이다. 혜산(惠山)시가에 아직 전등불이 깜박거리고 먼 촌에 개짓는 소리도 처량히 들리는 국경의 동트는 새벽! 어둠의 장막 속에서 압록강 저편 만주의 컴컴한 공기는 언제 보아도 무시무시한 품이 험악하기 짝이 없다.

벌부들의 가족들이 점심밥을 싸 가지고 나와서 '부대 잘 갓다 오라'고 반갑지 안흔 인사를 한다. 이것이 최후 인사일는지도 모르는 그들의 주고받고 하는 말에는 어쩐지 슬픔이 가득하여 보엿다.

백두산(白頭山) 기슭에서 골골이 개천을 따라 나오는 떼목은 압록강의 전면을 덮어 노앗다.

저편은 만주국 채목공사(採木公司) 떼목 '采'자 기를 달엇고, 이편쪽은 영림서(營林署) 떼목 '工'자 기를 달고 전쟁에 나아가는 병사와도 같이 서로 의기양양한 기세로 떠들어 대고 잇다. 이러케 떼목 우에까지 국경선(國境線)을 그어노코 서로 눈을 흘겨다보는 인간의 작난이 우습지 안흔가.

광명한 해빛!

혜산 물동의 떼목은 한척 두척 흐르기 시작한다. 물동구의 물과 함께 쏴— 하고 쏜살같이 나려갈 때 그 씩씩한 진군의 의기에 한없는 유쾌와 감탄 속에서 떼목 손님이 된 것을 기뻐하엿다.

아름답고 빛나는 아침해가 산밑에서 머리를 내밀면 압록강의 물은 은물결 금물결을 지으며 소리처 흐를 때 강안에 버들은 물속에 고개를 파묻고 너울너울 춤추고 이름모를 물새는 지저귀며 아침인사를 하는 것이다.

백두산의 영기를 받어 흐르는 압록강의 아침 공기는 유쾌함보다도 향기롭고 호흡기관을 통하야 젊은이의 가슴 속에 뼈와 살속에 새힘 새혼을 펴부어 주는 고마운 아침이다. 기자는 가슴속 시원히 새공기를 마시고 두 손을 들어 청천을 향하야 힘차게 떼목 만세를 불러보니 천지가 배속으로 들어가는 것 같고 내 혼자 세상 같애 보여서 대우주, 대자연의 대강 속에서 대기를 마시고 큰소리치는 적은 인생이언만 강산도 향응하야 소리를 지른다.

▲ 1936.8.16. (2) 流線型 連筏連流 江心에 喜悲 交響樂

말없는 물결, 둥실 떠가는 물결이니 鴨綠江아 길이 흘러라

괴로운 떼목사리

쏴 하고 나려쏘는 압록강에는 오직 떼목만이 명물로 되엿다. 선박(船泊)의 내왕이 극히 어려우므로 목선들은 물결을 따라 나려갈 때에는 편리하나 역류(逆流)로 올라올 때에는 십여인이 밧줄을 메고 끌어올려야 한다. 그럼으로 떼목만이 제 세상인 듯이 압녹강을 독차지하고 꼬리에 꼬리를 물고 떠나려 간다.

떼목은 홍송 삼송 낙엽송(紅松 杉松 落葉松) 등으로 편별되엿는데 중에는 환재(丸材)도 잇고 네모진 각재(角材)도 잇는데 곧고 굵고 미끈한 나무들이 보기만 하여도 동양(棟梁)의 재목이다.

떼목의 모양은 현대 유행식 유선형으로 되엿다. 맨 앞에 한 대이면 그 다음이 두 대 그 다음이 세 대 네 대 … 이러케 앞은 뾰죽하고 뒤는 넓게 되엇고 운전을 자유롭게 할 수 잇고 속력도 퍽이나 빨으다고 한다. 이러케 유선형 떼목들이 둘식 셋식 *쪽을 **고 꼬리를 뒤니어 흘으거니 수면에는 웬통 떼목으로 덮어 노앗다.

근일에는 한재(旱災)로 인하야 물이 조라서 떼목이 흘으기에는 극히 곤난한 때임으로 혜산진서 신갈파진까지(惠山鎭 新乫坡鎭) 수로 2백리를 하로이면 가고도 남을 것을 3일간이나 떠나려오고 보니 수국에 경험이 없는 동승의 정수열 황명현 두 분은 내가 강권해서 이 고생을 한다는 원망이 자자하다.

강구를 통해서 한나절 임수동구(林水洞口)에서 한나절 떼목을 바우에 걸어노코 떼노라고 애를 썻다. 그 육중한 나무들이 한번 들어부터 노흐면 좀처럼 떨어지지 안어서 서늘한 물 가운데서도 오히려 땀을 흘리는 일이다. 그들은 떼목을 걸어노튼가 홍수가 나서 나무를 유실하든가 할 때이면 돈버리는 고사하고 적지 안흔 손해를 입는다. 이것이 벌부의 비애라면 크다란 비애(悲哀)다.

격류에 떠나리는 떼가 빨으기 살같은데 떼꼬리가 석벽(石壁)을 부디처 뛰는 물결 눈을 뿜고 우레와 같이 소리를 내여질을 때 물속에서 바위틈에서 단꿈을 꾸든 고기떼가 이 소리에 놀래여 다라난다. 나란포도선장(羅暖堡 渡船場)은 해금강(海金剛)과 같이 물속에 기암괴석이 촉립하엿고 유유탕탕한 물이 게관나자(鷄冠羅子)의 봉오리를 감돌아 흘으는 수국 선경(仙境)을 지내면서 우리는 빨가숭이 채로 떼목 우에서 물장구를 첫다.

말없는 압녹강

조선 = 만주 그 사이를 꾀둘러 흘르는 푸른 물줄기 백두산에서 2천리 험산유곡은 굽이굽이 감돌아 일사천리로 내려쏘는 압녹강의 물소리! 그것은 조선 사람의 혼을 간진한 귀여운 소리이며 씩씩하고 웅건한 소리다.

젊은 조선이 힘차게 뽐내든 시절, 대고구려(大高句麗)가 만주 벌판을 적다하나 우리의 할아버지들이 큰 칼을 차고 빛내일 때 압녹강은 나라

한 복판으로 흘러 대동맥(大動脈)이 되어 모든 문화를 건설햇지만 조선이 늙어빠지고 반도(半島)로 안방살님을 하게 된 오날에는 피식은 정맥(靜脈)처럼 쓸쓸하기 짝이 없어 덧없는 감상(感傷)을 가지게 하다.

압녹강! 몇 천년의 풍상과 파란이 중첩한 빛나든 그 시절을 자랑하면서 기록한 신비를 간직한 채로 천 년이 하는같이 말없이 흘른다.

봄이면 만주로 쫓기여 가는 농민들의 뿌린 눈물을 구비치는 물결에 떠러트리고 덧없는 원한을 남기고 가는 곳이 어니 해마다 봄마다 이 강을 건너간 동포가 몇 천만이나 되는가.

지금은 압녹강이 조선 사람을 만주로 실어 건느고 떼목을 흘너 나리는 일을 하고 잇지만 … 말없는 물결! 압녹강아 - 기리 흘러라.

▲ 1936.8.20. (3)=구절양장 수국 험로에 九死一生의 벌부 생활

원한과 눈물 엉킨 한숨이 동남풍인가 激流! 險山! 危險한 모치덕

제일 험지 '모치덕'

모치덕이라고 하면 압녹강 벌부들은 소름이 끼치도록 원한을 끼친 곳이다. 해마다 이곳에서 수만은 벌부가 희생을 당햇음으로 바위 우에는 수신상(水神堂)을 모시어 노코 일노태평을 빈다고 한다. 바위가 병풍처럼 둘러선 골수로 쏴! 하고 나려 쏘는 험산! 격류! 물결은 바위에 부디처서 방울방울 깨여저 금구슬 은구슬이 되고 그 어마어마하고 무시무시한 수왕(水王)의 위엄에 경탄치 안을 수 없다.

떼목은 물결 속으로 들어 갓다 나왓다 이리저리 돌면서 떼목을 이은 '타리개'가 삐걱삐걱 끈어지고 바위에 부디처 꽝! 하드니 떼목이 깨여지고 … 벌부들 낫을 처다보면 까마케 되어 어찌할 줄 모른다.

목숨은 경각에 달렷다 - 생각하매 정신이 아득할 뿐이다. 바로 우리가 탄 앞에 떼목이 산산히 부서저 제2탄에 걸처 노앗고 제3탄에도 여러

사람이 떼목을 떼여 가려고 이엿차! 소리를 맛치고 잇는 것을 볼 때 눈물겨웁게 동정하고 싶엇다. 제4탄 제5탄까지 구곡양장과 같은 험로를 생명을 걸고 쏘아나려 왓으니 떼군들은 수국생활이 괴롭다는 듯이 땀을 닦으며 "그놈의 모치덕이…" 하고 호주머니에서 담배를 내어 피어물고 한숨을 내 쉬인다. 우리가 탄 떼목도 모치덕에서 병들기 시작하야 십사도구(道溝) 부근에 와서 기어코 바우에 걸어노코야 말엇다.

모치덕! 여기에는 얼마나 만흔 벌부들의 시체를 장사지내엇는가. 송장을 뜯어 먹은 '모치'라는 고기떼가 만허서 일홈이 모치덕이라 하나 만일 그들이 떼목사리를 하다가 이곳에서 죽은 혼이나마 잇다면 밤마다 소리치어 구슬피 울 것이다.

그들은 한평생을 물에서 사는 수부다. 세상에 천가지 만가지 직업이 만키도 하지만 그들은 웨 물에서 밥을 구하지 안으면 안 되게 되엇는가. 말하자면 떼군은 살기 위하야 죽엄을 밧구는 - 한길은 삶이요 한길은 죽엄! 이러케 그들은 늘 등에다 칠성판을 지고서 떠다니는 슬픔은 눈물이요 한숨이 아니냐.

원한의 물결이 모든 벌부들의 가슴속에 위협과 공포를 주면서 그래도 굼실굼실 흐르는구나. 세상이 넓다해도 오척 단신을 둘 곳이 없으며 사백 몇십억의 금떵이가 이 세상에 잇다건만 하필 떼목생활을 하지 안으면 안 되게 되엇든가.

삼천 마디마디 골육 속에서 나오는 눈물이 떠러저 강물이 불엇다고 할가. 원한의 한숨을 길게 쉬니 압녹강에 동남풍이 불어오는가. 우주의 삼나만상(森羅萬象)은 자연현상 그대로 생멸 변화가 잇건만 오직 벌부만은 죽엄을 위한 존재의 직업이 아닐 수 없다.

벌부 그들은 한평생을 물에만 사는 인간들이 육지에야 전쟁이 일거나 농사시절이 조코 안조코 상관할 것이 없다. 다만 물이 불으면 비가 왓거니 한울에 구름이 없으면 일기가 조커니 하며 지는 달 솟는 해를 따라 수국으로 가면 그 속에서 오직 육지의 '님'을 그리어서 님그린 노래를 부르는 것이다.

이러케 뗏목 생활을 하는 벌부가 혜산진 시내에만 5백명을 넘는다고 하며, 압녹강 2천리에 수천 명이 뗏목으로 하야 목숨을 이어간다.

▲ 1936.8.21. (4)=越江 同胞 村落에 恐-馬賊侵害 不絕

철옹성 싸혼 국경 경비로 조선은 果然 福祉?

잔인한 마적단

혜산진 신갈파까지 물길로 사흘밤! 물이 부럿슬 때에는 하로에도 일즉이 가는 것을 - 긴긴 여름날 사흘 동안을 물장구 치며 노래를 불넛다.

매생이배 넘나드는 높은 거리라는(高巨里) 조고만 마을에서 하로밤을 새이고 또 고치골(冷溝子)이라는 만주 땅에서 무시무시한 하로밤을 뜬눈으로 새지 안으면 안 되게 되엿다. 이러케 압녹강변에는 떼군만을 믿고 생계를 이어가는 벌인 숙박소(筏人 宿泊所)가 군데군데 잇다. 우리는 아직 오후 네시도 되기 전에 고치골에다 떼목을 처매고 하로밤을 자기로 하엿다. 고치골! 그 일홈과 같이 맵고 무서운 곳이다. 산과 산이 첩첩이 섯고 수목이 울창하엿고 골 깊은 드메산촌이니 마적이 비상히 활약하는 곳으로 여기서 마적의 소굴도 머지 안타고 한다. 나는 기억한다. 바로 겨을 눈나리는 동짓달 어느밤 이 고치골에 마적이 습격하야 손악송(孫嶽松)(長白縣立 제4 소학교 교원)이란 만주인 교원을 탐거하든 도중에 길넘는 눈속으로 더 갈 수가 없다고 하니 잔인한 마적들은 칼을 들어 그를 찔너버리고 말엇다. 전기 손씨는 기자와 함께 만주국 소학교에서 같은 교편을 잡든 벗! 그도 벌서 구년 전 그리운 옛일을 생각하고 무참이 마적의 칼에 이슬이 되어버린 벗을 추억하고는 원한의 고치골에서 한줄기 눈물을 뿌리지 안을 수 없엇다.

만주산간에는 마적의 성화에 피해가 막대한 것은 잘 알고 잇는 일이지만 이 고치골에도 십여 호의 월강 동포가 농사를 짓고 사는데 생활의 안정을 얻지 못하고 언제나 양미간에는 川자를 그리고 잇는 꼴이 얼골에 화색이 없어 보이고, 활기가 없어 보엿다. 그저 농사나 잘 되면 배불리 먹고 사는 맛에 산다는 것이 그들의 대답이다. 우리는 만주인 음식점에서 만두떡 저녁을 마치고 앉엇노라니 만주인 3인이 와서 눈알을 굴리고 우리를훑어 보는 품이 아모래도 마적의 정탐군같이 보여서 마음이 불안하기 짝이 없다.

만주산간에 사는 사람들은 조곰만 이상한 사람이 지나가도 서로 의심을 가지게 되고, 밤이면 개만 짖어도 마적이 온다고 쥐구멍을 찾어서라도 피신할 곳을 찾노라고 헤매인다. 이러케 험악한 공기 속에서 불안과 공포(恐怖)에 떠는 가슴을 안고 그날그날을 지내이는 것이 월강 동포의 생활이다.

밤에는 하는 수 없이 배를 건너 조선땅으로 가서 발을 벗고 편안한 단잠을 잣다. 돈푼이나 잇는 사람이면 밤마다 가족을 다리고 조선땅으로 피신을 가야 한다. 이 압녹강의 배직이 영감님은 봄마다 월강 동포의 이삿짐을 실어 건느고 밤마다 만주의 피란민을 실어 건느기에 십년을 하로같이 늙은 얼골에 백발이 성성하엿다고 하며, 긴 한숨을 쉬엿다.

험악한 국경 정조

국경! 압녹강이란 물 하나를 사이에 두고 조선과 만주 총칼을 내밀고 '네 땅 내 땅'을 싸우는 인간의 작난이란 일장 희극이 아니면 무엇이랴! 그 세력전의 구렁에서 살려고 헤매는 동포의 면영이 더욱 암담할 뿐이다. 대안 만주는 어떠한고? 컴컴한 대륙의 공기는 더욱 험악하야 모든 인간을 삼킬 듯이 음산한 입을 벌리고 잇지 안는가.

국경! 그것은 물 하나를 산격한 지척(咫尺)이언만 인간의 생활은 천양의 차이가 잇다. 오고가는 물화에 바눌 한 개라도 관세를 부처야 하고 오고가는 손님은 상그러운 신체의 수색을 받어야 한다.

한쪽에 에선 호초와 호주(胡草 胡酒)를 밀주해 가고 한쪽에는 소곰과 아편을 가저가는 금물상(禁物商)의 난무장이다. 법이란 철망을 만들어 놓고 인간을 그물질 하기에 바쁘지 아니하냐. 압녹강 연안에는 5리 혹은 10리마다 주재소(駐在所)를 두어 당굴을 파고 포대(砲臺)를 쌋코 삼엄한 철옹성을 싸하서 그 더분이랄가 조선은 다행히 마적의 선화도 받지 안한 살림을 하고 잇다.

압녹강 떼목사리 3일간! 한업시 유쾌한 속에서 산천풍물을 보고 시원한 대기를 마시니 뼈와 살 속에 새 힘 새 혼인들 잠겨 잇지 안을가. 신갈파에 나리니 동무들이 '살이 젓다'고 말하엿다. 이것이 압녹강의 살?

[51] 『동아일보』 1937.10.31~11.14. 신남철, 금강기행 (12회)

*수학여행단 인솔자로 금강산을 기행한 글이며, 감상적·현학적 태도가 극명하게 드러나는 기행문임

▲ 1937.10.31. (1) 朝陽은 車窓에 비끼고 참세떼 自由를 謳歌

가을 새벽의 습한 공기를 뚤코 기차는 한껏 내닷는다. 어지간한 停車場은 간신히 체면 유지만 지켜주느라고 정차도 하는 둥 마는 둥, 그저 샐력의 정적을 깨두드리며 마음껏 한껏 내닷는다. 비록 구간 列車이기는 하나 내 무엇이 남만 못하랴 하는 듯이 내뽑는 汽笛소리에 밝아오는 東天을 향하고 재재기는 참새떼는 놀라 초절을 하겟다는 듯 가울걷이에 바쁜 들판을 날러 저쪽 개뚝가 지붕으로 몰키어 간다.

차창을 열고

田園의 새벽 공기를 오래간만에 배불리 마서 보자고 머리를 내밀고 잇을 때에 거리낌없이 가로세로 나르는 이 참새떼의 신세가 무엔지 모르게 부러워도 보인다. 먹이가 만타코 동무를 부르는 것오 아닐 것이요, 가을의 맑고 높은 하눌이 조타고 재재김도 아닐 것이다. 그러나 꼭두새벽부터 多事하다. 自由롭고 無心도 하다. 고초 널은 지붕으로 물방아깐 지붕으로 또 다 시들은 박넝쿨이 얼켜 잇는 지붕으로 단숨에 날러가고 날러온다. 驀進하는 기차가 한모퉁이를 지나 어떤 포실하고 오붓한 듯한 네댓 집 담의 뒷언억을 달릴 때에도 참새떼는 재재기며 날르며 하고 잇다. 그것들은 그저 多事하고 自由롭고 無心하다. 둔덕에 비어 말리는 베이삭을 쪼아먹다가 부련 듯이 무슨 생각이 낫든지 논바닥으로 나려 앉어 이 그루에서 저 그루로 종종거름을 치다가는 다시 언덕으로 올라 쪼키를 시작한다. 참새의 이러한 광경이 하나이 아니요 열이 아니요 백으로 천으로 널리어 잇다.

그러나 참새들의 다사하고 자유롭고 무심한 그짓은 언제나 妨害를 받고 잇는 것이다. 그저도 '우여우여' 새쫓는 소리가 들판을 내울리는 듯. 베 지러 나오는 일꾼들이 작대기를 들자마자 쪼기어 가면서도 금새 잊고 다시 되돌아와서 이삭을 쪼코 잇는 單純 無心한 忘却. 참새들에게야 回想이라는 것이 잇을 리 없다.

회상을 가지지 안는다는 것은 幸福한 일이다. 지난날의 甘苦와 美醜를 反芻하며 當來할 내 신상을 反照시키는 것이 이 齷齪한 누리에 잇어서 얼마나 무서운 일이랴. 靜謐과 純粹의 沈靜한 마음으로 그저 금방 당한 일을 망각의 深淵 속으로 집어던지고 싶다. 한갓 無反省한 자신을 가지고 먹고 싶은 新鮮한 베알을 쪼코 잇는 참새들의 羈絆없는 단순한 모양이 마음에 들엇다. 나도 그러케 다만 한 순간이라도 살 수 잇다면 幸福일 것이다.

그러나 그러한 행복은 바라도 얻지 못할 彼岸의 별이다. 그러한 것을

意識的으로 바라기 때문에 더욱더욱 회상에 잠기어 반추의 쓴물을 참어 삼키는 것이리니 오래간만에 竹杖芒鞋로 樂山樂水를 찾어가는 몸은 仁者도 아니언만 사랑과 용서에 잠기고 智者도 아닐텐데 豁然한 平靜(아타락시아)에 마음이 가득하야 새벽의 窓外 景物이 그렁성 새롭고 반갑다.

차는 달린다. 의정부, 德亭, 동두천의 들판을 文明에 苦役하는 우리의 기차는 내닷는다. 왼쪽으로 道峯의 連峯과 바른쪽으로 水落의 赭山(자산)을 감돌며 饒舌과 歡喜에 차 잇는 우리의 차간을 끌고 우적우적 북으로 달린다. 달린다. 한쪽 구퉁이에 묵묵히 앉어 밖을 내다보고 잇는 나에게 누구인지 말을 건느는 이가 잇으나 나는 못들은 체하고 오래간만에 상받는 이 가을 自然의 珍需盛饌을 한껏 마음껏 향락하려 하엿다. 多辯도 조코 탄성도 조타. 그러나 나는 오늘부터의 내 나그네살이가 안해도 조흔 응대에 헛트러지기를 원치 안헛다. 溺愛하는 벗과 같이 길을 떠낫다 하드라도 나는 응당 부득이한 사무적인 이야기 이외는 하지 안헛으리라. 차창에 턱을 고이고 幻轉하는 景物을 보며, 실키는 실흐면서도 四想(思想의 오기)에 잠기고 반추에 겨를 없으리라. 어찌할 수 없는 나의 思想하는 性癖의 所致다. 아무도 방해하지 안코 또 아무에게서도 妨害를 받지 안흐며 고요히 생각하고 중얼거리고 싶다는 것이 나의 願望이다. 그러나 이번의 나의 길은 혼자가 아니요 여럿이며, 또 단순한 遊山이 아니라 修學旅行團의 引率者의 한 사람으로서 가는 길이다. 혼자서 순수한 觀의 세계에 孤高할 수도 없으며 무슨 새로운 해석을 쥐여 짜낼 閑暇(스콜라)도 없는 길이다.

그러나 나는 不動의 거대한 산은 容積에 혼자서지지 눌려보고 싶엇다. 첨봉 削壁의 정상을 휘날러 만이천의 无明을 照破하는 靈妙한 悅樂을 누리고 싶엇다. 비록 두 번째 길이기는 하나 철나고 物情 알어 제법 볼 줄 아는 눈을 가지고 보아 보자는 懇切한 意欲이 움직임을 금할 수 없엇든 것이다.

만흔 사람이 일시에 들석하고 모든 재비가 자유롭지 못한 이번 길이나 마음껏 산을 질기는 복을 가져보자고 하엿다.

이것이 내가 달리는 차중에서 뭇둑뭇둑키이는 祈願이엿다. 남들이 평범한 감탄을 連發하드라도 나는 그것에 얼리지 안코 나의 觀의 世界를 파헤집어 보고 싶엇다. 그리하야 벽계 映紅과 萬壑千峰을 가업슨 내 마음의 꿈으로 어르만저 보고저 하며 지금 이 기꺼운 나그내 길을 떠나간다.

햇말은 어느듯 全谷벌의 명랑한 氣流를 뚤코 흐르고 잇다. 다시없이 반가운 날이다. 나는 나의 하찬으나 애틋한 願望이 충족되어 가는 듯하야 무엔지 모르게 마음이 질거윗으나 또한편으로는 고얀이 설레이기도 하엿다. 그것은 저 때묻고 찌드른 都市의 만흔 눈들을 떠나 불과 일주일 일망정 낮에는 참새같이 자유롭게 回想을 물리치고 조흔 山景을 누릴 것이며 밤에는 '개와 같이 疲困하야 神과 같이 잘 수 잇는 것'(하이네 「할 大 紀行」) 이 幸福感을 넘어지나 가슴을 어이는 듯한 때문이엿다. 참으로 나그네의 마음에는 聖者가 잠잔다. 그저 홀가분하게 驛路의 산야를 실컷 질기며 만흔 마을을 지날 때에 어찌 私有에 눈붉어 捺印을 요구하는 마음을 가질 겨를이 잇으랴.

眼界의 모든 것이 다 내것이니 나의 行路를 막을 理 없다. 어찌 그 순수하고 靜穩한 마음의 나라를 흐릴 줄이 잇으랴.

차는 어느듯 鐵原驛에 굴러드럿다. 너무도 명랑하고 아름다운 날씨다. 지나기는 여러번 하엿으나 처음 나리는 이 곳의 風物이 그저 마음에 든든한 듯 사면을 휘둘러 볼 사이도 없이 內金剛行의 전차를 갈어타고 자리를 정하고 나니 십분의 여유는 멱이 차서 발차의 信號가 난다. 인제 오래두고 다시 또 보자고 애끼고 애끼든 金剛의 秀峯을 볼 것도 불과 사오 시간 이내의 일이다. 가을의 산을 찾는 旅人의 마음에 길이 길이 靈山의 기쁨을 어서 한껏 누리게 하야 주소서. 나의 제일 祈願은 이것이엿다.

해맑은 가을하늘
구름없이 드높은데
江山도 조흘시고
秋思도 迢迢(초초)로다
逆旅에 醉토록 누리리니
楓岳에서 보과저

▲ 1937.11.2. (2) 雲霞 속의 斷髮嶺

한 정거장 두 정거장 金剛에 가까워갈스록 벽공에 빛나는 아침의 山姿는 淸秀한 남회색으로 끼끔하게 북동방으로 병풍같이 죽 둘러서서 遠來의 손을 마지하려는 듯 다음다음으로 南畫의 그림폭을 내건다. 어느 모로 따저 보드라도 衰殘해빠진 마을과 마을을 뚫코 正東으로 내닷는 이 灑落한 시골 전차의 韻律的인 박휘 소리에 미처서 코장단을 치며 북창에 비겨 앉어 내다보는 내 눈은 차차로 絢爛해 가는 風物에 어리어리해젓다. 보고는 감고 감엇다가는 또 보며 그저 가슴 속에 뭉켜든 응어리를 긴숨으로 뽑아내니 후련하여 살 것 같다.

(…중략…)

金城을 지나자마자 우리의 전차는 제법 긴 굴로 들어갓다. 아이들은 기차 생각만 하고 차창을 닫느라고 야단이다. 매연을 막으랴는 까닭이다. 그러나 옆에서 누가 “이것은 전차다. 왜 창을 닫어.”하고 놀리니 그제야 깨우친 듯이 웃음이 터지며 서로 희롱한다. 특등실까지 잇는 三輛이나 연결한 전차이니 얼는 보아 기차와 다를 리 없다. 기차가 굴을 지날 때에는 창을 닫어야 한다는 것은 저보다도 남을 위한 겸양의 도덕이다. 그 습관이 우리의 어린 동무들에게 그같은 반사작용을 일으키게 한 것이다.

(…중략…)

말로만 듣든 斷髮嶺을 이제 굴을 뚤코 지나간다. 오이 오륙분은 걸렷으리니 아마 거의 오리나 되는 긴 굴이리라.(사실은 일 리 남짓하다 한다.) 말인즉슨 麻衣太子가 망해가는 신라를 구하랴고 이 嶺上에서 불타에 기도하며 삭발한 때문에 얻은 이름이라고도 하고 또 세조대왕께서 滿身瘡을 고치랴고 불공드리러 금강으로 行幸하실 때 이 嶺上에서 단발 치성한 고사에 의하여 얻은 이름이라고도 한다. (…중략…)

발밑의 천척 深壑
아슬아슬 피해도니
운기봉령 靑天外라
기 더욱 장하고야
어즈버 心友 없으니
이 景槪를 어이리.

▲ 1937.11.3. (3) 偉大한 響應

언제보든지 싫증나니 안는 것은 산이다. 풍경미를 향수하랴고 하는 사람에게 산이 없는 풍경만을 보여준다면 그는 곧 실증을 이르킬 것이니 自然을 사랑하며 그 장대오묘함을 질기랴 하는 사람에게 산을 보아서는 아니된다고 하면 그보다 더 큰 고통이 또 잇으랴.

(…중략…)

아까 장안사에서 받은 충격은 아직도 다 사라지지 안코 잇다. 너무도 위대한 響應에 접하며 황홀히 어떤 것부터 집어야 할지 몰랏다가 이제야 겨우 좀 진정을 하고 다시 뒤를 따라 靈源菴을 향하야 발을 옴겻다.

제법 큰 신나무들이 동이만큼씩한 돌사달을 따라 길 옆에 뵈게 서 잇는 데 우리는 그늘 밑으로 지나간다. 해는 저녁 겨느리때나 되엇으리라.

단풍든 신나무 잎 사이로 새여 빛이는 햇빨은 이제 난 길 우에까지 불을 드려놓는다. 붉고 누른 기운이 완연히 길 우에 빛인다. 그 단풍든 품이 여북 진하야 그러랴. 明鏡臺의 골작이는 좁으니만치 진한 단풍 기운 때문에 물빛이 더 곱게 빛나 흐른다. 영원암을 다녀 나려오면서도 다시 단풍나무와 잡목 노수가 무성한 鬱林의 細徑을 자닐 때 아까 올라 갈 때에 본 신라고적이 고야니 心情을 들쑤서 거린다. 신라 태자의 단장애화가 얼키어 질척한 山氣가 지금도 綠草 소에 예런 듯한 폐허에 서리어 잇다. 웬일인지 과객의 애수를 자아낸다. 고려에 대한 굴옥감 벌서 멸망한 신라를 부흥하랴는 계획을 품고 이 황천강 계곡에 隱伏하엿섯다는 것은 지금엔 덧없는 전설로 化하고 말앗다.

황혼이 빗기이니
홍엽 더욱 금수로다
예런 듯 천년 廢墟
淸溪 옆에 말없으니
가슴 속 깊이 감춘 뜻
이제 어이 찾을 고

▲ 1937.11.5. (4) 法悅의 萬瀑洞府

만폭동의 溪名은 한말로 말하면 조화의 영묘한 잔치를 차릴 대로 차린 淸微彩郎의 洞壑이다. 중중다첩한 削峯에 어울리는 감벽색 천공에 편편백운이 넘어가고 넘어오며 --

▲ 1937.11.6. (5) 絕世夢境 白雲臺

백운대 만폭동 계곡의 끝 구석인 이곳에 백운대 갈은 神域이 만고의 유승장관을 앞뒤고 어거하고 중앙에 엄연히 聳立하여 가지가지의 조화를 다 베풀어 노핫슴은 또 그 무슨 천기의 妙法인고. 앞으로는 峻峭한 衆香城이 첨순자봉을 이고 磊落(뇌락)한 수백장 단벽에 만물상을 그리며 병풍같이 둘러섯는데 그 한쪽 뿌다귀는 동북으로 빼처 雲外의 永郎仙峯과 연하엿고, 뒤로는 ---

(…중략…)

밤은 점차 깊어간다. 비오는 소리 물녀라 짖는 소리가 이 태고적인 정적에 어울려 가엽시 내 氣魄을 집어 삼킨다. 산중의 외로운 旅舍에서 곤한 몸이언마는 감상의 情念 때문이 아니라 영혼 정련의 끝없는 이 勝槪에 지질린 까닭이엇다. 이 깊고 깊은 비오는 밤에 첨첨중중한 峯巒을 심경에 비치어 혼자서 回憶하는 孤獨의 明妙– 이것을 어찌 輝惶한 도시의 밤에서 가저볼 수 잇으랴. 아– 태고적인 정적과 암흑이로다.

나그네 영산에 들어 잠못이는 밤이로다
태고적 가없는 곳 弄月이나 하랏드니
오는 비 머즐 줄 모르니 旅愁 더욱 깊어라

▲ 1937.11.7. (6) 눈 속의 毗盧峯

무에니 무에니 해도 금강산 구경에는 毗盧峯에를 올라야 금강 구경의 참맛을 안다. 그러기에 비로봉으로 향하야 떠나는 식전처럼 緊張하는 날은 누구의 금강 탐방 일정에도 없을 것이다. 참으로 그 위치부터가 내외 금강의 중앙 왕좌를 점하고 잇거니와 비로봉 頂을 등*하야 峻

峭의 영기를 극하고 난 다음에라야 비롯오 금강 구경의 자랑을 할 수가 잇을 것이다. (…중략…)

景外에 또 잇는 景 무엇인가 하엿드니
켜로 언친 백설 단애 내로라 零涙짓네
때아닌 寒風을 만나 落紅 쉽게 덧더라

▲ 1937.11.9. (7) 險峻의 毘沙門

혁명 시인 하이네는 洛陽의 紙價를 높인 그의 '할 大 紀行'에서 위대한 시인과 같이 자연도 최소의 재료를 가지고 최대의 효과를 내는 것을 알고 잇다고 말하엿다. 이 불멸의 薄幸 시인은 자연에 대하여도 그의 예민한 기지의 곤찰로써 쏘아보는 것을 늦추지 안헛섯다. 그의 이 말은 지금의 나에게도 타당한다. 더욱이 금강산을 두고 말할 때에 적절하다. 보이느니 영봉 절벽이요, 나무요, 홍엽이요, 물이다. (…중략…)

장하고 험타 하믈 毘沙關에 지날소냐
巖門이 奇絶한데 직하 鐵梯 百丈이라
溪碧이 밑에 잇으니 정신 더욱 앗질해

▲ 1937.11.10. (8) 九龍淵과 玉流洞

비사문을 지날 때 고성 보통학교 아동들이 뒤를 따라왔다. 장안사에서 자고 오는 것이라니 우리보다 이십리를 더 걸은 셈이다. 그러나 그 아이들은 비호같이 잘도 것는다. 훅훅 나는 거름이다. 나는 그 중의 한 어린아이에게 말을 걸엇다. 그것은 秘境의 自然美를 그 당장에서 금강의 靈氣를 마시고 자라난 아이와 이야기만 해서만 참말로 味到할 수가 잇엇든 까닭이다. 하도 조흔 경관에 성명을 刻字하고 싶은 마음도 내가 이 아이에게 말을 걸고 싶은 興趣와 같엇을 것이다. 수집고 수더분한 짤도막 대답이 퍽도 마음에 들엇다. 어린 마음에도 너무 경치가 조하서 다리 아픈 것을 모른다고 하며 오늘밤이면 집에 도착할 것이 도리어 서운하다고 말하엿다. (…중략…)

하이네가 그의 「아름다운 일세」를 잊지 못하는 심경을 나는 이곳에서 가저 보앗다.

창천이 뜻을 알리 태암 더욱 기 몰르리
마음 속 오래 두고 그리는 네 얼굴이
秋霜에 지처 여위어 옛모습 상할 줄이

晩秋雨 옥녀봉도 客興을 도둘줄이
長相思 回憶커니 쟁쟁 용* 못살 것이
獨迎月 몇몇 해기에 네 樣子 기뭘줄이

▲ 1937.11.11. (9) 壯嚴한 月夜

낮은 사무와 능솔의 세계요 밤은 요설과 思想의 세계다. 낮은 감각을 풍부하게 실어오고 밤은 정열에 불타는 사변을 가저다 준다. 이 두 세계는 스스로 다른 원리에 의하야 지배되는 모순자다. (…중략…)

조름의 생리는 이 생명과 心願을 밀어제치고 활동한다. 내일일을 생각하고 旅舍로 도라갓다. 가가집들은 선물 파느라고 이적지 북적북적들 한다. 잘 팔리니 조켓지. 나도 운에 딸려 몇 가지를 샀다. 먼길을 떠낫다가 집에 도라갈 때에 무에든지 가지고 들어가는 것은 사랑스런 人情이다. 구경을 노나 가지는 표적이 없으면 섭섭한 것은 남보다 내가 더한 것은 누구나 다 經驗하는 일이다.

寒霞도 月明夜에 短杖 집고 시름할제
귀 기우려 못 미치는 風來 琴韻 孤寂이라
連峯이 鮫雨에 잠겨 밤은 깊어 가나니

▲ 1937.11.12. (10) 不滅의 容積

한하계곡을 해돋기 전에 지나 올라갓다. 문자 그대로 쌀쌀한 식전 높이 벽공을 자유로 흘러 나린다. (…중략…)

暮靄(모애) 속 一釣竿(일조간)과 滄波 우의 白鷗心을
山路에 시달린 몸 가없이 반기나니
海金剛 碧波萬頃을 뛰어 달려 볼거나

▲ 1937.11.14. (완) 自然과 世紀의 人生

<u>금세기의 젊은 사람(유겐트)은 위대한 불행자다</u>. 노도와 같이 휘말려 들어오는 우수의 滄海에 빠저 게거품을 치며 거창한 용적으로써 行路를 콱 막고선 鬱積의 산맥 밑에 지지눌리어 숨을 죽인다. 그 창해에서 헤여나와 渡船을 만들랴 하나 연장이 마땅치 안코 그 산맥을 피해 넘으랴 하나 세부지도가 손에 들지 안는다.

물러가 獨尊의 고담에 잠기랴 하나 辛酸한 음영이 좌우에 번득이고 나아가 진실을 차지랴 하나 놈에 지닌 부월이 녹쓸고 이빠젓다. 그러나 새로운 무엇을 차저가지자 하는 의식만은 강하다. 강하나 퇴로와 변해는 벌서 작만되어 잇는 것이다. 自矜과 自卑가 過卷치는 <u>不安의 意識에 沈潛하야 내뒷다 되돌아서며</u> 동모를 찾는다.

<u>이것이 現代의 유겐트다</u>.

그러나 左顧右眄하면서 찾는 동모를 잇으며 버리고 심사숙려하야 결심하엿으나 새로운 자극에 주저하여 비켜슨다. 이것이 현대의 유겐트

다. (…중략…)

인제는 무사히 金剛의 탐승을 마칫고나 하는 승리와 안식에 다시없이 기껍고 든든햇다. 타박타박 벳단 실은 쇠바리를 동모하야 高城邑으로. 다리도 아프고 배도 고팟으나 모두 평화와 만족에 느껴운 것 같엇다.

旅宿의 밤은 사람을 詩人으로 만든다.

저녁을 배불리 먹고 거리에 나섯다. 그때는 그리도 구질구질하든 거리가 昨年 장마에 다 떠나려가고 다시 일구어 진지라 퍽 깨끗한데 달빛은 고요히 나려 비친다. 우아래로 한참 거닐다가 자리에 들엇다. 내일은 십구일 총석정과 석왕사를 거쳐 돌아간다. 라디오의 시보도 끝낫다. 밤은 깊어간다. (11월 10일 了)

[52] 『동아일보』 1938.6.4.
봉화 일기자, 청량산 탐승 기행 (1), 연재 (2회)

▲ 1938.6.4. (1) 구곡석경의 羊腸路: 塵襟도 灑落頓開

樂山樂水는 騷人墨客의 雅趣라 利波慾海에 분주 골몰한 우리네 俗漢으로서 명구승지에 족적을 들여노흐려 함은 오히려 망념일 뿐 아니라 억지로 기회를 만들어 산*을 심방하드라도 --

▲ 1938.6.5. (2)=物是人非遺躅들 육육봉도 俗裝化

자연의 걸작인 대소탑의 층층대를 몇 박휘를 돌아 올라가면 옴폭 들어간 곳에 연화봉 ---

[53] 『동아일보』 1938.7.27.
이무영, 비경탐승(1): 기행 호서의 비경 단양유기

▲ 1938.7.27. (1) 호서의 비경 단양 유기

溫陽行과 S형

H형

지금은 오후 11시 나는 손가방 한 개만 동그마니 들고 경부선 차간에 올럿습니다. 손가방 안에는 타올 한 개, 비누, 風枕, 이달의 『改造』와 톨스토이 부인의 書記이엇든 페오크리토바 - 포레바 女史 著인 『톨스토이 最後의 一年』이 들어 잇을 뿐입니다. 이는 그 題字가 설명하듯이 1920년 6월부터 11월 중, 즉 톨스토이가 야스나야 포리야나를 脫出하기까지의 반년간 톨스토이 家庭에서 일어난 悲劇을 記錄한 日記입니다. 연전에 쓴 『톨스토이』를 최근에 와서 수정할 필요가 생기어 톨스토이 만년에 관한 材料를 구하던 차에 本町 古本屋에서 입수된 것입니다. 이 책을 編纂한 톨스토이의 비서이엇든 구-세프도 페오크리토바 포레바 여사 기록의 正確性을 認證하고 잇는 것으로 보아 상당히 稀貴한 材料인가 합니다.

H형

그러다보니 순서가 바뀌엇나 봅니다. 나는 아직 이번 旅行의 目的도 說明하지 안헛지요? 지금 나는 언제든지 한버 同行하자던 단양팔경을 보러 가는 길입니다. 그러케 굳게 相約을 해노코 혼자서 슬멋이 구경을 떠나게 되고 보니 미안키 그지없소이다마는 갑자기 떠나는 길이 되어 형과 타협할 時間조차 갖지 못햇든 것입니다.

昨年에도 丹陽 探勝을 꾀하다가 팔경이니 십경이니 하는 것을 어느 지방을 물론하고 만들어저 잇는 것이고 보니 단양8경 또한 자랑을 하기 위해서 만들어진 8경이리라는 데서 失敗를 한 것은 형도 잘 아는 터이지만, 今年에도 하마터면 이 단양8경이 제외될 뻔 햇엇답니다. 누구 하나 단양8경의 絶勝임을 立證하는 사람이 없엇고 아무 亦 口傳해서만 들은 터라 고집을 못하고 인는 터인데 단양, 풍기 등지를 遍歷한 S형이 뜻밖에 나타나서 단양 풍광이 단지 湖西의 絶勝인데서 그치는 것이 아니라 천하명승 금강의 축소도라고까지 讚詞를 아끼지 안는 바람에 이번 단양행이 실현되엇든 것입니다.

(…중략…)

▲ 1938.7.28. (2)

H형도 아시듯 싶이 충주는 내 고향입니다. 삼십일년 전 때마츰 軍亂이 일어서 나는 충주의 隣郡인 음성 오리꼴이라는 산꼴에서 나엇다 합니다. 그러다가 여섯 살인가 일곱 살 때 충주로 移徙를 햇던 것입니다.

그런지라 지금 내가 기동차를 타고 달려온 이 길도 눈에 익은 길이오 원근의 산이, 점재한 부락, 어느 것 하나 눈에 선 것은 아니다. 십칠팔년 전 캡에 양철 두루마기를 입고 꿈을 꾸며 東京을 건너가던 때도 이 길을 걸엇으며 그 후 꿈을 일코 허덕허덕 집으로 돌아오던 길도 이 길이엇습니다. 진실을 찾자고 떠난 길이 가젓던 眞實까지 빼앗기엇고 新生의 길을 개척한다던 覇氣毅然턴 그 기개조차 일코는 조치원 어떤 여관방에서 밤새도록 느끼어 울던 것이 생각납니다.

(…중략…)

H형

깨솔린 차는 지금 막 음성을 지나고 잇습니다. 이때것 한번 보도못한 아모리 추상해도 모양조차 모르던 내 生家가 저쩍 산꼴이엇거니 邑 郊

外를 더듬어도 보앗습니다.

--

▲ 1938.7.29. (3)

간단한 오찬을 먹으며 단양8경의 路程을 들엇습니다. 이 지방 자랑이 아니라 호서 일대에는 단양에 비견될 自然이 없다는 것이다. 도담삼봉을 비롯하야 석문 사인암, 비담, 옥순봉, 상중하 삼선암—이것이 8경이라 합니다. 오찬 후 일행은 자동차로 먼저 도담삼봉을 찾기로 햇습니다.

지국장은 피치 못할 사정이 생기어 邑에 남기로 하고 고향에서 가치 큰 심형 뒤미처 쪼차온 충주 서형, 여기에 사진사 서형의 親知인 홍씨가 가담 일행은 장정 4인으로 意義 등등햇습니다. --

▲ 1938.7.30. (4)

H형

奇觀이니 絶勝이니 하는 말은 이런 곳을 가르처 이름인가 하옵니다. 양버들 가지를 헤치고 강변으로 나서니 일직이 소학교 때 한문독본에서 들은 일이 잇는 소백산맥을 끼고, 호서의 奇觀絶勝이 아름다운 병풍을 편 듯 눈앞에 展開됩니다. 아물아물하게 건너다 보이는 그윽한 山腹, 천고의 비밀을 아직도 그대로 간직하고 잇는 듯 싶은 유수한 골작, 그 사이사이로 진친 鬱林 우으로는 우주의 신비가 숨어 잇음을 암시하듯 담배 연기같은 細雲이 뭉게뭉게 기어올릅니다. 제천으로 통햇다는 골짝 어구에 매(鷹) 주동이 형으로 돌출한 산 이마에 동그마니 선 쌍송. 이 奇松의 값을 어찌 백천에 비하리까.

--

▲ 1938.7.31. (5)

반시간 가까이 강변 포푸라 숲속에 앉아서 斜陽을 노래하는 매암이 소리를 즐기며 땀을 드렷습니다. 탐승이고 뭐이고 다 그만두고 낙시대나 메고 흐느는 물을 따라 갓으면 하는 생각이 골록하게 나는 것을 억지로 참고 다시 차머리를 돌렷습니다. 다음 목적지는 사인암, 사인암을 찾자면 다시 읍으로 돌아가야 한답니다. 읍에 다은 것은 오후 3시경 --

▲ 1938.8.2. (6)

H형!

지금은 오후 7시. 대(竹)줄기 같은 폭우가 아직도 그대로 퍼붑니다. 어찌나 세차게 퍼붓는지 노상에는 물안개까지 보야케 덮엿습니다. 그래도 우리를 실은 차는 헤드라읻을 세차게 내빛이고 달습니다. 50리의 쾌속력으로 차가 달리자 심, 서 양형은 자꾸 홍형을 주장실합니다.

얼마를 달리더니 차가 뒤로 까울어지기 시작합니다. 여기서부터가 경북과 충북의 경계선인 죽령이라 합니다.

▲ 1938.8.3. (7)

H형!

작일 서신에서 아우는 또―떼의 「별」이라는 掌篇의 일절을 소개햇습니다. 그러고 지금 다시 한번 昨日의 서신을 들추어 보도록 형께 권하는 바입니다. 그러나 다른 이유는 없습니다. 다만 아우가 捫探(문탐)한 단영 오지의 그 자연을 보다 더 형의 감정에 환기토록 하자는 노파심에 불과한 것이외다. 아우가 지금 거닐고 잇는 이 죽령 중복이 山羊 직이는 애틋한 로만스가 이루어진 그 류부론 산과 너무도 같기 때문이외다.

조선의 이런 산중에서는 얻어볼 수 없는 휘황한 전등과 비록 양철 바람 일망정 숲속에 산재한 양옥이 아우로 하여금 그런 착각을 일으켰는가 보옵니다.

[54] 『동아일보』 1938.4.24.
대련에서 姜鷺鄕, 강남기행 – 제일신 – 선야 여숙 향수

*팔려가는 여인들 – 매춘부 – 경상도 사투리를 쓰는 여인 – 낭자군

*정신대 관련이 아닐지?

▲ 1938.4.24.(1) 강남기행 제1신

理想에 운다!

현실이 너무 좁으냐? 너무 빈약하냐? 나는 그 대답을 기다릴 틈도 없이 다시금 조선을 떠나고 말엇다. 사실 내 理想은 하늘끝처럼 높고 높다. 그것이 이 현실과 보담 가까우면 가까울수록 나는 朝鮮은 안 떠낫을 것이고 또 理想에 嗚咽하지도 안흘 것이다.

그러나 나는 이제 이상에 운다. 괴로운 몸과 마음을 早降丸 船室에 실허 노코 보니, 그제야 安穩한 餘裕와 沈着을 느겻다. 이 배는 天津을 향해 出帆한다. 삼등 선실은 초만원을 이루엇다. 그 태반이 天津行의 船客들이다. 바로 내 옆에는 脂肪 냄새를 풍기는 賣春婦 사오명이 자리를 잡고 잇엇다. 연기를 품은 듯이 混濁해 보이는 厭女들의 눈과 눈이 어쩐지 내 마음까지 어둡게 하엿다.

그러나 바다에서 밤을 마지하자 침침한 불빛 밑에 피는 夜話는 자못 즐거운 것이 잇엇다. 즉 그들의 가슴에 품고 잇는 輝煌燦爛한 明日의 굼이 너무나 엄청나고 너무나 甘美하고 愉快하엿다는 그것이다. 옆에

서 그 夜話를 들으면서 나는 다만 나도 몰르는 사이에 서늘한 微笑를 흘리고 잇을 뿐이엇다.

자정이 지나서 船體가 제법 상하동을 하엿으나 그래도 나는 뱃멀미를 하지 안헛다. 그것은 인천 출범 前夜에 인천 도립병원에 勤務하는 申씨에게 鎭靜劑와 기타 뱃멀미에 듯는 몇 가지 藥을 받어 가지고 왓기 때문이다. 나는 그 약을 먹고나서 오롯한 船窓 넘어로 바다를 바라보앗다.

밤바다는 훤하엿다. 열사흘 달이 뚜렷히 보엿다. 아마 이때쯤 되면 바다의 寵兒 갈메기의 두 눈도 어지간이 조름 겨울 것이다. 나는 도루 자리에 들어 누엇다. 문득 옆을 보니 거이 흉부를 풀어 헤트리고 例의 賣春婦들이 꿈을 꾸고 잇다. 나는 그만 눈살을 찜으리며 이쪽으로 돌아 누어 버렷다.

晉州에 남겨 노코 온 南 생각이 나고 뒤니어 京城에 잇는 文友들의 얼골이 하나하나 눈에 떠올른다. 떠날 때 인사말로는 약 1개월 가량이면 돌아오리라고 말하엿으나 其實 몇 달 몇 년이 될지 期約할 수 없는 旅路이다. 나는 1개월 전 갱각한 바 잇어서 십년만에 처음으로 고향을 찾어갓다. 후대 자손들의 손길의 感觸을 받지 못한 선조의 山所에 看墓를 하고 또 정성드려 代草를 하고 돌아왓다. 오래간만에 본 故鄕의 風貌이엇으나 나는 어전지 아무런 感慨도 일어나지 안헛다. 단지 앞 시내가에 잇는 蒼然한 水車간이 내 소년 시절을 어렴풋이 追憶에 불러 내엇다고나 할까….

허나 古西城 기슭에 외로이 떨어저 잇는 아담한 酒幕집에서 濁酒를 몇 잔 기우리며 求禮서 흘러왓다는 몹시 肉感的인 그 酒幕 안주인이 불러주는 육자백이의 旋律 속에서 나는 이상하게도 몇 세기 전의 조선 고대소설 —其中에도 심심 산ㅅ골의 山賊 이야기를 연상하기도 하엿고 또 속으로 하나하나 역거보기도 하엿다. 그리고 이 주막 안주인은 어떤 山賊의 수령의 마누라로 들어 앉으면 제법 格에 마지리라는 생각까지

들엇다.

深夜의 船室에서는 이런 추억이 모두 그리운 것이엇다. 14일 정오 배는 大連에 入港하엿다. 나는 여기서 上海行의 船便을 기다려야 되는 것이다. 나는 트렁크를 들고 上陸하엿다. 찾어 들어간다고 간 것이 大同旅館이라는 조선 여관이다. 여관 부근에는 公園이 하나 잇엇다. 그래도 나는 春節이면 만주 일대를 휩쓰는 만장의 黃塵 때문에 外出을 못하고 여관에 처백혀 잇을 수밖에 없엇다. 몸이 으스스 추워오는 것을 보니 아마도 감기 氣味인가 보다.

여관에도 역시 북지 방면으로 가는 旅客들이 만헛다. 밤이 되자 그들 중의 한사람이 靈西亞 街에 산보를 나가자고 끌엇으나 나는 미소로서 사절하고 자리에 들어 누어 버렷다.

上海行의 배는 내일 정오에 出帆한다고 한다. 이 밤이 새면 나에게는 또 먼 航海가 시작되는 것이다.

▲ 1938.6.23. (2) 제2신

가뜩이나 즐거운 날이 없는 나에게 또 氣候와 水土의 變調로 나는 근 일개월이나 시름시름 알엇다. 몇 번이나 붓을 들고 싶엇으나 건강이 許諾지 안는 데야 어쩔 수 없엇다. 이번 旅行記의 寄稿를 굳게 서로 언약한 R씨에게도 미안할뿐더러 그동안 궁금한 나머지 여러번 書信을 보내준 여러 文友에게 아울러 謝意를 表한다.

지금 그리운 鄕土夢의 情緖를 멀리 느끼며 다시 이 붓을 들엇다.

대련서 定期的으로 出帆하는 상해행의 奉天丸은 靑島에 3시간 가량 寄港햇다가 上海로 航海하는 것이다. 동양 제일을 자랑하는 大連埠頭는 으리으리하게도 豪華로웟다. 나를 태운 奉天丸은 4월 16일 오전 11시에 이 부두를 出帆하엿다.

나는 생후 처음으로 外國 航路의 2등선을 타 보앗다. 그것은 내게 그만한 餘裕가 잇엇던 것도 아니고 그 실은 대련의 知友 한 사람이 자기 주머니를 탈탈 털어서 2등선표를 선사한 것이다. 그 知友는 내가 몸이 弱한데다 먼 항해에 지처 혹시 뱃멀미나 하지 안흘까 하는 念慮로 2등선표를 선사한다고 하며, 豪氣롭게 우섯다. 나는 그의 손목을 잡고 오직 感謝할 다름이엇다.

배 안은 여전이 混雜을 이루웟다. 2등선실도 거의 만원에 가깝고 3등 선실은 정원이 超過하야 자리를 잡지 못한 船客들은 식당의 의자에서 바다의 꿈을 준비하고 잇엇다.

亦是 船客의 태반은 娘子群이엇다. 그 중에는 십삼 사세밖에 안 되어 보이는 어린 少女도 잇엇다. 구석진 곳에 蓄音機 소리가 들린다. 그쪽으로 視線을 돌리니 가벼운 트롯트의 곡에 마처 땐서 풍의 두 무녀가 서로 맛붙어 땐스를 하고 잇다. 저편 구석을 보니 中支로 팔려가는 상싶은 어떤 女子가 흙흙 느끼고 잇다. 슬픔을 하소할 길 없어 곁에 앉은 동료에게 가끔 우름섞인 소리로 무엇을 중얼거리는 소리를 들으니 確實히 慶尙道 사투리다.

"우리들은 어디로 간다나?"

"몰라…."

이 구석 저 구석에서 낭자군들은 자기네들의 가시만흔 人的 行路의 방향을 서로들 물어보는 모양이엇다. 그러나 눈앞은 한정없이 넓고 갈 길은 너무나 멀다. 그들의 괴로운 行路가 끝나는 말 아마도 그들의 人生도 끝나고 말 것이다.

悲劇이다. 그리고 석양은 멀리 수평선으로 기우러저 간다.

나는 甲板위를 얼마동안 거닐다가 2등 선실로 돌아가는 도중 의외에도 大同大學 時代의 張陰桐(장음동)[20] 군을 만낫다. 邂逅의 반가움에 어쩔 줄을 모르고 우리는 그동안의 생활을 이야기하엿다. 들으니 장군

---

20) 장음동: 필자의 중국인 친구.

은 3년 전 早稻田 大學 政經學部에 留學햇엇는데 금번 사변으로 인하야 작년 7월에 歸國햇다는 것이다. 그리고 지금은 北京 中華民國 新民會 指導部의 일을 보고 잇다고 - 그는 밤 깊도록 동양의 諸情勢를 이야기 하고 아울러 자기의 포부와 信念을 披瀝한다. 그는 그의 故鄕인 蘇州에 다니러 가는 길이엇다.

17일 오전 8시에 배는 靑島에 寄港하엿다. 船客의 삼분지이는 靑島에서 내려 버렷다. 부두에는 헌병 칠팔인이 경계를 하고 잇엇다. 事務長의 말을 들으니 청도 상륙자 이외에 船客은 절대로 上陸을 許치 안는다는 嚴則이다. 그래도 행여 하고 나는 헌병에게 2시간 가량의 상륙 漫步를 교섭해 보앗으나 憲兵隊의 증명서가 없는 한 허가할 수 없다는 것이다.

할 수 없이 상륙을 단념하고 식당에 가서 맥주를 한잔 마시고 갑판에 서서 戰禍를 입은 靑島의 시가를 展望하엿다. 靑島에는 이삼차 들린 일이 잇엇는데 어쩐지 그때마다 남은 인상은 蕭條 그것뿐이엇다. 그러한 靑島가 이번에는 아주 荒廢한 것이 아닐까.

靑島에 戰禍가 미치기 전에 일본 군함의 入港을 두려워하야 그 水路를 차단하라는 蔣介石의 지령하에 靑島의 中國軍은 자국의 선박을 항내에 自沈식힌 일이 잇엇는데 그 선박들의 殘骸가 내 눈에 역력이 보엿다.

靑島에서 乘船한 船客은 白系 露人 십여명이엇다.

上海 입항은 18일 오후 2시경이엇다. 나는 트렁크를 들고 上陸하엿다. 내 옆에는 장군이 잇엇다. 나를 마종 나온 사람도 없고 또 그것을 바라지도 안는 적막한 오후의 港口엿다. 택시에 오르니 그제야 비로소 새삼스럽게도 黃浦江畔의 감개가 울어나는 것이엇다. 戰禍를 입고 허무러진 滬江大學, 吳淞砲隊, 江畔의 竹林, 細柳 등등 아직도 가느다란 呼吸을 게속하고 잇는 것 같앗으나 피로해진 그 비참한 形骸에는 내 자신까지 우울해저 오는 것이엇다. 그리고 번화를 자랑하던 웨이 싸이드의 한복판 내가 자동차를 달리고 잇는 이 港街의 심장부의 황폐함은

어떠냐. 너무나 달러진 현상에 전란과 함께 살아진 아득한 昔日이 오히려 바로 내 눈앞에서 서성거리는 것 같다. 世紀의 受難! 그리고 그 수난의 記錄이 여기에도 잇다.

▲ 1938.6.24. (3)

虹口 일대는 이번 사변에 지나군의 砲擊을 가장 만히 받은 地帶다. 밤의 참화판, 상해의 歡樂街, 北四川路 일대는 당분간 재기불능의 현상을 呈하고 잇으며 아직 이 지대는 총검을 가진 警備兵의 姿態를 볼 수가 잇다. 군의 허가를 얻어 전화를 입은 店鋪들을 곳처서 營業을 시작한 집도 몃 집 잇으나 그것의 태반은 飮食店들이엇다. 북사천로에서 노*子路로 돌아들면 거리는 아연활기를 띠엇다. 조선 민회 앞을 지나 吳淞路로 들어서면 여기는 완연히 日本街의 感을 가지게 할 만큼 일본 점포가 즐비햇다. 사변 후부터 느는 것은 오직 상점뿐이라는데 그래도 오송로 일대에 진을 치고 잇는 이 대소상점들의 수입이 사변 전보다 엄청나게 만타고들 한다. 하기야 日支 連絡船이 입항할 때마다 만원을 이룬 사오백 명의 船客들이 上海의 거리에 쏘저 나가는 현상이니까 거기에 정비례하야 그도 그럴 법하다.

(이 시기 상해 조선 민회 상황)

(…하략…)

[55] 『동아일보』 1939.10.17. 월탄, 懷月의 戰線紀行 (신간평)

당나라 李華는 '吊古戰場文'을 지어 천하에 文名을 날렷거니와 懷月(박영희)의 近著 『전선기행』은 요사이 가을 독서계에 가비엽게 책장을 넘겔 만한 호개의 快文字다.

아무리 이화의 '적고전장문'이 비장 처절하여 能히 鬼神을 울릴 만하다 하나, 古戰場을 바라보고 지은 것이며 誇張的인 글자의 매력이 거듭거듭 讀者의 心魂을 飄蕩케 할 뿐 피가 뛰고 힘쓸 줄이 솟을 만한 迫力잇는 實感을 우리게 절실히 주지 못햇다.

이것은 흔히 붓대를 잡고 잇는 선비의 共通된 缺點으로 아무리 文** 練磨가 일가를 일우어 술렁대여 맥힘이 없다 하드래도 砲彈煙雨와 龍攫虎搏의 실전을 보지 못한 한, 文章은 그대로 暢達한 겁데기 문장일 뿐, 한걸음 더 나아가 逼眞한 사진을 우리에게 주지 못한 때문이다.

한편으로는 문인의 文弱이 또한 그것을 그러케 맨들엇지만 또 한편으로 생각해 본다면 붓대를 잡은 그들에게 그러한 기회를 맛보지 못하게 된 것도 당연한 노릇이니 한갓 선비들의 문약만을 責할 것도 아니다.

다행이 이 『전선기행』의 저자는 천재일시의 조흔 기회를 탓다. 황군위문의 중대한 職責을 맡고 燕京 수천리 광막한 전쟁터를 치잘엇다.

다행이 그는 문인이기 때문에 또한 詩人이기 때문에 보고 들은 것을 가슴 속에 깊히 간직하고 머릿속에 스미도록 차근히 새기엿다가 돌아오는 날 귀중한 이 한 책을 우리에게 꾸미여 선사한 것이다.

새벽달 찬바람에 서리같은 총검을 빗겨들고 광야 천리를 지키고 섯는 月下 步哨의 정경을 눈물 겨웁게 이야기한 것이라든지 백리를 연달은 전후 좌우가 보이지 안는 보리밭 속을 군용 추럭을 빌리여 달리는 호쾌한 敍述은 짐짓 사람의 마음을 豪放케 함이 만커니와 저자가 탄 기차가 무인지경으로 달리다가 돌연히 일어나는 총소리에 반일을 주춤스고 오지 전선 지척지지에 머리 위로 대포가 터지며 콩복듯 튀는 銃彈의 爆音을 적어논 아슬아슬한 대목은 읽는 사람으로 하여금 손에 땀을 쥐지 안코는 배기지 못하게 맨들엇다.

흔이 이러한 紀行은 작자의 嚴肅한 感情이 딱딱한 데로 흘르기 때문에 문장이 자칫하면 支離하고 冗漫하여 독자를 최후의 장면까지 이끌어가기가 어려운 것이다.

그러나 이 저자는 일직이 詩人이엿고 또한 小說을 읽던 솜씨라 첫대문을 北京을 넘어슨 도중, 同浦線上 군용열차 중에서 시작하여 천리에 뻗힌 사월 남풍의 훈훈한 麥香을 담뿍이 독자에게 풍기여 준 뒤에 일개 묘령의 양장 미인을 붓들어다가 저자의 全紀行을 이야기하는 對象을 삼엇다. 저자와 독자는 이 洋裝美人을 가운데로 두고 눈물을 먹으며 전장을 이야기하여 感激하기도 하고 웃음을 웃어 담뿍 戰線 情景을 이야기도 하게 되는가 하면, 엄숙한 얼굴에 타는 듯한 情熱을 띠우고 천하대세를 論하기도 한다. 밤이 지새도록 읽어 실치 안흔 책이다. 우리 文壇이 일직이 갖지 못햇든 前無한 이 전선기행을 널리 독자에게 推奬한다.

경성부 종로 2정목 박문서관 발행 정가 일원

[56] 『동아일보』 1939.8.4. 韓雪野, 기행-부전 고원행

*부전 고원 = 일제강점기 화학공업단지를 기행하고 발전소 위용 및 공업 단지의 모습에 감탄하는 내용을 기술함

▲ 1939.8.4. (1)

觀光 朝鮮이란 말은 좀 誇張的인 것 같지만, 사실 만주쯤 旅行해 본 사람이면 이땅 이르는 곳이 모두 觀光地帶라는 感을 새로히 할 것이다. 조선은 실로 이르는 곳마다 錦繡江山이다.

개중에도 赴戰 高原은 근대 化學工業의 등장과 아울러 새로 출현한

관광지대다. 그러니만치 옛적부터 일러오든 이른바 名勝에 비하야 근대적 音響을 가지고 잇는 것이다.

7월 20일-昨年에 뜻을 이루지 못하고 장근 일년 동안 벨러오던 부전행은 이날 비로소 이루어젓다. 長津湖를 둘러온 旅勞도 풀새없이 아침 7시 40분차로 나는 이 길에 올랏다. 본시 荷物本位인 발체 무거운 新興鐵道는 신흥역에서부터는 해발 5천척의 고원지대를 향하야 더욱 가쁘게 달린다.

여기서부터 赴戰嶺 턱밑까지에는 新興의 제4발전소를 비롯하야 慶興의 제3 松下의 제2 松興의 제1- 이러케 도합 4개소의 發電所가 잇다. 산등성이로 굵다란 鐵管들이 내려노히고 산 밑에 성냥갑 形으로 생긴 커다란 공장과 그 공장 앞마다 뚱딴지와 쇠사슬과 쇠줄 느러며가 근검하게 만흔 變壓 裝置가 잇는 것이 이른바 發電所다.

송흥에서 輕鐵에 내려 잉크라잉(鋼索線)을 바꿔 탓다. 강삭선이란 글자에 보이는 그대로 가느단 鋼鐵絲를 수십 겹으로 드린 鋼鐵線인데 그 끝에 조고만 輕便車를 달아 이백 마력의 捲楊機로 달아내리는 것이다.

그런데 이 강삭선이 노힌 가파른 절벽흘 처다보라. 실로 한발이 비쭉하면 그 아래는 일순간에 육신을 가루로 만들어 줄 험한 낭떠러지기와 바우가 잇고 사람이고 차체고 냉큼 집어생켜 버릴 천인 구렁이 무시로 검은 입을 버리고 잇다. (…중략…)

▲ 1939.8.6. (2)

나는 벌써 십년 전 즉 부전강 수전공사 당시 여기를 와 본 일이 잇다. 그때는 마침 吹雪이 亂紛紛하던 겨울이라 잉크라잉은 운전 중지를 해서 이 嶺을 기여오르고 까치걸음으로 뛰어 내렷다. 길이 너무 가파르기 때문으로 내려올 때는 제절로 내려곤지는 體重을 이기지 못해서 위정

길을 피하여 무플 고드리까지 싸인 길가 눈속으로 점병 뛰어 내렷다. 그러면 몸이 눈속에 백여 한참씩 숨을 드려 가지고 내려왓다.

(…중략…)

그리하야 이 豐富, 安價한 전기를 사용하야 질소비료를 製造하는 대공장을 홍남에 건설하야 年産 오십만 돈을 내는 세계 第二의 工場을 이루고 잇다.

그리고 여게 附隨하야 각종의 비료, 유지공업에 의하야 경화유, 그리세링, 지방산, 석령 등을 제조하고 잇는데 그 종장의 敷地는 실로 2백50만 평방미에 미치며 그 전용항인 홍남항의 출입 화물만도 일개년에 2백만 돈에 달한다. 가만히 생각하면 人間의 힘과 지혜란 실로 무섭고 놀라운 것이다. 그러나 다시 생각하면 自然은 그보다 얼마나 더 크고 무서운 힘을 내포하고 잇는지 알 수 없다.

(…중략…)

▲ 1939.8.8. (3)

물은 실로 위대한 힘을 가지고 잇는 것이며 또 天文學的 數字의 가치를 내장하고 잇는 것이다.

우리가 덤덤히 앉아서 바라보는 빗물이 이 부전호에 일미리만 부러도 大金 만원의 利가 생긴다는 것이다. 우리가 하룻밤 꿈 속에 언제 비가 얼마나 왓는지 모르는데 그담 날 라디오에서 강우량 50미리라고 알려준다 처도 누구나 馬耳東風으로 들은 숭 만 숭 하리라. (…중략…)

▲ 1939.8.10. (4)

"저리 가수" 하면 "나두 몰루"다. 그러나 사람 그리운 산사람이 그러케 대수롭지 안케 사람을 다룰 수 잇으랴. 비단도 진찬케 여기는 사람들이 여지막에 와서는 면포 귀한 줄 알고 백화점에 가서도 이게 순면이오 하고 찾고 정말 면을 소중히 하듯이 環境이 사람의 맘을 지배하는 것은 또한 理에 당연한 일이다.

(…중략…)

山莊에 돌아오니 美姬들이 장진산장에 다녀오는 길이냐고 묻는다. 아마 내 행장을 보고 짐작한 모양이다.

"저 쪽은 손님이 만허요?"

얼굴이 갸름하고 죽은깨 약간 잇는 귀인상스러운 여자가 묻는다.

"아무렴 저쪽은 잔챗집같어, 사장이 오고 조선 옷 입은 內地 여자도 데불고 오고, 왼통 야단이 낫어. 그래 집이 배좁아서 난 멀리다 싶이 이리로 왓는걸."

"참 조켓네. 여게는 통 손님이 없어요."

"손님이 없으면 오히려 조치 종용하고."

나는 아주 다행하게 생각하엿다.

"그러치만 손님이 잇어야 우리들도 수입이 잇지요."

"하하."

나는 속으로 이러케 찬탄하엿다.

女姬들이 나를 아주 世情모르는 보리동지로 알앗으리라 싶엇다. 그래서 말을 돌려 물엇다.

"지금 손님이 몇 사람이나 되우?"

"네 사람, 당신까지 다섯 사람!"

"이제부터 올거요. 홍수로 여태 통내 못하는 줄 알고들 잇으니까.. 그러치만 어제부터 차츰 올거요."

"赴戰嶺이 너무 높으니까 … 그러치만 그 전 같으면 유람 버스가 잇어서 저쪽에서 이쪽으로 당일에 왓다는데 …."

사실 까솔링 절약 때문에 장진산장과 부전조를 연결하는 回遊船은 지금 운전 중지중에 잇다.

아래칭 널은 식당에서 저녁을 먹을 때 보니까 손님은 독일인 2인, 기생과 청년, 나까지 5인이다. 한데 美姬들의 인기는 독일인이 독차지다. 청년과 기생은 은근히 敬遠하는 모양이오 나와 독일인의 호주머니를 눈저울로 다라본 모양인데 내편이 어방없이 개벼윗을 것은 물론이다.

나는 저녁을 먹고 편지 몇 장 쓴 다음, 明治, 大正, 昭和 연간의 역사 화첩 30여권을 보고 가지고 간 발작크를 읽기 시작하엿다. 읽다가 남작 부인이 딴맘을 먹고 온 숭칙한 사나이 구루베루에게 말하는 이런 구절에 힘을 주어 傍線을 그엇다. 후일 다시 읽어보자는 거다.

"글세 들어보서요. 구루베루 씨. 당신은 쉰이지오. 그러니까 유로(남작 자기 남편)에 비하면 열 살이나 젊은 것은 나도 잘 알지만, 나만침한 나이가 되면 말요, 여자의 연애란 것은 상대자의 美貌라든가 젊음이라든가 세상 평판이라든가 재능이라든가 뭐 그따위 화려한, 즉 우리들 여자가 나잇보람도 없이 자기를 잊고 폭 엎어질 만한 장끼가 없으면 남들도 그럴 듯하다고 하지 안커든요. 기시 당신의 연수입이 오만 프랑이라고 해도 말요, 나이가 나이니가 그 조흔 자산도 묵새겨(相殺)지지요. 그러니까 당신은 여자가 바라는 것도 없는 심이요."

이 말은 몇칠 전 장진 산장으로 사장을 딸하왓던 젊은 여인에게도 또 지금 나와 獨逸인을 다라보는 이 집의 美姬들에게도 적용이 되는 말이라고 생각하니 웃음이 나서 견딜 수가 없다.

발작크처럼 근래 나를 즐겁게 하고 웃게 하고 아니 그보다 미치게 한 作家는 없다. 이튼날 아침에도 나는 두견새 소리를 들으며 발작크를 읽엇다. (終)

[57]『동아일보』 1938.8.9. 徐恒錫, 비경탐승「기2」장수산행

▲ 1938.8.9. 황해금강 장수산(1)

"산으로 갈까."

"바다로 갈까."

여릅반 되면 이 두 가지를 저울질하면서 마음속으로는 남보다 앞서서 남보다 몇 곱절 서둘르건마는 언제나 바다에도 산에도 다 못 가고 그 여름을 그냥 보내는 나이엇다.

잡무가 붓잡고 係素가 얽매는 까닭이기도 하지마는 나의 용단 없음의 탓이 아니랄 수도 없엇다. 이리하야 이루지 못한 뜻이 해마다 묵어 산에와 바다에 대한 동경을 자꾸만 키워가는 것이엇다. 금년도 또 못가는가 하면 더위가 한결 더 괴로웟다.

그러든 것이 기회는 우연을 조하하는지 뜻하지 안흔 黃海 金剛 長壽山行의 길이 내 앞에 트엿다. 동행은 心汕 盧壽鉉 화백이다.

종일 안두에 남의 원고나 훌터보는 것이 일이오, 가끔 먼길을 간대야 고향을 다녀오는 것이 고작인 내가 삼일 예정의 산행을 나선 것은 장도라면 장도다.

이번 걸음에 얼마마한 소득이 잇을 것인가. 자장의 남유강회나 괴테의 이태리행에서와 같은 일대 전기는 얻지 못한다 할지라도 바닷가에서 자란 내게 산을 親하는 첫 기회가 온 것이니 그만치 詩域의 넓어짐은 앙탈할 수 없으리라.

(…중략…)

마음은 먼저 가고 몸을 토막잠을 자다가 아침 7시반에 가벼운 행장으로 길을 나섯다. 내 배낭에 든 것은 재령군세 일람, 朝鐵에서 발행한 연선산악안내, 장수산안내, 도중의 파적을 위한 잡서 2권과 여행용구 등이오 그밖에는 장수산에 대한 사적 같은 것은 한 권도 너치 아니하엿다. 여행을 나서면 의례 사적을 짊어지고 다니는 사람도 잇지마는 내 본대 史識을 갖지 못하엿슬 뿐 아니라 모처럼 굴레벗은 망아지 같이 뛰어난 길에 일스럽게 사적을 들춰가며 땀을 더하고 싶지가 안헛기 때문이다.

그러므로 장수산의 고명은치악산이오 임란 이후에 장수산이라 改稱되엇다느니 산중에 사십팔 寺가 잇엇느니 42사가 잇엇느니 5대 가람이 잇엇느니 하는 따위를 고증하고 해설하는 것은 나의 흥미와 책임에 속하는 일이 아니다. 나는 다만 산을 그리는 마음과 景에 굶주린 눈을 가지고 명산 장수를 보이는 대로 보고 느껴지는 대로 느껴서 보고 느낀 대로 적으면 그만인 것이다.

역에 나가니 심산은 벌서 와서 기다리고 잇다. 차는 8시 15분. (…중략…)

▲ 1938.8.11. 황해금강 장수산(2)=連巒疊嶂이 盡奇極妙

장수산역을 나서기가 바쁘게 현암서 온 旅館 아이들이 우– 하고 몰려들어 현암으로 먼저가는 것이 조타고 꼬이며 귀찬케 매달린다. 그러나 우리는 예정대로 산중의 主刹 妙音寺로 가기로 하엿다.

*묘음사와 금은탑 안내서/전설 등

▲ 1938.8.12. 황해금강 장수산(3)=妙音寺 眺望 點描

맘이 걷치는 대로 탑께에서 나려와 묘음사로 들어갓다. 주지 박혜명

씨에게 자를 통하고 來意를 告하니 반가이 맞어준다.

이 절은 거찰이라 할 수는 없어도 너른 터전에 대웅전을 정면으로 하야 양익에 각각 수동 건물이 잇어 적은 절은 아니다.

(묘음사 유래, 칠성대, 노선암)

이 조흔 반주에 내 어이 한가락 노래를 아끼리오.

깊은 산 깊은 골이 밤돌어 더 깊으니
물소리 고처 높고 벌레소리 유난하다
나그네 시흥에 겨워 잠못이뤄 하노라

▲ 1938.8.13. 황해금강 장수산(4)=관음굴과 내금강

잠을 깨니 제2일 7월 29일의 아침이다. 산중의 아침은 한결 더 철상하다.

오늘은 采眞菴을 거처 최고봉 보적봉을 정복하고 산성을 둘러돌아올 예정이엇으므로 지난 밤에 산하촌에 指路者를 얻어달라고 부탁하엿는데 여관 하인이 태만한 탓인지 아침에야 나려가 보앗더니 오늘이 장날이라 모두들 장에 가고 길 아는 사람은 하나도 얻을 수 없다는 것이다.

무턱대고 떠나보기에는 산이 너무 험하고 깊어 일행은 어쩔 줄을 모르고 서로 얼굴만 처다본다. 주지를 찾엇으나 산하에 볼일이 잇어 새벽에 나갓다 한다. 주인 없는 山中에 客만 허매게 되엿다. 부들이 예정을 변경할 밖에.

마침 주지의 조카 춘해 군이 나서며 먼데는 몰라도 절 근처만이라도 아는 대로 안내하겟다 한다. 군은 이 절의 本山인 구월산 패엽사의 유학생으로 현재 동경 駒澤大學에 재학중인데 夏休로 귀향하엿다가 수일

전에 아저씨를 찾어뵈러 이리로 온 것이라 한다.

(…중략…)

▲ 1938.8.14. 황해금강 장수산(5)=구중폭과 수미탑

天日을 가린 깊은 숲이 景까지도 가려 眺望은 할 길이 없고 다만 발 아래 돌뿌다귀만 조심하면서 가노라니 골재기가 막혀 絶壁이 되고 거기 澗水가 실오락이처럼 걸려 나린다. 이것은 銀河瀑이다. 높이 수십장이오 층이 다섯으로 되어 잇다. 물이 꺾여 흐르고 궊여 흐르는 것이 불 만하다.

다시 가노라니 바위끝이 천막처럼 반공을 덮은 것이 나오는데 그 아래 삼십여 인을 넉넉히 앉힐 만한 편평한 盤石이 잇어 아모리 모진 풍우라도 피할 만하다. 이것은 이름하야 수도암이다. 눈 감고 여기 앉으면 저절로 참선 삼매에 들엄즉하다.

그 앞에 하늘을 찌를 듯이 솟은 것은 歡喜臺로서 悟道의 法悅을 象徵함인 듯. 이 바위는 여기 修道岩에서 볼 때에는 歡喜臺하 하지마는 저 우에서 나려다 보면 대 우에 五岩이 나란이 솟아 마치 五仙이 相會한 것 같으므로 일명 오선암이라고도 한다.

이 근처에 玉屛岩이 잇다 하나 길을 몰라 찾지 못하고 환희대를 옆으로 보며 다시 숲손에 들어서서 九重瀑으로 갓다.

구중폭은 이름 그대로 九重의 층암으로 되엇는데 아홉으로 보면 아홉이로되 하나로 보면 하나로 보여지는 巨瀑이다. (…중략…)

▲ 1938.8.18. 황해금강 장수산(6)=구중폭과 수미암

제3일 지금까지 보아온 것은 대개 묘음사에서 멀지 안혀 이 산에 오는 이 거이 누구나 다 보고 가는 곳이지마는 오늘의 예정은 산중의 비경을 더듬어 보자는 것으로서 이번 산행의 主目的이 여기 잇는 것이다. 묘음사에 돌아와 자기로 하고 행장은 등산에 편하게만 차려 가지고 나 것다. 일행은 9인이다.

(…중략…)

▲ 1938.8.20. 황해금강 장수산(7)=絕頂의 遠近景槪

고봉에 오를스록 眺望이 널리 터짐은 어디서나 다 그런 것이지만 여기 이 사은 전역이 평지에 솟아 近處에서 혼자 높으므로 절정에 서매 眼界가 더욱 끝없어 시력의 모자람은 한하겟다.

이 노인은 신이 나서 사방의 원근 경개를 설명하기에 바쁘다. 동으로 멀리 허여케 뵈는 것은 망(望)ㅅ재, 가까이는 走繼峯이오 더 가까이는 와우재.

(…중략…)

▲ 1938.8.24. 황해금강 장수산(8)=山城址와 金猪址

장수산성지에 다 온 것은 오후 6시. 이 성은 고구려 시대에 싸흔 것으로서 그 전엔 얼마나 높고 두터웟던지 모르되 지금은 廢墟殘疊뿐이다.

나그네 허무러진 성 우에 지혀서니 지는 해 더욱 감회를 자아내어 생각은 연기와 같이 往古의 하늘에 피어 오른다.

이 노인은 가마봉을 가르키고 청룡사 舊址를 가르키며 설명에 바쁘다.

그러나 바로 우리가 앉은 앞에 몇 개의 奇巖이 잇는데 이름을 물으니 다 모른다 한다. 실상 이 산을 알기 누구보다도 자세하다는 이 老人으로도 묘음사 채진암 부근을 벗어나서부터는 물어도 이름 모르는 봉과 바위가 너무나 만타. 금강산 같으면 진작 적절한 이름을 얻어 世人의 귀에 널리 들려지고 遊客의 발을 자주 글엇을 만한 景勝이 여기서는 아직 이름도 없이 묻혀가지고 잇다. 아까운 일이라 할까. 이 산에 오른 기념으로 이름이나 몇 군데 지어보리라.

그러나 이름짓기란 쉬운 일이 아니다. 바로 저 앞에 잇는 저 바위만 하여도 그러타. 누가 잇어 美人이 부채를 펴들어 遮面한 것 같다고 하면 그럴 듯이 보이다가도 또 누가 잇어 冊꽂이에 洋書를 세워논 것 같다고 하면 그도 髣髴하다. 더구나 저기 위편으로 보이는 바위는 아기를 업은 것도 같고 입을 벌린 병아리에도 비슷하고 두 사람이 마주앉어 談笑하는 양도 뵈고 또 어찌보면 점쟁이의 거북을 세워 논 것과도 영낙없어 무어라 하나로서 이름할 수 없다.

알괘라. 그 이름없음은 보는 대로 보여주는 天工의 筆舌의 형용에 絶한 까닭인 줄을! 그러타면 내 어이 감히 조화의 神技에 이름짓는다 하리오.

城께에서 小憩하고 일행은 성내로 나려간다. 석양은 갈길을 재촉하는데 모두들 지칠대로 지치고 게다가 길까지 일허 버렷다. 일행 중에서 指路者를 원망하는 소리가 들리기 시작한다. 성내에 보이는 方池를 향하야 강행군을 할 밖에 없다. 저 방지는 금저지라 하는 것으로서 崔孤雲 선생의 탄생에 관한 전설이 여기 잇다. 그 전설은 李 老人의 입에서 그대로 옮겨 적으면 이러하다. --

(…최고운 탄생 관련 전설 중략…)

▲ 1938.8.25. 황해금강 장수산(9)=暗夜의 山中 險路

해는 젓고 갈길은 멀다. 여기 金猪池가에서 노숙을 못할 바에는 어떠케든지 어서 평지에 나서야 하겟는데 오른편으로 가서 廣灘으로 나리면 妙音寺가 육십리요 왼편으로는 길이 험하나 내동으로 가면 묘음사가 이십리라 한다. 우리는 왼편으로 길을 잡엇다. 사위는 벌서 밤이다.

골잭이를 한편에 끼고 나린다. 그러나 낮에도 찾기 어려운 이 산길을 밤에야 더욱 어떠케 찾으리오. 나무는 무성할 대로 무성하야 별빛조차 수며들지 못하고 어느새 벌서 이슬이 나려 돌을 밟으면 어름같이 미끄럽다. 蜀道의 難이라 한들 길이야 없엇던가. 억지로 트어가면 길인 듯하다가도 몇 걸음 아니 가서 길이 아닌군 한다. 이러케 하기를 수없이 하며 더듬고 허매고 설레다가 지치면 도루 주저 앉는다.

(…중략…)

▲ 1938.8.27. 황해금강 장수산(10)=백운폭포와 東門

이제부터는 백운동 探勝이다. 길은 계곡을 넘어 다시 숲속에 들엇다가 그문 후지부지 얼허젓다 찾엇다가 또 일키 여러번 없는 길을 가는 것이나 다름없기 어제와 마찬가지다.

더구나 해가 정오에 가까울스록 숲속이 무더운데 바람조차 없어 땀은 옷을 적시다 못해 그대로 발길까지 흐른다.

그래도 가다가 쉬며 쉬며 이슬아치와 멍석딸기를 따목는 맛이라니!

제철이 아니라 머루랑 다래랑은 아직 먹을 수 없지마는 저 이슬아치랑 먹석딸기랑 먹으며 이 두메에 여름 한철이나마 살아보앗으면 여윈 내 마음이 얼마나 살찌랴.

(…중략…)

▲ 1938.8.28. 황해금강 장수산(11)=용마봉 하의 현암

제5일.

오늘도 쾌청. 산행에는 恰好한 날시다.

오늘의 예정은 현암과 서동 십이곡인데 이에는 두 가지 路順이 잇다. 하나는 독암을 거쳐서 십이곡을 거구로 보고 현암으로 나오는 길이오, 하나는 평지에 나가 현암으로 가서 십이곡을 차례로 보고 독암을 지나 묘음사로 돌아오는 길이다.

그러나 아무 길도 취할 수 없는 것이 동행 함석태 씨가 산행의 피로를 잠으로도 채 풀지 못하야 누워서 일지 못함이다.

심산과 나는 삼일 예정이 이미 5일이나 되엇으니 길이 바쁘지 안흠이 아니로되 그러타한들 생사 험로에 진퇴를 가치하던 동행이 병인양 누웟는데 고적한 山寺에 그대로 두고 어찌 우리만 떠난다 하리오.

이리하야 이날은 반일을 無聊히 보내면서 보아온 景과 겪어온 일을 가끔 화제에 올려 되씹는 것으로 겨우 일을 삼엇다.

(…중략…)

▲ 1938.8.31. 황해금강 장수산(완)=石洞 12曲

제6일.

樂山 旅館主 吳興奎 씨의 앞잡이로 석동 12곡을 들어간다. 현암주지의 말이 12곡을 잘 알기 오시와 같은 이 없다 하므로, 마침 일야의 宿을 빌린 인연으로 십이곡의 안내를 청한 것이러니 오시 이에 쾌락하야 나서준 것이다.

(12곡)

기차 시간이 바빠서 반다름질로 도루 나려온다. 그래도 거꾸로 보는 12곡은 또 새로운 景을 번갈아 보여주어 발이 걸음을 잊은 적이 한두번만 아니다.

行裝을 수습하여 가지고 일행은 역으로 내달앗다. 그러나 그 차는 노치고 겨우 다음 차를 기다려 탓다.

차가 움지기자 창에서 멀어지는 長壽의 姿態!

沙里院서 함씨 부녀는 북으로, 우리는 남으로. 우연한 기회에 길을 가치하야 苦樂을 함께 맛보다가 또다시 갈려 남으로 북으로! 이것이 人生인가.

더구나 산행 6일간이 평지에서 같으면 6시간에도 얻지 못할 經驗을 싸케 하엿는지라 半旬의 교분이 十年知舊나 다름없이 역두의 作別이 感傷을 催한다.

보이지 안을 때까지 흔들던 그 모자, 그 모자.

장수산 보고 오는 눈이 절로 흡족하야 창외는 내다보지 안코 路困에 맡겨 잠들엇다 나니 어느덧 서울이다.

[58] 『동아일보』 1938.10.25. 민촌생, 金剛 祕境行

▲ 1938.10.25. (1)=斷髮嶺

19일 오전 5시 5분. 우리들은 오래전부터 두고 벼르든 이번 길을 期於히 떠나고 말엇다.

朝鮮의 金剛山은 너무도 유명하다. 그만큼 금강산을 한번 보기 원하는 宿望은 누구나 다 가젓겟지만 나 역시 금일에 이르도록 그 기회를 얻지 못햇다가 금번 數三 友人의 發論으로 한목을 끼게 된 것은 분외의 幸運이라 할는지.

때마침 중추가절이다. 金剛은 楓岳이 제일 조타 하고 丹楓은 지금이 한창이라는 데는 미상불 우리들의 유혹은 더욱 컷섯다. 게다가 일행 4인 중에 자동식 카메라를 가지게 된 것은 또한 探勝客의 본새를 遺漏없이 俱備한 것 같엇다.

그러나 당초의 예정은 5인이오 일자도 10월 1일 밤차를 타기로 햇엇는데 그날은 공교히 비가 왓다. 兼하야 이틀이 연거푸 休日이기 때문에 그날 京城에서만 團體로 떠나는 것이 열일곱 군대라는 대혼잡. 여간해서는 차를 타기도 분빌뿐더러 個人은 여관 예약도 할 수 없대서 우리 일행도 할 수 없이 4일로 延期한 것이다.

나는 오래간만에 먼길을 떠나본다. 더구나 등산복을 차리고 여러 친구와 함께 探勝旅行을 해보기는 이번이 처음이다. 서울에서 십여년을 사러 오면서 여태까지 北漢도 못 가본 주제에 닷다가 金剛山이 웬일이냐고 하겟지만, 나는 도리어 그러니만큼 都會生活에 쩔엇던 心身을 大自然과 接觸하고 싶엇다. 오랫동안 鬱積을 이런 기회에서나 떨고 싶엇다.

차 안에는 승객이 별로 없다. 워낙 일는 까닭도 잇겟으나 그보다도 福溪行의 이 차는 단거리밖에 안 간다는데 원인이 큰 것 같다. 우리 일행 외에도 탐승객의 한패가 올러탄 걸 보고 처음에는 동행인 줄 알앗는데 차차 수작을 들어보니 그들은 望月 天竺으로 가는 딴 패엿다.

우리들은 이 차를 노치지 안흐랴고 전날밤에 잠을 못 잣다. 그래 합숙을 하기로 햇는데 나는 마침 腹痛이 나서 자택 취침을 특히 허용하게 되엇다. 그 대신 오전 세 시반까지 丁兄 댁으로 집합하기를 약속햇엇는데 나는 丸藥을 먹고 누엇다가 고만 잠이 꼽박 들엇다. 어느 때나 되엇는지 누가 부르는 소리에 깜짝 놀라 깨보니 벌서 약속한 시간이 자칫 지낫다. 나는 황망히 옷을 갈아입고 나가보니 三兄은 일제히 輕裝을 차리고 제각금 배낭을 질어젓다. 나는 미처 準備도 없엇기 때문에 모자도 그대로 중절모를 쓰고 신발도 그대로 구두를 신엇다. 그 위에다 스프링을 입고 보니 얼치기 등산 복장이 되어서 떠나기 전부터 團長이란 별명을 듣고 일동이 마주 우섯다.

수면부족에 걸린 우리들은 더구나 새벽 바람을 쏘여서 얼굴이 핼쓱해젓다. 그러나 설렁탕으로 어한을 하고 마침 지나가는 자동차를 붓잡어 타니 금시에 호기만장, 그 길로 새벽바람을 박차고 京城驛으로 달려갓엇다.

날이 밝기까지는 아직도 먼 것 같다. 우리들은 한숨 자랴 하엿으나 옆에서 떠드는 딴 패 때문에 못자고 누엇다 앉엇다 애궂은 담배만 피웟다.

차는 龍山을 겨우 와서 거의 30분이나 쉬엿다. 淸涼里를 지날 무렵에야 환하게 갈어온다.

딴패의 일행이 議政府에서 내리고 새로 타는 승객이 갈아든다.

우리들은 그제야 이러나서 창외의 전망을 시작햇다. (…중략…)

*철원, 단발령까지

▲ 1938.10.26. (2)=內金剛 關門

내금강역은 순조선식 건물이엇다. 승객 틈에서 앞을 다투어 나오니 旅館의 客引들이 늘어서서 결을 막고 한옆에는 버스가 等待하고 섯다.

우리들도 한사람(마하여관)의 인도로 버스를 잡아타고 내금강의 旅館村까지 와서 내렷다.

예서부터 걸어야 할 판이다. 우리들은 제각금 단장을 한 개식 서서집고 안내자를 선두로 따러갓다.

얼마 안 가서 일대 洞壑이 전개되는데 문선교 다리건너로 보이는 단청이 황홀한 殿閣이 바로 長安寺라 한다. 청송이 욱어진 숲 사이로 단풍이 수를 논 산밑에 즐비하게 드러앉은 장안사는 벌서 俗人의 가슴을 놀래게 하엿다.

우리들은 문선교에서 장안사를 배경삼고 내금강의 첫 사진을 찍엇다.

(…중략…)

▲ 1938.10.27. (3)=內八潭과 普德窟

못처럼 승경을 완상하던 쾌감이 속인의 名字에 부드치매 편편파쇄되는 것 같다. 개중에는 명문거족의 대서특서한 家族譜까지 잇다. 자에는 모, 손에 모, 女壻에 모, 질에 모 등등은 자기네가 이 세상에서 살아젓다는 것을 부고하자는 셈인가. 그들의 비뚜러진 虛榮心은 이와 같이 하잘 것 없는 승지 留名에 發露되고 말엇다. 왜 좀더 정당한 공명심인 流芳百世에 뜻을 두지 못하고 돌조각에 겨우 성명 삼자를 색이는 것으로 만족햇느냐 말이다.

우리는 만폭동구인 왼편 溪石上에 가설한 널판다리 위에서 제3회의 촬영을 하고 나가 자근길로 팔담을 향해 올라 갓다.

금강내의 존재는 무엇이나 거개 特色이 잇고 韻致가 잇서 보인다. 워낙 유명하야 눈이 홀려서 그런지 일목일석과 일곡일류가 하나도 尋常해 보이지 안는다. 그런데 한 溪流를 굽이굽이 돌아가며 건너가고 건너오는 다리는 모두 두쪽 세쪽의 널판을 부처 언진 쪽다린데 그놈의 양편귀를 긴 鐵鎖로 붙들어 맨 게라든지 밟으면 흥청흥청 흥청거리는 멋이 더욱 조타. 깊으면 십여장 얃으면 이삼척인 다리 밑으로는 어디나 맑은 물이 혹은 급류로 흐르고 혹은 새파란 웅뎅이로 두려 팽겻다. 좌우의 계곡에는 하야케 때가 벗은 돌무데기가 아니면 옥같은 반석이 내리 깔렷다.

(…중략…)

▲ 1938.10.28. (4)=白雲臺와 蓮華臺

서울에서 떠나기 전부터 제1일의 코쓰는 마하연으로 잡엇엇지만 제2일은 內霧在嶺의 사선교로 들어서서 毗盧峯을 올르기로 하엿다. 그런데 우리는 뜻밖에 제2일의 코쓰를 변경하게 되엇다.

그것은 우리의 엽 방에 투숙한 역시 탐승객인 어떤 화가와 인사를 하게 되엇는데, 그는 期於코 須彌庵을 보라는 것이다.

그래서 그 익일 식전에 우리들은 지척인 妙吉祥을 올라가보고 와서 아침을 먹고는 바로 수미암 편으로 길을 떠낫다. 그쪽은 길이 험준하고 백층의 사닥다리가 잇다는데 우리는 더욱 好奇心을 느끼엇다. 가다가는 점심을 사먹을 데가 없다 해서 벤도를 한 개식 싸 가젓다. 나는 별로 행장이 없엇지만 三兄만 륙살을 짊어지게 하고 나혼자 빈몸으로 따르는 것이 나먹은 대접을 받는 것 같아서 한편으로는 미안하고 한편으로는 부끄럽기도 하엿다.

*백운대, 연화대

▲ 1938.10.29. (5)=須彌塔과 永郎臺

默言 和尙을 잘벽하고 나서 우리는 그가 가리처 주는 文筆峯 골작이 속으로 須彌庵을 찾어 갓다.

첩첩한 절벽 위로 좌우의 준봉이 하늘을 찌를 듯이 처다뵈는데 기암괴석이 형형색색의 형상을 나타내고 그 사이는 곱게 물든 楓葉이 점점이 아롱진 것은 송백지간으로 더욱 아리답게 보인다.

우리는 이 장려한 경개를 그대로 지날 수가 없어서 또한번 카메라를 끄내 들엇다.

洞壑은 드러갈수록 유수하고 산은 올라갈수록 險峻하다. 널판다리를 건너가면 계곡을 끼고 올라가고 한구비를 돌아가면 다시 石階를 밟고 올라간다. 또다시 다리를 건느면 커브를 돌고 사다리를 올라간다.

이러케 마루택이를 휘돌아 올라가는데는 수백층계의 사다리가 연속하여서 정상을 기어오를 무렵에는 참으로 寸步를 옮길 수 없을 만큼 困脚을 느끼게 한다. 나는 그 자리에 주저앉고 십엇다.

(…중략…)

▲ 1938.11.1. (6)=毗盧峯의 一夜

영랑봉의 뒤덜미로 나려가니 사선교를 통하야 올라오는 마루턱에서 길은 합류되엇다.

내려다보니 비탈진 긴 골작이가 아마득하게 떨어진 속으로 女學生의 한 떼가 무덱이무덱이 집팽이를 집고 올라온다. 다시 석계를 밟고 지척인 毗盧峯에 올라서니 전면으로 탁 터진 東海가 茫茫한 天際에 다앗는데 덜미에서 후려치는 바람은 그야말로 天風이라 할까 땀에 저젓던 몸이 별안간 선뜩해지며 금시로 추워서 못 견딜 지경이엇다.

*정상에서 사진 찍기

*여학생들의 모습

▲ 1938.11.3. (7)=萬物相 中天仙臺

6일 오전 5시 30분이엇다.

우리들은 유명한 동해의 일출을 구경하기 위하야 비로봉으로 올라갓다.

昨夜의 風勢로 보아 날세를 염려하엿는데 多幸히 비는 올 것 갈지 안타. 그러나 구름이 끼고 음산한 바람이 불어서 쾌청을 바랄 수는 없엇다.

오들오들 떨면서 정상에 올라가 보니 동해는 까마득한 구름 속에 잠겨서 하늘도 바다도 안 보인다. 다만 붉으레한 놀이 天邊으로 차차 빛어올 뿐! 여섯 시 30분까지 기다려야 해는 구퉁이도 볼 수 없다. 可惜히도 올라온 目的은 失敗되고 말엇다.

그러나 비로봉의 일출은 여간해서 보기가 어렵다니 우리같은 一夜客에게 어찌 그것이 용이하랴? 구경하기가 어렵기 때문에 그만큼 유명한지 모르겟다. 그래도 올라온 값이 없지는 안헛으니 홀연 산밑에서 구름 한 점이 일어나자 그것은 뭉게뭉게 피어서 산정으로 넘어온다. 구름은 말밑으로 지나가고 머리 위로 넘어간다. 이 또한 비로봉이 아니고서는 볼 수 없는 景致 같엇다.

(…중략…)

▲ 1938.11.6. (완)=上八潭과 遠近景

이미 예정한 매수가 다하엿으니 더욱 走馬看山的으로 뛰어갈 수밖에 없다.

우리는 萬龍閣에서 자고 이튿날 오전 여덜 시에 다시 출발하엿다. 朝陽에 빛나는 외금강의 수봉은 탐승객의 발길을 더욱 誘導하는 것 같다. 만상계를 둘러싼 육화암은 참으로 꽃봉오리같이 반공에 솟아 잇다.

(…중략…)

그러나 당초의 예정으로는 이날 京城으로 가서 삼일포를 구경하고 돌아와 해금강과 총석정을 마저보고 귀로에 釋王寺에 들려서 송간명월을 걸어보자 한 것이니 다만 해금강 하나만 본대야 유감되기는 일반이다. 마침 明日로 추석은 임박하엿는데 行資 亦 얄팍해젓음으로 해금강은 후일을 更約하고 고만 돌아오기로 작정하엿다.

우리는 온정리로 걸어나와서 조선여관인 구룡각에서 만찬을 가치하고 그 길로 외금강역으로 나와서 여덜 시에 떠나는 침대차를 타고 누웟다.

어느듯 집을 떠난 지도 벌서 닷새가 되엇다. 생각하니 아마득한게 그동안이 장세월같다. 不過 사오일간이나 워낙 만히 보아서 그럴까? 참으로 꿈과 갈다. 나는 그전부터 외우던 글 한 구가 생각낫다.

人間有何好　　可笑山中水
返復向人間　　隨人亦出出

끝으로 동반한 3형의 足勞를 謝하며 더욱 이 拙文을 위하야 사진을 찍어준 Y형의 후의를 多謝하고 이만 끄친다. (끝)

[59] 『동아일보』 1938.10.30. 김도태 선생, 지상수학여행(1940년 5월 26일까지 71회)

*각 지역의 명승지와 학교, 인구 등을 간략히 소개함

▲ 1938.10.30. 경부선편 (1) 수원

이번부터 여러분을 인솔하고 전조선의 명승지를 구경다니겟습니다. 누구던지 이 단체에 참가하야 조선에는 얼마나 명승지가 만흔가를 구경해 보십시오, 그런데 형편상 여러분을 경성에서 인솔하고 떠나는 것 같이 하겟으니 양해하시고 다러와 주십시오,

그리고 경부선(京釜線)을 먼저 시작하야 오늘은 경부선 열차를 타고 남행을 합니다.

경부선을 타고 남행을 한다면 여러분이 어디를 먼저 가리라구 생각

하십니까. 누구던지 수원(水原)을 생각하실 것입니다. 수원역이 가까워젓다는 것은 무엇으로 아는고 하니 수원의 명승인 서호(西湖)를 기차에서 볼 때 벌서 수원이 가까운 줄을 압니다. 서호를 먼저 보앗으니 우리 내려서 서호 구경을 먼저 하십시다.

정거장에서 약 8정되는데 잇으니 수원성을 쌀 때 백성들이 경작하기 위하야 호수를 만든 것이오 이 호수의 붕어는 옛날에 진상하기로 유명하든 것입니다.

지나 항주에 따라 서호라 하엿고 정자를 지어 소동파(蘇東坡)의 "서호는 항주의 眉目이다." 하는 문구를 따서 항미정이라 하엿습니다. 이 정자는 순조 대왕 대 북문에 잇든 절을 옮긴 것입니다.

(…중략…)

▲1938.11.06. 경부선편 (2) 수원
▲1938.11.20. 경부선편 (3) 성환
▲1938.11.27. 경부선편 (4) 직산
▲1938.12.04. 경부선편 (5) 천안
▲1938.12.11. 경부선편 (6) 태전
▲1938.12.18. 경부선편 (7) 옥천
▲1938.12.25. 경부선편 (8) 속리산
▲1939.01.22. 경부선편 (9) 법주사
▲1939.01.29. 경부선편 (10) 김천
▲1939.02.05. 경부선편 (11) 선산
▲1939.02.19. 경부선편 (12) 대구
▲1939.02.26. 경부선편 (13) 경주행
▲1939.03.05. 경부선편 (14) 경주행
▲1939.03.12. 경부선편 (15) 경주행 (3)
▲1939.03.19. 경부선편 (16) 경주행 (4)
▲1939.03.26. 경부선편 (17) 경주행 (5)

▲1939.04.02. 경부선편 (18) 경주행 (6)
▲1939.04.09. 경부선편 (19) 경주행 (7)
▲1939.04.16. 경부선편 (20) 경주행 (8)
▲1939.04.23. 경부선편 (21) 경주행 (9)
▲1939.05.07. 경부선편 (22) 경주행 (10)
▲1939.05.14. 경부선편 (23) 경주행 (11)
▲1939.05.28. 경부선편 (25) 경주행 (13)
▲1939.06.04. 경부선편 (26) 경주행 (14)
▲1939.06.11. 경부선편 (27) 경주행 (15)
▲1939.06.18. 경주선편 (28) 경주행 (16)
▲1939.06.25. 경부선편 (29) 경주행 (17)
▲1939.07.09. 경부선편 (31) 경주행 (19)
▲1939.07.16. 경부선편 (32) 경주행 (20)
▲1939.07.23. 경부선편 (33) 경주행 (21)
▲1939.07.30. 경부선편 (34) 경주행 (22)
▲1939.08.06. 경부선편 (35) 경주행 (23)
▲1939.08.06. 경부선편 (36) 경주행 (24)
▲1939.08.20. 경부선편 (37) 경주행 (25)
▲1939.08.27. 경부선편 (38) 경주행 (26)
▲1939.09.03. 경부선편 (39) 경주행 (27)
▲1939.09.10. 경부선편 (40) 경주행 (28)
▲1939.09.17. 경부선편 (41) 경주행 (29)
▲1939.10.08. 경부선편 (42) 경주행 (30)
▲1939.10.22. 경부선편 (43) 경주 석굴암행
▲1939.10.29. 경부선편 (45) 경주 (32) 석굴암행 (2)
▲1939.11.05. 경부선편 (46) 경주 (33) 석굴암행 (3)
▲1939.11.12. 경부선편 (47) 경주 (34) 석굴암행 (4)
▲1939.12.03. 경부선편 (49) 해인사행
▲1939.12.10. 경부선편 (50) 해인사행
▲1939.12.17. 경부선편 (51) 해인사행 (3)
▲1939.12.24. 경부선편 (52) 해인사행 (4)
▲1940.05.26. (71) 지상수학여행 - 경부선편 - 부산행

(부산행)

물금역(勿禁驛)에서 부산까지는 기차로 한시간이 채 못 걸리는 곳입니다. 부산을 다가기 전에 큰 산이 가로 막렷습니다. 그러고 본즉 부산항구와 이쪽과는 산맥으로 인하야 교통이 맥혓든 곳이라고 볼 수 잇습니다. 인제 산을 넘어 경부선의 종점인 부산에 도착하엿습니다. --

[60] 『동아일보』 1939.9.8. 丁來東, 기행잡서 - 화산용주사

*기행잡서라는 제목에 따라 수원 화산 용주사, 금강산 여행 내용을 적은 글

▲ 1939.9.8. (1) 화산 용주사(상)

삼사년 전에 水鍾寺를 찾은 후로는 예법 마음을 노코 일일을 淸遊한 기회를 얻지 못하엿다. 지금까지의 생각으로는 時日의 餘裕가 잇는 후에야 명승려경을 찾으려고 하엿든 것이다. 그런나 한적한 시일과 相投할 동행은 아울러서 나를 기두리는 때는 없엇다. 이와 같이 기대리다가는 아마 일생에 보고싶은 곳은 한 곳도 보지 못하고 말 것 같은 염려가 나기 시작하야 그래서 최근은 닥치는 대로 마음 향하는 대로 機會 잇는 대로 유람할 틈을 만들고, 일시라도 심신을 淸灑하게 하는 것이 상책이라는 생각이 들게 되엇다.

금번 수원 용주사행도 실상은 이러한 의미에서 단행하게 된 것이다. 물론 동행도 가추엇다고 할 수 잇다.

8월 6일 열두시가 넘어서 우리 일행 4인은 서울을 떠낫엇다. 우리가 탄 소형차에는 道中에서 몬지도 만히 들어왓엇으나 草香도 가끔 코를

시처가는 것이다. 기차는 자조 수원을 지내지마는 이 길은 처음인 만큼 眼界에 들어오는 野景이 눈에 새롭다.

(…중략…)

▲ 1939.9.9. (2) 화산 용주사(하)

차는 송림 사이로 빠저서 들을 잠간 거처 다시 송림이 욱어진 기로 들어간다. 도중에는 매암이 소리가 그치지 안코 평야에 자라난 솔이라 그런지 소나무들은 펀으나 기름져 보인다.

우리는 능참봉에게 참관 왓다는 뜻을 말하고 안내를 청하엿다. 노방에는 넓이가 수 간 되어 보이는 향목이 벌어져서 우산 모양으로 피어져 잇다.

花山에는 능이 두 곳에 잇는데 우리는 거리가 가까운 정조의황릉을 참관하기로 하엿다. 이 부근에는 오래전부터 保安林으로 되어 잇는 만큼 교송이 꽉 들어 찾고 솔의 기리가 유독히 높다. 그것도 무리한 일은 아니다. 화산은 본래 高山이 아니고 평지여서 만약 채벌를 하고 전답을 만든다 하드래도 비옥한 토지가 될 수 잇을 것이다.

(…중략…)

▲ 1939.9.10. (3) 야반의 金剛

金剛山은 너무나 널리 알여져 잇고 遊記도 만흐며 그림도 만코 전설의 이야기도 적지 안타. 그런 만큼 나는 될 수 잇는 한에서 그 만흔 유기를 大部分 다 열람하고 그 만흔 불교에 관한 전설을 모조리 다 들은 후에 될 수 잇는 한에서 他人의 遊記 등을 인용하지 안코 나의 새로운 遊記 새로운 감상을 쓰고 새로운 이야기를 만들어 보려는 예정이 잇엇던 것이다. 그러므로 최근 사오년 간에 금강산을 가 볼 기회가 전연 없엇던 것은 아니나 일부러 중지하고 동행이 잇어도 참가치 안헛던 것이다.

그러나 여느 때 그러한 예비공작을 다 마치고 유유하게 금강을 찾을 기회가 나의 앞에 던저질 것인가 現狀으로서는 망연하다.

8월 26일 토요일이다. 오후가 되자 일기는 흐리고 전차에 오를 때에는 소낙비까지 나린다. 기차의 시간이 촉박하여서 기차를 타게 될 것인가까지 염려되엇엇다.

우리 일행 2인은 전차를 타기 5분전까지도 오늘 여행을 떠날 것인지 못 떠날 것인가를 결정치 못하고 잇엇던 것이다.

*왕십리역 – 단발령 – 장안사역

▲ 1939.9.12. (4) 금강의 朝露

아침 해는 유난히도 빛난다. 어제밤에는 어두워서 보지 못하엿든 것인데 눈을 비비고 밖의 내여다 보니 암석의 새이에 서 잇는 나무가 만히 말러서 흡사 단풍이 든 것 같이 뵈인다.

▲ 1939.9.13. (5) 명경대의 異趣

예법 서서 山形을 보고 시내소리를 정청할 여가도 없이 거러가며 전봉 후*를 바래볼 뿐이다. 어느곳 한 곳 치고 명승 아닌 곳이 없으며 어느 봉 치고 기이하지 안흠이 아니다.

明鏡臺가 멀지 안헛다는 이야기를 들으며 나무다리를 건너가지니 냉풍이 졸지에 부러온다. 지금까지 거러오면서 땀도 나고 더웁기도 하엿는데 홀연히 서늘하다기보다 치운데 가까운 바람이 불어오니 심신이 涼快하다.

(…중략…)

▲ 1939.9.15. (6) 普德窟의 瀑布

우리는 쾌활한 이국 소녀와 명경대에서 나와 鳴淵潭 밑에서 갈엿다. 떠들든 그와 작별하니 급작이 조용하여지고 물소리만이 더욱 요란스럽다. 명연담 부근은 수량도 만코 경사도 급하여서 눈받같이 흐터진다. 길이 좀 헌하여진다.

(…중략…)

▲ 1939.9.16. (완) 斷髮嶺 고개

우리는 마하연까지 가자는 계획을 버리고 여기서 길을 돌리기로 하엿다. 단시간에 여기까지 온 아무런 紀念될 것도 없어서 보덕굴 부군을 배경으로 하여 가지고 일행의 사진이나 찍기로 하엿다. 첫장은 흐려서 사람 보이지 안는다고 하야 다시 한 장을 찍엇다.

좀 빨리 걸지 안흐면 기차 시간을 댈 수가 없어서 우리는 거름을 빨리 하엿다. 거름은 빨리 걸지만은 쉬일 만한 곳에서 휴식하면서 勝景을 감상치 못하는 것은 유감이다. 우리는 양대 거암이 서로 의지하야 기대여 서 잇고 그 사이로 길이 난 곳을 이르렀다. 表訓寺의 조금 우이다. 바우 우에는 과객의 이름이 櫛比하게 씨여져 잇다. 한 분이 둘러다 보더니 "우리 고향 사람이 니내갓군." 하고 둘러다 보는 바람에 뒤 암면을 보니 東京 유명한 歌手의 이름도 적히어 잇다. 이런 곳에 먹을 묻치는 것이 외관으로 퍽으나 불결하고 유치하지만은 간혹은 누가 지내갓다는 것을 알게 되는 수도 잇다. (…중략…)

기차 안에서 웃저고리를 벗으니 곁에 사람들이 물에 빠젓다 나온 것

같은 속옷을 보고는 이마를 찌프린는. 얼마나 뛰고 얼마나 담이 낫는지 알 수 잇다.

그러나 차 우에 올으게 된 것만은 僥倖이다. 인자는 예정대로 모든 것이 進行된 셈이다.

차창으로 달리는 外景을 보니 밑으로는 물이 흐르고 우로는 산이 잇다. 다른 곳에서 본다면 이 또한 승경이다. 그러나 명경대 보덕굴을 보던 기억이 남어서 그럼인지 아무런 감흥도 없고 내다보고 싶은 생각도 없어진다. 차창을 열어노코 마음대로 바람이 들어와도 연기가 나지 안흐니 여간 상쾌한 것이 아니다. 기차가 오던 길로 다시 가기에 놀래여 내어다보니 기차의 '렐'이 갈지짜로 되어서 오던 방향으로 가기는 하나 그 위치는 한층 높은 곳이엇다. 기차가 오고가고 하는 사이에 우리가 탄 기차는 산상에 노여저 잇는 것이다. 퍽으나 높은 산이다. 여기가 바로 斷髮嶺이다. 기차 안에서는 이삼인식 뫼여서 여기저기를 손짓하며 단발령의 높다는 것을 설명하는 모양이다. 기차가 톤넬에 들어가자 차에 가 서서 보는 사람, 창으로 내어다 보는 사람, 차내는 급작이 선들선듥하여지며 비게서 조을른 사람도 없다.

톤넬 안에는 전등이 훤하게 씨어저 잇어서 지내온 데가 요연하게 보이고 밤의 街路燈과 같이 죽 느러서 잇다. 들어온 톤넬 구멍이 점점 적어지더니 끝끝내는 보이지 안는다. 그래도 기차는 톤넬 속에서 허덕이고 밖을 나가지 못하고 잇다.

아마 조선의 톤넬 중에는 이 단발령 톤넬이 제일 긴 것 같이 생각된다. 적어도 내가 지내본 톤넬 중에는 길기로 첫재를 꼽게 되겟다.

톤넬을 나와서는 다시 저편 모양으로 갈지짜로 렐이 갈리어 잇다. 여기서 나려다 보는 전망은 참으로 천애에서 나려다보는 감이 잇다. 녯날 금강산을 들어가려면 이 고래를 도보로 넘어갓을 것인데 그 苦難을 짐작할 수 잇고, 이 기차선의 설계도 참으로 그 전 도보로 다닐 때 심경을 본받아서 그 높고 험하다는 것을 누구나 감득할 수 잇게 하엿다고 말하겟다.